D1932216

Arnaldur Indriðason
Graue Nächte

Island Krimi

Übersetzt aus dem Isländischen
von Anika Wolff

Lübbe Hardcover

Dieser Titel ist auch als Hörbuch und E-Book erschienen

Die Arbeit der Übersetzerin am vorliegenden Text wurde vom Deutschen Übersetzerfond gefördert.

MIX
Papier aus verantwortungsvollen Quellen
FSC® C014496

Titel der isländischen Originalausgabe:
»Petsamo«

Für die Originalausgabe:
Copyright © 2016 by Arnaldur Indriðason
Published by arrangement with Forlagið, www.forlagid.is

Für die deutschsprachige Ausgabe:
Copyright © 2018 by Bastei Lübbe AG, Köln
Textredaktion: Anja Lademacher, Bonn
Umschlaggestaltung: Johannes Wiebel | punchdesign, München
Unter Verwendung von Motiven von © Wei Seah / shutterstock.com; matlen / photocase.de
Satz: Dörlemann Satz, Lemförde
Gesetzt aus der DTL Documenta
Druck und Einband: GGP Media GmbH, Pößneck

Printed in Germany
ISBN 978-3-7857-2629-7

5 4 3 2

Sie finden uns im Internet unter: www.luebbe.de
Bitte beachten Sie auch: www.lesejury.de

Ein verlagsneues Buch kostet in Deutschland und Österreich jeweils überall dasselbe.
Damit die kulturelle Vielfalt erhalten und für die Leser bezahlbar bleibt, gibt es die gesetzliche Buchpreisbindung. Ob im Internet, in der Großbuchhandlung, beim lokalen Buchhändler, im Dorf oder in der Großstadt – überall bekommen Sie Ihre verlagsneuen Bücher zum selben Preis.

Eins

Über Umwege lief er nach Hause, doch als er es bis zum Kongens Nytorv geschafft hatte, ließ ihn das Gefühl nicht mehr los, dass er verfolgt wurde. Er sah sich um, konnte jedoch nichts Ungewöhnliches entdecken, nur Leute auf dem Heimweg von der Arbeit. Auf der Strøget hatte er einige deutsche Soldaten gesehen und es vermieden, ihnen über den Weg zu laufen. Er eilte über den Platz. Eine Straßenbahn hielt an, ließ Fahrgäste aussteigen und zuckelte wieder los. Seine Angst hatte im Laufe des Tages zugenommen. Ihm war zu Ohren gekommen, dass die Deutschen Christian verhaftet hatten. Er wusste es nicht sicher, hatte es in der Unibibliothek aufgeschnappt und sich nichts anmerken lassen. Als ginge es ihn nichts an. Zwei Medizinstudenten hatten beteuert, die deutsche Sicherheitspolizei hätte Christian im Morgengrauen zu Hause überrascht und mitgenommen.

Am Theater blieb er stehen, zündete sich eine Zigarette an und blickte über den Platz. Er war unruhig – wenn sie Christian verhaftet hatten, wussten sie sehr wahrscheinlich auch von ihm. Den ganzen Tag hatte er darauf gewartet, ihre Absätze knallen zu hören, während er sich in der Bibliothek zum Lesen gezwungen hatte, so getan hatte, als wäre nichts geschehen. Aber er hatte sich nicht konzentrieren können, und jetzt traute er sich kaum nach Hause in sein Zimmer, das er in Christianshavn gemietet hatte.

Er trat die Zigarette aus und ging weiter, über die Knippelsbro, durch Seitenstraßen und stille Gassen, und war erleichtert, als er feststellte, dass ihm niemand folgte. Er sah ständig Christian vor sich, in den Händen der Nazis, und konnte sich gut vorstellen, wie es ihm jetzt ging, falls an dem Gerücht etwas dran sein sollte. Sie hatten beide gewusst, welches Risiko sie eingingen, kannten Geschichten von Verhaftungen und Verhören, versuchten, nicht zu viel darüber nachzudenken, und hofften, dass der Tag nie kommen würde, an dem man auf sie aufmerksam würde. Jetzt war es geschehen. Er hatte in der Bibliothek gesessen und überlegt, wie das passieren konnte, aber er hatte keine Antwort darauf. Er war nicht mit besonderem Heldenmut gesegnet, fasste es aber als seine Pflicht auf, seinen Teil beizutragen, und hatte nicht zweimal nachdenken müssen, als Christian ihn um Hilfe gebeten hatte.

Er hatte sich bei einem älteren Ehepaar eingemietet. Als er sich dem Haus näherte, wurde er langsamer, blieb an der Straßenecke stehen und beobachtete den Verkehr. Sein Zimmer lag im zweiten Stock, zur Straße hin. Er wusste nicht, wohin er sonst sollte. An den Ort, wo sie sich normalerweise heimlich trafen, traute er sich nicht, denn er wusste nicht, über welche Informationen die Nazis verfügten. Seine Freunde wollte er nicht aufsuchen, um sie nicht auch noch in diesen Horror hineinzuziehen. Er und Christian hatten noch nicht darüber geredet, was sie tun sollten, falls ihre Aktivitäten auffliegen würden. Sie hatten keinen

Plan ausgearbeitet. Nicht über mögliche Fluchtwege gesprochen. Das alles war immer noch so neu und fremd. Es war erst wenige Monate her, dass die Nazis das Land besetzt hatten, und der Widerstand steckte noch in den Kinderschuhen. Christian war der Anführer, und jetzt, wo er nicht mehr da war, fühlte es sich an, als wäre er ganz allein auf der Welt. Er stand da und blickte zu seinem Fenster hinauf, seine Gedanken schweiften zu Familie und Freunden in Island, und er spürte, dass ihm das alles über den Kopf wuchs.

Es schien, als ginge das Leben auch in dieser Straße seinen gewohnten Gang. Leute kamen von der Arbeit nach Hause, und Geschäfte wurden geschlossen. Er kannte den Buchantiquar, der ihn jeden Morgen grüßte, den jungen Studenten auf dem Weg zur Uni. Der Metzger hatte ihm erzählt, dass er eine Verwandte in Island habe, und etwas Köstlicheres als beim Bäcker gegenüber hatte er noch nie gegessen. Manchmal wachte er morgens vom Duft des Gebäcks auf, der über die Straße in sein Zimmer zog und einen weiteren duftenden Sonnentag in Kopenhagen verhieß. Er hatte sich vom ersten Moment an wohl in dieser Stadt gefühlt. Doch jetzt, wo der Abend kam und sich die von den Nazis angeordnete Verdunkelung über die Stadt legte, war das Grauen des Kriegs beinahe mit Händen greifbar. In diesen Momenten war es, als verwandelte sich die Stadt mit ihren finsteren Gebäuden und den tiefen Schattenwegen in ein Gefängnis.

Er zündete sich noch eine Zigarette an und dachte an die, die er liebte, und sehnte sich mehr denn je nach ihr. Wenn er es zur Gruppe schaffte, konnte er sich möglicherweise retten. Er hatte sich auf die Passagierliste geschrieben, wie er es ihr versprochen hatte. Die Isländer würden am nächsten Tag aufbrechen, von der Havnegade, und immer wieder kam ihm der scheußliche Gedanke, dass Christian dem Verhör vielleicht über die Abreise hinaus standhalten würde. Er wusste, dass dieser Gedanke nicht gerade ehrenhaft war, und er schämte sich dafür, doch jetzt musste jeder versuchen, seine eigene Haut zu retten.

Er wartete noch einen Moment, dann trat er auf die Straße, und im selben Moment hörte er hinter sich auf einmal Schritte.

Zwei

Die Reisebusse tauchten einer nach dem anderen auf und kamen langsam zum Hafen heruntergerollt, der ein kleines Stück außerhalb des Ortes lag. Die meisten hatten eine schwierige Reise hinter sich, von Dänemark hinüber nach Schweden und von dort aus gen Norden über die Landesgrenze nach Finnland. Auf der letzten Strecke bis nach Petsamo waren die Busse über schlechte Straßen durch Gebiete gekrochen, in denen sich Russen und Finnen bekämpft hatten. Die Zerstörung war überall zu sehen, zerschossene Häuser und Bombenkrater auf den Feldern. Die Gruppe war zunächst mit Fähren und auf Viehwaggons gereist, und für diese letzte Etappe waren sie in Busse verfrachtet worden und von Rovaniemi nach Petsamo am Nördlichen Eismeer gefahren, wo das Passagierschiff Esja am Kai lag und darauf wartete, die Menschen nach Hause zu bringen. Die Gruppe war groß: Um die 260 Passagiere stiegen in den ruhig fallenden Schnee hinaus, als die Fahrzeuge schließlich am Hafen hielten, und streckten ihre Glieder, bevor sie nach ihren Taschen, Koffern und Bündeln sahen und sie zum Schiff brachten. Sie waren heilfroh, die Esja zu sehen, und fühlten sich schon beinahe wie zu Hause, als sie endlich an Bord gehen konnten.

Sie stand an der Gangway und beobachtete, wie die Leute aus den Bussen strömten – voll freudiger Erwartung, ihn endlich wiederzusehen, nach monatelangem Briefwechsel und einem einzigen Telefonat, bei dem sie ihn kaum verstanden hatte. Sie war einen Tag zuvor mit anderen Isländern nach Petsamo gekommen, die in Schweden gearbeitet hatten und nun mit der Esja nach Hause fahren wollten. Sie hatte sich über die Nachricht gefreut, dass das deutsche Oberkommando in Norwegen und Dänemark die Reise erlaubt hatte. Dass alle isländischen Staatsbürger, die das wollten, nach Hause reisen durften, dass ein Schiff geschickt werden würde, um sie abzuholen. Sie glaubte, dass dieser entlegene Ort gewählt worden war, weil er außerhalb der Kampfzonen lag und der Weg über neutrales Land führte. Sie hatte nicht zweimal darüber nachdenken müssen. Wollte in diesen unruhigen Zeiten nirgendwo anders sein als in Island und hatte ihn gedrängt, auch mit diesem Schiff zu reisen. In seinem letzten Brief hatte er geschrieben, dass er sich in die Liste eintragen wolle. Sie war erleichtert und freute sich, dass ihr Wiedersehen an Bord eines Schiffes auf dem Weg nach Island stattfinden würde. Sie musste eine Weile mit ihm allein sein.

Als sie ihn nirgends entdeckte, schob sie sich vorsichtig in das Gedränge, das am Kai entstanden war, und hielt besorgt nach ihm Ausschau. Sie stieg in einen Bus nach dem anderen und suchte sie erfolglos ab, bis sie einen seiner Kommilitonen aus dem Medizinstudium entdeckte. Ihr Herz machte einen Satz: Sie mussten gemeinsam hergekommen sein. Sie ging zu dem Mann, der sich über seine Reisetasche beugte, und begrüßte ihn. Er erkannte sie sofort, und – warum auch immer –

sie umarmten sich wie alte Freunde, vielleicht weil sie an einem fremden Ufer standen und auf dem Weg nach Hause waren. Sie sah ihm sofort an, dass irgendetwas nicht stimmte.

»Ist er nicht mitgekommen?«, fragte sie.

Der Mann sah sich betreten um.

»Eigentlich wollte er, aber ...«

»Aber was ...?«

»Ich weiß es nicht. Ich habe auf ihn gewartet, aber er ist nicht gekommen. Leider. Hast du nichts von ihm gehört?«

»Nein«, antwortete sie. »Nur, dass er mit euch reisen und wir gemeinsam nach Hause fahren wollten.«

Der Mann nahm sie beiseite.

»Ich weiß nicht, was da dran ist, aber ... Weißt du, was er in Kopenhagen gemacht hat?«, flüsterte er.

»Gemacht? Dasselbe wie du!«

»Ja, sicher, das schon, aber ... ich weiß nicht, ob da etwas dran ist, aber ich habe gehört, dass er verhaftet wurde.«

»Verhaftet?!«

»Dass sie ihn festgenommen haben. Die Nazis.«

Drei

Thorson eilte durch den engen Krankenhausflur. Man hatte ihm gesagt, dass nur wenig Zeit bleibe. Der junge Mann sei sofort ins Militärkrankenhaus im Camp Laugarnes gebracht worden, er befinde sich in einem kritischen Zustand – es sei nicht sicher, ob er die Nacht überleben werde. Der Chirurg habe sein Bestes getan, doch der Mann habe viel Blut verloren, und die inneren Blutungen hätten nicht gestoppt werden können. Auf dem Flur begegnete Thorson einem katholischen Militärseelsorger, der schon darauf wartete, dem Opfer des Angriffs das letzte Sakrament zu spenden. Er schickte Thorson weiter zum Operationssaal.

Der Mann lag noch auf dem Operationstisch. Der Militärarzt stand vor ihm und trocknete sich die Hände, als Thorson hereinkam. Sie begrüßten sich, und der Arzt erklärte ihm, man habe dem Mann ein starkes schmerzstillendes Medikament gegeben. Dem qualvollen Stöhnen des Mannes nach zu urteilen, half es nur bedingt. Der Militärarzt meinte, er schwebe bereits irgendwo an der Grenze zwischen Leben und Tod. Es seien zu viele und zu tiefe Einstiche, außerdem seien wichtige Organe schwer verletzt worden. Mit einer kaputten Flasche sei er angegriffen worden. In einem Auge habe sich ein Glassplitter gefunden.

»Wir haben alles versucht, was in unserer Macht steht«, sagte er. »Einen solchen Überfall sieht man nicht alle Tage … diese Brutalität ist … das ist nicht nachvollziehbar.« Er nahm eine Morphiumspritze, drückte ein paar Tropfen aus der Nadel, damit die Luft entwich, und stach sie vorsichtig in den Arm des Mannes.

»Hat er irgendetwas gesagt?«

»Nein, er konnte uns nichts über den Angriff sagen und auch nichts darüber, wer ihn so zugerichtet hat.«

Der Verletzte stöhnte laut auf und schien wieder zu Bewusstsein zu kommen. Er hatte einen Verband um den Kopf, an manchen Stellen blutdurchtränkt, nur Nase und Mund waren noch zu sehen. Der Mann streckte suchend eine Hand aus, fand Thorson, der sich zu ihm herunterbeugte, und hielt ihn fest.

»…fa…«

»Ja?«

»…kon…«

Der Mann konnte nicht weitersprechen. Er ließ Thorson los, und seine Hand fiel kraftlos herunter. Thorson sah den Arzt an.

»Er ist im Delirium. Ich glaube, er hat auch versucht, uns etwas zu sagen, bevor wir ihn operiert haben, aber das war völlig unverständlich. Das Sprechen fällt ihm sehr schwer.«

»Ja, natürlich.«

Der Arzt zuckte mit den Schultern.

»Es ist nur eine Frage der Zeit, wann er …«

Die Tür schwang auf, und zwei Soldaten schoben ein Bett an den Operationstisch, um den Verletzten auf ein Zimmer zu bringen.

»Wissen Sie, ob es Zeugen gab, die den Angriff beobachtet haben?«, fragte Thorson.

»Nein, nicht dass ich wüsste«, antwortete der Arzt. »Der Soldat, der ihn gefunden hat, ist mit dem Krankenwagen hergekommen und sitzt jetzt in meinem Büro. Er sagt, er habe den oder die Angreifer nicht gesehen, vielleicht waren es mehr als einer. Der arme Junge hat versucht, die Hand über seinen Kopf zu halten, hat Schnitte an den Unterarmen und in den Handflächen. Es ist offensichtlich, dass ...«

»Ja?«

»Er sollte das nicht überleben«, sagte der Arzt, »und das wird er auch kaum. Das war ein Mordversuch. Keine Frage.«

»War er unbewaffnet?«

»Ja, soweit ich weiß.«

Der Pfarrer folgte den Soldaten mit dem Krankenbett den Flur entlang, und der Arzt führte Thorson in sein Büro. Der Soldat sprang sofort auf, als er sie sah, und salutierte. Der Arzt sagte, er werde sie nun allein lassen, er wolle sich nach Hause aufmachen. Dann zog er die blutige Schürze aus und legte den Arztkittel ab. Thorson musterte den Soldaten. Seiner Uniform nach gehörte er zur Infanterie, war ein einfacher Gefreiter, kaum über zwanzig. Er fragte sofort nach dem Zustand des Opfers. Der Vorfall hatte ihn offenbar tief getroffen, und er versuchte, die Fassung zu wahren.

»Das war wohl kein schöner Anblick«, sagte Thorson und gab ihm ein Zeichen, sich zu setzen.

»Furchtbar, Sir«, sagte der Soldat.

»Können Sie mir sagen, was passiert ist? Waren Sie allein unterwegs?«

»Ja, ich kam gerade aus der Stadt, als ich etwas hörte, eine Katze, schien mir, so ähnlich klang dieses Jaulen jedenfalls, ich wusste nicht, was es war. Das war nicht weit von diesem Club, dem Piccadilly, da lag der Mann auf der Wiese, direkt vor dem kleinen Gebüsch. Ich rannte in den Club und ließ einen Krankenwagen rufen und … das war … überall war Blut, und er sah schrecklich aus.«

»Hat er irgendetwas darüber gesagt, was passiert ist?«

»Nein, er hat kein Wort herausgebracht, und dann ist er ohnmächtig geworden.«

»Und Sie kennen ihn nicht?«

»Nein.«

»Darf ich mal Ihre Hände sehen?«, fragte Thorson.

»Ich habe ihm das nicht angetan«, sagte der Soldat und streckte seine Hände aus, um zu zeigen, dass sie nicht zerkratzt oder blutig von einer Schlägerei waren. »Ich habe ihm geholfen.«

»Und Sie haben niemanden in der Nähe gesehen, der ihm das angetan haben könnte?«

»Nein, er lag dort ganz allein.«

»Hatten Sie den Eindruck, dass er aus dem Piccadilly kam?«

»Das kann ich nicht sagen.«

In diesem Moment erschien der Arzt in der Tür und sah Thorson ernst an.

»Jetzt ist es wirklich etwas anderes, Schwerwiegenderes als Körperverletzung«, sagte er. »Ich habe ja schon vermutet, dass er es nicht überleben wird.«

»Er ist also tot?«

»Ja, er ist tot. Wir hatten keine Chance, ihn zu retten.«

Vier

Die Frau sagte, sie heiße Guðmunda und wohne im Bjarnaborg-Haus. Sie wisse nicht, wo ihre Freundin sei, und wolle die Polizei darüber informieren, da ihr möglicherweise etwas zugestoßen sein könnte. Es sei gewiss nichts Neues, dass sie manchmal für einige Zeit verschwinde, aber so lange sei sie noch nie weg gewesen, sie mache sich Sorgen. Nicht zuletzt, weil ihre Freundin sich manchmal mit den Soldaten herumtreibe und vielleicht nicht ganz so … wählerisch sei, was das angehe. Die Frau brauchte einige Zeit, die richtigen Worte zu finden, und betonte sie dann so nachdrücklich, dass man meinen konnte, das sei das wichtigste Merkmal ihrer Freundin: nicht wählerisch. Flóvent hörte ruhig zu. Man hatte sie zu seinem Büro am Fríkirkjuvegur geschickt, als sie mit ihrem Anliegen auf die Wache in der Pósthússtræti gekommen war. »Das ist was für die Kriminalpolizei«, hatten sie ihr gesagt und kein allzu großes Interesse gezeigt, ihr weiterzuhelfen.

Flóvent telefonierte gerade wegen des Mordes am Piccadilly mit Thorson, als Guðmunda in seiner Tür erschien. Sie war um die fünfzig, hatte ihren besseren Hut aufgesetzt und den einzigen Mantel angezogen, den sie besaß. Während sie sprach, blickte sie mehr auf Flóvents Schreibtisch, als dass sie ihn ansah. Sie wirkte ziemlich scheu gegenüber der Obrigkeit und entschuldigte sich gleich zweimal dafür, dass sie ihn wegen einer solchen Lappalie störe, er habe sicher genug zu tun. Ihr Haar, das schon grau wurde, lugte struppig unter dem Hut hervor, und in der Hand hielt sie ein kleines Taschentuch, mit dem sie sich laufend die Nase wischte, da sie sich bei diesem unbeständigen Wetter erkältet hatte. Das Bjarnaborg-Haus halte weder Wasser noch Wind ab, erklärte sie, als Flóvent sich nach ihrer Gesundheit erkundigte.

»Und woher kennst du diese Frau?«, fragte Flóvent, nachdem er ihr gesagt hatte, dass sie sich gerne duzen könnten.

»Ellý? Sie durfte ein paarmal bei mir unterschlüpfen«, antwortete Guðmunda, »sich in einem Kämmerchen bei mir ausruhen, die Arme. Ansonsten kennen wir uns kaum.«

»Und zahlt sie dir etwas dafür?«, fragte Flóvent.

»Nein«, antwortete die Frau, »jedenfalls nichts, was der Rede wert wäre, ein paar Kronen.«

»Schuldet sie dir was?«

»Ja, das tut sie tatsächlich, wo du schon danach fragst, daher ... es wäre mir lieb, wenn ihr sie finden würdet, damit ... nein, damit ich weiß, dass alles in Ordnung ist.«

»Ist sie vielleicht einfach zurück nach Hause gegangen? Sagtest du nicht, sie sei aus Akranes?«

»Ja ..., nein, das glaube ich nicht. Sie meinte, dass sie nie wieder dorthin zurückwolle.«

»Du hast es aber nicht nachgeprüft?«

Die Frau schüttelte den Kopf. Sie sah blass aus, hatte Tränensäcke unter den Augen, eine große, dicke Nase und hängende Mundwinkel, die ihr einen dumpfen, erschöpften Gesichtsausdruck verliehen.

»Wie meintest du das mit den Soldaten – dass sie sich mit ihnen herumtreibt?«

Guðmunda räusperte sich, rückte ihren Hut zurecht und berichtete Flóvent, dass die Vermisste ihr zum ersten Mal Ende des letzten Winters begegnet sei, ohne Dach über dem Kopf und ziemlich verloren. Im Grunde habe sie in der Gosse gelegen, und Guðmunda hatte sie aus Mitleid mit zu sich genommen. Eine andere Zuflucht habe die Frau nicht gehabt, sie sei trunksüchtig und ständig auf Achse, und sie schien ein kleines Einkommen dadurch zu erzielen, dass sie mit Soldaten schlief. Sie nehme alles mit, was die Ausländer an Vergnügungen, Alkohol und Tabak zu bieten hätten. Manchmal habe sie auch ihr etwas mitgebracht, Speck zum Beispiel oder Konserven. Manches sei richtig gut. Anderes weniger, wie die gekochten Bohnen in Tomatensauce – der reinste Fraß. Es sei zwecklos, sie davon abbringen zu wollen. Inzwischen habe Guðmunda es aufgegeben, auch wenn sie sich natürlich manchmal um sie sorge – und sie frage, ob sie denn gar keine Angst vor den Soldaten habe oder davor, sich in Gefahr zu bringen, wenn sie so allein und schutzlos unterwegs sei.

»Hast du früher schon einmal solche Frauen bei dir aufgenommen?«, fragte Flóvent. »Ihnen Unterschlupf gewährt?«

»Herumhurende Frauen, meinst du?«, sagte Guðmunda und rieb sich die Nase. »Nein, das mache ich normalerweise nicht. Ich bin nicht die Heilsarmee. Ich hatte einfach Mitleid mit ihr, und jetzt habe ich sie schon längere Zeit nicht mehr gesehen und mache mir Sorgen. Vielleicht müsste ich das nicht. Sie kann schon selbst für sich sorgen. Und ich denke dabei auch nicht an das Geld, das sie mir schuldet. Ich habe Angst um sie. Vielleicht ist ihr etwas zugestoßen, und ich dachte, ihr könntet sie irgendwie ausfindig machen.«

»Hat sie Soldaten mit zu dir nach Hause gebracht?«, fragte Flóvent.

»Nein, das hat sie nie getan, das habe ich ihr auch verboten. Das will ich nicht. Ich will nichts davon mitkriegen.«

»Als du gesagt hast, sie wäre nicht wählerisch«, hob Flóvent an, als das Telefon auf seinem Tisch zu klingeln begann. »Was meintest du damit?«

Er legte die Hand auf den Hörer, wollte aber mit dem Abheben noch warten, bis Guðmunda ihm geantwortet hatte. Doch als sie das nicht tat, entschuldigte er sich und ging ran. Es war ein Polizist von der Wache an der Pósthússtræti.

»Ja, Flóvent, also … er scheint aufgetaucht zu sein, der Mann, den wir gesucht haben«, sagte der Polizist. »In der Nauthólsvík, der Bucht da unten. Dort wurde eine Leiche am Strand gefunden.«

»Ach ja?«

»Sie glauben, dass er es ist. Es ist ein Mann, und sie glauben, dass er ertrunken ist. Die Beschreibung passt: blond, Tweedjacke.«

»Sag ihnen, dass sie nichts anfassen sollen.«

»Soll ich die Angehörigen informieren?«

»Ich spreche mit seiner Frau«, sagte Flóvent. »Sobald wir mehr wissen.«

Flóvent legte den Hörer auf, erhob sich und nahm

seinen Mantel. Guðmunda saß wie angewurzelt da. Flóvent erklärte ihr, dass er leider sofort los müsse.

»Sie sagt, sie habe nur zwei- oder dreimal mit hohen Tieren aus der Armee geschlafen. Ansonsten waren das alles einfache Soldaten, und manche von ihnen waren nicht gerade angenehm. Eine Klemensína steckt da auch mit drin. Aus der Pólarnir-Siedlung.«

»Sie waren nicht angenehm?«

»Nein, und manchmal waren es sogar zwei oder drei auf einmal«, sagte Guðmunda und zog die Nase hoch. »Das muss man Ellý lassen, der guten Seele: Sie macht keinen Unterschied zwischen den Menschen.«

Fünf

Südlich des neuen Flughafens, den die Briten in der Vatnsmýri-Gegend eingerichtet hatten, war ein schöner Sandstrand. Dort gab es einen Hafen für die Wasserflugzeuge, die trocken und geschützt in Erdbuchten standen, die man in den Hang oberhalb des Strandes gegraben hatte. Wenn das Wetter gut war und die Sonne schien, sah man manchmal Leute auf Decken im Sand liegen, mit Sonnenhüten und Picknickkörben. Doch heute war ein kühler Apriltag und außer den Polizisten kaum jemand dort. Flóvent stellte das Auto ab und stieg zum Strand hinunter. Drei uniformierte Polizisten standen bei einer Leiche, die offensichtlich an den Strand getrieben worden war. Etwas abseits warteten zwei weitere Männer, die Wollmützen, hohe Gummistiefel und Fischerpullover trugen. Sie rauchten und unterhielten sich, doch als Flóvent näher kam, schauten sie auf und beobachteten, wie er die Polizisten begrüßte und sich neben die Leiche kniete. Sie lag auf dem Bauch, das Gesicht im Sand.

Wenig später hielt ein weiteres Fahrzeug oberhalb des Strandes, und ein Mann im Mantel und mit Schiebermütze machte sich daran, ein Stativ und einen großen Fotoapparat zum Strand herunterzuschleppen. Er stellte die Kamera neben der Leiche auf und schoss zwei

Bilder, dann verrückte er das Stativ, legte eine neue Filmkassette ein und machte noch ein Bild. Flóvent hatte ihn gebeten, den Fundort abzulichten. Der Wasserpegel stieg bereits, bald würde der Bereich wieder geflutet sein. Noch ein weiterer Mann kam dazu, dick und Pfeife rauchend. Es war der Bezirksarzt von Reykjavík, der den Mann offiziell für tot erklärte – wahrscheinliche Todesursache: Ertrinken.

»Ich meine, das liegt auf der Hand«, sagte er und schob sich die Pfeife in den Mund.

Erst als der Fotograf noch einige weitere Bilder von der Leiche in ihrer jetzigen Position gemacht hatte, drehte Flóvent sie auf den Rücken. Der Körper hatte so lange im Meer getrieben, dass das Gesicht übel entstellt war und kaum noch zu erkennen. Der Mann trug eine Tweedjacke und ein aufgeknöpftes weißes Hemd und nur noch einen Schuh. Die Kleidung passte zur Beschreibung des vermissten Mannes. Algenfetzen hatten sich in seinem blonden Haar verfangen. Der Fotograf machte noch zwei Fotos, dann klappte er das Stativ zusammen.

»Heute Abend sind sie fertig«, versprach er im Gehen, wortkarg wie immer. Flóvent war es wichtig, dass schwerwiegendere Vorkommnisse fotografisch festgehalten wurden, und so verfügte die Kriminalpolizei inzwischen über ein kleines Archiv an Fotos, von Kriminellen und von Orten, an denen es in größerem Stil gebrannt oder sich eines der wenigen Kapitalverbrechen zugetragen hatte, die auf der Insel begangen wurden. Flóvent kontrollierte die Taschen des Mannes und fand drei Schlüssel an einem Bund, eine Geldbörse, ein Taschentuch und ein Feuerzeug. In der Börse war ein

Foto, auf dem seine Ehefrau zu erkennen war, die ihn als vermisst gemeldet hatte.

»Kannst du abschätzen, wie lange er im Meer gewesen ist?«, fragte er den Arzt. »Gemeldet wurde sein Verschwinden vor ... wie lange ist das jetzt her? Etwa zwei Wochen?«

»Ja, das kommt hin«, antwortete der Bezirksarzt. »Du müsstest das besser wissen als ich. Er sieht ziemlich übel aus. Dieser Zeitraum könnte passen.«

Flóvent sah sich den Strand und den Sand an. Alles deutete darauf hin, dass der Mann ertrunken war, entweder handelte es sich um einen Unfall, oder er war selbst ins Meer gegangen. Das musste nicht unbedingt hier in dieser Bucht passiert sein. Die Leiche war einige Zeit im Meer getrieben, möglicherweise war sie mit der letzten Flut in die Bucht gespült worden. Auf jeden Fall hatte sie hier nicht lange gelegen. Sie wäre auf alle Fälle bemerkt worden, entweder von den britischen Fliegern oder anderen Leuten, die in die Bucht kamen. Flóvent nahm etwas Sand in die Hand und ließ ihn sich durch die Finger rieseln. Der Mann in der Tweedjacke hatte keinerlei Verbindung zu irgendetwas dort am Strand, der Bucht, der Militäranlage, dem Meer und den düsteren Wolken. Es war, als wäre er vom Himmel gefallen.

»Sie werden langsam unruhig, wollen wieder los«, raunte einer der Polizisten Flóvent zu und machte eine Kopfbewegung in Richtung der Männer in den hohen Stiefeln, die ein Stück abseits am Strand standen und rauchten. Flóvent nickte, ging zu ihnen und begrüßte sie.

»Ihr habt also die Leiche gefunden«, sagte er und

hielt es für unnötig, die Fischer zu siezen. »Habt sie vom Wasser aus entdeckt?«

»Etwas lag am Ufer«, sagte einer der Männer, »und Haukur hier hatte sein Fernglas dabei und meinte sofort, dass das ein Mensch sein könnte, und als wir näher kamen, da ... also ... ja, da war es leider wirklich so.«

»Ist das euer Boot?«, fragte Flóvent und zeigte auf ein hübsches Ruderboot, das auf den Strand gezogen worden war.

»Wir werfen hier manchmal unser Netz aus«, sagte der, der Haukur hieß, und kratzte sich unter der Wollmütze. Das Fernglas hing an einem Band um seinen Hals.

Ein britisches Militärflugzeug setzte über ihren Köpfen zur Landung an, und sie warteten, bis der donnernde Lärm oberhalb des Strandes verstummte. Die Männer erzählten, dass sie von dem kleinen Naturhafen Grímsstaðarvör im Westen kämen und in der Nähe des Flughafens schon mal Probleme wegen des Fernglases bekommen hätten.

»Als wären wir verdammte Spione«, sagte Haukur. »Die waren vielleicht schlecht drauf, die Briten. Sahen das Glas aufblitzen und fuhren sofort zu uns raus und wollten mir das Fernglas wegnehmen.«

»Und was hast du ihnen gesagt?«

»Dass ich das Fernglas wegen der Vögel dabeihabe«, erklärte Haukur. »Dass sie das nichts angeht.«

»Er interessiert sich für Vögel«, ergänzte sein Kamerad.

»Verstehe«, sagte Flóvent und blickte zur Halbinsel Kársnes jenseits der Bucht hinüber, überlegte, ob die Leiche vielleicht von dort herübergetrieben war und ob es nicht sinnvoll sein könnte, sich das Wetter der letzten Tage genauer anzusehen, die Windrichtungen und Strömungen. »Ihr habt ihn nicht bewegt, oder?«, fragte er.

»Nein, wir haben ihn nicht angerührt. Sind zur Baracke dort oben gerannt und durften euch anrufen.«

»Habt ihr Personen in der Nähe der Leiche beobachtet?«

»Nein. Niemanden. Warum? Ist der Mann nicht einfach nur ertrunken?«

»Doch, wahrscheinlich schon.«

»Glaubst du, jemand hat ihn angegriffen?«

»Nein, darauf gibt es keine Hinweise«, sagte Flóvent. »Wir wissen nicht, ob der Mann hier oder irgendwo anders an der Küste ins Wasser gegangen ist. Ihr könnt das wahrscheinlich besser einschätzen als ich, die Strömungen und Gezeiten.«

»Seit einigen Tagen geht die Strömung in südwestliche Richtung«, sagte Haukur, »da wird hier aller möglicher Müll aus der Faxaflói angeschwemmt – mit Verlaub«, fügte er hinzu und sah zu den Männern hinüber, die sich daranmachten, die Leiche auf eine Krankenbahre zu legen.

Flóvent notierte sich die Namen der Fischer, dankte ihnen und sah zu, wie sie das Boot ins Wasser schoben und auf die Bucht hinausruderten. Einige Soldaten hatten sich am Ufer versammelt und beobachteten, was am Strand vor sich ging. Es waren Briten, und sie gehörten der Luftwaffe an, die in den Baracken an der Nauthólsvík untergebracht war. Flóvent musste daran denken, wie Winston Churchill Island zwei Jahre zuvor einen kurzen, überraschenden Besuch abgestattet hatte. Er hatte sich mit dem amerikanischen Präsidenten Roosevelt vor Neufundland getroffen und auf dem Heimweg in Island Station gemacht, um sich ein Bild von den militärischen Aktivitäten zu machen, insbesondere vom Flottenstützpunkt im Hvalfjörður. Flóvent hatte ihn auf den Balkon des Parlamentsgebäudes treten sehen, wie er blass und mit seinem großen Kopf der Menschenmenge zuwinkte, die sich auf dem Austurvöllur versammelt hatte.

»Können sie ihn jetzt mitnehmen?« Einer der Polizisten versuchte, Flóvents Aufmerksamkeit zu gewinnen. Er zeigte in Richtung der Sanitäter.

Flóvent schreckte aus seinen Gedanken auf. »Ja«, antwortete er. »Bringt ihn ins Leichenhaus des Universitätsklinikums.«

Er sah zu, wie sie die Leiche das Ufer hinauftrugen, wo der Krankenwagen wartete, und dachte an die Fischer, die Vogelbeobachtung und daran, wie groß die Angst vor Spionage an diesem und anderen militärisch wichtigen Orten auf der Insel war. Er wusste nicht, ob den toten Mann sein Schicksal hier am Strand ereilt hatte oder ob ihn Wind und Strömung hergetragen hatten. Wusste nur, dass es an der Zeit war, die Witwe zu treffen und ihr die Nachricht zu überbringen.

Sechs

Wie vom Donner gerührt stand sie am Kai dieses entlegenen, kalten finnischen Orts am nördlichen Eismeer und konnte nicht glauben, was der Mann ihr gerade gesagt hatte. Vielleicht hatte sie ihn inmitten des Lärms, der von den vielen Menschen hier ausging, nicht richtig verstanden.

Die Ankömmlinge aus den Reisebussen hatten begonnen, ihr Gepäck an Bord der Esja zu bringen. Man hatte ihnen gesagt, das Schiff werde nicht länger als unbedingt notwendig in Petsamo bleiben und ablegen, sobald alle Passagiere an Bord seien – sie sollten sich beeilen. Auf dem Weg nach Finnland hatte das Schiff bereits einige Passagiere aus Trondheim aufgenommen und war im Vestfjord in Norwegen in Schwierigkeiten geraten, als deutsche Kampfflugzeuge ihm den Weg versperrt hatten und es mit Waffengewalt in einen Hafen gezwungen worden war. Sie hatten dem Schiff knapp vor den Bug gefeuert und die Besatzung in Angst und Schrecken versetzt. Vier Tage lang stritt sich der Kapitän mit den Deutschen, bis sie ihren Fehler eingestanden und die Esja ihren Weg gen Norden fortsetzen ließen, in Richtung Finnland. Hier wartete das Schiff bereits seit einigen Tagen auf die Passagiere. Niemand wollte noch länger in Petsamo bleiben, sondern so schnell wie möglich gen Island fahren.

Die Besatzung half den Neuankömmlingen, ihre Plätze zu finden, und führte sie durch die schmalen Gänge zu den Kajüten und Frachträumen des Schiffs. Es war sehr eng an Bord – jeder freie Quadratmeter wurde zur Unterbringung der Passagiere genutzt. Nicht nur die wenigen Kajüten waren überbelegt, auch in den Frachträumen, auf den Gängen und sogar im Speisesaal hatte man Schlafplätze eingerichtet. Während die Passagiere an Bord gingen, wurden neue Vorräte aufs Schiff gebracht. Zollbeamte guckten in alle Taschen und Bündel und kontrollierten die Reisepapiere.

»Was meinst du damit?«, fragte sie ihn, immer noch ein Stückchen abseits vom Getümmel. »Warum sagst du das … dass die Nazis ihn festgenommen haben? Warum zur Hölle …?«

Der Mann, der ihr diese Nachricht über ihren Liebsten in Kopenhagen überbracht hatte, schüttelte den Kopf, als wäre es auch ihm unbegreiflich.

»Soweit ich gehört habe, wurden zwei Medizinstudenten verhört: Christian Steenstrup und Ósvaldur. Mehr weiß ich auch nicht. Das habe ich in der medizinischen Fakultät aufgeschnappt. Erst wurde Christian verhaftet, und dann haben sie sich Ósvaldur geholt, vielleicht auch noch andere. Das ist alles, was ich weiß. Das habe ich am Tag unserer Abreise aus Kopenhagen gehört. Ich habe niemandem etwas gesagt, weil … weil ich ja gar nicht weiß, was da dran ist, abgesehen natürlich davon, dass Ósvaldur nicht aufgetaucht ist …«

»Er wollte zusammen mit der Gruppe hierherkommen.«

»Ja. Ich weiß. Tut mir leid, ich wusste nicht, dass du hier sein würdest. Ich habe nicht damit gerechnet, dir diese Nachricht überbringen zu müssen.«

Sie starrte ihn an.

»Glaubst du, dass es so war?«, fragte sie. »Dass sie ihn verhaftet haben?«

Der Mann zuckte mit den Schultern, wie um zu betonen, dass er ihr alles gesagt hatte, was er wusste. Sie erinnerte sich daran, ihn in der medizinischen Fakultät gesehen zu haben, er war sicher schon am Ende seines Studiums, vielleicht zwei Jahre älter als Ósvaldur. Jetzt erinnerte sie sich auch dunkel wieder an seinen Namen. Valdimar – oder Ingimar, eins von beidem. Sie waren sich auf Treffen der Isländer in Kopenhagen begegnet, einmal als die Studentenverbindung eine Lesung aus neu erschienenen isländischen Büchern organisiert hatte, und einmal bei der Weihnachtsfeier der medizinischen Fakultät. Beide Male war sie mit Ósvaldur dort gewesen, und er hatte ihn einen feinen Kerl genannt.

»Wie kann ich es herausfinden?«, fragte sie. Aber als sie zur Kommandobrücke der Esja hinaufblickte, wusste sie plötzlich, was zu tun war.

Sie eilte in Richtung Gangway, zwängte sich durch die Menge. An Bord sah sie einen Matrosen und bat darum, den Kapitän sprechen zu dürfen. Es sei dringend. Der Matrose sagte, sie solle mitkommen, und sie folgte ihm durch den Speisesaal und hinauf auf die Brücke. Es hieß, der Kapitän sei in seiner Kajüte, und der Matrose erklärte ihr, wie sie dorthin komme, am Funkraum vorbei und dann rechts den Flur entlang. Sie folgte seiner Wegbeschreibung und traf auf den Kapitän, als der gerade aus seiner Kajüte kam. Sie stellte sich vor, und er merkte gleich, dass sie etwas auf dem Herzen hatte. Sie schilderte ihm die Situation, dass einer der Passagiere, ihr Freund, nicht in Petsamo angekommen sei – sie habe gehört, dass er möglicherweise in Kopenhagen verhaftet worden sei und sich nun in der Gewalt der Nazis befinde. Der Kapitän verstand sofort ihre Sorge und bat sie, ihm zu folgen. Kurz darauf hatte er den Funker ausfindig gemacht. Gemeinsam gingen sie zum Funkraum. Auf dem Weg dorthin versuchte sie, die Frage gedanklich so zu formulieren, dass sie unmissverständlich war, doch sie tat sich schwer damit. Wie konnte sie bloß herausfinden, ob ihr Liebster wirklich von den Nazis verhaftet worden war? Der Kapitän half ihr, und gemeinsam verfassten sie eine Nachricht an die isländische Botschaft in Kopenhagen:

PASSAGIER VERMISST. ÓSVALDUR M.
IN KOPENHAGEN VERHAFTET?
BITTE BESTÄTIGEN. ESJA. PETSAMO.

»Es sollte nicht lange dauern, bis sie antworten«, sagte der Kapitän tröstend. »Ich bin mir sicher, dass alles in Ordnung ist. Machen Sie sich keine unnötigen Sorgen. Wir werden sehen, was sie antworten.«

Sie versuchte zu lächeln, war froh, dass der Kapitän sofort reagiert hatte und ihr helfen wollte. Es war tröstlich, sich auf die Unterstützung der Landsleute verlassen zu können. Erst nachdem der Kapitän die Nachricht gefunkt hatte, erkundigte er sich vorsichtig nach Ósvaldur und ihrem Verhältnis zueinander. Sie sagte ihm, dass sie verlobt seien und sie zu einer weiterführenden Schwesternausbildung von Kopenhagen nach

Schweden gegangen sei. Zu diesem Zeitpunkt hätten die Nazis Dänemark bereits besetzt, und sie sei nicht zurückgekehrt, in erster Linie, weil er sie inständig darum gebeten habe, in Schweden zu bleiben.

Mehr brauchte sie dem Kapitän nicht zu erklären. Angesichts der Besetzung Dänemarks durch die Deutschen erklärte sich Ósvaldurs Wunsch von selbst. Sie hatten sich am Kopenhagener Rigshospitalet kennengelernt, er Medizinstudent, sie werdende Krankenschwester. Ihr war aufgefallen, wie er mit den Patienten sprach, als seien sie ihm nicht gleichgültig, als liege ihm ihre Gesundheit wirklich am Herzen. Sie bekam mit, wie er sich ihre Sorgen und Nöte anhörte und versuchte, ihnen die Furcht zu nehmen. Seine Kommilitonen zeigten nicht annähernd so viel Feingefühl und Verständnis, nicht annähernd so viel Reife im Umgang mit denjenigen, die einen Verlust zu beklagen hatten. Ja, sie zeigten generell keine Reife. Ósvaldur war ernst und besonnen, sie konnte sich gut vorstellen, dass er bei älteren Menschen aufgewachsen war. Sie bekam mit, dass er das Reykjavíker Gymnasium besucht hatte, und fragte ihn eines Abends, als sie gemeinsam Schicht hatten, ob seine Eltern in Reykjavík lebten. Wie sich herausstellte, stammte er ursprünglich aus Ísafjörður, war aber größtenteils bei seinen Großeltern am Breiðafjörður aufgewachsen. Nach und nach bekam sie heraus, dass seine Mutter gestorben war, als er noch keine zehn Jahre alt gewesen war, sein Vater, Seemann, ihn zu seinen Eltern geschickt hatte, und er erst nach Reykjavík gekommen war, als er aufs Gymnasium gehen sollte. Er wollte sich auf Augenheilkunde spezialisieren. »Die Augen untersuchen – die Spiegel der

Seele«, sagte er und lächelte schüchtern. Sie mochte diese schüchterne Art, weil sie bei ihm nicht von zu wenig Selbstvertrauen herzurühren schien, sondern eher daher, dass er es nicht gewohnt war, dass sich eine Frau für ihn interessierte.

Sie standen noch vor dem Funkraum, der Kapitän versuchte, sie zu trösten, als der Funker sie bat, kurz zu warten, da er soeben eine Antwort von der isländischen Botschaft in Kopenhagen erhalte. Er kritzelte etwas auf einen Zettel und gab ihn dem Kapitän, der ihn überflog und ihr weiterreichte:

BESTÄTIGUNG. ISLÄNDER VERHAFTET. UMSTÄNDE UNKLAR. WARTEN AUF NÄHERE INFOS.

»Dann stimmt es also?«, flüsterte sie.

»Das muss ein Missverständnis sein, das die isländische Botschaft ausräumen wird«, versuchte der Kapitän sie zu beruhigen, als er merkte, wie sehr ihr diese Nachricht zusetzte.

»Nein«, widersprach sie, war sich ihrer Sache ganz sicher. »Das ist kein Missverständnis. Leider. Die wissen genau, was sie tun. Sie haben ihn gefasst.«

»Ihn gefasst?«

Sie erklärte ihre Worte nicht weiter, und der Kapitän setzte sie auch nicht unter Druck.

»Ich befürchte, wir können hier nichts mehr für Sie tun«, sagte er. »Das Schiff ist bereit zur Abfahrt. Wir informieren Sie selbstverständlich, wenn wir noch einmal von der Botschaft hören.«

»Ja, natürlich«, sagte sie geistesabwesend, faltete den

Zettel zusammen und steckte ihn in ihre Tasche. »Ich danke Ihnen. Ich danke Ihnen vielmals.«

Trotz allem sah sie keine andere Möglichkeit, als nach Hause zu reisen, und so saß sie mit dem Zettel in der Hand in ihrer Kajüte, als sie merkte, dass die Maschinen des Schiffes lauter stampften. Langsam entfernte die Esja sich vom Kai und glitt durch die Hafeneinfahrt. Sie wollte nicht zusehen, wie das Schiff den Hafen verließ, im Gegensatz zu vielen Mitreisenden, die im eisigen Wind an Deck standen und das Land langsam im nördlichen Eismeer versinken sahen. Sie schliefen zu mehreren in der Kajüte, doch sie hatte noch keine ihrer Kajütengenossinnen gesehen und ging davon aus, dass sie an Deck waren. Wieder und wieder las sie die Nachricht, dachte an Ósvaldur und überlegte, wo er wohl war und wie es ihm ging. Sie hätten gemeinsam an Bord sein sollen. Sie hatte sich so sehr darauf gefreut, ihn endlich wiederzusehen. Sie mussten über so vieles reden. Einander so viel erzählen. Die Sehnsucht nach ihm war beinahe unerträglich, und nur die Gewissheit, dass sie in Kürze zusammen nach Hause reisen würden, hatte dieses Gefühl abmildern können. Jetzt aber gab es nichts mehr, das ihre Sehnsucht lindern konnte, die Schwere, die sich auf ihr Herz legte, die Furcht, die sich in ihr ausbreitete.

Ihr blieben nur noch die Erinnerungen. Einst so greifbar und süß. Jetzt so fern und bitter.

Sie hatte ihm zum Abschied ein Geschenk gekauft, am Tag vor ihrem Aufbruch nach Schweden. Sie waren an einem kleinen Tabakladen in der Sankt-Peders-Stræde vorbeigekommen – ganz in der Nähe der Stelle, wo der isländische Dichter Jónas Hallgrímsson nach einem schweren Treppensturz so gefasst im Sterben gelegen hatte. Ósvaldur zeigte auf das Dachgeschoss und sagte, Jónas habe gewusst, dass er jung sterben würde, daher habe sich der Dichter mit seinem Schicksal abfinden können.

Er bat sie, kurz zu warten, und ging hinein, um Tabak zu kaufen, hatte als Gymnasiast mit dem Rauchen angefangen. Irgendwann wurde ihr das Warten langweilig, und sie betrat den Laden, als er gerade bedient wurde. Er drehte sich um, lächelte ihr zu und versuchte, sie unauffällig auf den Tabakverkäufer aufmerksam zu machen, der einen winzigen Kopf hatte, aber den größten Oberlippenbart, den sie je gesehen hatte. Sie freute sich über seinen Übermut und wollte ihm irgendetwas zur Erinnerung an diesen Tag und die gemeinsame Zeit in Dänemark kaufen. Vielleicht weil sie von Gewissensbissen geplagt wurde. Sie hatten nicht viel Geld, und nach kurzer Überlegung fiel ihr ein, dass ihm ständig Streichhölzer fehlten, daher kaufte sie ihm ein billiges, mit dem dänischen Wappen verziertes Feuerzeug.

»Das werde ich nie tun«, sagte Ósvaldur und schlang seine Arme um sie, als sie den Laden verließen.

»Was meinst du?«, fragte sie.

»Mich mit dem Tod abfinden.«

Sieben

Die Ehefrau reagierte gefasst, als Flóvent mit bekümmerter Miene von der Nauthólsvík-Bucht zu ihr nach Hause kam. Sie schien sich mit dem Unvermeidlichen abgefunden zu haben.

Er musste nichts sagen.

»Er wurde also gefunden?«, fragte sie an der Tür, als hätte sie seinen Besuch erwartet, wenn nicht heute, dann morgen. Wenn nicht diese Woche, dann in der nächsten.

Flóvent nickte.

Sie bat ihn herein, und er setzte sich ins Wohnzimmer, wo er schon einmal gesessen hatte. Diesmal war sie Flóvent in erster Linie dankbar. Sie war allen dankbar, die an der Suche teilgenommen hatten, den Polizisten, den Pfadfindern, der Bevölkerung und allen, die mitgefühlt und sie unterstützt hatten, seit sie einen halben Monat zuvor auf der Wache in der Pósthússtræti gemeldet hatte, dass ihr Mann nicht nach Hause gekommen war.

»Gut, dass er gefunden wurde«, sagte sie, als Flóvent schon eine Weile dort gesessen und ihr berichtet hatte, dass zwei Männer von einem Boot aus die auf dem Bauch liegende Leiche am Strand der Nauthólsvík gesehen und die Polizei informiert hätten. Das lange Treiben im Meer hatte den Körper verunstaltet, aber Verletzungen, die auf eine Gewalttat hindeuteten, waren nicht zu sehen. Wahrscheinlich sei er ins Meer gegangen, wie sie schon vermutet hatten. Die Strände seien abgesucht und die Küstenlinie von Reykjavík mit Booten abgefahren worden.

Als sie auf die Wache gekommen war, um ihren Mann vermisst zu melden, hatte sie ihn schon drei Tage nicht mehr gesehen und gesagt, dass sie sich große Sorgen mache, dass sie nicht länger abwarten könne. Ihr Mann hieß Manfreð und war zur Arbeit gegangen, wie jeden Morgen. Sie war mit dem Schiff nach Akranes gefahren, wo sie einmal im Monat beruflich zu tun hatte. Als sie zwei Tage später zurückkam, war er nicht zu Hause gewesen. Er arbeitete bei einer Versicherungsgesellschaft und machte normalerweise zwischen fünf und sechs Uhr Feierabend. Der Abend verging, ohne dass er auftauchte, und gegen acht machte sie sich ganz verunsichert zur Nachtschicht auf, ohne von ihm gehört zu haben. Sie arbeitete als Krankenschwester bei den Nonnen im Landakot-Spital. Sie sorgte sich inzwischen sehr, so etwas war noch nie vorgekommen. Als sie am nächsten Morgen nach Hause kam, begann sie, sich bei seinen Arbeitskollegen zu erkundigen, bei Freunden und Bekannten, jedoch möglichst unauffällig, ohne sich zu besorgt zu zeigen. Flóvent gegenüber sagte sie später, sie habe dadurch verhindern wollen, dass die Leute denken, mit ihrer Ehe sei irgendetwas nicht in Ordnung, denn das sei nicht der Fall.

Gegen Mittag war sie mit ihrem Latein am Ende und konnte es nicht länger hinauszögern, mit der Polizei zu sprechen. Die Suche nach dem Mann wurde sofort begonnen. Fotos von ihm erschienen in den Zeitungen. Er wurde übers Radio gesucht. Auch seine Kollegen wussten nicht, wo er war. Sie hatten gedacht, er sei krank, und wunderten sich, dass er das nicht gemeldet hatte. Das hat er wohl versäumt, dachten sie und fanden, dass ihm das gar nicht ähnlich sehe, so pünktlich, strebsam und verlässlich, wie er sonst sei.

Nein, es habe keine besonderen Schwierigkeiten zwischen ihnen gegeben, sagte sie zu Flóvent, der den Fall übernommen hatte und versuchte, mehr herauszukriegen. Sie waren schnell zum Du übergegangen. »Ich hoffe, du denkst nicht …«

Flóvent verstand sofort und bat um Entschuldigung für den Fall, dass er sie verletzt haben sollte, das sei nicht seine Absicht gewesen. »Für die Angehörigen ist eine solche Situation natürlich besonders schwierig«, hatte er gesagt, »und ich wollte nichts andeuten, was … was dich verletzen könnte.«

»Es ist so hart«, hatte sie gesagt, als die Suche keinen Erfolg zeigte. »Nichts zu wissen.«

Jetzt wusste sie es, und sie kam ihm sehr ruhig und beherrscht vor, als sie sich hier im Wohnzimmer seinen Bericht von der Nauthólsvík anhörte. Obwohl man ihr die Erschöpfung und den Kummer der letzten Tage ansah, fand er, dass sie Würde ausstrahlte, als sie sich dankbar darüber äußerte, dass er endlich gefunden worden war.

»Ja, diese Gewissheit ist bestimmt eine Erleichterung«, sagte Flóvent. »Die Leiche wurde zur Obduktion ins Universitätsklinikum gebracht, wie üblich bei solchen Fällen. Ich informiere dich, sobald sie fertig sind, das wird sicher nicht lange dauern. Daher kannst du ruhig schon mit den Vorbereitungen für die Beerdigung beginnen. Aber wir wären dir dankbar, wenn du ihn dir anschauen und identifizieren könntest, auch wenn das natürlich nicht leicht für dich sein wird. Wenn du möchtest, begleite ich dich.«

Sie war wenige Jahre jünger als er, um die dreißig, und hieß Agneta. Sie hatte diese schwierige Zeit so tapfer durchgestanden, dafür bewunderte er sie. Sie war für jede Hilfe dankbar, beschwerte sich nie, verfolgte alles genau, hatte sich intensiv an der Suche beteiligt und sogar auf eigene Faust weitergeforscht, als die Suche offiziell eingestellt worden war. Diese Ausdauer bewunderte er.

»Das hier haben wir in seinen Taschen gefunden«, sagte Flóvent und legte das Feuerzeug, die Geldbörse, den Schlüsselbund und das Taschentuch vor ihr auf den Tisch. Das Tuch war noch feucht und die Geldbörse nass. »Das Geld war noch drin«, sagte er.

»Ja«, antwortete sie geistesabwesend, »das heißt …?«

»Er wurde nicht ausgeraubt«, antwortete Flóvent. »Alle Indizien weisen in dieselbe Richtung. Alles deutet darauf hin, dass es ein furchtbarer Unfall oder Selbstmord war. Es tut mir sehr leid.«

»Danke«, sagte sie. »Vielen Dank für alles.«

»Es kann sein, dass er ins Hafenbecken oder irgendwo an der Küste ins Meer gestürzt ist. Weißt du, ob er am Hafen gewesen sein könnte? Oder hat er Spaziergänge an der Küste gemacht?«

»Ja, das hat er manchmal, und wir zusammen natürlich auch. Wir sind zum Beispiel in den Westen zur Insel Grótta gefahren und dort spazieren gegangen, aber ich wüsste nicht, dass er etwas am Hafen zu tun gehabt hätte. Ich wüsste nicht, was das gewesen sein sollte.«

»Du sagtest, es habe keine Anzeichen dafür gegeben, dass er sich etwas antun wollte. Abgesehen davon, dass er vielleicht manchmal schweigsam war und sich zurückgezogen hat, aber immer nur kurz. Auf der Arbeit habe er sich wohlgefühlt.«

»Ich dachte nicht, dass das etwas Ernsthaftes wäre«, sagte sie, »aber dann blickt man zurück, in all seinem Kummer, und sieht die Dinge vielleicht doch ein bisschen anders. Anzeichen, die einem entgangen sind. Die damals undeutlich waren, aber heute vielleicht ein bisschen klarer erscheinen, wenn du verstehst, was ich meine.«

»Manchmal stehen die Angehörigen nach solch einem tragischen Ereignis völlig fassungslos da, weil sie nicht die geringste Ahnung hatten, dass es so kommen würde. Solche Gedanken liegen tief in den Menschen verborgen. Selbstmordgedanken, auch ganz ohne Vorgeschichte. Das ist sehr unterschiedlich. Wir haben die Erfahrung gemacht, dass ein Selbstmord die Angehörigen völlig überrumpeln kann.«

Flóvent hatte bereits mit einigen solcher Fälle bei der Polizei zu tun gehabt und die Angehörigen mit ähnlichen Worten getröstet. Und er wusste auch, dass sie sich schnell Selbstvorwürfe machten, die aber in den seltensten Fällen gerechtfertigt waren.

Er blieb noch eine Weile bei der Frau sitzen, bevor er aufstand und ihr sagte, dass sie nicht zögern solle, sich zu melden, wenn er irgendetwas für sie tun könne. Sie begleitete ihn zur Tür, und er legte ihr nahe, rasch ihre Familie zu informieren, sie bei sich zu haben und über das zu reden, was geschehen war. Vielleicht einen Pfarrer zu rufen, wenn sie glaube, das könne ihr guttun. Sie gaben sich die Hand und sie dankte ihm noch einmal für die Fürsorglichkeit und den Zuspruch.

Acht

Am Rauðarárstígur gab es ein schäbiges Lokal, in dem einfaches Essen angeboten wurde. Es roch dort nach einer Mischung aus gekochtem Fisch und Wurst, Zigarettenrauch und Muff. Ein Sammelsurium an Stühlen und Bänken war noch von der letzten Nacht kreuz und quer im Raum verteilt. Kurz nach der Ankunft der Briten drei Jahre zuvor war diese Spelunke in einem alten Pferdestall eingerichtet worden. Ein leichter Pferdemistgeruch lag noch in der Luft, und die alten Klepper, die auf dem Klambratún standen – der großen Wiese hinter der Kneipe –, zog es manchmal immer noch dorthin. Doch das Gebäude war inzwischen sehr viel wohnlicher: Die Wände waren verkleidet worden, das Dach verstärkt, ein neuer Holzboden gelegt und alles mit einer seltsam farblosen, von einer britischen Fregatte gestohlenen Farbe gestrichen worden. Der Name, Piccadilly, der schnell über die Eingangstür gepinselt worden war, sollte wohl das Heimweh der jungen Soldaten lindern, die diesen Ort aufsuchten. Der Name blieb, auch als die meisten Briten das Land bereits verlassen hatten, und die Amerikaner übernahmen. Das Piccadilly – die Amerikaner nannten es bald Pick-a-dolly – wurde vor allem von den einfachen Soldaten besucht, und mitunter ging es dort abends recht lebhaft zu, dann schallte es über die Wiese und durchs ganze Nordermoor-Viertel. Die nötige Erlaubnis hatte sich der Eigentümer über einen Verwandten in der Kommunalpolitik beschafft. Alkohol bezog er in rauen Mengen über die Soldaten, außerdem brannte sein Bruder guten Schnaps, der den Gästen des Etablissements geschmeidig die Kehle hinunterrann.

Kaschemmen wie das Piccadilly schossen rund um die Barackensiedlungen des Militärs wie Pilze aus dem Boden, und nicht alle machten sich die Mühe, eine entsprechende Genehmigung einzuholen. Manchmal kam es an diesen Orten zu Schlägereien zwischen Soldaten und den Einwohnern der Stadt. In solchen Fällen wurde sowohl die Militärpolizei als auch die isländische Polizei eingeschaltet, die die Leute nach Nationalität sortierten und zum Ausnüchtern in Zellen brachten – die Soldaten in ein Militärgefängnis am Kirkjusandur und die Isländer meist in den Keller der Polizeiwache in der Pósthússtræti. Zu dieser Art von Auseinandersetzungen wurde auch der Fall des Soldaten gezählt, der völlig zerschunden ins Krankenhaus von Camp Laugarnes eingeliefert worden war. Es habe eine Schlägerei gegeben, wahrscheinlich wegen irgendeines Mädchens. Das nächtliche Treiben in der Bar war beendet, und alle Gäste, die noch greifbar waren, wurden verhört. Aber die meisten hatten sich sofort in die Nacht verabschiedet, als sich herumsprach, was passiert war. Niemand schien etwas von einer Schlägerei oder einem Angriff zu wissen. Als Flóvent an den Ort des Geschehens kam, erfassten die Polizisten gerade die Namen aller noch anwesenden Kneipenbesucher, bevor sie sie nach Hause schickten. Sie hatten den Soldaten, so zugerichtet wie er war, noch nicht identifizieren können, zumal auch die Erkennungsmarke, die die Soldaten normalerweise um den Hals trugen, nicht aufzufinden war.

Als Thorson am nächsten Morgen zum Rauðarárstígur kam, stand der Wirt hinter dem Haus und pinkelte an die Wand. Neben ihm ein Ölfass, der Länge nach aufgeschnitten, mit einem Rost darauf, darunter Asche. Eine improvisierte Kochgelegenheit, so schien es Thorson, und er vermutete, dass die US-Soldaten dem Wirt beibringen wollten, auf amerikanische Art Fleisch zu braten.

Thorson wies sich aus, und der Wirt knöpfte sich die Hose zu. Die Hosenträger baumelten herunter, er wirkte verkatert. Thorson sprach akzentfreies Isländisch, und der Wirt schien eine ganze Weile zu brauchen, bis ihm klar wurde, dass ein uniformierter Militärpolizist Isländisch mit ihm sprach.

»West-Isländer«, erklärte Thorson.

»Kommst du wegen diesem Soldaten?«, fragte der Wirt.

»Er ist im Krankenhaus gestorben«, sagte Thorson.

»Ach. Das ist ja unschön.«

»Ja, das ist unschön.«

»Da drin dürfen sie Feuer machen«, erläuterte der Wirt, als er Thorsons Interesse für das Ölfass bemerkte. »Das sind feine Jungs, die haben gern ihren Spaß, wenn sie dürfen. Wärmen sich daran auf. Sie nennen das Barbecue. Irgendwas von zu Hause. Braten Fleisch darauf. Wie gesagt, sie haben gern ihren Spaß.«

»Ja, das kenne ich«, sagte Thorson. »Hier war gestern ganz schön was los.«

»Nicht mehr als sonst«, sagte der Wirt. Er war klein, ein kumpelhafter Typ, hatte eine auffällig niedrige Stirn, dafür aber eine umso üppigere Mähne, die er gerade zurückgekämmt trug. Er hieß Benedikt, meinte aber gleich, dass er immer nur Bensi genannt werde.

»Niemand hat etwas davon mitbekommen, bis auf einmal dieser Soldat reingestürmt kam und schrie, dass wir einen Krankenwagen und die Polizei rufen sollten. So etwas sind wir hier nicht gewohnt. Normalerweise versuchen wir, Konflikte selbst zu klären. Er zerrte mich nach draußen, und da sah ich den armen Kerl da hinten liegen.«

»Drinnen war er dir nicht aufgefallen?«

»Ich habe keine Ahnung, wer das ist, konnte vor lauter Blut kein Gesicht erkennen.«

»Und du hast auch keine Streiterei bemerkt? Auseinandersetzungen? Handgreiflichkeiten?«

»Nein, gestern war es relativ ruhig, im Vergleich zu manch anderem Abend. Ich habe keine Ahnung, was da passiert ist. So etwas … das ist einfach abscheulich. Richtig abscheulich. Wer war das denn eigentlich?«

»Das müssen wir noch herausfinden«, antwortete Thorson und sah zu der Wiese, dem Klambratún, hinüber, wo der Mann so übel zugerichtet gelegen hatte. Man hatte alles nach einer zerbrochenen Glasflasche oder großen Glassplittern abgesucht, jedoch vergeblich. Der Wirt zeigte Thorson, wo er die leeren Alkohol- und Limo-Flaschen aufbewahrte. Sagte, dass natürlich hin und wieder Flaschen kaputtgingen, dann kehre er die Scherben auf und werfe sie in den Müll. Er ließ Thorson in eine Tonne mit diversen Abfällen und Glasscherben gucken. Thorson suchte ein wenig darin herum, fand aber nichts, was ihm bei den Ermittlungen helfen konnte. Er fragte den Wirt nach Stammgästen und ob er ihre Namen kenne, und auch nach Isländern, die ins Piccadilly kämen. Er merkte, dass der Wirt nur ungern Auskunft darüber gab, da er ausweichend antwortete, es kämen alle möglichen Leute und auch nicht immer dieselben. Natürlich auch Soldaten mit ihren Freundinnen, und es komme zu flüchtigen Bekanntschaften, manchmal gerieten auch die Männer aneinander, weil das Verhältnis zwischen Männern und Frauen so ungleich sei.

»Flüchtige Bekanntschaften?«

»Nenn es, wie du willst.«

»Was?«

»Die Frauen verschwinden manchmal kurz mit ihnen raus auf die Wiese«, sagte der Wirt. »Ich mische mich da nicht ein.«

»Handelt es sich um Prostitution?«

Bensi machte sich daran, seine Hose zu richten, stopfte das Hemd in den Bund, streifte sich die Hosenträger über die Schultern und strich sich das Haar aus der Stirn.

»Davon weiß ich nichts«, sagte er. »Nenn es, wie du willst. Ich habe damit nichts am Hut. Ich führe hier nur meinen Laden und will damit in Frieden gelassen werden.«

»Wo genau auf der Wiese? Wo der Mann gefunden wurde?«

»Irgendwo dort auf dem Klambratún, zum Beispiel da, bei dem Gebüsch«, sagte der Wirt und zeigte auf die Stelle, wo der junge Mann in seinem Blut gelegen hatte. Ein kleiner Fleck mit ein paar Bäumen und Büschen.

Jenseits des Feldes, ein Stück weiter südlich, ließen sich die Dächer der Pólarnir-Siedlung erahnen.

»Es ist nicht weit zur Pólarnir-Siedlung«, sagte Thorson und zeigte in Richtung der Armensiedlung.

»Ja und?«, sagte Bensi.

»Kommen sie hierher? Die Bewohner?«

»Natürlich. Manche. Warum fragst du? Das sind keine schlechteren Menschen als andere.«

»Das sage ich auch nicht.«

»Glaubst du, sie haben den Mann so zugerichtet?«

»Ich weiß es nicht«, antwortete Thorson. »Ich weiß es einfach nicht.«

Neun

Sie wollte nicht länger in der Kajüte bleiben, allein mit ihrer Verzweiflung und den Selbstvorwürfen. Lieber wollte sie sich an Bord der Esja nützlich machen. Bald nach der Abreise von Petsamo wurden Rettungsübungen abgehalten, und dabei stellte sich heraus, dass es keine Rettungsringe in Kindergröße gab, obwohl sich unter den Passagieren eine Menge Kinder befand. Und so machte sie sich dankbar an die Arbeit, als sie gebeten wurde, einige der Rettungsringe an die Größe und Bedürfnisse von Kindern anzupassen. Man versuchte, keine Langeweile an Bord aufkommen zu lassen. Es gab Überlegungen, täglich eine Zeitung mit leichten Themen herauszugeben, und irgendwer hatte vorgeschlagen, einen zwanglosen Schönheitswettbewerb an Bord zu veranstalten. An Ideen mangelte es nicht, und die Passagiere waren sehr findig darin, sie umzusetzen. Sie waren von unterschiedlichster Herkunft, hatten die verschiedensten Hintergründe – irgendjemand meinte, die Passagiere an Bord seien eine Art Querschnitt der isländischen Bevölkerung: Ärzte und Krankenschwestern, Künstler, Arbeiter und Sänger, Bauern, Komponisten, junge Leute, die sich in Jütland im Bereich der Milchwissenschaft ausbilden ließen.

Erst wenn es abends ruhiger wurde und der Schiffsrumpf mit monotonem Maschinendröhnen über die Meeresoberfläche glitt, wurde sie wieder von ihren Gedanken an Ósvaldur durchdrungen, die ihr lange, schlaflose Nächte bereiteten. Sie hatten in der Skindbuksen gesessen, einer unter den Isländern in Kopenhagen sehr beliebten Bierstube. Auf der anderen Straßenseite befand sich das Magasin du Nord, wo bei gutem Wetter ein reges Treiben herrschte. Trotz des Kriegs war von Warenknappheit nichts zu spüren, und das Leben ging im Großen und Ganzen seinen gewöhnlichen Gang. Die Wehrmacht hatte zwei Monate zuvor Kopenhagen besetzt, und überall auf den Straßen waren deutsche Soldaten zu sehen. Im Gegensatz zu vielen anderen Staatsoberhäuptern, die nach England geflohen waren, blieb König Christian X in seinem Land. Die Besetzung war größtenteils friedlich abgelaufen, und die Nazis verhielten sich nicht wie Tyrannen. Die dänischen Politiker blieben auf ihren Posten, und Christian X hielt an seinem täglichen Ausritt durch die Stadt fest, ohne Leibwächter wohlgemerkt, um seinem Volk in diesen schwierigen Zeiten Mut zu machen. Die Dänen versammelten sich auf öffentlichen Plätzen und sangen patriotische Lieder, um ihren Unwillen gegen die Okkupation auszudrücken. In der Nähe der Skindbuksen befand sich das Hotel d'Angleterre, das die Nazis zu ihrem Hauptquartier gemacht hatten. Überall wehten ihre Hakenkreuz-Fahnen, und schwer bewaffnete deutsche Einheiten marschierten durch die Stadt.

»Vielen reicht es nicht, patriotische Lieder zu singen«, hatte Ósvaldur gesagt. Er zündete sich eine Zigarette an. »Sie wollen noch mehr tun«, sagte er und blies den Rauch aus.

Etwas in diese Richtung hatte er auch schon früher einmal geäußert – er sei jederzeit bereit zu Aktionen gegen die Nazis, wenn er die Gelegenheit dazu bekäme. In diesem Zusammenhang hatte er auch seinen Freund Christian erwähnt, der vorhabe, eine Gruppe für entsprechende Aktivitäten zu gründen. Und jetzt schien es so weit zu sein.

»Was meinst du damit?«, fragte sie.

»Sie wollen sich im Krieg gegen die Nazis irgendwie nützlich machen.«

»Wer?«, fragte sie.

Er zögerte.

»Meinst du Christian?«

»Zum Beispiel«, flüsterte Ósvaldur.

In den letzten Tagen hatte sie eine Anspannung an ihm wahrgenommen, die ihn schweigsam machte und irgendwie veränderte. Es war, als läge ihm etwas auf dem Herzen, ohne dass er wusste, wie er es in Worte fassen sollte. In der Kneipe wollte er abseits sitzen und spähte die ganze Zeit durch den Raum. Seit sie verlobt waren, hatte sich Ósvaldur ihr gegenüber stets aufrichtig verhalten. Sie wünschte, sie hätte dasselbe von sich behaupten können. Am nächsten Tag würde sie nach Schweden aufbrechen, um sich im Bereich der Anästhesiepflege weiterzubilden, und wollte vorher reinen Tisch machen.

»Aber nicht nur er«, sagte Ósvaldur. »Viele andere denken auch so.«

»Und hat Christian mit dir über …?«

»Ich sollte dir lieber nichts erzählen. Man weiß nie, was geschieht. Je weniger du weißt, desto besser.«

»Was erzählen?«, hakte sie nach.

Wieder zögerte Ósvaldur.

»Er sagt, es ist soweit. Er weiß, wie ich denke. Wir haben oft darüber gesprochen, Christian und ich, und auch seine dänischen Freunde, zum Beispiel Ottesen. Ob wir nicht etwas unternehmen müssten. Ich habe dir doch erzählt, dass ich mich dem Widerstand anschließen will.«

Sie erinnerte sich, dass er gesagt hatte, Christian wolle eine Zelle gründen, um gegen die Nazis zu arbeiten. Sein Bruder war bei der dänischen Armee und hatte mit zwei Kameraden Informationen über die deutsche Besetzung nach London geschickt, über Truppenbewegungen und Kriegsgerät, über die Aktivitäten des deutschen Militärs in den einzelnen Landesteilen, geeignete Orte für mögliche Fallschirmabwürfe und so weiter.

»Christian sagt, sie haben dieser Tage zwei britische Spione über den Öresund nach Schweden geschleust. An Bord eines Fischerboots. Von dort aus seien sie nach Großbritannien gelangt. Die Nazis haben wohl Wind davon bekommen und am Tag darauf ihr Versteck gestürmt. Sie haben die Frau verhaftet, die sie versteckt hatte, eine tschechoslowakische Einwanderin.«

»Was sagst du da? Ist das wahr?«

»Christian hat es mir anvertraut.«

»Und was … willst du wirklich bei so etwas mitmachen?«

»Ich möchte meinen Teil beitragen«, sagte Ósvaldur. »Christian weiß das. Er findet das richtig. Er meint, dass ein Isländer nicht so leicht in Verdacht gerät. Und ich habe einen Führerschein, das ist auch hilfreich.«

»Ósvaldur, ist das … ist das nicht viel zu gefährlich?«

»Ich sage natürlich niemandem außer dir etwas davon. Ich möchte, dass du es weißt, falls mir etwas ... für den unwahrscheinlichen Fall, dass mir etwas zustoßen sollte. Aber das wird nicht geschehen. Darauf kannst du dich verlassen.«

»Ósvaldur ...«

»Du solltest versuchen, nach Island zu kommen, wenn es irgendwie geht. Es heißt, sie wollen ein Passagierschiff von Island herschicken, um die Isländer nach Hause zu holen, die sich in Dänemark und andernorts aufhalten. Das solltest du verfolgen.«

»Ich? Und was ist mit dir? Du ... bringst du dich nicht in große Gefahr?«

»Du darfst dir nicht zu viele Sorgen um mich machen«, sagte Ósvaldur.

»Wie soll ich das verhindern?«

»Denk nicht zu viel darüber nach.«

»Was ist mit ihr passiert?«

»Mit wem?«

»Mit der tschechischen Frau.«

Eine ganze Weile sagte Ósvaldur nichts. Er blickte durchs Fenster der Kneipe auf die andere Straßenseite, wo die Leute aus dem Kaufhaus kamen.

»Sie wurde verhört und ins Gefangenenlager geschickt«, sagte er schließlich. »Nach Polen, glaubt Christian. Sie hat nichts gesagt. Sie glauben, die Nazis haben sie gefoltert, aber sie haben nichts aus ihr herausbekommen.«

»Gef...?«

Das Wort erstarb auf ihren Lippen.

»Und was willst du tun, wenn sie euch kriegen?«, fragte sie nach einer Weile. »Wenn sie dich kriegen?«

»Ich hätte dir besser nichts davon gesagt.« Ósvaldur lehnte sich über den Tisch und nahm ihre Hände. »Ich war hin- und hergerissen, aber … aber ich fand es besser, dir die Wahrheit zu sagen. Ich kann dir nichts verheimlichen. Das weißt du.«

Irgendwann gab sie es auf, stand aus ihrer Koje auf und versuchte, ihre Kajütengenossinnen nicht zu wecken. Sie zog sich an und ging an Deck, stand dort lange an der Reling. Die Esja zerschnitt die Wasseroberfläche. Sie wusste, dass sie die finnischen Gewässer hinter sich gelassen hatten und backbord Norwegen lag. Das Schiff fuhr voll beleuchtet durch die Nacht, anders als andere Schiffe das in diesen gefährlichen Zeiten taten. Der Kapitän hatte ihr erklärt, das sei Teil der Bedingungen für diese Reise nach Island gewesen.

Sie blickte in den sternenklaren Himmel. Sah den hell leuchtenden Mond und sein Licht auf den Wellen tanzen. Selten hatte sie sich so klein in dieser Welt gefühlt. Von der isländischen Botschaft in Kopenhagen gab es keine Neuigkeiten, und so allein und hilflos, wie sie sich hier an Deck fühlte, konnte sie das Weinen nicht länger unterdrücken. Ihre Augen füllten sich mit Tränen, die eine nach der anderen in die Meerestiefe hinabstürzten.

Sie hatten beschlossen, mit dem Heiraten zu warten, bis sie zurück in Island sein würden. Es war immer ihr Plan gewesen, zurückzugehen, in Island zu arbeiten und sich nützlich zu machen. Sie konnten sich nicht vorstellen, in Kopenhagen zu bleiben, dort Kinder zu bekommen und sie in einer dänischen Stadt großzuziehen.

Vielleicht war das der Grund für das, was geschehen war. Dass sie nicht verheiratet waren. Eine andere Erklärung fiel ihr nicht ein. Als wäre das eine Entschuldigung. Als wäre das eine verdammte Entschuldigung. Sie hatte reinen Tisch machen wollen, dort in der Kneipe, bevor er sie zur Fähre brachte. Ihm sagen wollen, was passiert war. Die ganze Wahrheit. Doch als er davon gesprochen hatte, sich allen Ernstes dem Widerstand gegen die Nazis anzuschließen, verlor sie jeglichen Mut. Danach schaffte sie es nicht mehr, ihre Gedanken über das in Worte zu fassen, was ihr so schwer auf dem Herzen lag.

Die Untreue.

Den Betrug.

Als sie die Chance bekommen hatte, für die weitere Ausbildung nach Schweden zu gehen, hatte sie sofort zugesagt und auch die nötige Reiseerlaubnis bekommen. Ihr Leben in Kopenhagen war zu kompliziert geworden, und sie brauchte Zeit für sich. Zeit, um die Beziehung zu diesem Mann abzubrechen, Zeit, um zu verstehen, was sie getan hatte, warum sie so etwas nie wieder tun wollte. Sie wusste, dass es nicht Ósvaldurs Schuld gewesen war. Der Grund lag bei ihr. Eine Art Abenteuerlust. Eine Spannung, für die sie ein Ventil gebraucht hatte. Etwas Gefährliches, das das Blut in Wallung brachte. Was auch immer sie zu diesen Rendezvous in Hotelzimmern getrieben hatte, bis sie wieder zur Besinnung gekommen war, die Affäre beendet hatte und alles aus tiefstem Herzen bereute.

Jetzt empfand sie es als eine unerträgliche Belastung, diesen Seitensprung auf dem Gewissen und nicht den Mut gehabt zu haben, es Ósvaldur zu sagen.

»Sei vorsichtig«, hatte sie zum Abschied gesagt.

»Ich liebe dich mehr als alles andere auf dieser Welt«, hatte er geflüstert.

Zehn

Zwei Tage nach dem Angriff am Piccadilly wurde Thorson zu einem Treffen mit einem der Kommandeure der amerikanischen Truppen beordert. Der Mann war ein Koloss aus Cleveland, mit groben Gesichtszügen, einem tiefen Bass und derbem Auftreten. Thorson war ihm noch nie begegnet und so nicht gerade auskunftsfreudig, als er nach seiner Laufbahn und seiner Erfahrung bei Ermittlungen in Kriminalfällen befragt wurde. Viel Erfahrung konnte er noch nicht vorweisen, doch in den Jahren, die er nun bereits für die Militärpolizei auf der Insel arbeitete, hatte er doch einiges gelernt. Er beantwortete die Fragen zwar freundlich, aber knapp und wartete darauf, dass der Kommandeur zur Sache kam.

»Es ist seit Langem geplant, eine eigene Einheit der Kriminalpolizei innerhalb des Militärs zu schaffen«, sagte der Bass. »Davon haben Sie vielleicht schon gehört. Eine Abteilung, die diejenigen Verbrechen untersucht, die innerhalb des amerikanischen Militärs begangen werden. Da scheint es mir einigen Bedarf zu geben. Unsere Truppen haben sich in den letzten Jahren enorm vergrößert, und es gibt solche und solche unter den Soldaten. Wir haben keine Institution, die sich mit den schwerwiegenderen Verbrechen befasst. Sehen Sie das nicht auch so?«

»Doch, ich denke schon«, sagte Thorson.

»Wären Sie bereit, in einer solchen Einheit zu arbeiten?«

»Ich ... ich weiß nicht. Darüber habe ich mir noch keine Gedanken gemacht«, sagte Thorson. »Ich denke, ich beschäftige mich weiter mit den Ingenieurwissenschaften, wenn der Krieg vorbei ist.«

»Ingenieurwissenschaften?«

»Ja, ich war ...«

»Sie wollen nicht beim Militär bleiben?«

»Ich denke, ich gehe nach Kanada zurück, wenn ...«

»Kanada? Wieso das?«, fiel ihm der Bass erneut ins Wort und blätterte in irgendwelchen Dokumenten auf seinem Tisch. »Stimmt, Sie sind Kanadier. Und Sie sprechen dieses Kauderwelsch, Isländisch.«

In seinen Worten lag zwar nicht direkt Verachtung, aber seine Enttäuschung war nicht zu überhören.

»Meine Eltern sind von Island nach Manitoba ausgewandert, dort wurde ich geboren«, sagte Thorson. »Als der Krieg ausbrach, habe ich mich zum Militär gemeldet und wurde mit anderen kanadischen Freiwilligen nach Großbritannien geschickt. Ich war unter den Ersten, die nach Reykjavík kamen, als die Briten Island besetzt haben.«

»Ein isländischer Kanadier? Schon eine merkwürdige Mischung, oder? Ich sehe, Sie waren im zweiten Bataillon der königlichen britischen Marineinfanterie.«

»Das ist korrekt«, sagte Thorson. »Ob das in irgendeiner Weise merkwürdig ist, kann ich nicht sagen, aber die West-Isländer haben in beiden Weltkriegen ihren Beitrag geleistet.«

Der Kommandeur schien das Interesse an ihm verloren zu haben, als Thorson Kanada erwähnt hatte, und begann nun, sich nach den Mordermittlungen zu erkundigen. Thorson erklärte, dass sie noch ganz am Anfang stünden. Möglicherweise sei ein Soldat aus einer Kneipe in ein nahes Gebüsch gelockt worden. Falls er vorher überhaupt in diesem Schuppen gewesen sei. Dem Piccadilly.

»Piccadilly?«

»Ja, der Name soll die Soldaten ansprechen«, sagte Thorson. »Manchmal laden die Frauen dort Männer ein mitzukommen, oder wie auch immer das abläuft, da draußen auf der Wiese …«

»Zum Ficken?«

Thorson antwortete nicht. Er konnte die derbe Art dieses Mannes nicht leiden.

»Da ist nur eines, das mich stört«, sagte der Kommandant mit finsterem Blick. Er öffnete eine Mappe und überflog den Inhalt. Nach dem Tod des Soldaten im Krankenhaus sei eine Truppenerfassung durchgeführt worden, die bis jetzt angedauert habe. Sie habe alle Bereiche der Armee umfasst, Heer, Luftwaffe und Marine, und auch die britischen Besatzer hätten die Reste des britischen Militärs auf der Insel gezählt. »Die Erfassung war sehr genau«, sagte der Mann. »Sehr ausführlich.«

Er legte eine Pause ein, um seinen Worten Gewicht zu verleihen.

»Das war keiner von unseren Soldaten«, sagte er schließlich. »Das können wir nach dieser Erfassung ausschließen.«

»Aber, wie …?«

»Die fünfte Infanteriedivision haben wir natürlich besonders gründlich durchforstet, weil er die entsprechende Uniform trug, aber dort fehlt niemand«, sagte der Kommandant. »Daraufhin haben wir die ganze Truppe kontrolliert, sämtliche Einheiten, von den einfachen Soldaten bis zu den höchsten Ebenen, Köche und Fahrer. Niemand ist verschwunden. Keiner fehlt. Alles deutet darauf hin, dass er nicht zum Militär gehörte, dieser Mann, den Sie gefunden haben.«

»Nicht zum Militär?«

»Nein«, sagte der Kommandant und klappte die Mappe zu. »Das muss ein Einheimischer gewesen sein, der arme Tropf. Das scheint deren Problem zu sein, Thorson. Nicht unseres.«

Elf

Flóvent saß in Marta Björnssons Restaurant in der Hafnarstræti und hatte gerade seine Mahlzeit beendet. Sein Vater besuchte eine Woche lang Verwandte im Borgarfjörður, und Flóvent hatte die letzten Abende immer hier bei Marta gegessen, bevor er nach Hause ging. Und für diesen Abend hatte er sich mit Thorson im Restaurant verabredet, doch der West-Isländer ließ sich nicht blicken. Sie hatten bereits über den Soldaten gesprochen, den man mehr tot als lebendig hinter der Bar auf dem Klambratún gefunden hatte. Thorson war davon ausgegangen, dass der Fall in erster Linie das Militär betraf, hatte Flóvent aber versprochen, ihm Bescheid zu geben, falls sich etwas anderes herausstellen sollte.

Vier Männer von der amerikanischen Luftwaffe, die zusammengesessen und nach dem Essen geraucht und Kaffee getrunken hatten, standen auf, riefen Marta einen Abschiedsgruß zu und traten in den kühlen Aprilabend hinaus. Die Schirmmützen hingen ihnen im Nacken, sie trugen Lederjacken mit Pelzkragen, redeten laut und lachten viel. Flóvent störte sich an ihrer Lautstärke und ihrem Gehabe. Er wollte gerade die Rechnung bezahlen, als Thorson das Restaurant betrat, sich zu ihm setzte und sich für die Verspätung entschuldigte. Die beiden waren mit der Zeit gute Freunde geworden und taten, was sie konnten, um den Frieden zwischen den Besatzern und den Einheimischen zu wahren, auch wenn es manchmal zu Konflikten kam. Sie vertrauten einander und wussten, dass ihre Zusammenarbeit die Kommunikationswege verkürzte und Gerichtsverfahren beschleunigte.

»Ich wurde wegen der Sache mit dem Soldaten aufgehalten«, erklärte Thorson. »Wir sind uns nicht mehr sicher, dass er einer von uns ist. Dass er zum Militär gehört.«

»Ach ja?«

»Sie haben es zweimal überprüft, es fehlt niemand.«

»Aber wer ist er dann?«

»Ich wollte dich bitten, das herauszufinden«, sagte Thorson. »Es ist nicht ausgeschlossen, dass bei der Zählung gepfuscht wurde, aber aller Wahrscheinlichkeit nach hat der Mann nichts mit den Truppen zu tun.«

»Er ist also Isländer?«

»Denkbar. Aber wie ein Soldat gekleidet. Die Uniform gehört zur fünften Infanteriedivision, aber dort haben sich alle gemeldet. Dasselbe gilt für die anderen Einheiten. Ich soll euch die Leiche übergeben.«

»Aber wer sollte ihn so zugerichtet haben?«

»Und warum ist er wie ein Soldat gekleidet? Wollte er sich als jemand anderes ausgeben? Die Soldaten beobachten? Sie ausspionieren?«

»Aber wozu? Für wen?«

»Hat jemand nach ihm gefragt? Nach einem blonden Jungen um die zwanzig?«

Flóvent schüttelte den Kopf. »Nein, nicht dass ich wüsste.«

»Ich habe gehört, dass eine Leiche am Strand gefunden wurde«, sagte Thorson. Er hatte die Suche nach dem Mann in der Tweedjacke verfolgt. Und es war für ihn eine Selbstverständlichkeit gewesen, dafür zu sorgen, dass ein paar Militärtrupps sich daran beteiligten. »Also ist er ins Meer gegangen?«

»Sieht so aus.«

»Wie hat seine Frau reagiert?«

»Wie erwartet«, antwortete Flóvent. »Gefasst. Dankbar. Eine tolle Frau, scheint mir. Stark.«

Thorson sah seinen Kollegen an.

»Furchtbar, wenn so etwas passiert«, sagte er.

»Ja«, stimmte Flóvent ihm zu. »Furchtbar.«

Zwölf

Der süße Duft von Malz und Hopfen und Gärung lag in der Luft. Die Bierbrauerei befand sich in einem der Þórshúsin-Gebäude am Rauðarðárstígur, in denen früher einmal eine Limonadenfabrik gewesen war. Jene Fabrik produzierte schon lange nicht mehr, doch die Anlage war mit Erlaubnis der isländischen Behörden wieder in Betrieb genommen worden, als die britischen Soldaten genug vom isländischen Schnaps gehabt hatten und – wie jeder normale Mensch – Bier trinken wollten. Keiner hatte geahnt, dass die Produktion und der Konsum von Bier in dem Land, dessen Schutz man übernommen hatte, strengstens verboten war. Warum die Einheimischen sich an einem Teufelszeug wie Brennivín um den Verstand saufen, nicht aber das milde Bier trinken durften, das doch allen eine gute Stimmung bescherte, war ihnen völlig unverständlich. Sie gingen davon aus, dass das Alkoholschutzkomitee und die Guttempler-Clique oder wer auch immer sich diesen Unsinn ausgedacht hatte, übermäßig großen Druck auf die Regierung ausübten. Die fand zwar, dass der Branntwein auch für die Briten völlig ausreichend war, hatte dann aber doch Verständnis für das Bedürfnis der Besatzer und beschloss, dass ein alkoholisches Bier produziert werden durfte – jedoch ausschließlich für die Soldaten. Und so wurden die völlig zugerosteten Türen der Þórshúsin wieder aufgestoßen und die alten Braufässer hervorgezogen. Schon kurz darauf nahmen die Quartiermeister des Militärs kastenweise Polar Ale entgegen, zwar nicht das beste Bier, aber immer noch trinkbarer als der isländische Schnaps. Für die Einheimischen blieb das Bierverbot weiterhin bestehen, und als Flóvent auf die Brauerei zulief, dachte er, was für eine ständige Erniedrigung das für die Isländer darstellte, als gehörten sie in ihrem eigenen Land zu einer anderen Klasse.

Im Büro der Brauerei erkundigte er sich nach einem Mitarbeiter, einem gewissen Hildibrandur, und wurde in die Brauhalle geschickt.

Die Besucher des Piccadilly, die der Polizei ihre Namen genannt hatten und nicht in die Nacht geflüchtet waren, schienen eine bunt zusammengewürfelte Mischung zu sein. Nun versuchte Flóvent, die Isländer unter ihnen zu finden, während Thorson sich unter den Soldaten umhörte, ob sie etwas gesehen oder bemerkt hatten, das das Schicksal des jungen Mannes erklärte. Die Amerikaner hatten die Leiche bereits in die Universitätsklinik überführt, wo sie obduziert werden sollte.

Insgesamt fünf Isländer hatten ihre Adresse oder ihren Arbeitsplatz angegeben. Mit einer Person hatte Flóvent bereits gesprochen, ohne dadurch viel schlauer geworden zu sein: einem sechzehnjährigen Mädchen, das mit seiner Mutter Wäsche für die Truppen wusch. Sie behauptete, nichts zu wissen, und sah ihre Mutter ängstlich an, der sie offenbar ihre Besuche im Piccadilly verheimlicht hatte. Dementsprechend verdutzt blickte die Mutter drein, und Flóvent bemühte sich, das Mädchen nicht mehr als nötig in Verlegenheit zu bringen.

»Gehst du öfter dorthin?«, fragte er.

»Nein, es war nur dieses eine Mal«, sagte das Mädchen und vermied es, ihre Mutter anzusehen.

»Ist das eine dieser Soldatenspelunken?«, zischte die Mutter. »Piccadilly?! Habe ich dir nicht verboten, dich an solchen Orten rumzutreiben?«

»Dürfte ich vielleicht unter vier Augen mit ihr sprechen?«, fragte Flóvent.

»Ich denke nicht«, sagte die Mutter. »Ich habe das Recht darauf zu erfahren, was die Polizei von meiner Tochter will. Warum fragen Sie danach? Was hat sie getan?«

»Nichts«, antwortete Flóvent. »Sie hat nichts getan. Ich sammle nur Informationen. In der Nähe dieses Orts wurde ein junger Mann angegriffen, und wir wollen herausfinden, was genau passiert ist.«

»Ach ja? Kann er Ihnen das nicht selber sagen?«

»Er ist tot«, sagte Flóvent.

Damit gelang es ihm, die Waschfrau für einen Moment zum Schweigen zu bringen, und er fragte das Mädchen, ob sie Zeugin von Auseinandersetzungen oder Konflikten geworden sei oder sich an den jungen Mann erinnere. Sie antwortete, dass sie Flóvent nicht helfen könne. Sie habe erst etwas davon mitbekommen, als der Laden sich mit isländischen und Militärpolizisten füllte und manche sich verdrückten, während andere wissen wollten, was passiert sei.

»Dir ist also kein junger Soldat aufgefallen, der eine Uniform trug, aber fließend Isländisch sprach?«, fragte Flóvent.

»Ist das der Mann, der gestorben ist?«, fragte das Mädchen.

»Ja. Wir wissen noch nicht, wer er war, aber sehr wahrscheinlich war er ein Isländer, der sich wie ein Soldat gekleidet hatte.«

»Warum sollte er das getan haben?«, schaltete sich die Mutter ein.

»Das wissen wir nicht«, antwortete Flóvent.

Kurz darauf verabschiedete er sich, und obwohl die Mutter sich während seiner Anwesenheit einigermaßen zurückgehalten hatte, hörte er noch das Donnerwetter, das über das Mädchen hereinbrach, sobald er außer Sichtweite war.

Der Nächste auf Flóvents Liste war Hildibrandur. Er hatte angegeben, in der Bierbrauerei unweit des Piccadilly zu arbeiten, als Lagerarbeiter. Er gab Flóvent zur Begrüßung die Hand, ein dicker Mann in den Fünfzigern, der einen braunen Arbeitskittel trug. Er sagte, dass er manchmal nach der Arbeit oder am Wochenende in die Bar gehe. Hildibrandur gestand, dass es ihm Spaß mache, sich unter die amerikanischen Soldaten zu mischen, die diesen Ort besuchten. Er konnte ein paar Brocken Englisch und mochte ihre Gesellschaft, hatte sogar schon Bekanntschaft mit dem einen oder anderen Soldaten geschlossen. Er sagte, dass es tatsächlich manchmal Krach zwischen ihnen und den Isländern gebe, aber soweit er sich erinnere, sei daraus noch nie etwas Ernsteres entstanden. Von seinen Kollegen in der Pósthússtræti hatte Flóvent erfahren, dass die Polizei sich hin und wieder mit den Besuchern des Piccadilly befassen musste. Meist waren es Soldaten, die aneinandergerieten. Einmal seien Messer geschwungen worden, aber da sei die Militärpolizei eingeschritten und habe die Männer mitgenommen. Ein junger Mann in der Uniform der fünften Infanteriedivision der amerikanischen Armee war Hildibrandur nicht aufgefallen, weder an dem Abend, als der Junge getötet worden war, noch an einem anderen.

»Es sind im Großen und Ganzen immer dieselben Leute, die ins Piccadilly kommen«, sagte Hildibrandur und kratzte sich den üppigen Bart, der an den Spitzen bereits grau wurde. »Vor allem Soldaten. Bensi weiß schon genau, was er da tut. Er hat die Amis immer freundlich empfangen, und sie genießen eine gewisse Freiheit bei ihm. Er brutzelt was für sie, und wenn das Wetter gut ist, dürfen sie ihre Tonne anzünden und so. Bei Bensi dürfen sie ihr Ding machen. Das gefällt ihnen einfach.«

»Und was bekommt er dafür?«, fragte Flóvent.

»Was er dafür bekommt?«

»Er scheint recht gute Beziehungen zu ihnen zu haben.«

»Ich will ihn nicht in Schwierigkeiten bringen«, sagte Hildibrandur und machte sich daran, schwere Mehlsäcke aufzustapeln. »Er ist tüchtig und findig, weiß sich zu helfen. Da ist nichts dabei, finde ich.«

»Das verstehe ich«, sagte Flóvent.

»Sie haben das nicht von mir.«

»Nein, natürlich nicht.«

»Bensi hat immer reichlich amerikanische Zigaretten und so viel Whisky und Wodka, wie die Leute trinken können – aber nichts davon ist aus den staatlichen Alkohol- und Tabakläden.«

Flóvent lächelte. Als die Briten drei Jahre zuvor das

Land besetzt hatten, war sofort ein Schwarzmarkt entstanden, der nicht weniger florierte, seit das amerikanische Militär übernommen hatte. Der einzige Unterschied war, dass das Angebot noch vielfältiger und besser geworden war, und auch die Nachfrage war gestiegen. Von Tabak bis hin zu Nylonstrümpfen gab es alles.

»Da ist er sicher nicht der Einzige.«

»Nein. Aber er braut auch seine eigene Plörre, die er hier und dort verkauft – wie gesagt: Er weiß sich zu helfen. Und ich finde es gut, dass er die Situation nutzt. Wir wissen nicht, wie lange die Besatzer hierbleiben, aber ich weiß, dass Bensi sie ausnehmen will, bis sie gehen.«

»Und die Frauen?«, fragte Flóvent. »Amüsieren die sich mit den Soldaten?«

»Ja, was glauben Sie denn? Na klar. Die wollen auch mal ein bisschen Abwechslung, wie alle. Süße Jungs, die Dollars haben und nicht nach Stall stinken. Na klar.«

»Gehen sie mit ihnen hinter die Kneipe ins Gebüsch?«

»Sicher, das kommt vor«, antwortete Hildibrandur. »Aber das interessiert mich nicht. Das ist nicht meine Sache. Absolut nicht.«

»Und nehmen sie Geld dafür?«

Hildibrandur schnaufte vom Schleppen der Mehlsäcke und hatte langsam genug von Flóvents Fragerei.

»Darüber weiß ich nichts«, keuchte er. »Ich habe Ihnen alles gesagt, was ich weiß. Ich habe kein Interesse daran, die Leute auszuspionieren, und Ihnen dann davon zu berichten, nicht das geringste!«

Die Nächste auf der Liste war eine Frau, die eine Adresse in der Pólarnir-Siedlung angegeben hatte. Doch bevor Flóvent dorthin ging, machte er einen Abstecher zu seinem Büro, um einige Telefonate zu erledigen, und erfuhr, dass Baldur, der Arzt, der für sie die Leiche untersuchte, versucht hatte, ihn zu erreichen. Flóvent rief ihn gleich zurück. Er ging davon aus, dass er irgendwelche Neuigkeiten zur Nauthólsvík-Leiche hatte, die auch für die Witwe interessant sein könnten, doch der Arzt wollte mit ihm ein Detail besprechen, das seine Erstuntersuchung an dem jungen Mann in Soldatenkleidung betraf und von dem er Flóvent so schnell wie möglich in Kenntnis setzen wollte.

»Ich wollte es dir sofort sagen, da es vielleicht bei den Ermittlungen hilfreich sein könnte: Der Junge, der im Militärkrankenhaus gestorben ist, hatte kurz vor dem Angriff Geschlechtsverkehr«, sagte Baldur.

»Ach ja?«

»Ja, offensichtlich. Ich habe Spermaspuren im End…«

Die Verbindung war schlecht, und Flóvent hörte nicht, was der Arzt sagte.

»Also sieht es danach aus, dass er dort mit einem Mädchen im Gebüsch gewesen ist? Ich habe gehört, dass im Piccadilly häufiger…«

»Was sagst du?«, fragte Baldur, der Flóvent auch nicht gut verstand.

»Meinst du, er ist mit einer Frau zusammen gewesen?«

»Nein«, sagte der Arzt. »Das versuche ich dir ja gerade zu erklären.«

»Was denn?«

»Hast du mich nicht verstanden? Mensch, ist das eine schlechte Verbindung …«

»Sagtest du, der Junge habe Geschlechtsverkehr gehabt, bevor er angegriffen wurde?«

»Geschlechtsverkehr, ja, das ist richtig. Aber ich habe gesagt, dass er mit einem anderen Mann zusammen gewesen ist.«

»Ach ja …?«

»Ich versuche gerade herauszubekommen, ob er das freiwillig getan hat oder zum Beischlaf gezw… und …«

Schon wieder rauschte es, und Baldurs Worte gingen unter.

»Was?«

»Es ist sogar sehr wahrscheinlich, dass …«

»Was?«, fragte Flóvent. »Was hast du gesagt?«

»… dass das auf dem Klambratún nicht das erste Mal war.«

Dreizehn

Der Soldat sprang auf, als Thorson die Baracke betrat, und salutierte stramm. Thorson sagte, er solle bequem stehen, so förmlich müsse es nicht zugehen. Sie befanden sich in einer Barackensiedlung, die die Einheimischen Múli-Camp nannten, da sie östlich des gleichnamigen Bauernhofs lag. Der Soldat hatte den Befehl erhalten, auf einen Mann von der Militärpolizei zu warten, während seine Kameraden zur Truppenübung gingen. Er war etwa zwanzig, ein einfacher Gefreiter, der zur fünften Infanteriedivision gehörte. Er wohnte mit elf anderen Soldaten in einer der besseren Baracken, mit betoniertem Boden und guter Ölheizung. Die Betten standen in zwei Reihen entlang der Wände, an die die Soldaten Bilder geheftet hatten, manche persönlich, andere von leicht bekleideten Frauen. Die größten zeigten amerikanische Filmstars.

»Gehen Sie oft dorthin, ins Piccadilly?«, fragte Thorson und gab dem Soldaten ein Zeichen, sich auf sein Bett zu setzen. Thorson setzte sich ihm gegenüber, holte Zigaretten heraus und bot ihm eine an. Thorson rauchte selbst nicht, hatte aber gern welche zur Hand, wenn es darum ging, das Eis zu brechen und Vertrauen und Kameradschaft herzustellen. Manchmal hatte er damit Erfolg. Manchmal auch nicht.

»Ja, ich bin ein paarmal dort gewesen, Sir«, sagte der junge Mann und nahm eine Zigarette. Thorson zündete sie ihm an.

»Und wie gefällt es Ihnen dort?«

Er bemerkte ein Foto auf einem Tischchen neben dem Bett, wahrscheinlich von den Eltern des Mannes, und einige weitere persönliche Dinge. Ein zerfledderter Thriller, eine Stange Zigaretten, zwei Comics und ein Stapel Spielkarten mit Pornobildern.

»Gut. Die Stimmung dort ist ziemlich entspannt, auch wenn der Ort an sich nichts Besonderes ist. Ziemlich schäbig sogar.«

Der Mann lächelte. Er war einer der Besucher des Piccadilly, der an jenem Abend nicht vor der Polizei weggelaufen war. Er hieß Ray Evans und kam aus Chicago.

»Ja, der Laden taugt nicht viel, aber ihr habt ihn euch in gewisser Weise zu eigen gemacht, richtig? Könnt euch dort wie zu Hause fühlen.«

»Dem Wirt ist alles egal, Sir. Sie spielen ihm das eine oder andere zu, um ihn bei Laune zu halten.«

»Wer?«

»Ich weiß nicht …«

»Wer spielt dem Wirt etwas zu? Was bekommt er dafür?«

»Das Übliche, Alkohol und Tabak. Ich weiß nicht, wer ihm das gibt, Sir. Das habe ich nur gehört.«

»Waren Sie an jenem Abend allein dort?«

»Ja, Sir.«

»Haben Sie in der Bar auch Isländer kennengelernt? Sind es immer dieselben Personen, die dorthin gehen?«

»Ja, das sind schon mehr oder weniger dieselben

Leute, scheint mir«, antwortete der Soldat. »Aber ich habe niemanden von ihnen wirklich kennengelernt. Ich war nur ein paarmal dort. Daher ...«

»Und die Frauen? Haben Sie die kennengelernt?«

»Nein, nicht wirklich«, sagte Evans.

»Sie sind nicht mit Frauen auf die Wiese hinter der Kneipe gegangen? Zu dem Gebüsch?«

Der Soldat dachte nach. Thorson hatte das Gefühl, dass er nicht ganz ehrlich war. Vor allem im Hinblick auf diejenigen, die den Wirt bei Laune hielten. Sein Zögern. Der ausweichende Blick. Aber vielleicht interpretierte er das auch falsch. Thorson war noch ziemlich aufgewühlt von dem Gespräch, das er mit Flóvent geführt hatte, bevor er hierhergekommen war.

»Ich verstehe nicht ...«

»Da, wo die Leiche gefunden wurde«, erklärte Thorson. »Dort sind Sie nie gewesen?«

Evans schwieg eine Weile.

»Ich weiß nicht, wovon Sie sprechen, Sir.«

»Die isländische Polizei sagt, dass Soldaten in dieser Kneipe Frauen kennenlernen und manche mit ihnen aufs Feld verschwinden. Sie dafür bezahlen. Ist Ihnen das bekannt?«

»Nein, Sir. Das habe ich nie gemacht.«

Wieder zögerte er.

»Aber ich habe davon gehört«, sagte er.

»Was? Was haben Sie gehört?«

»Dass so etwas vorkommt«, sagte Evans. »Aber ich habe es nicht getan.«

Thorson hätte den jungen Mann gerne noch weiter befragt, dennoch beließ er es für den Moment dabei. Immerhin hatte er seinen Namen und seine Einheit genannt und war nicht davongelaufen. Das ließ auf Kooperationsbereitschaft schließen, das durfte er nicht außer Acht lassen. Außerdem sah Thorson keinen Grund, ihn wegen irgendetwas zu verdächtigen. Die Ursache für seine Ungeduld lag bei ihm selbst. Thorson war nicht gerade bester Laune. Wenn er an das Telefonat mit Flóvent dachte und daran, was Baldur, der den jungen Mann obduziert hatte, gesagt hatte, wurde er wütend.

»In Ordnung«, sagte Thorson. »Ist Ihnen aufgefallen, dass dieser Ort von Homosexuellen aufgesucht wird?«

»Von Schwulen, Sir?«

»Ja.«

Evans schüttelte den Kopf.

»Sie haben dort keine Isländer gesehen, die sich so verhalten?«

»Neein«, antwortete Evans gedehnt. Er war offensichtlich unsicher, worauf Thorson mit seinen Fragen hinauswollte.

»Haben Sie unter den Soldaten ein solches Verhalten beobachtet?«

»Nein, Sir. So etwas habe ich dort nie gesehen.«

»Und außerhalb der Kneipe?«

»Ich weiß nicht, was Sie meinen, Sir.«

»Wissen Sie von derartigen Neigungen unter den Soldaten? Hier im Camp? In anderen Barackensiedlungen?«

»Mir ist nichts in dieser Richtung aufgefallen, Sir. Nie. Ich bin nicht …«

Evans verstummte mitten im Satz.

»Was?«

»Ich bin mir nicht sicher, ob jemand unter den Soldaten das offen zeigen … sich wagen würde, das zu zeigen. So etwas gehört nicht ins Militär. Für so etwas wird man rausgeworfen.«

»Wissen Sie von Leuten, die Hass gegen ein solches Verhalten hegen?«

»Tun das nicht alle?«

Thorson dankte dem Soldaten für das Gespräch und ging zu seinem Jeep.

Die letzte Äußerung des Soldaten war eine ehrliche Frage gewesen, aber Thorson fand sie nicht berechtigt, auch wenn ihm natürlich bewusst war, dass nur wenige – wenn überhaupt irgendjemand – diese Ansicht teilten. Ein solches Verhalten wurde innerhalb des Militärs verachtet und war ein Kündigungsgrund, ungeachtet allen Heldenmutes oder der Leistungen auf dem Schlachtfeld. Die Grausamkeit des Angriffs auf den jungen Mann, diese ungehemmte Brutalität, hatten Fragen bei Thorson aufgeworfen, auf die er möglicherweise eine Antwort erhalten hatte, als Flóvent angerufen und ihm gesagt hatte, dass das junge Opfer kurz vor dem Angriff mit einem Mann geschlafen hatte.

»Ein Hassverbrechen?«, war das Erste, was Thorson sagte. Er kannte die Vorurteile und den Hass, der daraus resultierte. Schlagartig hatte dieser Fall einen neuen, traurigeren Beigeschmack erhalten. Und Thorson empfand plötzlich noch anders für das Opfer, da er doch selbst mit Gefühlen rang, die er konsequent unterdrückte, weil er Angst davor hatte, dass andere davon erfahren könnten.

»Das ist gut denkbar«, hatte Flóvent geantwortet. »Aber könnte man das nicht auch von der anderen Seite aus betrachten?«

»Wie denn?«

»Könnte es nicht genauso gut auch ein Liebesverbrechen gewesen sein?«

Darauf wusste Thorson keine Antwort. Sie redeten noch eine Weile und waren sich einig, dass derzeit noch nicht auszumachen war, ob der Mann von einem Angehörigen des Militärs oder von einem Einheimischen ermordet worden war.

»Meinst du, Eifersucht könnte eine Rolle spielen? Treuebruch? Betrug?«, fragte Thorson am Ende des Telefonats.

»Keine Ahnung«, sagte Flóvent. »Ich habe nicht die geringste Ahnung, welcher Wahnsinn sich da abgespielt hat.«

»Ist es … wurde er vergewaltigt?«

»Baldur kann noch nichts Genaues dazu sagen, angesichts all der Gewalt, die dem Jungen sonst noch zugefügt wurde, aber er tendiert dazu anzunehmen, dass der Geschlechtsverkehr einvernehmlich war. Was auch immer danach geschah. Die Körperverletzung hat wohl erst hinterher stattgefunden.«

»Also hat ihn vielleicht jemand entdeckt?«, sagte Thorson. »Die beiden überrascht?«

»Das wäre eine Möglichkeit.«

Vierzehn

Die Fahrt war bislang planmäßig verlaufen. Es waren ausreichend Vorräte an Bord und es mangelte an nichts, im Gegenteil: Alle, die lange in der Ferne gewesen waren, freuten sich über geräuchertes Lammfleisch und isländischen Hammelbraten. Die Passagiere sahen vereinzelte Seeminen im Meer treiben, doch ansonsten war nichts zu erkennen, das auf Gefahr hindeutete. Die größte Bedrohung ging von den deutschen U-Booten aus, doch davon ließ sich keines blicken, und abgesehen von ein paar norwegischen Fischerbooten begegneten ihnen auch keine anderen Schiffe. Nichts ließ erahnen, dass schon seit mehr als einem Jahr ein Weltkrieg herrschte. Eines Morgens fielen backbord Sonnenstrahlen durch die Fenster und einige, die sich auskannten, stellten fest, dass das Schiff immer noch gen Süden fuhr, obwohl es eigentlich schon den Kurs nach Westen hätte einschlagen müssen, in Richtung isländischer Heimat. So würde das Schiff irgendwo in Schottland landen. Jemand erwähnte Leith, wo isländische Schiffe häufiger Station machten. Dabei war laut Reiseplan nicht vorgesehen, dass die Esja einen Zwischenstopp machte. Als die Fragen und Bemerkungen der Passagiere zum Kapitän auf der Brücke durchdrangen, ließ er mitteilen, dass die Weiterfahrt verzögert werde, da man den unerwarteten Befehl der Briten erhalten habe, in Kirkwall auf den Orkneys Halt zu machen.

Eine weitere Erklärung für diese Verzögerung wurde nicht gegeben, und überall hörte sie Passagiere über die Verzögerung der Reise diskutieren und über mögliche Ursachen spekulieren. Die verschiedensten Theorien über die Absichten der Briten waren im Umlauf. Eine ihrer Kajütengenossinnen, ein Mädchen aus dem Skagafjörður im Norden Islands, die eine Hauswirtschaftslehre gemacht und in einem vornehmen dänischen Haus gearbeitet hatte, behauptete, dass die Briten natürlich nach blinden Passagieren suchten, vielleicht sogar nach einem Spion der Deutschen, der sich unter die Passagiere geschmuggelt hatte. Sie würden das Schiff bis in den letzten Winkel durchsuchen und es erst weiterfahren lassen, wenn die Suche abgeschlossen sei. Das Mädchen aus dem Norden hatte eine lebhafte Fantasie und erwies sich als muntere Kajütengenossin, die nach Kräften versuchte, sie ein wenig aufzumuntern, als sie merkte, dass es ihr nicht gut ging. Das tat sie, ohne sich aufzudrängen, Fragen zu stellen oder ihre Nase in Privates zu stecken. Stattdessen erzählte sie lustige Geschichten vom Lande, von all den komischen Vögeln in ihrem entlegenen Tal, und lachte selbst darüber.

Eines verhangenen Nachmittags, als sie auf die Orkneys zusteuerten, stand sie allein an der Reling, blickte in den grauen Dunst und dachte an Ósvaldur. Ihre Gedanken weilten nie weit von ihm. Nur wenige waren an Deck, und sie fühlte sich wohl in der Einsamkeit und genoss den Frieden, den ihr der Blick auf das unendliche Meer schenkte. Und auch die Meeresluft zu atmen tat ihr gut. Sie stand schon eine ganze Weile dort, in

Gedanken versunken, als sie auf einmal die Nähe eines Menschen spürte, der lautlos zu ihr kam und ihr eine Hand auf die Schulter legte. Sie drehte sich um und war völlig entgeistert, als sie sah, wer es war.

»Entschuldige«, sagte er. »Ich wollte dich nicht erschrecken.«

»Du …?«, stöhnte sie und wich vor dem Mann zurück. »Wie …? Was …?«

»Entschuldige«, sagte er, »ich wusste nicht, dass … ich hätte mich nicht so anschleichen dürfen … Ich habe dich eine Weile beobachtet. Du warst ganz in deiner eigenen Welt. Ich hätte dich nicht stören dürfen.«

»Was … was machst du hier?«

»Ich war in Norwegen und bin in Trondheim an Bord gekommen, als das Schiff dort gehalten hat. Kurz nachdem wir Petsamo erreicht hatten, wurde ich krank und habe seitdem im Bett gelegen. Das ist das erste Mal, dass ich an Deck komme, und als Erstes begegne ich dir.«

»Ich habe dich nirgends unter den Passagieren gesehen, daher … ich wusste nicht, dass du hier bist …«

»Nein, wie solltest du auch. Als ich von der Petsamo-Fahrt hörte, habe ich sofort beschlossen, nach Hause zu fahren.«

»Wenn ich das gewusst hätte …«

»Dann wärst du nicht mitgefahren?«

»Nein … nein, ich weiß es nicht … ich … ich habe einfach nicht damit gerechnet, dich zu sehen, nachdem wir in See gestochen waren …«

Sie wusste nicht, was sie sagen sollte, und setzte sich auf eine Holzbank, die in der Nähe stand. Es wirkte, als müsste sie sich von einem heftigen Unfall erholen, und es entging ihm nicht, wie schockiert sie angesichts dieses Wiedersehens war.

»Ist das denn wirklich so schlimm?«, sagte er. »Dass ich hier bin?«

»Du weißt nicht, was ... du weißt nicht, was geschehen ist. Ich habe im Leben nicht damit gerechnet, dich hier zu sehen. Das war das Letzte, womit ich gerechnet habe.«

Zögerlich setzte er sich zu ihr, und sie saßen eine ganze Weile schweigend da. Seit ihrem Treffen in dem kleinen, ärmlichen Hotel in Vesterbro hatte sie ihn nicht mehr gesehen, und sie war damals aus einem Streit heraus weggelaufen. Sie mochte gar nicht an das denken, was zwischen ihnen gewesen war, jetzt, wo sie Seite an Seite auf einem Schiff saßen, das gen Island fuhr. Wenn sie an Ósvaldur dachte, fühlte es sich an, als säßen sie beide auf der Anklagebank. Als hätten sie ein Verbrechen gegen ihn begangen.

Die bittersten Erinnerungen und die tiefste Reue waren mit diesem Mann verbunden, der auf einmal wie aus dem Nichts aufgetaucht war. Er war über den Ausgang der Sache zwischen ihnen mehr als enttäuscht gewesen, auch wenn sie damals eindeutig zum Ausdruck gebracht hatte, dass sie sich in keiner Weise gebunden fühlte.

»Und was ist mit mir?!«, hatte er in dem Hotelzimmer geschrien. »Mit uns? Mit dem, was zwischen uns ist? Hat das alles keine Bedeutung für dich? Bedeute ich dir denn nichts?!«

»Ich habe es dir erklärt«, flüsterte sie. »Es war ein Fehler.«

»Ein Fehler?! Ich war nur ein Fehler?«

»Es hätte nie so weit kommen dürfen«, flüsterte sie.

»Wegen ihm?«

»Ja«, hauchte sie. »Wegen ihm.«

Das Schiff durchschnitt die Wellen, und sie starrte in den Dunst, bis er fragte, was sie damit gemeint habe, dass er nicht wisse, was geschehen sei.

»Ósvaldur ist in Kopenhagen verhaftet worden«, sagte sie, und ihre eigenen Worte klangen absurd und unwirklich. Als gehörten sie zu einer anderen Welt, die ihr fremd war, in der sie sich nicht zurechtfand.

»Verhaftet? Wie kommst du darauf?«, fragte er.

»Ein Kommilitone von ihm, der auch an Bord ist, hat davon gehört, und wir haben vom Schiff aus eine Nachricht an die Botschaft geschickt und …«

Sie konnte nicht. Es war ihr unmöglich, über Ósvaldur zu sprechen, schon gar nicht mit dem Mann, der an dem Betrug beteiligt gewesen war.

»Und was?«

»Die Nazis haben ihn gefasst«, sagte sie. »Mehr weiß ich auch nicht. Die Botschaft in Kopenhagen weiß von der Festnahme, und ich warte auf Nachricht von dort. Daher bin ich … ich habe solch ein Angst um ihn … dass sie ihm etwas antun könnten …«

»Verstehe«, sagte er mit beruhigender Stimme. »Aber das kann doch nur ein Missverständnis sein.«

»Ich hoffe es«, sagte sie. »Ich sehe ihn ständig in einer Zelle eingesperrt vor mir. Ich wage es kaum, den Gedanken zu Ende zu denken, was wohl mit ihm geschieht.«

»Wenn ich irgendetwas tun kann, um dir zu helfen«, sagte er, »tue ich das gern. Das weißt du. Ich würde alles für dich tun.«

»Ich warte auf weitere Informationen«, sagte sie. »Ich weiß nur so wenig. Im Grunde nichts.«

»Es muss schwer sein, in dieser Ungewissheit verharren zu müssen«, sagte er.

»Das ist der reinste Horror. Ich weiß nicht, was ich tun soll. Und wenn ich erst an uns denke, an dich und mich ...«

Ein freundliches Ehepaar mit zwei jungen Söhnen kam übers Deck spaziert. Sie grüßten und redeten ein paar Worte, übers Wetter und den Schönheitswettbewerb, der für beide Geschlechter abgehalten werden sollte – eine so nette Idee, um den Passagieren die Zeit zu verkürzen, fanden sie. Es gelang ihr nicht, sich auf das Gespräch zu konzentrieren, aber sie stimmte an den richtigen Stellen zu und hoffte, dass sie bald weitergingen. Der Mann verbot einem der Jungs, am Treppengeländer zu klettern, und schließlich setzten sie ihren Weg fort.

»Was hast du in Norwegen gemacht?«, fragte sie nach einer Weile des Schweigens. »Hast du dort gearbeitet?«

»In Oslo«, sagte er und nickte. »Ich habe es nicht mehr geschafft, die Prüfungen abzulegen. Fahre ohne Abschluss nach Hause.«

Sie war ihm zum ersten Mal im Rigshospitalet in Kopenhagen begegnet. Auf einem Mitarbeitertreffen sprach er sie an, und danach begegneten sie sich hin und wieder auf den Krankenhausfluren. Er studierte Pharmazie und verdiente sich durch die Arbeit im Krankenhaus ein bisschen was dazu, hieß Manfreð, war nett und witzig. Und attraktiv. Sie wusste nicht, was damals über sie gekommen war, als sie zum ersten Mal mit ihm schlief. Jemand von der Station feierte seinen Geburtstag. Ósvaldur war nicht dabei, aber Manfreð war da. Sie amüsierte sich. Trank recht viel. Und mit einem Mal unterhielt sie sich angeregt mit diesem netten Landsmann, und statt nach Hause zu gehen, ging sie zu ihm. Er wohnte in fußläufiger Entfernung vom Krankenhaus und lud sie auf einen letzten Drink ein. Sie sagte ihm nichts von Ósvaldur. Erwähnte ihn mit keinem Wort.

Der Mann war schon auf, als sie an einem fremden Ort in einem fremden Bett die Augen aufschlug. Er hatte Kaffee gekocht und in der nächsten Bäckerei Plunder geholt. Sie tat so, als müsste sie sich beeilen, als käme sie zu spät zur Arbeit oder wohin auch immer. Sie wusste selbst nicht mehr, warum um Himmels willen sie mit diesem Mann nach Hause gegangen war. Es so weit hatte kommen lassen. Die einzige Entschuldigung war, dass der Alkohol ihr jegliche Hemmungen genommen hatte und es so aufregend war, wenn Männer sich für sie interessierten. Dieses Gefühl begleitete sie schon lange, auch wenn sie es sich nicht richtig eingestehen wollte. Dass sie es genoss, begehrt zu sein. Es gefiel ihr, wenn Männer sie bestärkten. Mit ihr flirteten. Sie verstand selbst nicht, was das mit ihr machte. Aber sie hatte fest daran geglaubt, sich besser im Griff zu haben, jetzt, wo sie verlobt war. Doch da hatte sie sich offenbar getäuscht.

Ósvaldurs Schicht war erst am Mittag zu Ende, und wie gewohnt kam er gleich zu ihr. Sie lag im Bett und hatte beschlossen, so zu tun, als wäre nichts geschehen. Er habe gehört, es sei eine lebhafte Feier gewesen, meinte er. Sie gab vor, nicht darüber sprechen zu können, da sie solche Kopfschmerzen habe. Ósvaldur, arglos wie er war, hatte nicht die geringste Ahnung, was sie ihm verheimlichte. Die Kopfschmerzen waren zwar nicht gelogen, doch sie rührten viel eher vom schlechten Gewissen als vom Alkohol her. Sie fühlte sich elend und schwor sich, so etwas nie wieder zu tun.

Schon zwei Wochen später verpuffte dieser Schwur bei einem zweiten Rendezvous mit jenem Mann. Diesmal im Krankenhaus.

Es war schlimmer als im billigsten Schundroman.

Sie hatten beide Nachtschicht, und als die Nacht fortschritt, flammte in ihr die Lust auf und sie versteckten sich in einer kleinen Wäschekammer, sie beugte sich vor und erstickte alle Geräusche in der schneeweißen Krankenhauswäsche.

»Wir haben den Befehl, auf den Orkneys anzulegen«, sagte sie matt und versuchte, nicht daran zu denken, wie sie Ósvaldur hintergangen hatte. »Hast du das mitbekommen?«

»Nein«, sagte er. »Warum?«

»Das weiß keiner. Ein Mädchen aus meiner Kajüte meinte, dass sie nach blinden Passagieren suchen. Oder nach Spionen der Deutschen.«

»Spione?«, sagte er erstaunt.

»Ja, das ist natürlich völlig abwegig«, sagte sie. »Es sind ja nur Isländer an Bord.«

Fünfzehn

Die beiden Frauen standen an der Wasserpumpe und stritten sich lautstark – es fehlte nicht viel, dass sie übereinander herfielen. Flóvent wusste nicht, weshalb sie sich dort auf dem Platz in die Haare geraten waren, doch er meinte herauszuhören, dass ihre Kinder sich geprügelt und dann bei ihren Müttern über die Gemeinheit des jeweils anderen beklagt hatten. Ihm schien, als seien die Frauen nicht zum ersten Mal in dieser Situation und eine Einigung auch diesmal nicht in Sicht. Ihre Wortwahl war grob und obszön und die Beschimpfungen von der schlimmsten Sorte. Vor allem eine der beiden Frauen tobte geradezu. Flóvent meinte, eine große Warze auf ihrer Wange zu erkennen. Sie hielt einen zerbeulten Blecheimer in der Hand und machte Anstalten, damit nach ihrer Kontrahentin zu schlagen, die ihr atemlos gegenüberstand und ihr das Schlimmste androhte, unter anderem, ihr die verdammte Warze aus dem Gesicht zu brennen, wenn sie nicht aufhöre! Schon sauste der Eimer durch die Luft, und ein kalter Wasserschwall ergoss sich über die Frau, die zurückwich, während die mit der Warze ihr zahnlos ins Gesicht lachte. Daraufhin keifte die andere nur umso lauter und warf ihr die übelsten Beschimpfungen an den Kopf.

Es kam Flóvent nicht in den Sinn, den Streitschlichter zu spielen. Nachher würden die Frauen sich noch gegen ihn verbünden und ihn aus der Pólarnir-Siedlung jagen. Die Kinder, die den ganzen Streit ausgelöst zu haben schienen, spielten schon wieder miteinander und hielten auf die Eskihlíð zu. Die Pumpe befand sich hinter den aneinandergereihten Plumpsklos, von denen zu jeder Wohnung in der Siedlung eines gehörte. Das alles war notdürftig zusammengezimmert, und der Gestank über den Häusern war alles andere als angenehm, besonders bei Westwind. Die Gebäude standen um einen viereckigen Platz herum, das größte war ein zweistöckiges Holzhaus mit Keller. Es gab fünf Eingänge, und aus dem Dach ragten hohe Schornsteine auf. Dieser Wohnblock hieß Austurpóll. Die angrenzenden Häuser, aus genauso schlechtem Holz gebaut und ebenfalls mit Kohlen geheizt, aber nur einstöckig, hießen Norðurpóll und Suðurpóll. Diese Häuser hockten wie schlechte Soldatenbaracken auf der Erde, der Boden darin war immer kalt, es war feucht und roch moderig. In diesen Schuppen wohnten arme Leute. Behäbige Bauern, die ihre Unterkünfte nach den Höfen benannten, die sie hatten verlassen müssen. Trunkenbolde, die nachts herumlärmten. Komische Vögel, die keine andere Zuflucht hatten. Furien, die sich wie Hund und Katze an der Wasserpumpe zankten.

Flóvent beobachtete zwei Mädchen, die eine alte Frau zu einem der Plumpsklos führten. Sie öffneten ihr die Tür, aber es war so eng in dem Klohäuschen, dass die Frau sich kaum darin bewegen konnte, und die Mädchen mussten ihr helfen, sich anschließend wieder richtig anzuziehen. Er fragte einen Jungen, der vorbeirannte, ob er eine Karlotta oder Lotta kenne, die in einem der Häuser wohne. Der Junge zeigte auf eine der Holzhütten und hechtete einer Gruppe Kinder hinterher.

Flóvent klopfte an die Tür und hörte es drinnen rascheln. Kurz darauf kam ein etwa siebenjähriges Mädchen an die Tür und sah ihn mit großen Augen an. Sie trug Wollhosen und zwei dicke Pullis übereinander.

»Ist deine Mama zu Hause?«, fragte Flóvent freundlich. Er ging davon aus, dass das Mädchen die Tochter der Frau war, mit der er sprechen wollte.

»Mama!«, krähte das Kind in die Wohnung. »Da fragt ein Mann nach dir!«

Flóvent lächelte. Die Mutter kam zur Tür und beäugte ihn misstrauisch. Sie war genauso dick eingepackt wie ihre Tochter und trug ein Tuch über den Schultern.

»Was willst du?«, fragte sie, als hätte sie noch nie in ihrem Leben jemanden gesiezt.

»Ich wollte dich nach dem Piccadilly fragen«, antwortete Flóvent genauso formlos. »Du hast deinen Namen angegeben und … wenn ich kurz mit dir über jenen Abend sprechen könnte …? Du bist doch Karlotta, oder?«

»Ich habe nichts gesehen«, stellte sie schnell klar. »Das habe ich der Polizei auch schon gesagt. Ich weiß nicht, was da passiert ist.«

»Sicher, aber ich möchte dir trotzdem ein paar Fragen stellen. Es wird auch nicht lange dauern.«

»Was willst du wissen?«

Er wollte nicht mehr sagen, solange das kleine Mädchen bei ihnen war. Das merkte die Frau.

»Wolltest du nicht draußen spielen?«, fragte sie ihre Tochter in mildem Ton und holte ihr Mütze und Mantel. Dann schob sie die Kleine nach draußen und sah Flóvent dabei vorwurfsvoll an, als wäre es seine Schuld, dass das Kind aus den Armen seiner Mutter gerissen wurde.

»Ich war auf der Suche nach meinem Mann«, erklärte die Frau kurz darauf, als sie in der ärmlichen Wohnung standen. Man gelangte direkt in die Küche, von der zwei kleine Zimmer abgingen. Flóvent sah, dass die Frau tat, was sie konnte, um es einigermaßen wohnlich zu haben, aber trotzdem war diese Bruchbude kalt und feucht, die kahlen Wände verrußt und die Dielen ausgewaschen. In der Küche standen zwei klapprige Stühle und ein alter Tisch. Der Ofen war aus, zwei Silberfische glitten darunter. In einem der Zimmer sah Flóvent ein Baby, das unter einer Decke vor sich hin lallte, und ein weiteres Kind, das ruhig schlafend daneben lag.

»Ich war nicht dort, um mich zu amüsieren«, erklärte die Frau. »Da war der Teufel los, als auf einmal lauter Polizisten reinkamen und die Militärpolizei und ich weiß nicht was.«

»Wo war dein Mann denn, wenn ich fragen darf?«

»Betrunken in der Stadt«, antwortete die Frau frei heraus. »Ich hatte ihn ein paar Tage nicht mehr gesehen. Ich weiß, dass er manchmal dort herumhängt und seinen Lohn vertrinkt, und ich hatte die Hoffnung, ihn vielleicht zu finden, bevor wieder alles Geld ausgegeben ist.«

»Dann gehst du also nicht ins Piccadilly, um dich zu amüsieren?«

»Um mich zu amüsieren?!«

»Ja, oder …«

»Ich habe keine Zeit, mich zu amüsieren«, sagte die

Frau. »Außerdem würde ich nie dorthin gehen. Da sind nur Saufköpfe und Verlierer. Mit solchen Leuten habe ich nichts zu schaffen.«

»Und natürlich Soldaten.«

»Ja, die führen sich dort auf, als würde der Laden ihnen gehören.«

»Kennst du welche von ihnen?«

»Nein, ich kenne keine Soldaten«, sagte die Frau. »Und ich habe auch kein Interesse, welche kennenzulernen.«

»Ich habe gehört, die Bewohner dieser Siedlung gehen gern mal ins Piccadilly«, sagte Flóvent.

»Ja, so viel steht fest. Nicht, dass mich das irgendwie interessieren würde. Ich habe genug mit mir und den Kindern zu tun.«

Die Frau weckte Flóvents Interesse, und es dauerte nicht lange, bis er herausbekommen hatte, dass sie und ihr Mann ein paar Jahre zuvor in die Hauptstadt gezogen waren, arme Leute aus dem Westen des Landes. Weil sie die Miete für ihre Kellerbehausung nicht pünktlich zahlen konnten, hatte der Vermieter sie rausgeworfen, als er ein besseres Angebot bekam. Sie hatten nichts, und die Wohlfahrt verschaffte ihnen diese Unterkunft in der Pólarnir-Siedlung, als das zweite Kind kam. Der Mann riss sich zusammen und erschien täglich bei der Arbeit für die Briten, erst in der letzten Zeit hing er mehr und mehr an der Flasche und trieb sich in Kneipen wie dem Piccadilly herum.

»Es ist nicht auszuschließen, dass der junge Mann, der dort angegriffen wurde, hier aus der Siedlung stammte«, sagte Flóvent, nachdem sie sich eine Weile unterhalten hatten.

»Ach, war das kein Soldat?«

»Er war wie einer gekleidet, aber vieles deutet darauf hin, dass er Isländer war. Ist dir hier oder in der Umgebung jemand aufgefallen, der sich wie ein Soldat kleidet? Ein junger Mann, der sich als Soldat ausgibt? Oder viel Kontakt zu den Truppen hat?«

Die Frau dachte nach und schüttelte schließlich den Kopf.

»Dann müsste ihn hier doch jemand vermissen, oder?«, sagte sie.

»Eigentlich schon«, sagte Flóvent. »Bei uns ist keine Meldung eingegangen.«

Er war sich unsicher, ob er der Frau weitere Informationen über den Mann geben sollte, und dachte insbesondere an das, was Baldur ihm gesagt hatte. Dieses Detail erschien ihm sehr sensibel und persönlich, außerdem durfte er, was die Ermittlungen anging, nicht mehr sagen als unbedingt notwendig. Doch er sah keinen Weg, um diesen entscheidenden Punkt herumzukommen, und so beschloss er, der Frau zu vertrauen. Bat sie, es nicht weiterzusagen. Und er merkte, dass ihr Interesse geweckt war.

»Möglicherweise hatte der junge Mann vom Piccadilly Verkehr mit anderen Männern«, begann Flóvent.

»Verkehr mit anderen Männern? Was heißt das, war er verkehrt rum?«

»Möglicherweise. Wir wissen es nicht sicher.«

Die Frau schwieg eine Weile.

»Es ist aber nicht ... nein, das kann nicht sein ...«

»Wer?«

»Nein, unmöglich«, sagte die Frau nachdenklich. »Ich habe ihn erst heute früh hier draußen gesehen.«

»Wen?«

»Er heißt Tóbías und ist schwul. Er wohnt im großen Haus. Ein toller Junge, der mir oft geholfen hat, nachdem wir hergezogen sind. Bei allem Möglichen hat er mir geholfen. Aber er kann es nicht sein, denn ich habe ihn noch früh am Morgen nach Hause kommen sehen.«

»Aber vielleicht kennt er den Jungen«, sagte Flóvent. »Woher weißt du, dass er auf … Männer steht?«

»Das hat er mir selbst gesagt. Er hatte kein Problem damit, mir das zu sagen, aber er hat kein großes Ding draus gemacht. Er ist ein ganz normaler Junge, hat mir sehr geholfen und war lieb zu den Kindern.«

»Und er wohnt im großen Haus?«

»Er wohnt bei seiner Tante. Klemensína.«

»Sagtest du … Klemensína?«, wiederholte Flóvent und wusste, dass nicht viele Frauen so hießen und noch dazu in der Pólarnir-Siedlung wohnten.

»Ja, bei Klemensína. Dem alten Weib«, sagte die Frau und bemühte sich nicht, ihre Verachtung zu verbergen.

Sechzehn

Flóvent bestand nicht darauf zu erfahren, warum die Frau so schlecht auf Klemensína zu sprechen war, als er merkte, dass sie darüber nicht reden wollte. Sie begleitete ihn zur Tür und zeigte auf Klemensínas Wohnung im großen Haus. Er bedankte sich und sagte, dass er sie vielleicht später noch einmal aufsuchen müsse, wenn es ihr recht sei, worauf die Frau keine Antwort gab. Auf dem Platz war inzwischen Ruhe eingekehrt, die streitenden Frauen waren nicht mehr zu sehen. Flóvent stieg die abgewetzte Holztreppe zum ersten Stock des großen Hauses hinauf. Noch bevor er oben ankam, öffnete sich dort eine Tür, und ein junger Mann kam ihm die Treppe hinunter entgegengeeilt.

»Tóbías?«, fragte Flóvent, als er dem Mann Platz machte.

Die Treppe war eng, sie mussten sich aneinander vorbeiquetschen, und der Mann nuschelte irgendetwas. Flóvent hielt ihn am Arm fest.

»Bist du Tóbías?«

»Nein, der wohnt da oben«, sagte der Mann und zeigte auf die Tür, aus der er gerade gekommen war. Flóvent ließ ihn los, und der Mann sprang die Treppe hinunter und eilte über den Platz in Richtung Nordermoor-Viertel. Flóvent war gerade im ersten Stock angekommen, als die Tür wieder aufging und ein weiterer junger Mann im Türspalt erschien. Er erschrak, als er Flóvent sah, fing sich aber schnell wieder und machte einen Schritt in Richtung Treppe, als wollte er hinter dem anderen Mann her. Doch dann überlegte er es sich anders, drehte sich wieder um und musterte Flóvent.

»Suchst du was?«, fragte er und duzte den Fremden ganz bewusst. »Bist du ein Geldeintreiber?«

»Ich bin auf der Suche nach Tóbías«, sagte Flóvent. »Es heißt, er wohnt hier. Bist du das vielleicht?«

»Was willst du von ihm?«, fragte der junge Mann.

»Ich bin von der Polizei und ...«

»Polizei?«

Flóvent nickte.

»Ich heiße Tóbías«, erklärte der Mann. »Was willst du von mir? Was will die Polizei von mir?«

»War das dein Freund?«, fragte Flóvent und blickte die Treppe hinunter.

»Ja, nein, ein Bekannter ... was ... wieso suchst du nach mir? Was willst du?«

»Eine Frau hat mich kontaktiert wegen einer Freundin, die Klemensína kennt. Sie ist deine Tante, oder? Ist sie zu Hause?«

»Nein, sie ist nicht zu Hause«, sagte Tóbías.

Flóvent merkte, dass der junge Mann wütend und ungeduldig war, ohne dass er wusste, woran das lag. Vielleicht hatte es mit dem Mann zu tun, der die Treppe hinuntergerannt war, vielleicht hatten sie sich gestritten und waren im Unfrieden auseinandergegangen. Tóbías machte keine Anstalten, Flóvent hereinzubitten, und so standen sie sich auf dem engen Treppenabsatz gegenüber, wo es genauso kalt war wie jenseits der dünnen Holzwand.

»Kennst du eine Freundin von Klemensína, die Ellý heißt?«, wollte Flóvent wissen.

»Ellý?«, sagte Tóbías zögernd.

»Ja.«

»Kann sein, dass ich den Namen kenne. Was ist mit ihr?«

»Weißt du, wo sie ist?«

»Nein, keine Ahnung. Ich kenne sie ja gar nicht. Weiß kaum, wer sie ist. Habe nur Geschichten über sie gehört.«

»Wie meinst du das, was für Geschichten?«

»Geschichten halt.«

»Die Frau, die mit mir gesprochen hat, macht sich Sorgen um sie, sagt, dass Ellý sich oft bei den Soldaten herumtreibt. Weißt du etwas darüber?«

»Ellý ... ich weiß nicht ... Klemensína sagt, der Schnaps tut ihr nicht gut und man kann nichts auf das geben, was sie sagt. Sie ist ziemlich verrückt. Neulich hätte sie um ein Haar einen amerikanischen Offizier geheiratet, der sie mit nach Amerika nehmen wollte. So einen Unsinn gibt dieses Weib von sich. Erzählt laufend so einen Quatsch. Denkt nur daran, nach Amerika zu kommen, verstehst du? Man kann nur Mitleid mit ihr haben.«

»Ihre Freundin sagt, sie sei nicht wählerisch mit der Gesellschaft, in die sie sich begibt.«

»Nein, das bestimmt nicht. Treibt sich bei den Baracken rum und meint, die Amis müssten sie lieben. Schläft für ein Glas Schnaps mit ihnen. Und dann wird sie fallen gelassen wie jeder andere Müll.«

»Du scheinst sie recht gut zu kennen.«

»Mehr weiß ich auch nicht. Klemensína hat mir von ihren Ausflügen zu den Militärbaracken erzählt. Aber ich weiß nicht, wo Ellý jetzt sein könnte, daher … vielleicht solltest du versuchen, dort nach ihr zu suchen. Bei den Baracken.«

»Darf ich dich eine Sache fragen: Habt ihr euch gestritten?«, fragte Flóvent. »Ihr zwei?«

»Wir zwei?«

»Du und der Mann, der gerade weggerannt ist?«

»Das geht dich nichts an«, sagte Tóbías und öffnete die Tür zu seiner Wohnung, als wollte er dieses Gespräch auf dem Treppenabsatz beenden. »Das ist Privatsache und geht dich nichts an.«

»Nein, das stimmt, ich werde dich nicht länger stören«, sagte Flóvent. »Nur noch ein Punkt vielleicht: Gehst du manchmal ins Piccadilly? In die Kneipe da drüben?«, fügte er hinzu und zeigte in Richtung Klambratún.

»Ins Piccadilly? Nein, da bin ich nicht oft.«

»Du weißt vielleicht von dem jungen Mann, der dort blutüberströmt gefunden wurde?«

»Davon habe ich gehört, ja.«

»Du weißt nicht, wer das gewesen sein könnte? Wir haben die Leiche noch nicht identifiziert.«

»Weshalb meinst du, ich könnte das wissen?«

»Ich dachte, ich frage einfach, falls dir dort ein junger Mann aufgefallen sein sollte, ein Isländer, der sich wie ein Soldat kleidet.«

Tóbías schüttelte nachdenklich den Kopf. Er war dünn, hatte ein hübsches Gesicht, und das dichte dunkle Haar fiel ihm in die Stirn. Die klugen braunen

Augen lagen tief unter den feinen Brauen und blickten Flóvent fragend an. Er war ärmlich gekleidet, trug einen grünen Wollpulli und eine dunkle Hose, die von nur einem Knopf gehalten wurde, und lief trotz der Kälte barfuß.

»Ich denke, daran würde ich mich erinnern«, sagte er.

»Wie wir herausgefunden haben, hatte der Junge vorher Geschlechtsverkehr mit einem Mann«, sagte Flóvent. »Das hat sich bei der Obduktion herausgestellt.«

»Mit einem Mann? Und?«

»Ich dachte, vielleicht ist er dir im Piccadilly aufgefallen. Nichts weiter.«

»Ihr sucht also nach jemandem, der einen Schwulen angegriffen hat, der wie gekleidet war? Wie ein amerikanischer Soldat?«

Flóvent zuckte mit den Schultern, als wüsste er selbst nicht, was er glauben sollte.

»Und du meinst, ich weiß etwas darüber, weil irgendwer mit dir über mich geredet hat?«, sagte Tóbías.

Flóvent sah die Wut in ihm aufflammen.

»Was sagen sie? Dass ich ein Schwuler bin? Andersrum? Eine Schwuchtel? Ein Sodomit? Ein Homosexueller? Ein Arschficker?«

»Ich wollte nur wissen, ob du etwas von dieser Sache weißt«, sagte Flóvent.

»Nein, ich weiß nichts darüber. Da kann ich dir leider nicht helfen«, brüllte Tóbías, stürmte in seine Wohnung und knallte die Tür hinter sich zu.

Flóvent war gerade in sein Büro am Fríkirkjuvegur gekommen, als ein weiterer Anruf aus dem Obduktionssaal der Universitätsklinik kam. Er rechnete mit weiteren Erkenntnissen im Piccadilly-Fall.

»Flóvent, wie geht's?«, sagte Baldur, der seine Zeit normalerweise nicht mit Unnötigem vergeudete.

»Alles gut.«

»Es geht um den Mann, den ihr in der Nauthólsvík im Sand gefunden habt«, sagte Baldur. Er stammte von der Hornstrandir-Halbinsel im äußersten Nordwesten Islands und klagte oft bitterlich darüber, dass diese entlegene Siedlung bald der Geschichte angehören werde, so extrem sei die Abwanderung von dort.

»Ach ja?«, sagte Flóvent.

»Ja, ich dachte auch nicht, dass dabei etwas herauskommen würde.«

»Nein, was war ...?«

»Einer meiner Medizinstudenten hat sich damit befasst, ohne dass ich davon wusste.«

»Was?«

»Er interessiert sich für das Nervensystem und hat auf eigene Initiative eine Probe von der Rückenmarksflüssigkeit entnommen.«

»Rückenmarksflüssigkeit?«

»Der Mann ist im Meer ertrunken«, sagte der Arzt, »keine Frage. Das steht außer Zweifel. Wir haben Salzwasser in seiner Lunge gefunden, das während des Ertrinkens dorthin gelangt ist.«

»Das ist nichts Neues, Baldur.«

»Nein, natürlich nicht. Aber der Junge hat etwas in der Rückenmarksflüssigkeit entdeckt«, sagte der Arzt. »Rote Blutkörperchen. Nicht viele, und ich weiß auch noch nicht genau, was es damit auf sich hat, aber das ist Anlass genug für uns, noch einmal genauer zu schauen –

und Anlass genug, dich anzurufen. Ich bin mir nicht mehr sicher, ob der Mann Herr seiner Sinne war, als er ins Meer gegangen ist.«

»Wie meinst du das? War er betrunken?«

»Nein, wir haben keine Spur Alkohol in seinem Blut gefunden. Ich spreche von der Rückenmarksflüssigkeit.«

»Von der Rückenmarksflüssigkeit?«

»Ich glaube, wir haben Anlass, uns das noch einmal genauer anzusehen, und ich wollte dich wissen lassen, dass ich weitere Untersuchungen durchführen muss und die Leiche nicht sofort freigeben kann. Das muss noch ein paar Tage warten. Leider.«

Siebzehn

Eines Abends verstummte das Dröhnen der Maschinen auf einmal. Sie merkte, wie das Schiff langsamer wurde, bis es schließlich zum Stillstand kam. Gleichzeitig gingen alle Lichter aus. Das Schiff trieb auf offenem Meer.

Eine merkwürdige Stille breitete sich im Abenddunkel aus, und die Passagiere schlichen stumm und ängstlich umher. Die Besatzung bat darum, nicht unnötig herumzulaufen oder laut zu sein. Allen war schnell klar, dass offenbar Gefahr drohte.

Zum ersten Mal seit Fahrtantritt befiel die Passagiere echte Furcht, die sich noch steigerte, als sich die düstere, stille Nacht über das driftende Schiff legte. Die Angst kroch in jeden Winkel, und die mit ihr einhergehende Stille war beinahe mit Händen greifbar. Die Leute blieben in ihren Kleidern, viele zogen sich zur Sicherheit Rettungswesten an. Die Passagiere rechneten mit dem Schlimmsten und harrten ihres Schicksals.

Es war nicht mehr weit zu den Orkneys, und die Passagiere bekamen keine Erklärung, warum die Esja nicht weiterfuhr und warum sie nur noch flüstern durften. Sie wussten, dass der Kapitän nicht ohne Grund solche Maßnahmen ergriff. Es wurde etwas von einem deutschen U-Boot geraunt. Sie sah eine Tötungsmaschine vor sich, die die Tiefen des Meeres durchschnitt und bei der geringsten Störung wie ein Seeungeheuer erwachte. Die Leute schnürten sich die Westen enger. Brachten die Kinder zum Schweigen. Warteten darauf, was kommen mochte.

Sie konnte genauso wenig schlafen wie die anderen und wanderte unruhig über Deck, spähte ins nächtliche Dunkel, hielt nach einem Funken Licht Ausschau, einem Schimmer auf dem Meer, einem Anzeichen von Gefahr. Sie beugte sich über die Reling und spürte die Kälte, die vom Wasser aufstieg, nachdem die Sonne untergegangen war.

Sie betrat den Speisesaal, wo einige Passagiere flüsternd saßen, und entdecke Ingimar, den Mann, der ihr in Petsamo von Ósvaldur berichtet hatte. Er saß allein an einem Tisch abseits der anderen Passagiere, sein Kopf lag auf der Brust. Er schien nicht wirklich von der allgemeinen U-Boot-Angst befallen zu sein. Er war im Sitzen eingenickt und trug im Gegensatz zu vielen anderen keine Schwimmweste.

Sie wollte ihn in Ruhe lassen, doch genau in diesem Moment schaute er auf, sah sie und lächelte.

»Eine schlimme Situation«, flüsterte er, als sie sich zu ihm setzte.

»Ist das nicht nur eine Vorsichtsmaßnahme?«, fragte sie so leise, dass er es nicht verstand und sie sich wiederholen musste: »Will er nicht einfach nur vorsichtig sein?«, sagte sie und meinte damit den Kapitän.

»Sicher. Wir müssen darauf vertrauen, dass er weiß, was er tut.«

»Du ziehst gar keine Weste an?«

»Ich denke, uns wird nichts passieren«, sagte er, und sie sah trotz der Dunkelheit, dass er lächelte.

»Ja, bestimmt, aber es ist Krieg, und man kann nie wissen, was geschieht …«

»Sicher, aber es wird schon nicht …« Er besann sich, erinnerte sich daran, wie er ihr von Ósvaldur erzählen musste. »Du weißt das natürlich besser als ich«, fügte er hinzu. »Gibt es Neuigkeiten aus Kopenhagen?«

»Ich weiß nur, dass er in den Händen der Nazis ist. Das wurde dem Kapitän bestätigt«, sagte sie und achtete darauf, leise zu sprechen.

Seit der Abreise von Petsamo waren sie sich ein paarmal begegnet. Sie wollte wissen, wie er von Ósvaldurs Verhaftung erfahren habe und ob er ihr Näheres darüber berichten könne. Irgendetwas, das ihr vielleicht nützlich sein könnte. Irgendetwas, das ihrer Seele Frieden gab. Doch er meinte, dass er dem, was er ihr in Petsamo berichtet habe, nur wenig hinzufügen könne. Sie hatte ihm immer wieder dieselben Fragen gestellt.

»Du sagtest, Christian sei verhaftet worden, und danach hätten sie Ósvaldur geholt? Und auch noch andere? Waren die auch von der Medizinischen Fakultät?«

»Ich weiß nicht, ob es noch mehr waren. Das waren nur Gerüchte. Es kann sein, dass es nur die Befürchtung gab, dass … dass es noch mehr würden, da bin ich mir nicht sicher. Ich weiß kaum etwas. Wie gesagt: Am Tag unserer Abreise aus Kopenhagen war ich nur kurz an der Uni, um ein paar Bücher zu holen, und da habe ich gehört, wie darüber geredet wurde.«

»Und was haben sie gesagt? Wer war das? Dänen? Isländer?«

»Beides. Sie fanden es natürlich merkwürdig. Vor allem die Sache mit Ósvaldur, weil er Isländer ist und nicht Däne und damit gar keiner Kriegspartei angehört. Sie wussten nicht, was sie davon halten sollten. Von Christian hingegen wusste man, dass er die Nazis hasste. Damit hat er nie hinterm Berg gehalten. Daher … Waren sie enge Freunde, Christian und Ósvaldur? Vielleicht haben sie sich Christian geschnappt und dann einige seiner Freunde zum Verhör abgeholt, und Ósvaldur war einer von ihnen?«

»Möglich«, sagte sie.

»Und vielleicht lassen sie ihn wieder frei, wenn sie sehen, dass er nur ein isländischer Medizinstudent ist? Ich weiß es nicht, ich denke einfach nur laut.«

Sie wusste, dass er versuchte, sie zu trösten, und war ihm dankbar dafür. Der Kapitän hatte auf ähnliche Weise mit ihr gesprochen. Doch jegliche Versuche, ihr Mut zuzusprechen, waren zum Scheitern verurteilt, denn sie wusste, dass Ósvaldur kein unschuldiger Isländer in Kopenhagen war, der den Krieg wie ein Zuschauer betrachtete. Er hatte beschlossen, selbst mitzumischen. Hatte beschlossen, seinen Beitrag zu leisten. Das hatte er ihr ganz deutlich gesagt, aber sie hatte sich noch nicht getraut, das anderen gegenüber auszusprechen. Wie gerne hätte sie die ganze Wahrheit gesagt, aber sie hatte Angst, Ósvaldur dadurch in noch größere Schwierigkeiten zu bringen. Sie wollte nichts sagen, was ihm in irgendeiner Weise schaden konnte.

»Ja, ich hoffe inständig, dass es nur ein Missverständnis war.«

»Ich bezweifle, dass er irgendetwas getan hat«, sagte Ingimar. »Dass Christian ihn zu irgendeiner Dummheit angestiftet hat.«

»Was meinst du mit Dummheit?«, hörte sie sich selbst halbherzig fragen.

»Von Christians Einstellung den Nazis gegenüber hatte ich gehört«, sagte Ingimar. »Daher denke ich, dass auch andere seine Ansichten kennen und vielleicht auch vermuten, dass er eine Widerstandsgruppe gründen und den einen oder anderen mit ins Boot holen könnte. Es gibt natürlich jede Menge dänischer Handlanger der Nazis in Kopenhagen, die große Ohren haben und viel herumkommen. Weißt du, ob sie … ob Christian und Ósvaldur … ob sie irgendwas ausgeheckt haben?«

»Nein, das glaube ich nicht«, log sie ihn eiskalt an. »Meinst du, jemand an der Uni könnte Christian verpfiffen haben? Irgendein Handlanger der Nazis?«

»Das kann durchaus sein«, sagte Ingimar. »Und das …«

»U-BOOT!!«

Der Ruf schallte durchs Schiff. Er schien vom Deck gekommen zu sein. Alles sprang auf und sah sich panisch um. Die Leute stürmten aus dem Speisesaal. An Deck sank eine ältere Frau im Pelzmantel zu Boden. Der Erste Offizier kam von der Brücke heruntergerannt, um sich um die Frau zu kümmern, als sich ein junger Mann als Übeltäter zu erkennen gab. Mit großem Bedauern beichtete er, dass er das, ohne groß nachzudenken, gerufen habe, in einem misslungenen Versuch, lustig zu sein. Geknickt und verschämt stand er vor dem Ersten Offizier, mit seinen Freunden, die es kaum wagten, den Blick zu heben. Die Frau erholte sich nach einer Weile und wurde in ihre Kajüte begleitet, während der Erste Offizier dem Bengel ein Zeichen gab, ihm zum Kapitän zu folgen. Er schien die Sache sehr ernst zu nehmen.

»Willst du die Deutschen herbeibeschwören?«, hörten sie ihn schimpfen, als sie unter Deck verschwanden.

»Was hab ich mich erschreckt«, seufzte Ingimar, als sie sich wieder in den Speisesaal setzten. »So was Idiotisches.«

Sie brauchten eine Weile, bis sie sich nach dieser Aufregung wieder beruhigt hatten. Ein U-Boot-Angriff war nichts, über das man Scherze machte, der Schrei war ihnen durch Mark und Bein gegangen. Sie fuhren allein durch die Nacht, völlig schutzlos, und hatten von U-Boot-Angriffen im Atlantik gehört, sowohl auf Fracht- als auch auf Passagierschiffe. Sie hatten zwar die Erlaubnis, nach Hause zu fahren, aber das war keine Garantie dafür, dass sie auf offenem Meer geschützt waren. Nicht ohne Grund hatte der Kapitän beschlossen, die Maschinen auszuschalten und das Schiff treiben zu lassen.

Sie sprachen in gedämpftem Ton über die Ereignisse der Nacht, die Reise von Petsamo, über Kopenhagen und den Krieg, und die Zeit verging, bis die Dämmerung hereinbrach und sie sich zum Gehen anschickte.

»Das wird schon mit Ósvaldur«, sagte Ingimar zum Abschied. »Versuche, dir nicht zu viele Sorgen zu machen.«

»Danke dir«, sagte sie und stand auf. Es rührte sie, dass er versuchte, sie aufzumuntern, auch wenn das keinen großen Erfolg zeigte.

Sie wusste, dass sie auf den Orkneys anlegen würden, aber sie machte sich keine großen Hoffnungen, an Land gehen zu können. Doch sie wollte sich ansehen, wie sie zwischen den Inseln hindurchfuhren.

»Danke für die Gesellschaft«, sagte sie.

»Nein, ich danke dir«, sagte er und stand ebenfalls auf. Er lächelte. »Das war schon eine sonderbare

Nacht. Ich habe dich gestern an Deck mit Manfreð sprechen sehen«, fügte er hinzu und schien sich doch nicht gleich verabschieden zu wollen. »Kennt ihr euch gut?«

Sie musste schlucken, war völlig überrumpelt von dieser Frage und wusste nicht, was sie antworten sollte.

»Kennst du ihn?«, fragte sie zurück, um Zeit zu gewinnen.

»Nein, überhaupt nicht«, sagte Ingimar. »Ich habe mich nur einmal kurz während dieser Fahrt mit ihm unterhalten, mehr nicht.«

»Ich kenne ihn aus Kopenhagen«, sagte sie und hoffte, dass ihr nicht anzuhören war, was sie verbarg.

»Kennt er Ósvaldur?«

»Nein«, sagte sie und empfand die Fragen als äußerst unangenehm. »Er kannte Ósvaldur nicht persönlich. Was ... warum fragst du danach?«

»Nein, ach nichts«, sagte Ingimar. »Ich habe nur Dinge über seine Familie gehört. Er kommt wie ich aus Hafnarfjörður.«

»Über seine Familie?«

»Ja.«

»Du kennst seine Familie? Woher?«

»Nein«, sagte Ingimar, »ich kenne sie nicht, keinen von ihnen, aber ...«

»Aber was?«

»Ich will nichts sagen, das ...«

»Das was?«, sagte sie und setzte sich wieder. »Was willst du nicht sagen?«

»Seid ihr gute Freunde? Du und Manfreð?«

Sie wusste nicht, worauf er hinauswollte. Warum fragte er sie danach? Wusste er von ihnen beiden?

Wusste er mehr, als er durchblicken ließ? Bezweckte er irgendetwas mit diesen Fragen?

»Nein wir … sind Bekannte«, sagte sie und hoffte, dass ihm ihr Zaudern und Zögern nicht auffiel. Er musste merken, wie unsicher sie war, seit die Sprache auf Manfreð gekommen war.

»Dann kennst du nicht den Bruder seiner Mutter?«

»Den Bruder seiner Mutter? Nein.«

Die ersten Morgensonnenstrahlen fielen durch die Fenster in den Speisesaal. Im selben Moment hörten sie von unten ein lautes Brummen – die Maschinen wurden wieder in Gang gesetzt. Das Schiff bebte, während die Maschinen anliefen, der Schornstein spuckte schwarzen Kohlenrauch, und sie wussten, dass die Besatzung die Esja wieder unter Kontrolle hatte. Die Gefahr schien vorüber, und sie atmeten auf.

»Gott sei Dank«, seufzte sie.

»Ja, wir scheinen es fürs Erste überstanden zu haben«, sagte Ingimar.

»Was ist mit ihm? Was ist mit Manfreðs Onkel? Du wolltest gerade …«

»Ich habe mich vertan«, sagte Ingimar. »Vergiss es. Du solltest versuchen, dich ein wenig auszuruhen, bevor wir die Orkneys erreichen, wenn du etwas von den Inseln sehen willst.«

Und damit verschwand Ingimar unter Deck, und sie war erleichtert, dass er nicht weiter nach ihrer Beziehung zu Manfreð fragte. Und doch war sie neugierig, was er über seine Familie wusste.

Achtzehn

Der Soldat stand an der Sandsackstellung vor dem Nationaltheater Wache. Er war der letzte Name auf Thorsons Liste, den sich die Militärpolizei am Abend des Mordes beim Piccadilly notiert hatte. Die Liste war relativ kurz, es hatte Thorson also nicht viel Zeit gekostet, Kontakt zu den Leuten aufzunehmen und sie zu befragen. Aber dabei war schrecklich wenig herumgekommen. Seine Gesprächspartner kannten angeblich so gut wie keine Isländer und sträubten sich, die Namen anderer Kneipenbesucher dieses Abends preiszugeben, als befürchteten sie, ihre Kameraden zu verpfeifen. Niemand wollte jemanden bei der Polizei anschwärzen. In gewisser Weise konnte Thorson das nachvollziehen. Er kannte die Solidarität unter den Soldaten, aber er verstand nicht, warum die Männer so ungern zugaben, dass sie ein Lokal wie das Piccadilly aufsuchten.

Zu Beginn des Krieges war der Bau des Nationaltheaters noch nicht ganz abgeschlossen gewesen, doch die Briten hatten das Gebäude sofort beschlagnahmt und darin ihr Depot eingerichtet. Daher die Sandsackstellung vor dem Eingang. Genau wie das Haus der Nationalen Telefonanstalt und das Reykjavíker Gymnasium war das Nationaltheater als eines der Hauptquartiere des britischen Militärs ein strategisch wichtiger Ort. Die Fassade des Gebäudes mit seinen fünf Säulen, die an den isländischen Basalt erinnern sollten, ragte hinter den Sandsäcken auf – ein imposanter Anblick inmitten der Einförmigkeit Reykjavíks. Für Thorson war das Nationaltheater eines der schönsten Gebäude in dieser ansonsten so flach angelegten Stadt.

Der Soldat gab an, allein im Piccadilly gewesen zu sein. Er war um die zwanzig und gehörte zur fünften Infanteriedivision, ein dunkler Typ mit dunklen Haaren, der einen spanischen Nachnamen trug, Sanchez. Thorson nahm ihn ein Stück beiseite, um sich in Ruhe mit ihm zu unterhalten. Sanchez sagte, dies sei sein erster Besuch im Piccadilly gewesen, er hatte davon gehört, dass es dort abends lebhaft zugehen konnte. Er kenne keine Isländer, ein Soldat in der Uniform seiner Einheit sei ihm nicht aufgefallen und er habe auch keine Ahnung, was dem jungen Mann zugestoßen sein könnte. Seine Aussage unterschied sich nicht von denen der anderen Besucher des Piccadilly, die Thorson bereits befragt hatte.

»Erinnern Sie sich daran, einen Mann namens Ray Evans dort gesehen zu haben? Er ist wie Sie ein einfacher Gefreiter und gehört zu Ihrer Einheit.«

Sanchez schüttelte den Kopf.

»Kenne keinen Evans«, sagte er.

»Nein, das ist natürlich auch eine große Einheit. Wurde an diesem Abend viel getrunken? Im Piccadilly, meine ich?«

»Nicht ungewöhnlich viel, denke ich.«

»Keine Schlägereien? Zwischen Isländern und euch Soldaten? Auseinandersetzungen? Provokationen?«

»Nein, ist mir nicht aufgefallen. Mir schienen dort alle friedlich und glücklich zu sein.«

»Und die Frauen? Gab es Streit um Frauen?«

»Nein.«

»Verhielten sich die Frauen dort auffällig?«

»Auffällig? Nein, nicht besonders. Es waren schon einige da, manche mit Soldaten, andere blieben unter sich. Ein paar sah ich die Kneipe verlassen, ohne dass die Soldaten sich mit ihnen befasst hätten – oder sie sich mit den Soldaten.«

Thorson unterhielt sich noch eine Weile mit dem Gefreiten. Auf der Hverfisgata war einiges los. Eine Kompanie marschierte an ihnen vorbei, zur Anhöhe Arnarhóll.

»Es kann sein«, sagte Thorson, »dass der Mann, der getötet wurde, sich mehr für Männer als für Frauen interessierte, und das auch der Grund für den Angriff war. Hass, möglicherweise.«

»Ach ja? Dann wurde er deshalb umgebracht?«

»Das ist nicht auszuschließen. Haben Sie einen solchen Hass schon einmal erlebt, diesen Hass auf diejenigen, die … anders sind, könnte man sagen?«

»Ich weiß von niemandem, der anders ist«, sagte der Soldat.

»Nein, aber ist Ihnen so etwas zu Ohren gekommen … ein solches Verhalten innerhalb der Truppen, hier in Island?«

»Nein, das kann ich nicht behaupten.«

Der Soldat dachte nach.

»Hat er sich verkauft?«, fragte er schließlich.

Diese Frage überraschte Thorson nicht. Darüber hatte er auch schon nachgedacht, auch wenn ihm nichts dergleichen bekannt war. Seit er für die Militärpolizei arbeitete, war kein solcher Fall auf seinem Schreibtisch gelandet, aber er wusste, dass das nichts heißen musste.

»An Soldaten, meinen Sie?«

Sanchez zuckte mit den Schultern.

»Wissen Sie etwas darüber?«, fragte Thorson. »Dass so etwas vorkommt?«

»Nein«, sagte Sanchez und bat um Erlaubnis, eine Zigarette rauchen zu dürfen. Er fischte eine zerknitterte Schachtel aus seiner Brusttasche. »Nicht hier. Zu Hause in New York vielleicht, aber hier nicht.«

»Und wissen Sie von Soldaten, die solche Gefühle hegen … die Interesse an Männern haben?«, fragte Thorson. »Soldaten, die an jenem Abend im Piccadilly waren?«

»Sind Sie denn sicher, dass ihn ein Soldat angegriffen hat?«, fragte Sanchez zurück, und es schwang ein Ton mit, der Thorson nicht gefiel. Überheblichkeit konnte er nicht leiden, schon gar nicht, wenn sie von einem einfachen Soldaten wie Sanchez ausging.

»Das werde ich herausfinden«, sagte Thorson, »und ich möchte Sie bitten, meine Fragen zu beantworten. Es geht Sie nichts an, was ich glaube oder nicht glaube. Stehen Sie gerade, wenn ich mit Ihnen rede!«

Sanchez entging nicht, wie sich die Laune des Polizisten verschlechterte, und er nahm Haltung an. Es schien beinahe, als hätte er vergessen, dass er mit einem höheren Dienstgrad sprach.

»Nein, von so etwas weiß ich nicht, Sir«, sagte er. »Ich kenne niemanden, der so ist, und wüsste auch nicht, dass es so jemanden bei uns gibt.«

»Erinnern Sie sich, welche Soldaten sonst noch in dem Laden waren? Irgendwer, den Sie kennen?«

Thorson rechnete nicht damit, dass der junge Soldat diese Frage bejahen würde, genau wie die anderen Zeugen, doch fragen musste er ihn. Ein großer Militärtruck fuhr an ihnen vorbei die Hverfisgata hinunter. Nebenan sah Thorson einen betagten Mann in einem langen schwarzen Mantel in der Nationalbibliothek verschwinden.

»Nein, niemanden, Sir, ... bis auf ...«

»Ja?«

»Ja ... er war nicht ... er ging gerade, als ich kam«, sagte Sanchez.

»Wer?«

Sanchez zögerte.

»Wer ging, als Sie ins Piccadilly kamen?«

»Unteroffizier Stewart, Sir. Ich sah ihn von dort wegfahren.«

»Stewart?«, wiederholte Thorson. Er kannte den Mann. »Im Piccadilly? Und war er allein?«

»Nein, eine junge Frau saß bei ihm im Auto.«

»Eine isländische Frau?«

»Etwas anderes kann ich mir nicht vorstellen, Sir«, sagte Sanchez.

»Besucht er diesen Ort?«

»Ich habe keine Ahnung, Sir. Ich bin, wie gesagt, noch nie zuvor dort gewesen. Aber ich bezweifle es. Das ist nicht gerade ein feiner Ort, das Piccadilly.«

»Sind Sie sicher, dass er es war?«

»Ich denke, ja, Sir. Ich möchte ... wenn Sie ...«

»Ja?«

»Wenn Sie mich da raushalten könnten, mich nicht

erwähnen würden, Sie verstehen, Sir, würde ich mich besser fühlen. Ich will niemanden in Schwierigkeiten bringen. Vor allem keine Vorgesetzten.«

Ansonsten passierte nicht viel an diesem Tag, abgesehen von einer schlimmen Meldung aus einer der Baracken im Camp Knox, die die Militärpolizei gegen Abend erreichte. Thorson war unter den Ersten vor Ort und sah zu, wie eine Leiche auf eine Trage gelegt, in einen Krankenwagen geschoben und weggefahren wurde. Ein Soldat Ende zwanzig, der tot vor seinem Bett gefunden worden war, mit einer Schusswunde im Kopf. Die Waffe lag neben ihm auf dem Boden. Er war in den letzten Wochen sehr niedergeschlagen gewesen, und seinen Kameraden war es nicht gelungen, ihn aufzumuntern. Es war auch verständlich, warum es ihm so schlecht ging. Er hatte seine Freundin verloren, ein hübsches isländisches Mädchen, bei einem Autounfall, an dem er sich die Schuld gab. Sie waren seit ein paar Monaten ein Paar, beide bis in die Haarspitzen verliebt, wie junge Leute das oft sind, wenn sie wissen, dass sie das große Los gezogen haben. Sie waren auf einem Soldatenball gewesen und saßen glücklich und ausgelassen in einem offenen Militärjeep, bis sie an eine Kreuzung kamen. Ob es nun daran lag, dass er zu schnell in die Kurve fuhr oder dass die Straße holprig und schlecht war, jedenfalls kippte der Jeep in der Kreuzung um und begrub die Frau unter sich. Sie war sofort tot. Sie trug ein schwarzes Kleid, hatte sich für den Abend herausgeputzt. Die Kameraden des Soldaten erzählten, wie fröhlich sie ausgesehen habe. Er selbst war glimpflich davongekommen. Hatte kaum einen Kratzer abbekommen. Sie sagten, dass er schon immer sensibel und zart besaitet gewesen sei, und nach dem Unfall habe er sich komplett in sich zurückgezogen.

Thorson war mit dem Vorfall vertraut. Er war seinerzeit selbst zum Unfallort gefahren und hatte tiefes Mitleid mit dem Soldaten empfunden, der nun diesen Weg gewählt hatte.

Neunzehn

Im Universitätsklinikum traf Flóvent Baldur mit einer Gruppe Medizinstudenten bei der Visite an. Sie standen am Bett eines betagten Mannes – auch eine Frau war unter den Studenten – und sprachen, wie Flóvent heraushörte, über altersbedingte Leberschäden. Sie unterhielten sich in einem Medizinjargon, dem der Patient nicht folgen konnte, und so blickte er sie mit großen Augen an und versuchte zu verstehen, was über ihn gesagt wurde. Baldur stellte eine mit lateinischen Wörtern durchsetzte Frage über das Organ, auf die ein Student wie aus der Pistole geschossen eine komplizierte Antwort ausspuckte. Der Patient sah sie abwechselnd an, ohne jedoch schlauer zu werden. Flóvent wollte nicht stören und blieb draußen auf dem Flur stehen. Er kannte Baldur seit vielen Jahren und wusste, dass er sich sehr aufregen konnte, wenn ihm etwas missfiel.

Wie auch jetzt, als sich ein anderer Student, der ein makelloses Gesicht und eine offenbar hohe Meinung von sich selbst besaß, zu Wort meldete. Nachdem Baldur ihm eine Weile zugehört hatte, befand er diese Äußerung für falsch und befahl dem jungen Mann barsch, sich eingehender mit der Anatomie auseinanderzusetzen.

»Keine Sorge, guter Mosi, sie glauben, dass dir noch

etwas Zeit bleibt«, sagte er schließlich zu dem alten Mann, der diese Nachricht mit einem unsicheren Lächeln aufnahm.

Erst als er auf den Flur trat, bemerkte Baldur Flóvent. Er begrüßte ihn und sagte, dass er bald fertig sei und Flóvent auf ihn warten solle. Dann verschwand er mit den Studenten in einem anderen Krankenzimmer, und Flóvent vertrieb sich die Zeit mit einem kleinen Spaziergang den Flur hinauf und hinunter. Früher an diesem Morgen hatte er noch einmal das Gebüsch auf dem Klambratún nach Spuren des Angriffs auf den Jungen abgesucht, nach Fußabdrücken oder einer blutverschmierten Glasflasche, die scharf wie ein Messer gewesen sein musste. Doch das Gebüsch war völlig zertrampelt, und es war nichts herauszulesen aus all den Spuren von den Besuchern des Piccadilly, den Polizisten und Herumtreibern, Passanten, Frauen und Soldaten, Stiefeln, groben Tretern und feinem Schuhwerk. Er wollte auch noch einmal mit dem Wirt des Piccadilly reden, doch der Laden war mit einem Vorhängeschloss verrammelt, keine Menschenseele war zu sehen, das fröhliche Treiben der Nacht dem kalten Morgendunst gewichen.

»Oberschwester Sólveig kennt diese Leute«, sagte Baldur, als Flóvent sich nach dem ertrunkenen Mann erkundigte und fragte, wie genau er umgekommen war. »Jedenfalls die Ehefrau«, fügte Baldur hinzu. »Vielleicht solltest du mal mit ihr sprechen. Ich habe sie vorhin gesehen. Sie hat gerade Schicht.«

»Gibt es denn einen Grund, *diese Leute* genauer unter die Lupe zu nehmen?«, fragte Flóvent und prägte sich den Namen Sólveig ein.

»Das entscheidest du«, sagte Baldur. »Wir untersuchen, was wir im Rückenmark gefunden haben. Ich rechne nicht mit spektakulären Ergebnissen, aber man weiß ja nie.«

»Du sagtest, du seist dir nicht sicher, ob er völlig Herr seiner Sinne war, als er ins Meer gegangen ist?«

»Ja. In ein oder zwei Tagen dürfte ich etwas Handfesteres haben. Es war nur ein Zufall, dass der Junge darauf gestoßen ist. Er ist in der Tat einen Hauch cleverer als die anderen.«

»Wir gehen von Selbstmord aus«, sagte Flóvent. »Ein Unfall käme auch noch in Frage. Vielleicht ist er ins Meer gestürzt. War möglicherweise nicht ganz bei Sinnen, wenn ihr etwas gefunden habt, was nicht in seinem Körper hätte sein dürfen.«

»Ja, sicher.«

»Ich überlege nur, was ich seiner Frau sagen soll. Ob ich ihr davon berichten kann.«

»Musst du ihr denn schon etwas Konkretes sagen? Die Untersuchungen laufen doch noch, und du weißt noch nicht genau, was passiert ist. Das sollte sich in den nächsten Tagen klären.«

»Zwischen Selbstmord und einem Unfall ist ein gewaltiger Unterschied«, sagte Flóvent. »Für die Angehörigen. Das musst du verstehen.«

»Ja, aber du solltest in dieser Hinsicht noch nichts Endgültiges sagen. Und ich finde, du übersiehst die dritte Möglichkeit.«

»Was meinst du damit?«

»Du solltest auch darüber nachdenken, ob der Mann nicht vielleicht ermordet wurde«, sagte Baldur.

»Ermordet? Wie kommst du darauf?«

»Solange du nicht beweisen kannst, dass es Selbstmord, und nicht hundertprozentig sicher bist, dass es ein Unfall war, kannst du diese dritte Möglichkeit nicht ausschließen. Das erklärt sich von selbst. Darüber wirst du doch auch nachgedacht haben.«

»Nicht ernsthaft«, sagte Flóvent. »So gut wie nichts deutet darauf hin, dass es sich um ein Verbrechen handelt. Keine Verletzungen. Es wurde nichts geraubt. Gibt kein Motiv. Ich habe mit Leuten gesprochen, die ihn kannten, und es wurde nichts erwähnt, das Anlass dazu gäbe ...«

»Du kennst dich mit diesen Dingen besser aus als ich«, sagte Baldur. »Ich gebe dir Bescheid, was genau wir da gefunden haben, sobald die chemische Analyse vorliegt. Falls denn irgendetwas dabei herauskommen sollte. Aber ich frage mich schon, ob ... ob du dich vielleicht noch einmal genauer mit seiner Ehe oder seiner Frau beschäftigen solltest. An den Stoff, den ich im Sinn habe, ist nicht leicht heranzukommen, und ins Rückenmark gelangt er nur mithilfe einer Spritze.«

»Was willst du damit sagen?«

»Ich gehe davon aus, dass sie sich mit diesen Dingen auskennt.«

Baldur weigerte sich, seine Andeutung genauer zu erläutern, und schickte Flóvent zu Sólveig. Die eilte gerade von Patient zu Patient und hatte kaum Zeit, mit ihm zu reden, gab Medikamente aus und war ganz darauf konzentriert, die richtigen Medikamente in der richtigen Dosierung an die Patienten zu verteilen. Flóvent stellte sich vor, sagte, er komme gerade von Baldur, der ihm gesagt habe, sie kenne den Ertrunkenen aus der Nauthólsvík.

»Seine Frau«, sagte Sólveig, als sie aus einem Krankenzimmer auf den Flur trat. »Ihn kannte ich nicht, bin ihm nie begegnet.«

»Und woher kennen Sie Agneta?«

»Sie ist auf die Schwesternschule gegangen. Ich weiß, wer sie ist, aber richtig kennen tun wir uns nicht. Agneta ist sofort nach Norwegen oder so gegangen, um noch mehr zu lernen, und seitdem habe ich sie kaum mehr gesehen. Soweit ich weiß, arbeitet sie im Landakot-Spital.«

»Ja, das ist richtig.«

»Ich habe gehört, dass sie wieder zurück ist. Sie wollte irgendeine Zusatzausbildung machen. Was genau, weiß ich nicht mehr.«

»Dann haben Sie sich also nicht hier in der Schule kennengelernt?«

»Nein, ich war schon so gut wie fertig mit der Ausbildung, und irgendwie haben sich unsere Wege nie gekreuzt. Ich weiß nur, dass ...«

Sólveig zögerte. Unentschlossenheit schien normalerweise nicht zu ihren Eigenschaften zu zählen, so bestimmt, wie sie bei allem schien, was sie tat. Sie trat autoritär auf in ihrer Krankenschwesterntracht, mit einem kleinen Uhrwerk an der Brust, das sie wie einen Orden trug.

»Ja?«

»Ich weiß noch, dass die anderen Mädchen über sie getratscht haben.«

»Getratscht?«

»Ich möchte das nicht weiter verbreiten. Ich glaube nicht, dass da etwas dran gewesen ist. Das war nur das Gerede einiger Mädchen aus ihrem Jahrgang.«

»In Ordnung«, sagte Flóvent. »Dann bewerte ich das auch so, aber es wäre mir doch sehr wichtig, dass Sie mir sagen, was Sie gehört haben.«

»Aber Sie haben das nicht von mir. Sie schien sich in Liebesdingen nicht nur auf einen zu beschränken«, sagte Sólveig. »Diesen Ruf hatte sie. Ich weiß nicht, was da dran war. Natürlich haben nur böse Zungen so geredet. Da hat sicher auch Eifersucht mit reingespielt, kann ich mir denken. Agneta galt als attraktiv, die Medizinstudenten machten ihr schöne Augen, und es hieß, sie wolle sich einen Arzt angeln, koste es, was es wolle. Dass das der eigentliche Grund dafür gewesen sei, weshalb sie die Schwesternschule besuchte. Sie sehen, wie da geredet wurde. Ich sollte das nicht an Sie herantragen. Bitte tun Sie mir den Gefallen, und halten Sie mich da raus. Ich bin mir sicher, das war nur dummes Geschwätz.«

»Und ist es ihr gelungen?«, fragte Flóvent. »Sich einen Arzt zu angeln?«

»Das müssten Sie doch am besten wissen«, sagte Sólveig. »War das nicht ihr Mann, der dort in der Bucht gefunden wurde?«

»Doch, aber er war kein Arzt. Zumindest hat er nicht als Arzt gearbeitet. Er war bei einer Versicherungsgesellschaft tätig. Daher ...«

»Ja, wie gesagt, das war nur Gerede, und so sollten Sie es auch einordnen. Es ist natürlich furchtbar, dass er das tun musste. Ohne dass ich diese Leute kenne. Es muss furchtbar für sie und die Hinterbliebenen sein. Aber warum interessiert Sie das alles eigentlich, wenn ich fragen darf?«

»Was?«

»Naja, was ich Ihnen gerade gesagt habe. Sie interessieren sich offenbar für die Frau.«

»Ich interessiere mich gar nicht besonders für sie«, sagte Flóvent. »Baldur meinte, Sie kennen sich, und ich dachte, dass ich kurz mit Ihnen spreche. Weiter nichts.«

»Mehr kann ich Ihnen da leider nicht sagen.«

»Dann will ich Sie auch nicht länger stören«, sagte Flóvent.

»Magdalena kennt sie besser, falls es Sie interessiert. Sie hat diese Woche Nachtschicht. Sie haben gemeinsam die Schwesternschule besucht. Für den Fall, dass Sie doch noch etwas wissen wollen.«

Zwanzig

Sehnsüchtig blickte sie zur Turmspitze der St.-Magnus-Kathedrale, die über die Dächer von Kirkwall ragte. Die gesamte Fahrt über hatten sie traurige Gedanken umgetrieben. Wie gern wollte sie das Schiff für einen Moment verlassen und sich ein wenig umschauen, herausfinden, ob ihr das guttat. Sich vielleicht in die Kirche setzen. Doch daraus wurde nichts. Als die Esja sich den Inseln näherte, wurde den Passagieren mitgeteilt, dass keiner von ihnen an Land gehen dürfe. Kontrolleure aus London würden an Bord erwartet. Erst danach dürfe das Schiff seine Reise nach Island fortsetzen. Während des Zwischenstopps in Kirkwall dürfe niemand von Bord gehen.

Das Gerücht von einer britischen Kontrolle war bereits vorher unter den Passagieren umgegangen, und sie hatten gerätselt, was die Briten wohl an Bord der Esja zu tun gedachten. Diejenigen, die immer alles am besten wussten, sprachen von einer normalen Zoll- und der obligatorischen Passkontrolle. Andere mutmaßten, dass die Briten vielleicht von ihnen erfahren wollten, wie es um das militärische Potential der Deutschen in Dänemark bestellt war, und Informationen über die Besatzung einholen würden.

Die Passagiere hätten auf diesen Umweg gern verzichtet. Die meisten konnten das Wiedersehen mit ihren Lieben in Island kaum noch erwarten, nach der anstrengenden Reise mit Zügen und Bussen und der kürzlich überstandenen Fahrt durch U-Boot-Gebiet. Der Tag, an dem der Großteil der Passagiere von der Havnegade in Kopenhagen aufgebrochen war, schien weit zurückzuliegen. Das Letzte, was die Menschen jetzt brauchten, waren britische Soldaten an Bord, die in den Kajüten herumschnüffelten und alles durchwühlten, in den Laderaum hinabstiegen, wo um die siebzig Passagiere auf einem Fleck hausen mussten, und alles bis in den letzten Winkel inspizierten.

Vorsichtig hatte die Esja sich zwischen den Inseln hindurchgeschoben, bis das Schiff am Hauptort der Orkneys vor Anker ging. Sie bewunderte die unberührte Natur, die sie an Island erinnerte, und entdeckte hier und dort besiedelte Inseln: einfache Steinhäuser und Boote am Ufer. Sie erinnerte sich vage an das, was sie in der Schule über die Orkneyingasaga gehört hatte. Im Hafen lagen Fregatten und Zerstörer der britischen Marine, und etwas weiter außerhalb, in der Nähe der Esja, ragte ein britisches U-Boot aus dem Wasser.

Der Tag verging, ohne dass die Kontrolleure sich blicken ließen. Am Abend gab es eine kleine Veranstaltung im Speisesaal des Schiffs. Einige Männer hatten sich zu einem Chor zusammengefunden und sangen patriotische isländische Lieder, und es dauerte nicht lange, bis auch die anderen einstimmten und der Gesang in die Abendstille über der verdunkelten Stadt hinausklang. Vereinzelte ältere Bewohner der Insel blieben auf der Straße stehen, blickten aufs Wasser hinaus und lauschten. Auch wenn sie die Worte nicht verstanden – die nordische Sprache war schon seit vielen Jahrhunderten nicht mehr auf den Inseln erklungen –, so spürten sie doch die wehmütige Sehnsucht, mit der dort die Freuden des Treffens unter Freunden besungen wurden.

Nach diesem fröhlichen Beisammensein legten sich die Leute besseren Mutes schlafen, hatten die Schrecken der letzten Nacht auf dem treibenden Schiff hinter sich gelassen. Sie stand noch an Deck und blickte sehnsüchtig zur Stadt hinüber, die vorschriftsgemäß in Dunkelheit gehüllt war. Nur hier und dort war ein Funken Licht zu sehen. Hoch am Himmel glitt der Mond über den Ort, eine feine Sichel, wie ein weißes, geblähtes Segel aus dem Schwarz geschnitten.

»Es wäre schön gewesen, an Land zu gehen«, hörte sie hinter sich jemanden sagen. »Wenn auch nur kurz.«

»Das habe ich auch gerade gedacht«, sagte sie.

Manfreð beugte sich über die Reling, so weit, dass seine Füße vom Boden abhoben. Als er ihr zu übermütig wurde, hielt sie ihn fest.

»Nicht«, sagte sie. »Sei vorsichtig.«

»Ist schon in Ordnung«, sagte Manfreð. »Es tut gut, sich ein wenig zu dehnen, mein Rücken tut schon wieder weh.«

Sie hatte ihn schon früher über Rückenschmerzen klagen hören und wusste, dass er wegen seiner Bandscheiben in ärztlicher Behandlung gewesen war.

»Hast du noch etwas aus Kopenhagen gehört?«, fragte er.

»Nein, nichts. Der Kapitän hat noch mal nachgehakt, er setzt sich wirklich sehr für mich ein, aber die Botschaft hat noch nicht geantwortet. Sie versuchen natürlich, Ósvaldur ausfindig zu machen und herauszufinden, was mit ihm passiert ist.«

»Mit Sicherheit. Die anderen Passagiere scheinen noch nichts davon mitbekommen zu haben. Zumindest die nicht, die ich belauscht habe. Dir und dem Kapitän scheint es gelungen zu sein, das unter euch zu halten.«

»Und Ingimar«, sagte sie. »Du weißt, wer das ist? Er war es, der mir von Ósvaldurs Verhaftung berichtet hat.«

»Ja, aber ich kenne ihn kaum, bin ihm nur einmal hier auf dem Schiff begegnet. Scheint ein netter Kerl zu sein.«

»Ich mag ihn gern«, sagte sie.

Ihre Hände ruhten auf der Reling, und Manfreð wollte seine darauf legen, doch sie wich ihm sofort aus. Manfreð ließ von ihr ab, und sie blickten lange still nach Kirkwall hinüber.

»Ich weiß, es ist furchtbar von mir, das zu sagen, während Ósvaldur in Kopenhagen ist, aber als ich dich hier draußen gesehen habe …«, begann Manfreð, doch sie fiel ihm gleich ins Wort.

»Tu das nicht«, sagte sie.

»Nein, natürlich, entschuldige, ich wollte nichts sagen. Ich wollte wirklich nichts sagen, aber … ich habe nie aufgehört, an dich zu denken. Ich hoffe, ich trete dir nicht zu nahe, wenn ich das sage.«

»Bitte, Manfreð, nicht.«

»Verzeih. Kein Wort mehr darüber. Das mit Ósvaldur kommt sicher wieder in Ordnung.«

»Ich kann nicht … es geht mir so schlecht wegen Ósvaldur«, sagte sie. »Alles andere ist nebensächlich. Alles. Ich hoffe, du verstehst das.«

»Natürlich. Natürlich verstehe ich das. Versuche, dich nicht zu sehr zu sorgen. Gute Nacht.«

»Gute Nacht.«

Das Warten zehrte bereits an den Nerven der Passagiere, als sich am nächsten Nachmittag endlich ein kleines Boot aus dem Hafen von Kirkwall aufmachte und auf die Esja zuhielt, die vor der Hafeneinfahrt lag. An Bord waren einige finster dreinblickende, bewaffnete Soldaten und im Vordersteven ein Offizier, der im Fahrtwind seine Mütze festhielt. Die Kontrolleure aus London, dachte sie und beobachtete, wie das Boot an die Esja heranfuhr. Sie hatten ihre Kajüte aufgeräumt, denn sie rechneten damit, dass das Schiff von oben bis unten durchsucht werden würde.

Doch nichts dergleichen geschah. Der Kapitän nahm die Soldaten in Empfang, und es stellte sich heraus, dass sie nicht die Spezialisten aus London, sondern ein Trupp aus der Stadt waren und den Auftrag hatten, die Pässe der Passagiere zu kontrollieren. Der Kapitän und der Offizier berieten sich kurz und beschlossen dann, die Passkontrolle im Speisesaal durchzuführen. Der Kontrolleur rief jeden einzelnen Passagier auf, verlangte seinen Pass und verglich den Namen mit der Passagierliste. Das alles wirkte sehr formell, er sah sich jedes Dokument genau an, befragte die Passagiere nach dem Grund ihres Aufenthalts im Ausland und so weiter. Das dauerte seine Zeit. Als die Kontrolle endlich abgeschlossen war, dämmerte es bereits, und der Offizier schickte seine Leute mit den Worten zurück ins Boot, dass die Esja ihre Reise ungehindert fortsetzen dürfe. Und nicht nur das: Sie werde von einem Zerstörer und einem U-Boot aus der Gefahrenzone um die Orkneys in Richtung Island eskortiert.

Das Warten hatte ein Ende. Und es dauerte nicht lange, bis sich der kurze Konvoi langsam von Kirkwall entfernte, der Zerstörer vorneweg, dann die Esja, zuletzt das U-Boot. Als sie eine Weile in die Nacht hinausgefahren waren und Kurs auf Island genommen hatten, machten Zerstörer und U-Boot kehrt und fuhren in ihren Heimathafen zurück. Die See war ruhig, und es schien keine Gefahr in Sicht, sodass die Passagiere ruhig schlafen gehen konnten, in dem Wissen, dass es nun nicht mehr allzu lange dauerte, bis sie in den Hafen von Reykjavík einfahren würden, wo ihre Lieben auf sie warteten.

Am nächsten Tag machte sie sich gerade fürs Mittagessen bereit, als der Kapitän an ihre Kajütentür klopfte. Sie sah sofort, dass dieser Besuch nichts Gutes verhieß, so besorgt, wie er dreinblickte. Trotz allem war sie geistesgegenwärtig genug, ihn hereinzubitten. Er hielt ein Telegramm in der Hand, das er ihr wortlos gab. Sie nahm es entgegen, doch dann zögerte sie. Sie wollte gar nicht wissen, was darin stand.

»Sie wissen nicht, wo er ist«, sagte der Kapitän.

»Können Sie es mir vorlesen?«, bat sie und gab ihm die Nachricht zurück. »Würden Sie das für mich tun?«

Er nahm den Zettel und las:

ÓSVALDUR AUS KPNHAGEN GEBRACHT.
MÖGLICHERWEISE IN GEFANGENENLAGER.
AUFENTHALTSORT UNBEKANNT. KEINE
ANTWORT VON DEN DEUTSCHEN.

»Gefangenenlager?«, stöhnte sie. »Was … was heißt das?«

»Er ist also am Leben«, versuchte der Kapitän sie zu trösten. »Sonst hätten sie das geschrieben. Das ist eine gute Nachricht.«

»Sie wissen es nicht«, sagte sie. »Warum bringen sie ihn in ein Gefangenenlager? Und warum sagen sie nicht, wohin? Was machen sie mit ihm? Wo sind diese Gefangenenlager?«

Der Kapitän wusste keine Antwort auf diese Fragen.

»Sie müssen Geduld haben«, sagte er.

»Es ist so schwer, keine Antwort zu bekommen. Dieses Warten auf Antworten macht mich fertig.«

»Natürlich, das verstehe ich.«

»Es ist unerträglich, nichts zu wissen. Nichts von ihm zu hören. Ihn in ihren Händen zu wissen.«

Der Kapitän gab ihr das Telegramm zurück.

»Die Botschaft wird ihn finden«, sagte er und wandte sich zum Gehen. »Davon bin ich überzeugt. Und sie werden aushandeln, dass sie ihn nach Hause lassen. Etwas anderes kann ich mir nicht vorstellen. So wichtig kann er kaum für sie sein. Haben Sie eine Vorstellung, was er getan haben könnte?«

Sie schüttelte den Kopf, unfähig, die Wahrheit zu sagen. Der Kapitän konnte nicht länger bleiben, er hatte viel zu tun und bat sie, ihn zu entschuldigen. Er wirkte angespannt.

»Natürlich«, sagte sie, »ich sehe, Sie haben viel zu tun.«

»Ja, aber da ist noch etwas, das …«

»Ist etwas passiert?«

»So schrecklich es auch ist«, sagte der Kapitän, »aber

möglicherweise ist diese Nacht ein Passagier über Bord gegangen, ohne dass es jemand bemerkt hat.«

»Wie bitte?!«

»Es sieht ganz danach aus«, sagte der Kapitän sichtlich erschüttert. »Wir haben das ganze Schiff abgesucht, überall, wo er eingeschlossen sein oder sich verletzt haben könnte ...«

»Das kann doch nicht sein!«

»Es muss irgendwann in der Nacht passiert sein, da die britischen Kontrolleure gestern mit allen an Bord gesprochen haben. Heute früh ist ein Mann zu uns gekommen, der sagte, einen Kajütengenossen etwa seit unserem Aufbruch von Kirkwall nicht mehr gesehen zu haben. Er sei in der Nacht nicht in die Kajüte gekommen. In den frühen Morgenstunden hat er sich auf die Suche nach ihm gemacht und ihn nirgends gefunden. Er war besorgt und hat mit uns gesprochen. Er glaubte, dass ihm etwas zugestoßen sein könnte. Hatte den Verdacht, dass er über Bord gestürzt sein könnte, so furchtbar dieser Gedanke auch sein mag.«

»Glauben Sie wirklich, das könnte passiert sein?«

»Wir können es leider nicht ausschließen. Wir finden ihn nirgends auf dem Schiff.«

»Allmächtiger Gott«, stöhnte sie. »Wer ... wer ist es?«

»Ich habe nie mit ihm gesprochen«, sagte der Kapitän. »Er gehörte zu der großen Gruppe aus Kopenhagen. Vielleicht kennen Sie ihn.«

»Wie heißt er?«

»Ingimar«, sagte der Kapitän. »Sein Name ist Ingimar.«

Einundzwanzig

Schon der Beginn des Gesprächs gestaltete sich schwierig. Als der Unteroffizier erfuhr, dass der Mann in Zivil, der Thorson begleitete, ein Isländer und noch dazu von der Reykjavíker Kriminalpolizei war, wurde er ungehalten. Thorson hatte ihm Flóvent vorgestellt und gesagt, dass sie gemeinsam in einem Gewaltverbrechen ermittelten, das möglicherweise sowohl das Militär als auch die Einheimischen beträfe. Sie hätten schon früher zusammengearbeitet und das …

Unteroffizier Stewart hatte nicht die Geduld, sich Thorsons Erläuterungen anzuhören.

»Er hat hier nichts zu suchen«, fiel er ihm ins Wort. »Bitte sagen Sie diesem Mann, dass er verschwinden soll.«

Flóvent stutzte, solch eine Redeweise war er nicht gewohnt. Bisher war die Kommunikation mit den Repräsentanten des Militärs immer reibungslos verlaufen. Thorson aber ließ sich nicht beirren, als hätte er schon damit gerechnet, dass der Unteroffizier Schwierigkeiten machen würde.

»Das ist eine gemeinsame Kriminalermittlung«, erklärte er ruhig. »Dieser Ort wird sowohl von Angehörigen der Besatzungsmächte als auch von Einheimischen aufgesucht. Wir haben schon früher zusammengearbeitet. Das hat sich als sehr positiv für beide Seiten erwiesen. Ich kann Ihnen versich...«

»Nein, ich lasse mich nicht von einem Isländer verhören«, sagte Stewart und vermied es, in Flóvents Richtung zu blicken. »Verstanden?«

»Ist in Ordnung, Thorson, ich habe ohnehin genug anderes zu tun«, sagte Flóvent auf Isländisch. »Du hältst mich auf dem Laufenden, falls uns dieses Gespräch hier irgendwie weiterbringen sollte. Ich mache mich auf den Weg.«

»Ja, wahrscheinlich ist das wirklich das Beste«, sagte Thorson. »Ich wusste, dass er schwierig werden könnte, aber das ist ... dieser Mann ist wirklich unverschämt.«

»Ich möchte Sie bitten, in meiner Gegenwart nicht dieses merkwürdige Kauderwelsch zu sprechen«, sagte der Unteroffizier. Kochend vor Wut begleitete Thorson Flóvent nach draußen.

»Entschuldige bitte, Flóvent«, sagte Thorson. »Ich schäme mich für ihn, aber ich fürchte, ich kann nichts daran ändern. Er ist hier der Boss und kann sich das erlauben. Sie sind nicht verpflichtet, mit der isländischen Polizei zu sprechen. Zum Glück sind nicht alle so wie er.«

»Mach dir keine Gedanken«, sagte Flóvent. »Ich treffe mich mit einer Frau wegen der Nauthólsvík-Leiche. Viel Glück mit dem Kerl.«

Arthur Stewart, Unteroffizier der US-Armee, funkelte Thorson böse an, als der zurück ins Büro kam. Obwohl er den isländischen Polizisten erfolgreich verjagt hatte, wirkte er noch immer geladen, und er hörte sich mit wachsendem Groll Thorsons Anliegen an: Körperverletzung in einer der zwielichtigen Kneipen der Stadt, die bei einem jungen Mann, wahrscheinlich Isländer, zum Tod geführt hatte. Stewart ließ Thorson nicht ausreden, sondern fiel ihm immer wieder ins Wort. Er verstehe nicht, was er damit zu tun habe, und verlange eine Erklärung. Thorson kannte Arthur Stewart nicht wirklich, wusste aber, dass er ein Bullenbeißer war, rücksichtslos und machtbesessen. Es hieß, er sei verärgert darüber, in dieses Nest im hohen Norden geschickt worden zu sein, und warte nur darauf, irgendwo anders hinbeordert zu werden. Das Gerücht ging um, dass er an seinem früheren Einsatzort ein Dienstvergehen begangen hätte, doch Thorson wusste nichts Genaueres. Das hatte er auch Flóvent erzählt, der es mehr als lächerlich fand, eine Versetzung nach Island als Strafe einzusetzen.

Mit jeder weiteren Minute dieses Gesprächs schien Thorson die Nerven des Unteroffiziers weiter zu strapazieren. Stewart stand die Wut ins Gesicht geschrieben, er lief rot an und begann, nervös zu zucken.

»Was wollen Sie damit sagen?«, knurrte er Thorson an und schob das Kinn vor. »Dass ich mit dieser … dieser merkwürdigen Sache zu tun haben soll? Wollen Sie das allen Ernstes behaupten?«

»Keineswegs. Ich weiß nicht, warum …«

»Was dann? Warum sind Sie hier?«

»Wie gesagt: Ich sammele Informationen darüber, was an jenem Abend geschehen ist«, sagte Thorson und versuchte, sich vom wachsenden Zorn des Mannes nicht beeindrucken zu lassen. »Ein Augenzeuge hat Sie dort gesehen, und ich möchte Sie fragen, ob Ihnen etwas Ungewöhnliches aufgefallen ist.«

»Ein Augenzeuge?! Was für ein Augenzeuge soll das bitte sein?«

»Ich habe Diskretion versprochen.«

»Diskretion!«

»Ja, Diskretion«, sagte Thorson.

»Ihre Fragen gefallen mir nicht«, sagte der Unteroffizier und wirkte nun etwas ruhiger. »Mir ist nichts Ungewöhnliches aufgefallen, und wenn ich diesen Unsinn, den Sie da von sich geben, richtig verstehe, war ich auch schon längst weg, als dort etwas passiert ist. Was soll das, hierherzukommen und mich zu Dingen zu befragen, die mich nichts angehen und über die ich nichts weiß?«

»Haben Sie diesen Ort schon früher einmal besucht?«

»Welchen Ort?«

»Das Piccadilly, das sagte ich bereits.«

»Und was, wenn ich dort schon mal gewesen bin, an diesem Ort?«, sagte Stewart. »Das ist wohl kaum ein Verbrechen. Aber was diesen Mann angeht, der dort getötet wurde, kann ich Ihnen nicht weiterhelfen. Ich weiß nicht, was passiert ist.«

»Darf ich Sie fragen, warum Sie diese Kneipe besuchen? Sie gehört nicht gerade zu den … gepflegteren Orten dieser Stadt, könnte man sagen. Ganz im Gegenteil. Eine zwielichtigere Spelunke wird man kaum finden.«

»Ich habe nicht viel übrig für gepflegtere Orte, wie Sie das nennen«, sagte der Unteroffizier. »Das ist was für Snobs und Memmen. Ich bin lieber mit den einfachen Soldaten zusammen. Dem Kern der Armee. Wollen Sie mich deshalb verhaften?«

»Sie sagen also, dass Sie öfter mal ins Piccadilly gehen?«

»Ich bin vorher vielleicht einmal dort gewesen«, sagte Stewart. »Um der Truppe hallo zu sagen. Da spricht ja wohl nichts dagegen. Ich bin kein Stammgast. Aber selbst wenn, ginge Sie das nichts an.«

»Und haben Sie den Umgang zwischen den Soldaten und den Einheimischen beobachtet? Wie gestaltet er sich? Irgendein Missmut? Konflikte?«

»Nein, nichts dergleichen. Aber in solche Dinge mische ich mich auch nicht ein. Habe kein Interesse daran. Kein Interesse an den Isländern.«

»Sind Sie sich sicher?«

»Natürlich bin ich mir sicher, was glauben Sie denn?«

»Waren Sie an jenem Abend allein unterwegs?«, fragte Thorson.

»Ja, das war ich«, antwortete Stewart.

»Es war keine Frau bei Ihnen im Jeep?«, fragte Thorson. Er rechnete damit, dass Stewart aufbrausen und ihn wüst beschimpfen würde, doch der Unteroffizier lehnte sich zurück und blickte Thorson stumm an.

»Ist das der Grund, warum Sie das tun?«, fragte er schließlich.

»Was tun?«

»Mich zu diesem komischen Ort befragen? Hat sie sich bei Ihnen beschwert?«

»Wer?«

Stewart sah Thorson lange an.

»Die Frau, die ich gefahren habe. Das hatte ich schon ganz vergessen.«

»Also war doch eine Frau mit Ihnen im Jeep?«

»Das hatte ich wohl vergessen.«

»Sie fahren mit einer Frau nach Hause und vergessen das sofort wieder?«

»Ich habe sie nicht mit zu mir genommen«, sagte Stewart und gab sich betont gelassen. Thorson hatte den Verdacht, dass er eine andere Methode ausprobierte, nachdem ihn die Wut nicht weiterbrachte.

»Weshalb sollte sie sich bei uns beschweren?«, fragte er. »Warum wollen Sie das wissen? Und worüber sollte sie sich beschwert haben?«

»Sie wissen doch, wie die sind, die Frauen«, sagte Stewart.

»Nein«, sagte Thorson. »Wie sind die Frauen?«

»Gerissen«, sagte Stewart. »Verlogen. Unberechenbar. Drecksschlampen. Sie sollten nicht zu viel auf das geben, was sie sagen.«

»Sie scheinen sich da besser auszukennen als ich«, sagte Thorson.

»Ja, offensichtlich«, meinte Stewart, als stünde das völlig außer Frage.

»Und diese Frau ist also so? Wie sagten Sie noch gleich, eine Drecksschlampe?«

Stewart zuckte mit den Schultern.

»Können wir das jetzt beenden?«, sagte er. »Ich habe Dringenderes zu tun, als mit Ihnen über isländische Weiber zu reden.«

»Woher kennen Sie die Frau?«

»Ich kenne sie gar nicht«, sagte Stewart. »Sie hat mich gebeten, sie ein Stück mitzunehmen, ich habe sie irgendwo in der Stadt rausgelassen, und das war's.«

»Wissen Sie noch ihren Namen?«

»Nein. Den weiß ich nicht, weil sie ihn mir nicht gesagt hat. Und ich habe nicht nachgefragt. Hatte kein Interesse daran, zu wissen, wie sie heißt. Warum zur Hölle sollte ich das wissen wollen?«

»Wo haben Sie sie rausgelassen?«

»Irgendwo in der Stadt, weiß nicht mehr genau, ich kenne mich hier nicht aus und habe ehrlich gesagt auch kein Interesse daran. Sind wir jetzt fertig? Hatten Sie nicht nach dieser Sache mit der Körperverletzung gefragt? Oder wollen Sie jetzt alles über die Frauen in meinem Leben wissen? Sie sollten sich langsam mal entscheiden, worum es bei Ihren Ermittlungen geht.«

»Ich möchte mit ihr sprechen.«

»Na dann viel Glück. Ich weiß nicht, wer sie ist.«

»Worüber haben Sie sich unterhalten?«

»Nicht, dass Sie das etwas anginge, aber wenn Sie schon fragen, kann ich Ihnen sagen, dass sie nur Ihr Kauderwelsch spricht, sonst nichts. Daher war nicht viel mit Reden.«

»Sie sprechen nicht gerade respektvoll von den Frauen.«

»Geht Sie das was an? Wie ich über die Leute rede?«, sagte Stewart. »Manche Frauen gehen mir einfach auf die Nerven. Genau wie kleinliche Bullen.«

»Und trotzdem erklären Sie sich bereit, sie herumzufahren«, sagte Thorson.

»Ja, vielleicht hatte ich Mitleid mit der Armen. Beim nächsten Mal werde ich sicher nicht so nett sein. War sonst noch was?«

»Nein, das reicht fürs Erste«, sagte Thorson, der beschlossen hatte, das Gespräch an dieser Stelle zu beenden. »Danke für Ihre Hilfe. Sie können sich darauf einstellen, dass ich noch einmal zu Ihnen komme.«

»Schön«, sagte Stewart, »ich freu mich schon.«

Zweiundzwanzig

Magdalena war gerade aufgestanden, als Flóvent klopfte. Es ging auf vier Uhr zu, und die Krankenschwester erklärte, dass sie sich nach der Nachtschicht zuhause immer sofort hinlege und bis in den Tag hinein schlafe. Flóvents Besuch verwunderte sie sehr, sie konnte sich nicht entsinnen, jemals mit der Kriminalpolizei gesprochen zu haben, und hatte keine Ahnung, was ihr diese Ehre verschaffte. Flóvent schilderte ihr sein Anliegen, ohne zu viel zu sagen. Er wolle lediglich über eine Frau sprechen, die mit ihr die Schwesternschule besucht und kürzlich ihren Mann verloren habe.

»Sprechen Sie von Agneta?«, fragte Magdalena. »Ist ihr Mann nicht ertrunken?«

»Ja, das stimmt.«

»Warum untersuchen Sie seinen Tod?«

»Das tue ich gar nicht«, sagte Flóvent. »Ich versuche nur, zu verstehen, was passiert ist, und als ich gehört habe, dass Sie Agneta kennen, dachte ich, dass ich mal mit Ihnen rede.«

»Wir sind nicht befreundet, falls Sie das denken.«

»Nicht?«

»Da kann ich Ihnen leider nicht helfen«, sagte Magdalena. »Sie war nicht … wir kamen während der Ausbildung nicht so gut miteinander aus, und danach habe ich keinen Kontakt zu ihr gehalten. Das ist natürlich furchtbar, was da passiert ist, das tut mir sehr leid, aber sie …«

Magdalena schwieg.

»Ja?«

»Nein, nichts.«

»Ich sage es nicht weiter«, sagte Flóvent. »Falls Sie das befürchten. Ich verspreche Ihnen höchste Diskretion.«

»Es ist nur … sie war kein Engel«, sagte Magdalena. »Ich sage nicht, dass ich selbst einer gewesen bin, aber ich … ich konnte sie einfach nicht leiden. Das kann ich nicht anders sagen. Aber ich weiß nicht, ob ich davon erzählen will. Das ist lange her, und Menschen ändern sich. Ich will nicht schlecht über andere reden.«

Sie schwieg, und Flóvent wartete darauf, dass sie weitersprach, doch Magdalena saß einfach nur da, hatte die Bedeutung dieses Besuchs offenbar noch nicht ganz verstanden. Flóvent hatte sich bemüht, nichts Unwahres zu sagen, als er ihr den Grund für sein Kommen erklärt hatte. Er war ja selbst noch dabei, das alles zu verstehen. Baldurs Verdacht auf eine verdächtige Substanz im Rückenmark der Leiche behielt er zum jetzigen Zeitpunkt jedoch lieber für sich.

»Ich habe gehört, dass sie sich in Liebesdingen nicht nur auf einen beschränkt hat«, sagte er schließlich nach langem Schweigen. »In jüngeren Jahren. Während der Ausbildung.«

»Ja, sie hat sich auf so manches gut verstanden«, sagte Magdalena.

»Können Sie mir das etwas genauer erläutern?«

»Ach nein, nichts.«

»Hat sie Ihnen etwas angetan?«

Magdalena hatte gerade Kaffee gekocht und bot auch Flóvent eine Tasse an. Sie schenkte ihm ein und schob ihm das Zuckerschälchen hin.

»Ich weiß nicht, warum ich Ihnen das erzählen sollte. Ich verstehe nicht wirklich, warum Sie hier sind, warum wir über Agneta sprechen.«

»Nein, natürlich«, sagte Flóvent. »Ich hätte vielleicht vorher anrufen sollen. Die Leute sind verständlicherweise erschrocken, wenn sie plötzlich Besuch von der Polizei bekommen.«

»Ja, Sie hätten wirklich anrufen sollen. Ich weiß nicht, was ich von diesem Besuch halten soll. Was wollen Sie hier?«

Sie trank einen Schluck Kaffee. Ihr Haar war durcheinander, und sie sah müde aus, als forderte der Nachtdienst seinen Tribut und als läge es ihr eigentlich nicht, nachts zu arbeiten. Soweit Flóvent das sah, wohnte sie allein, und er überlegte, ob sie das selbst so gewählt hatte oder ob das Schicksal dafür verantwortlich war.

»Wie gesagt«, begann er, »ich sammele Informationen …«

»Ja, aber ich habe das Gefühl, Sie verheimlichen mir etwas«, sagte Magdalena. »Sie sagen mir nicht die ganze Wahrheit. Ich kann mir nicht vorstellen, dass in solchen Fällen die Polizei eingeschaltet wird und Leute befragt werden. Das habe ich noch nie gehört. Sie sollten wenigstens ehrlich sein. Das ist das Mindeste.«

»Ich kann leider nicht …«

»Dann sollten Sie jetzt gehen«, sagte Magdalena. »Ich habe Ihnen nichts zu sagen.«

Doch Flóvent wollte noch nicht aufgeben.

»Es tut mir leid, wenn ich Sie aufgewühlt habe.«

»Ich kann Ihnen nicht weiterhelfen.«

»Ich wollte herausfinden, ob in ihrer Beziehung alles in Ordnung war«, sagte Flóvent. »Nichts weiter. Ich dachte, da Sie sie kannten …«

»Warum vermuten Sie, dass dem nicht so war?«, fragte Magdalena. »Wollen Sie damit andeuten, dass sie möglicherweise ihre Finger im Spiel hatte?«

»Dazu habe ich keinen Grund.«

»Was ist es dann?«

»Baldur vom Universitätsklinikum, Sie kennen ihn, obduziert manchmal in unserem Auftrag. Er hat im Körper des Mannes etwas gefunden, in das ich sicher zu viel hineininterpretiere, aber es hat mich neugierig gemacht. Nichts weiter.«

»Was hat er gefunden?«

»Baldur weiß es noch nicht genau. Möglicherweise etwas, das ihn benommen gemacht hat.«

»Alkohol?«

»Nein, keinen Alkohol. Ich werde Agneta treffen und wollte vorher ein wenig mehr über sie und ihren Mann erfahren. Ich hoffe, Sie verstehen, dass das vertraulich ist. Sie meinten vorhin, Agneta habe sich auf so manches gut verstanden.«

»Ich hatte einen Jungen vom Gymnasium kennengelernt«, sagte Magdalena nach langem Schweigen. »Ein feiner Kerl. Wir verstanden uns gut und waren fast ein Jahr zusammen, waren verlobt und dachten daran … wir wollten heiraten. Ich liebte ihn sehr. Eines Tages kam er zu mir und sagte, es sei aus, er habe eine andere kennengelernt. Er gab zu, dass das schon eine ganze Weile lief, bis er sich traute, es mir zu sagen. Er sagte, dass ich sie aus der Schwesternschule kennen müsste. Sie heiße Agneta, sie hätten sich auf dem Schulball kennengelernt und seitdem öfter getroffen. Ich hatte nicht hingehen können, da ich krank im Bett lag, aber ich hatte ihn ermuntert, trotzdem zu gehen und sich zu amüsieren. Und das hat er getan. Die Beziehung hielt ein paar Monate, dann ließ sie ihn fallen. Er kam wieder bei mir angekrochen, sagte, es sei ein Fehler gewesen, und gab sich geknickt, wollte wissen, ob wir den Faden wieder aufnehmen könnten. Ich begegne ihm manchmal. Er ist in die Politik gegangen. Ist verheiratet und hat zwei Kinder.«

Flóvent merkte, wie unangenehm es Magdalena war, daran zurückzudenken.

»Sie wusste natürlich, dass wir verlobt waren. Aber das hat für sie nichts geändert, abgesehen davon, dass sie es dadurch vielleicht noch spannender fand, ihn sich zu angeln. Sie war von sich überzeugt. Eingebildet. Egoistisch.«

Sie schwiegen, und Magdalena trank von ihrem Kaffee. Das einzige Geräusch war das zarte Klacken des Tassenrands, als er an die Brille auf ihrer Nase stieß.

»Geschieht ihr recht«, flüsterte sie so leise, dass Flóvent es kaum hörte.

»Bitte?«

»Geschieht ihr recht, habe ich gesagt.«

»Wie meinen Sie das?«

»Ach, ich habe vor nicht allzu langer Zeit etwas gehört … So sollte man natürlich nicht daherreden. Vor allem nicht über Verstorbene. Und schon gar nicht über Menschen, in deren Blut etwas gefunden wurde.«

»Was daherreden?«

»Nur ein Gerücht. Ich habe gehört, dass er fremdgegangen ist. Ich bezweifle, dass ihr das gefallen hat. Ich bezweifle, dass Agneta das einfach lächelnd hingenommen hätte.«

Dreiundzwanzig

Es dauerte nicht lange, bis sich herumsprach, dass ein Mann über Bord gefallen war. Schweigen und Furcht breitete sich unter den Passagieren aus. Als man das Schiff bis in den letzten Winkel durchsucht hatte, überlegte man, kehrtzumachen und dorthin zurückzufahren, wo sich der Unfall vermutlich ereignet hatte, doch es war unmöglich, die Stelle anhand einer nur ungefähren Uhrzeit ausreichend genau zu bestimmen. Also wurde dieser Plan aufgegeben. Es war nicht sicher, wo Ingimar ins Meer gefallen und wie lange er schon im kalten Wasser war. Außerdem vergrößerte ein solches Manöver zwischen Schottland und Island die Gefahr eines Angriffs auf das Schiff. Und so setzte die Esja nach einigem Hin und Her ihre Reise nach Island fort.

Sie stand auf dem Achterdeck, blickte ins schäumende Kielwasser und dachte an ihre kurze Bekanntschaft mit Ingimar, zuerst in Petsamo am Kai und später in der langen Nacht im Speisesaal, als sie befürchten mussten, von einem U-Boot angegriffen zu werden. Er war ihr sehr sympathisch gewesen, auch wenn sie ihn kaum gekannt hatte, und es wollte ihr nicht in den Kopf, dass er nun fort war, ertrunken, tot. Sie erinnerte sich an ihr Gespräch und wünschte sich, ihn besser kennengelernt zu haben.

Sie war dem Kapitän begegnet, der sagte, in Ingimars Kajüte sei nach Hinweisen auf seinen Verbleib gesucht worden. Seinem Kajütengenossen war seit der Abfahrt von Petsamo keine Veränderung an ihm aufgefallen. Vorher hätten sie sich nicht gekannt, doch der Mann sagte, Ingimar sei ihm sofort sehr sympathisch gewesen und habe sich als liebenswerter, fröhlicher Geselle erwiesen. Er sei anständig, deutlich anständiger als der andere Kajütengenosse, der gern trank. Die Frage, ob Ingimar Selbstmord begangen hatte oder unwillentlich über Bord gestürzt war, konnte niemand zweifelsfrei beantworten, doch alles deutete darauf hin, dass er unvorsichtig gewesen war und es auf diese tragische Weise geendet hatte. Es war nicht bekannt, dass Ingimar in Streitereien verwickelt gewesen wäre, dass er Leute gegen sich aufgebracht oder gar Feinde gehabt hätte. Ein friedlicher Geselle, der nichts dergleichen erwähnt habe, sagte sein Kajütengenosse.

»Wirklich furchtbar«, seufzte der Kapitän. »Wir wissen nichts. Niemand hat gesehen, was passiert ist. So etwas kommt vor, leider. Man kann nie vorsichtig genug sein.«

»Ich habe mich lange mit ihm im Speisesaal unterhalten«, sagte sie. »Er war es, der mir von Ósvaldur erzählt hat. Es wirkte nicht so, als wollte er sich etwas antun, ganz im Gegenteil: Er schien sehr zufrieden mit dem Leben.«

»Ja, das entspricht dem, was andere sagen, die ihn gekannt haben«, sagte der Kapitän. »Es ist schrecklich, ganz furchtbar, wenn so etwas passiert. Nach dem, was ich herausgefunden habe, hatte er keine Kinder. Irgendwer meint, er habe mal seinen Bruder erwähnt. Ich habe schon eine Nachricht nach Reykjavík geschickt. Sie werden seine Angehörigen ausfindig machen.«

Wie hypnotisiert starrte sie ins Kielwasser, bis sie das Gefühl bekam, es wolle sie in die Tiefe ziehen. Diese gesamte Reise war so aufwühlend und belastend. Die Ungewissheit in Bezug auf Ósvaldur, die Schuldgefühle ihm gegenüber, und jetzt auch noch Ingimars Verschwinden und die Frage nach seinem Schicksal. Der Gedanke, dass es ihm vielleicht schlecht gegangen war, ohne dass sie es bemerkt hatte, möglicherweise so schlecht, dass er diesen letzten Ausweg wählen musste, belastete sie sehr. Sie hatten sich zwar kaum gekannt, hatten nur die paar Stunden in besagter Nacht miteinander gesprochen, aber trotzdem war da ein starkes Band zwischen ihnen. Ingimar war mit dem Schmerz im Gepäck in ihr Leben getreten, hatte alles versucht, ihn zu lindern, war ihr ein einfühlsamer, aufmunternder Freund in der Not gewesen. Und sie hatte ihm das mit einer Lüge gelohnt, als er sie gefragt hatte, ob sie Manfreð kenne. »Wir sind nur Bekannte«, hatte sie gesagt.

Diese verdammten Lügen.

All diese verdammten Lügen.

Sie zitterte vor Kälte, als sie sich schließlich vom Kielwasser losreißen konnte und unter Deck ging. Auf dem Weg zu ihrer Kajüte sah sie Manfreð. Das war das Letzte, was sie jetzt brauchen konnte, doch es gab keine Fluchtmöglichkeit.

Er kam auf sie zu. Er sah, dass sie aufgewühlt war, und wollte sie umarmen, doch sie wehrte ihn ab, sagte, dass alles in Ordnung sei und sie sich hinlegen wolle.

»Bist du sicher, dass alles in Ordnung ist, meine Liebe?«, sagte er. »Du bist ja eiskalt.«

»Mach dir keine Sorgen um mich«, antwortete sie. »Ich muss mich nur ausruhen. Ich bin schon den ganzen Tag furchtbar müde.«

»Deine Kajütengenossin sagte mir, dass du an Deck seist. Eine merkwürdige Frau. Sie sagt, sie kommt aus dem Norden. Ist sie nicht irgendwie seltsam?«

»Nein, sie ist nett. Du hast nach mir gefragt? War etwas Besonderes?«

»Ich wollte nur wissen, wie es dir geht, in dem ganzen Trubel hier an Bord. Wegen Ingimar. Ob bei dir alles in Ordnung ist. Ich habe mir Sorgen gemacht. Sonst nichts.«

»Ja, schrecklich, oder? Ich verstehe einfach nicht, wie so etwas passieren kann.«

»Nein, das ist wirklich ...«

»Ich habe mich in der Nacht mit ihm unterhalten, als wir dachten, ein U-Boot würde uns angreifen, und er war so ruhig und gelassen, dass auch ich die Gefahr vergessen konnte.«

»Er soll ein feiner Kerl gewesen sein.«

»Und dann passiert so etwas ...«

»Ja, es ist tragisch. Da war noch etwas ...« Manfreð spähte den Flur hinauf, als wollte er sich vergewissern, dass sie wirklich allein waren. »Ich weiß, dass du ... ich verstehe nicht, warum ich noch nicht einmal mit dir reden darf.«

»Manfreð, nicht ...«

»Ich fühle mich so ... wir haben nie darüber gesprochen, was zwischen uns war, ich fühle mich wie gestrandet. Allein auf einer einsamen Insel. Verstehst du das? Für mich ist das, was zwischen uns war, noch nicht abgeschlossen. Jetzt ist es gesagt. So empfinde ich das.«

»Ich will nicht darüber reden, Manfreð. Versuche, das zu verstehen. Ich will das nicht. Es ist aus und vorbei, und ich wünschte mir, wir könnten das alles vergessen. Wir beide.«

»Du hast mir Hoffnung auf eine Fortsetz…«

»Ich habe dir keine Hoffnung gemacht«, sagte sie. »Wir wussten beide, was wir taten. Inzwischen bereue ich es, und ich will, dass du mich damit in Frieden lässt. Wir haben keine gemeinsame Zukunft, Manfreð. Begreif das endlich.«

»Du klangst noch ganz anders, als du …«

»Ich denke nicht, dass ich anders klang. Ich denke nicht, dass ich etwas anderes gesagt habe.«

»Dann hast du das wohl vergessen.«

»Ich habe nichts vergessen, Manfreð. Glaube mir. Ich wünschte, ich könnte sagen, dass ich etwas vergessen hätte, aber so ist es leider nicht. Ich weiß alles, auch, dass das zwischen uns nur vorübergehend war. Nennen wir es eine kurze Geistesverwirrung. Ich habe es genossen, genau wie du, aber ich wollte Ósvaldur nie ernsthaft verlassen, und das weißt du auch. Niemals. Das wusstest du die ganze Zeit. Ich verstehe nicht, wie du etwas anderes behaupten kannst.«

Sie redeten im Flüsterton, und sie hoffte, dass niemand sie hörte. Dass niemand auf den Flur trat und ihre Auseinandersetzung mitbekam. Dass es schnell vorüber sein würde und sie in ihre Kajüte gehen und sich in ihrer Koje vergraben und alles vergessen konnte.

»Es war nichts anderes und nicht mehr zwischen uns, als das, was wir getan haben«, fuhr sie fort. »Das war nie … nie tiefer als das. Ich dachte, das wäre uns beiden klar.«

»Nein, so war es nicht.«

»Ich hoffe, du verzeihst mir, falls ich etwas anderes angedeutet haben sollte. Es ist vorbei. Bitte versteh das. Es ist vorbei.«

Sie sah, dass ihre Worte ihn wütend machten. Sie hatte versucht, so ehrlich wie möglich zu sein, wollte ihre Entschlossenheit zeigen und dieses Gespräch ein für alle Mal beenden. Sie war all die Lügen leid. So sah sie ihre Beziehung. Alles andere war sein Hirngespinst. Es fiel ihm sichtlich schwer, sich im Zaum zu halten.

»Manfreð? Versuch doch, zu verst…«

»Zur Hölle mit dir!«, zischte er.

Sie erschrak fast zu Tode.

»Manfreð …?!«

»Ja genau, zur Hölle mit dir!«, fuhr er sie an, stürmte den Flur entlang und verschwand nach oben.

Vierundzwanzig

Bensi war auf dem alten Divan im Piccadilly eingeschlafen und kam erst zu sich, als Flóvent ihn ein paarmal gerüttelt hatte. Der Abend war mal wieder lang gewesen, und der Wirt hatte kaum verschnaufen können.

Thorson, der Flóvent begleitete, schien es, als hätte der Mann noch versucht, ein bisschen Ordnung zu schaffen. Ein abgebrochener Besen lehnte an der schäbigen Bar. Ein Tisch lag verkehrt herum auf dem Boden, ein Bein fehlte. Ein unbrauchbarer Stuhl war in die rußige Ofenecke geschmissen worden. Im Ofen glimmten noch Kohlen. Aber dann hatte der Wirt wohl doch die Flinte ins Korn geworfen und sich auf den Divan gelegt. Flóvent ging hinter die Bar, sah sich die Flaschen im Regal an und öffnete einen Schrank, der halbvoll mit amerikanischen Zigaretten war.

Thorson hatte ihm bereits berichtet, dass Bensi bei seinem ersten Besuch nicht gerade auskunftsfreudig gewesen war. Und sie hatten inzwischen auch über Thorsons Unterhaltung mit dem Unteroffizier gesprochen, der Flóvent aus seinem Büro gejagt hatte. Sie fanden es beide durchaus lohnenswert, die Frau ausfindig zu machen, die er vom Piccadilly mitgenommen hatte. Bei den Gesprächen mit den Leuten, deren Personalien die Polizei an besagtem Abend aufgenommen hatte, war bisher noch nichts Hilfreiches herausgekommen, doch sie hielten es weiterhin für wichtig, mit den Besuchern der Bar zu sprechen. Der unwirsche Unteroffizier hatte ihnen nicht weiterhelfen wollen, doch Flóvent ging davon aus, dass der Wirt ihn kannte.

In der Zwischenzeit hatte Thorson versucht, herauszufinden, warum man den Unteroffizier nach Island geschickt hatte, ob wirklich ein Dienstvergehen die Ursache gewesen war. Einer seiner Kameraden, ebenfalls Kanadier, doch kein West-Isländer, war Sekretär beim Oberkommando der Besatzungsmacht. Ihn hatte Thorson gebeten, sich unauffällig Stewarts militärische Vergangenheit anzusehen.

»Du schon wieder«, sagte Bensi, der sich inzwischen halb aufgerichtet hatte und in Thorsons Richtung schielte. »Was willst du hier? Haben wir nicht schon geredet? Und wen hast du da mitgebracht?«, fragte er, als er Flóvent hinter der Bar entdeckte. »Wer bist du? Komm da raus. Da hast du nichts zu suchen.«

»Ich bin von der isländischen Polizei«, sagte Flóvent und ging mit einer Flasche amerikanischen Wodkas zum Divan. »Ich möchte Ihre Gewerbeerlaubnis und Ihre Schanklizenz sehen. Und ich würde gerne wissen, wie Sie an den Alkohol und den Tabak und all diese Dinge kommen. Das Wenigste davon stammt vom staatlichen Alkohol- und Tabakhandel. Ich möchte Sie daran erinnern, dass Schwarzmarktgeschäfte mit Zuchthaus geahndet werden. Das muss ich doch wohl nicht extra erwähnen. Oder doch?«

Der Wirt hörte auf, sich den Schlaf aus den Augen zu reiben, und starrte Flóvent an, als verstünde er kein Wort.

»Gewerbe…? Was für eine …? Ist das …?«

»Haben Sie die Papiere hier, oder müssen wir zu Ihnen nach Hause fahren, um sie zu holen?«, fragte Flóvent und bemühte sich, wie ein Vertreter der Alkohol- und Tabakbehörde zu wirken, auch wenn er solche Tricks nur selten anwandte.

Der Wirt wusste nicht so recht, was er davon halten sollte. Nach einem gescheiterten Versuch gelang es ihm immerhin, sich aus dem Divan zu wuchten. Dumpf und verwirrt stand er vor den beiden Polizisten.

»Ich … ich weiß nicht … hier habe ich sie auf jeden Fall nicht …«

»Dann sollten wir gehen und sie holen«, sagte Flóvent. »Wenn Sie mir bitte folgen würden …«

»Nein, warte … wartet kurz, ich bin noch gar nicht richtig wach … Was ist hier eigentlich los? Worum geht es?«

»Wir müssen den Laden natürlich schließen, solange wir da keine Klarheit haben«, sagte Flóvent.

»Den Laden schließen? Ich habe nichts verbrochen. Nichts.«

»Das wird sich zeigen«, sagte Flóvent. »Wenn Sie mir jetzt bitte folgen würden. Wo wohnen Sie?«

»Wo ich wohne?«

»Flóvent, kann ich mal kurz mit dir sprechen?«, sagte Thorson, führte Flóvent beiseite und wechselte ein paar leise Worte mit ihm, ehe er sich wieder an den Wirt wandte.

»Ich bin mir sicher, dass Flóvent hier die offizielle Kontrolle aufschieben würde – die einige Unannehmlichkeiten mit sich bringen könnte –, wenn du bereit wärst, ein paar Fragen zu dem Abend zu beantworten, an dem der Junge angegriffen wurde. Er hat schon jetzt genug gesehen, um den Laden dichtzumachen, aber wenn du ...«

Der Wirt witterte sofort seine Chance. Thorson trat deutlich freundlicher auf als Flóvent und duzte ihn sogar.

»Was für Fragen?«

»Kennst du einen amerikanischen Unteroffizier namens Stewart?«

»Nein«, sagte der Wirt.

»Sicher? Er wurde an jenem Abend hier gesehen.«

»Aha. Diesen Namen kenne ich nicht.«

»Wir brauchen ehrliche Antworten von dir«, sagte Thorson. »So kommen wir nicht weiter.«

»Ich weiß von keinem Stewart. Ich sage es, wie es ist.«

»Er hat ein isländisches Mädchen oder eine Frau von hier mitgenommen. Er fuhr einen Militärjeep. Sie sind zusammen von hier weggefahren. Er meinte, er sei mindestens zweimal im Piccadilly gewesen – wenn er nicht lügt.«

»Ja, ich bin ja auch nicht immer hier«, sagte der Wirt. »Wie hieß die Frau?«

»Das wissen wir nicht. Wir dachten, du könntest uns das sagen.«

»Meinst du vielleicht Douglas?«, fragte der Wirt. Er schien die beiden so schnell wie möglich loswerden zu wollen.

»Douglas?«

»Das ist das einzige höhere Tier, das meines Wissens herkommt. Nicht oft, aber manchmal. Ich bin mir ziemlich sicher, dass er Douglas heißt. Von einem Stewart weiß ich nichts.«

»Kommen häufiger höhere Dienstgrade hierher?«

»Nein, sicher nicht. Nicht dass ich wüsste. Douglas ist der Einzige, an den ich mich im Moment erinnere.«

»Und was will er hier?«, fragte Flóvent.

»Sich amüsieren. Er mischt sich unter die Jungs, als wäre er einer von ihnen. Ich weiß, dass sie ihn mögen. Aber nennt meinen Namen nicht. Das sind gute Jungs, ich will nicht, dass sie denken, ich verpfeife sie bei der Polizei. Nachher kommen sie nicht mehr, und dann ist es aus mit mir.«

»Wissen Sie, ob dieser Douglas mit isländischen Frauen verkehrt?«, fragte Flóvent.

»Nein, zumindest weiß ich nichts davon. Ich kann aber auch unmöglich auf alles hier achten.«

Flóvent war sich nicht sicher, ob er die Wahrheit sagte. Seine Drohung schien Bensi Angst gemacht zu haben, und ihr simples Spiel wirkte, machte ihn etwas gefügiger. Doch das war keine Garantie dafür, dass er sie nicht trotzdem anlog.

»Hast du eine Ahnung, welche Frau an jenem Abend mit ihm gefahren sein könnte?«, fragte Thorson.

»Nein, keine Ahnung.«

»Eine Frau namens Guðmunda vermisst ihre Freundin, die regelmäßig Umgang mit den Soldaten hatte. Die Vermisste heißt Ellý und kennt Leute aus der Pólarnir-Siedlung. Eine Klemensína. Sagen Ihnen diese Namen etwas?«, fragte Flóvent, der sich daran erinnerte, dass Ellý angeblich etwas von einem amerikanischen Offizier erzählt hatte, der sie mit nach Amerika nehmen wollte. Auch wenn sie bekannt dafür war, solchen Unsinn zu reden, fand Flóvent es doch wichtig, sich nach ihr zu erkundigen.

Der Wirt schüttelte den Kopf.

»Sind Sie sicher?«

»Guðmunda? Ellý? Die kenne ich nicht.«

»Aber vielleicht einen jungen Mann namens Tóbías? Der ist auch aus der Pólarnir-Siedlung.«

Wieder schüttelte der Wirt müde den Kopf.

»Nein, ich kenne ihn nicht«, sagte er.

»Und wenn ich Ihnen sage, dass dieser Tóbías mehr für die Gesellschaft von Männern übrig hat, klingelt es dann bei Ihnen?«

»Ach so, einer von denen? Das ... nein, davon weiß ich nichts.«

»Und dass der Junge, der hier hinten gefunden wurde, auch so einer war?«

Der Wirt antwortete nicht.

»Das sollten Sie aber besser hinkriegen«, sagte Flóvent. »Ich denke, Sie wissen genau, was hier vor sich geht, aber aus irgendeinem Grund möchten Sie das vor uns geheim halten.«

»Ich würde Ihnen ja gern helfen, aber ...«

»Na schön, dann kommen Sie jetzt mit, wir schließen den Laden und beschlagnahmen das alles. Mal sehen, ob Sie diese Nacht in einer Zelle verbringen müssen. Das Verhör kann ein paar Tage dauern, Sie sollten sich einen Anwalt besorgen. Und damit sollten Sie nicht zu lange warten. Der Haftbefehl könnte noch heute erfolgen.«

Benedikt sah sie abwechselnd an, als wollte er abschätzen, ob das alles leere Drohungen waren oder ob er die nächste Nacht tatsächlich in Polizeigewahrsam verbringen würde. Nach einer Weile verlor Flóvent die Geduld.

»Sollen wir ihm Handschellen anlegen?«, fragte er an Thorson gewandt.

»Ich denke, das ist nicht nötig«, antwortete Thorson. »Zu zweit werden wir wohl mit ihm klarkommen.«

Noch immer zögerte der Wirt.

»Ich weiß nicht, ob Ihnen das weiterhilft«, sagte er schließlich an Flóvent gewandt, vor dem er mehr Respekt zu haben schien.

»Was?«

»Aber ihr habt das nicht von mir«, sagte der Wirt. »Ich will keinen Ärger mit diesen Leuten. Und auch nicht mit euch. Ich will, dass alle zufrieden sind. Das ist das Einzige, was ich will: dass alle zufrieden sind.«

»Was haben wir nicht von dir?«, fragte Thorson.

»Einmal war eine Gruppe hier«, sagte der Wirt. »Einen nannten sie Stewart, ich glaube, er war ein Offizier. Aber er tat so, als wäre er einer von ihnen. Der Junge, dem das da hinten passiert ist, hing bei ihnen herum.«

»Wann war das?«

»Das ist schon eine Weile her. Den Jungen habe ich an dem Abend wiedergesehen, an dem er angegriffen wurde, aber da war er allein unterwegs und ist nur kurz geblieben. Kurz darauf wurde er da draußen auf dem Feld gefunden.«

»Hast du Stewart mit ihm sprechen sehen?«, fragte Thorson.

»Nein.«

»Wie meinen Sie das, dass er bei den Soldaten herumhing?«, fragte Flóvent. »Was soll das heißen?«

»Er hing halt bei ihnen herum«, sagte der Wirt. »Er ist nicht mit ihnen hergekommen, aber er saß bei ihnen. Hat sich mit ihnen unterhalten. Mit ihnen gelacht. Als sie gingen, ist er mitgegangen. Einige von ihnen waren Matrosen.«

»Wer waren die Soldaten?«

»Ich weiß es nicht.«

»Benedikt, willst du uns helfen oder nicht?«, sagte Thorson. Der Wirt guckte ängstlich zu Flóvent hinüber.

»Ich weiß nicht, wer das war, aber ich habe sie von so einem Ort reden hören, Falcon Point. Keine Ahnung, was das ist.«

»Falcon Point?«, wiederholte Thorson. »Das ist eine kleine Militärbasis im Hvalfjörður. Kamen sie von dort?«

»Ich weiß es nicht«, antwortete der Wirt. »Ich habe bloß diesen Namen gehört.«

»Warum hast du uns das nicht gleich gesagt?«, fragte Thorson.

»Ich will mich da nicht einmischen«, sagte der Wirt. »Das geht mich nichts an. Ich weiß nicht, warum der Junge gestorben ist. Ich weiß nicht, wer ihn angegriffen hat. Das ist wirklich wahr. Ich habe ihn bei diesen Soldaten gesehen, mehr nicht. Das sind keine Stammgäste. Ich hatte sie vorher noch nie gesehen, kannte sie nicht, und sie sind auch seitdem nicht mehr hier gewesen.«

»Außer Stewart?«

Der Wirt nickte.

»Was hat der Junge an dem Abend, an dem er getötet wurde, hier gemacht?«, fragte Flóvent ein bisschen freundlicher. »Weißt du, wer er war? War er Isländer?«

»Nein. Ich habe nicht mit ihm geredet. Und beim zweiten Mal ist er nur ganz kurz hier gewesen. Kann sein, dass er jemanden gesucht hat. Ich weiß es nicht.«

»Jemanden, den er hier treffen wollte?«

»Ich weiß es nicht.«

»Und beim zweiten Mal waren die Leute nicht hier, diese Gruppe?«

»Nein, die habe ich nur das eine Mal gesehen.«

»Aber Stewart ist noch mal hergekommen?«

»Ja. Ich habe ihn an dem Abend gesehen, als der Junge angegriffen wurde. Aber er war längst gegangen, als das passiert ist.«

»Du meinst, als der Junge gefunden wurde?«

»Ja.«

»War er möglicherweise noch hier, als der Junge angegriffen wurde?«

»Das weiß ich nicht.«

»Hast du Stewart mit einer Frau losfahren sehen?«

»Ich habe ihn nur kurz gesehen, und dann war er wieder weg. An jenem Abend war viel Betrieb.«

»Was hat er getan, als du ihn gesehen hast?«, fragte Thorson.

»Sich mit irgendwelchen Soldaten unterhalten. Sind wir jetzt quitt?«, fragte der Wirt und sah abwechselnd Flóvent und Thorson an. »Das ist alles, was ich weiß.«

»Kam er schon mit der Frau her oder haben sie sich erst hier getroffen?«

»Das weiß ich nicht.«

»Wie hieß die Frau?«, fragte Thorson.

Der Wirt antwortete nicht.

»In Ordnung«, sagte Flóvent. Er holte ein kleines Notizheft und einen Bleistift hervor, schrieb seinen Namen und seine Nummer auf und gab dem Wirt den Zettel. »Ruf mich unter dieser Nummer an, wenn dein Gedächtnis wieder voll funktionsfähig ist.«

Fünfundzwanzig

Agneta lächelte matt, als sie sah, dass der Besucher Flóvent war. Sie bat ihn herein und fragte, ob er Kaffee wolle, was er gerne annahm. Vor einem Bild ihres Mannes brannte eine Kerze. Alle Vorhänge waren zugezogen, und das Wohnzimmer kam Flóvent düster vor, als er sich setzte. Er kam direkt vom Piccadilly. Thorson wollte sich Unteroffizier Stewart noch einmal genauer ansehen und nachhaken, ob sein Kamerad schon etwas über dessen militärische Laufbahn herausgefunden hatte.

»Ich wollte mich auch schon bei dir melden. Wegen Manfreðs Beerdigung«, sagte Agneta, als sie aus der Küche kam und sich zu Flóvent setzte. »Ich würde gerne Vorbereitungen treffen. Ich habe schon mit einem Pfarrer gesprochen, aber ich weiß nicht, wann die Beerdigung stattfinden kann. Ich weiß gar nichts.«

»Nein, natürlich, es sollte nicht mehr allzu lange dauern«, sagte Flóvent. »Ich hoffe, dass es jetzt keine weiteren Verzögerungen mehr gibt. Der Arzt, der die Leiche untersucht, ist sehr beschäftigt.«

Er überlegte, wie er ansprechen sollte, was er inzwischen erfahren hatte, dass sie als leichtes Mädchen betrachtet wurde, dass ihr Mann sie betrogen haben sollte, und Baldur den Verdacht hegte, dass eine Substanz in seinem Körper war, die ihn benommen gemacht haben könnte, bevor er ertrank. Während der Suche nach ihrem Mann war Flóvent von ihrer Haltung beeindruckt gewesen, und auch als sie von seinem Tod erfuhr. Er fand, dass sie in dieser schwierigen Zeit eine enorme Ausdauer bewiesen hatte, und nicht zuletzt hatte er das Gefühl, dass sie ehrlich gewesen war und nichts verheimlicht hatte, auch wenn es ihr manchmal schwergefallen war, und sie sehr ungern über sich selbst und ihre Privatangelegenheiten sprach. Magdalena hatte sie als egoistische, hochmütige Frau beschrieben, der die Gefühle anderer gleichgültig wären. Aber das passte nicht zu Flóvents Eindruck von dieser Frau.

»Darf ich noch einmal fragen, wie eure Beziehung war? Ob es in eurer Ehe Probleme gab?«

»Ja, das hast du mich schon gefragt«, sagte Agneta. »Und ich habe dir geantwortet, dass mit unserer Ehe alles in Ordnung war. Es war so wie bei anderen Ehepaaren auch, denke ich.«

»Kinder waren euch nicht beschieden«, sagte Flóvent, der sich noch scheute, zur Sache zu kommen.

»Nein, das ist wahr. Wir waren noch nicht so lange verheiratet, aber wir wollten es gerne. Wir wollten das beide. Kinder kriegen. Aber ich verstehe nicht ganz, was du … Darf ich wissen, warum du danach fragst?«

»Ich tue das nicht gern, das kannst du mir glauben, aber ich möchte dich mit einem Gerücht konfrontieren, das ich gehört habe, dass er … dass er dir … untreu gewesen sein soll.«

Agneta sah Flóvent lange stumm an, völlig regungslos, bis er es nicht mehr aushielt.

»Kannst du mir sagen, ob da etwas dran ist?«, fragte er.

»Woher hast du das?«, fragte Agneta.

»Das spielt keine Rolle.«

»Sicher spielt das eine Rolle«, sagte Agneta. »Natürlich spielt das eine Rolle! Was soll das heißen?«

Flóvent wusste, dass sie seit dem Verschwinden ihres Mannes unter einem enormen Druck stand, auch wenn sie sich das nicht anmerken ließ.

»Die Polizei bekommt alle möglichen Informationen, wie du dir sicher vorstellen kannst«, sagte Flóvent. »Wir leben in einer kleinen Gesellschaft, in der die abstrusesten Geschichten verbreitet werden. Auch wenn wir vieles von dem, was wir hören, nicht für glaubhaft halten, möchte ich doch wissen, was du dazu sagst. Auch wenn ich weiß, dass du ungern über persönliche Dinge sprichst – mir macht das hier auch keine Freude.«

»Du glaubst, das hat Einfluss darauf gehabt, was passiert ist?«, sagte sie und schaffte es nicht, ihre Wut zu verbergen. »Falls er mir untreu gewesen sein sollte?«

»Natürlich, das ist für jede Ehe eine ernste Angelegenheit«, sagte Flóvent. »War er untreu?«

»Und selbst wenn er mir … untreu gewesen ist, wie du das nennst – was geht das die Polizei an? Mein Mann hat Selbstmord begangen. Es hat euch nicht zu interessieren, was die Ursache dafür war. Warum fragst du mich danach? Warum kannst du un… kannst du mich nicht einfach in Frieden um meinen Mann trauern lassen? Es war seine Entscheidung. Es ist wohl kaum Sache der Polizei, herauszufinden, wie er zu dem Schluss kam, nicht weiterleben zu können.«

»Nein, das stimmt«, sagte Flóvent. »Aber ich kann mir vorstellen, dass es dir nicht gefallen hat, wie er mit dir umgegangen ist. Dass du mit seiner Untreue nicht einverstanden warst.«

»Kennst du jemanden, der mit so etwas einverstanden wäre?«

»Gab es also eine andere Frau in seinem Leben?«

»Ich habe keine Lust, darüber zu reden«, sagte Agneta. »Ich weiß nicht, woher du dieses Gerücht hast.«

»Du streitest es nicht ab«, sagte Flóvent.

Agneta antwortete nicht sofort.

»Ich merke, dass du darüber nicht reden willst«, sagte er, »aber gewisse Dinge muss ich doch wissen.«

»Ich hatte einen Verdacht«, antwortete sie schließlich.

»Weißt du, wer sie ist?«

»Nein.«

»Hast du ihn darauf angesprochen?«

»Ja.«

»Und?«

»Er meinte, das sei nur ein Hirngespinst.«

»Du bist wütend auf ihn gewesen.«

»Natürlich.«

»Woher kam dein Verdacht?«

»Ich fand, Manfred hatte sich von mir entfernt. Er arbeitete länger. War auch am Wochenende beruflich unterwegs. Antwortete ausweichend, wenn ich ihn danach fragte. Er meinte, dass sich unsere Lebensumstände vielleicht ändern würden. Ich wurde natürlich wütend. Fragte, wie er das meine. Er sagte, er überlege, für eine Weile allein zu leben. Von hier auszuziehen. Ich habe ihn zur Rede gestellt, gefragt, ob er mich betrügt. Da sagte er das mit dem Hirngespinst. Ich ... ich habe es gerochen. Den Duft einer anderen Frau.«

»Wann fing das an?«

»Das ist noch nicht lange her. Vor etwa zwei Monaten habe ich es bemerkt.«

»Aber er hat es nicht zugegeben?«

»Nein.«

»Du hast ganz Recht, das geht uns natürlich nichts an«, sagte Flóvent, »und ich hätte dich auch nicht mit diesem Gerücht konfrontiert, wenn da nicht noch etwas wäre, nach dem ich dich fragen muss.«

»Was denn?«

»Der Arzt hat etwas in seinem Körper gefunden«, sagte Flóvent.

»In seinem Körper?«

»Eine Substanz. Wir wissen noch nicht ganz genau, was es ist, aber wir wissen, dass es ihn in gewissem Maße benommen gemacht hat. Es handelt sich nicht um Alkohol.«

Agneta sah ihn mit fragenden Augen an und fuhr sich mit den schlanken Fingern durchs rabenschwarze Haar.

»Ich verstehe nicht«, sagte sie.

»Es ist etwas in seinem Körper, das dort nicht sein dürfte. Habt ihr solche Medikamente? Mittel, die das Bewusstsein trüben? Einen schwach machen? Einem die Kraft rauben? Besitzt du so etwas?«

»Was soll er genommen haben?«

»Wir warten auf die genauere Analyse«, sagte Flóvent. »Du bist Krankenschwester und hast Zugang zu diversen Medikamenten. Ich frage, ob er über dich an irgendetwas herangekommen sein könnte? An ein entsprechendes Medikament?«

»Nein, wir haben nichts außer ein paar Schmerztabletten«, sagte Agneta. »Vielleicht hat er davon eine Überdosis genommen?«

Sie stand auf, ging in die Küche und kam mit einer offenen Dose Schmerztabletten zurück, aus der ihres Erachtens jedoch nichts fehlte. Sie starrte in die Dose, und auf einmal schien ihr der eigentliche Grund für Flóvents Besuch aufzugehen.

»Glaubst du etwa, ich habe mich an ihm gerächt? Denkst du allen Ernstes darüber nach? Glaubst du wirklich, ich hätte ... ihm etwas angetan?«

»Ich muss alle Möglichkeiten in Betracht ziehen.«

»Hast du den Verstand verloren?!«

»Irgendetwas stimmt nicht, und wir müssen herausfinden ...«

»Willst du mich verhaften?«, fragte Agneta aufgebracht. »Das glaube ich nicht. Bist du gekommen, um mich zu verhaften?«

»Nein, aber ich muss dich bitten, die Stadt in der nächsten Zeit nicht zu verlassen.« Flóvent stand auf. »Bis wir herausgefunden haben, was geschehen ist.«

Eine Nachricht erwartete Flóvent, als er in seinem Büro vorbeischaute, bevor er sich zum Feierabend auf den Nachhauseweg machen wollte. Sie war von Baldur aus dem Universitätsklinikum und gewohnt lakonisch. Das vorläufige Ergebnis der Untersuchung der Nauthólsvík-Leiche deute darauf hin, dass sich in der Rückenmarksflüssigkeit Spuren eines Anästhetikums namens Perkain befänden. Ein Mittel, das injiziert werde und in zu großer Dosierung lebensgefährlich sei, das es nur auf ärztliche Verordnung gebe und unter anderem zur Spinalanästhesie verwendet werde.

Sechsundzwanzig

Reykjavík war nicht mehr der Ort, den sie vor wenigen Jahren verlassen hatte.

Die Veränderung war nicht zu übersehen, als die Esja in die Faxaflói-Bucht hineinfuhr und sich dem äußeren Hafen näherte. Sie fuhren an furchteinflößenden Kriegsschiffen vorbei, an Fregatten und Öltankern, Zerstörern und Kreuzern, die zwischen isländischen Fischerbooten und Seitentrawlern lagen. Sie hatte genügend Zeit, sich das alles in Ruhe anzusehen, da das militärische Oberkommando der Esja das Anlegen am Kai untersagt hatte, solange die für Kirkwall geplante Inspektion nicht nachgeholt worden war. Einige britische Soldaten kamen zum Schiff gefahren und kündigten eine Kontrolle an. Niemand dürfe das Schiff verlassen, ehe eine offizielle Erlaubnis dazu erteilt werde.

Die Ungeduld der Passagiere steigerte sich ins Unermessliche, jetzt, wo das Ziel erreicht war und sie ihre Lieben so nahe wussten. Als die Kontrolleure endlich erschienen, bemühten sie sich alle um einen reibungslosen Ablauf, und es dauerte nicht lange, bis die ersten Passagiere mit Booten an Land gebracht wurden. Sie waren zur Besetzung Dänemarks ausgefragt worden, nach den Aktivitäten der Nazis und Begegnungen mit ihnen. Es schien, als verfügten die Soldaten über einiges an persönlichen Informationen über die Passagiere. Gleichzeitig wurde das Schiff durchsucht und das Gepäck kontrolliert.

Sie konnte es genauso wenig wie die anderen erwarten, endlich an Land zu kommen, doch ihre Befragung zog sich hin. Der britische Sergeant, der die Kontrolle leitete, war über Ósvaldurs Verhaftung im Bilde. Sie sagte ihm, was sie wusste, wenn das bekanntermaßen auch nicht viel war. Sie beschloss, ihm nichts zu verschweigen, und so sagte sie auch, dass Ósvaldur möglicherweise in Verbindung zu einer Widerstandsgruppe stand, doch sie wisse nichts über seine Aktivitäten dort oder was genau zu seiner Verhaftung geführt habe. Sie erkundigte sich, ob hier mehr über sein Schicksal bekannt sei, doch der Sergeant antwortete, dass er ihr nicht weiterhelfen könne. Ihm sei bekannt, dass die isländischen Behörden bemüht seien, Ósvaldurs Aufenthaltsort und den Anklagegrund zu ermitteln. Ansonsten betrachte man diesen Fall aber als für die britische Seite irrelevant.

Dann endlich brachte man sie an Land, in eine völlig veränderte Welt. Die Insel war im Frühjahr besetzt worden, und überall waren Militärfahrzeuge, Sandsackfestungen und schwerbewaffnete britische Soldaten zu sehen. Ein Motorradtrupp knatterte mit ohrenbetäubendem Lärm an ihr vorbei. Soldaten marschierten in Richtung Pósthússtræti. Am Hügel Arnarhóll, den winters Kinder auf ihren Schlitten hinuntergesaust waren, standen Geschütze, die klaffenden Mäuler waren auf den Hafen gerichtet.

Die Schwester ihrer Mutter erwartete sie am Zollhaus und hieß sie willkommen. Sie konnte bei ihr ein

Kellerzimmer beziehen, vorübergehend, bis sie Arbeit fand und sich etwas Besseres organisieren konnte – was gar nicht so leicht werden würde, da ihres Wissens in der Stadt ein großer Wohnungsmangel herrschte und die Mieten extrem hoch waren.

Die Tante war klein und mollig, hatte kurze Beine, mit denen sie doppelt so viele Schritte machte wie sie selbst, und sie erzählte, wie sich mit der Ankunft des Militärs in Reykjavík alles verändert hatte.

Ihre Eltern wohnten in Seyðisfjörður im Osten des Landes und waren noch nie in Reykjavík gewesen. Dort rief sie an, sobald sie sich bei ihrer Tante eingerichtet hatte, und erzählte ihnen von Ósvaldur und der Reise. Sie waren Ósvaldur nie begegnet, hatten lediglich in ein paar wenigen Briefen von ihm gelesen, und bedauerten sein Schicksal. Sie fragten, ob sie in nächster Zeit einmal in den Osten zu reisen gedenke, doch das kam nicht in Frage. Sie habe kein Geld, müsse sich Arbeit suchen und wolle auch in Reykjavík bleiben, um die Behörden weiter zu drängen, Ósvaldur ausfindig zu machen und heimzuholen.

Und das tat sie sofort, setzte sich mit den entsprechenden Beamten bei der Verwaltung in Verbindung, und schon zwei Tage nach ihrer Heimkehr konnte sie einen Minister treffen, der sich um äußere Angelegenheiten kümmerte. Er hatte Kontakt zur Botschaft in Kopenhagen aufgenommen, eine Nachfrage zu Ósvaldur an die deutschen Besatzer in Dänemark geschickt und auf diesem Wege in Erfahrung gebracht, dass er in ein Gefangenenlager gebracht worden war. Es wurde nicht näher erläutert, um welches Lager es sich handelte und wo es sich befand. Es war auch keine offizielle Anklage erhoben worden. Kein Strafgericht abgehalten worden. Der Fall Ósvaldur schien in aller Eile über die Bühne gegangen zu sein. Ein einziges Mal war im Schriftwechsel zwischen dem Minister und der Botschaft ein Anklagegrund genannt worden, den man über Umwege von der dänischen Verwaltung erfahren habe: subversive Aktivitäten.

»Sagt Ihnen das etwas?«, fragte der Minister und gab ihr die Nachricht.

»Er hat mir gesagt, dass er seinen Teil gegen die Nazis beitragen will«, sagte sie.

»Die fühlen sich schnell angegriffen«, sagte der Minister. »Wir haben gehört, sein Freund Christian Steenstrup wurde auch ins Gefangenenlager geschickt. Vielleicht auch noch andere. Haben Sie diesen Namen schon mal gehört?«

Sie nickte. »Sie haben zusammen Medizin studiert.«

Der Minister versicherte ihr, dass man die Nazis weiter auf diese Sache ansprechen werde. Es werde alles getan, um Ósvaldur aus der Haft zu befreien. Man versuche, auch informelle Wege zu gehen, Bekanntschaften und freundschaftliche Verbindungen zu nutzen, wenn alles andere keinen Erfolg zeige – sie solle die Hoffnung nicht aufgeben. Sie sagte, sie habe bereits Vorbereitungen getroffen für eine Kleider- und Lebensmittelsendung an Ósvaldur durch das Rote Kreuz in Dänemark, das ebenfalls herauszufinden versuchte, wohin man ihn gebracht hatte.

Siebenundzwanzig

Etwa ein halbes Jahr nach ihrer Rückkehr nach Reykjavík bekam sie am selben Abend zwei Besuche.

Es klopfte an die Tür ihrer Tante, und ein Mann fragte nach ihr, den sie noch nie gesehen hatte und der ihr trotzdem bekannt vorkam. Etwas an seiner Mimik. Die Augen. Das Lächeln.

Seit ihrer Heimkehr hatte sich wenig verändert. Sie konnte es sich im Moment nicht vorstellen, als Krankenschwester zu arbeiten und in einer so großen Einrichtung wie einem Krankenhaus tätig zu sein, daher half sie stattdessen halbtags ihrer Tante, die ein Textilgeschäft führte. Sie wohnte noch immer in dem Kellerzimmer und wartete auf Neuigkeiten über Ósvaldur. Man wusste immer noch nicht, wo er festgehalten wurde, wie es ihm ging und ob er überhaupt noch am Leben war. Doch auf erstaunliche Weise gelang es ihr trotzdem, einen geregelten Alltag zu leben, auch wenn sie jeden Tag an Ósvaldur dachte, auf Nachrichten von ihm wartete, wobei sie die Hoffnung nicht aufgab, dass er eines Tages nach Hause kommen würde.

»Entschuldigen Sie, dass ich Sie zu so später Stunde noch störe«, sagte der Mann, der in der Tür stand und sie höflich begrüßt hatte. »Dürfte ich einen Augenblick mit Ihnen sprechen? Ich habe gehört, Sie sind mit meinem Bruder über den Atlantik gefahren. Auf der Esja.«

»So? Um wen geht es denn?«

»Er ... er ist auf dem Weg umgekommen, er hieß ...«

»Ingimar?!«

»Ja, das ist richtig.«

»Sie sind sein Bruder?«, fragte sie wie vom Donner gerührt.

»Ja, ich ... ich habe in letzter Zeit einige Passagiere der Esja gesprochen und gehört, dass Sie ihn vielleicht besser kannten als manch anderer.«

»Es tut mir leid«, sagte sie. »Kennen kann man das kaum nennen. Ich habe das Gesicht wiedererkannt. Sie ... Sie sind ihm ähnlich.«

»Ja, das sagen die Leute. Wir waren ... wir waren uns sehr nah. Ich war noch nie so schockiert wie damals, als ich erfahren habe, was an Bord der Esja geschehen ist.«

»Ja, es war furchtbar«, sagte sie und bat ihn herein. »Einfach furchtbar – schrecklich. Es ist unbegreiflich, dass so etwas passieren musste.«

Sie führte ihn in die Küche. Obwohl sie das Zimmer im Keller mietete, durfte sie sich frei im Haus bewegen und nach Belieben die Küche nutzen. Ihre Tante war auf dem Sprung zu ihrem wöchentlichen Bridge-Abend. Sie rief ihnen einen Abschiedsgruß zu und wies sie auf das Schmalzgebäck hin, das sie früher an diesem Tag frittiert hatte, sie sollten sich gerne bedienen.

Der Mann hieß Kristmann und war ungefähr so alt wie sie. Er war groß und kräftig gebaut, bewegte sich langsam und hielt schüchtern seinen Hut in der Hand. Er setzte sich in seinem Mantel in die Küche, und als sie fragte, ob er ihn nicht ablegen wolle, sagte er, das sei nicht nötig. Nach einer Weile begann er zu erzählen, dass er nach der Ankunft der Esja den Kapitän und weitere Besatzungsmitglieder getroffen habe, um herauszufinden, wie sein Bruder ums Leben gekommen sei. Es habe Ermittlungen gegeben, die zu dem Ergebnis gekommen seien, dass Ingimar sein Leben durch einen Unfall verloren habe. Alle seien sehr freundlich zu ihm gewesen, auch wenn sie keine Antworten gehabt hätten. Danach habe er sich darauf konzentriert, einige der Passagiere ausfindig zu machen. Dabei sei er willkürlich und ohne Plan vorgegangen. Einer der Passagiere erwähnte, dass sie Ingimar vielleicht am besten gekannt habe, da er sie in der schrecklichen Nacht, in der ein U-Boot-Angriff gedroht hatte, zusammen im Speisesaal gesehen habe.

»Ja, das stimmt«, bestätigte sie. »Wir haben uns in jener Nacht lange unterhalten. Von Ihrem Bruder wusste ich, dass mein Verlobter in Kopenhagen verhaftet worden war. Ich selbst war in Sundsvall in Schweden und wusste nichts davon. Ingimar hat mir unschätzbaren Beistand geleistet, wofür ich ihm immer dankbar sein werde. Ich mochte ihn sehr.«

»Das von Ihrem Verlobten habe ich gehört – dass er in ein deutsches Gefangenenlager gebracht wurde.«

»Ja, er wollte mit uns fahren, aber dann wurde er verhaftet.«

»Und Sie wissen nicht, was mit ihm passiert ist?«

»Nein, nichts. Die Deutschen geben keine Informationen darüber heraus. Sie sagen nicht, warum er verhaftet oder wohin er gebracht wurde. Sie beantworten keine Fragen.«

»Was das angeht, sind wir in derselben Situation«, sagte Kristmann nach einigem Nachdenken.

»Wie meinen Sie das?«

»Sie sind beide verschwunden, und wir bleiben in völliger Dunkelheit zurück.«

Achtundzwanzig

Sie fragte Kristmann, warum er gerade jetzt diese Nachforschungen vorantreibe, ob es einen Auslöser gegeben habe. »Keinen bestimmten«, sagte er. Aber er habe seinen Bruder gut gekannt und es sehe ihm gar nicht ähnlich, sich auf diese Weise aus dem Leben zu verabschieden. Er habe nicht annähernd alle Passagiere der Esja gesprochen, sondern nur die wenigen, die der Kapitän ihm freundlicherweise genannt habe. Ingimars Kajütengenosse sei völlig entsetzt gewesen, als er von seinem Verschwinden erfahren habe, da Ingimar ein munterer, fröhlicher Geselle gewesen sei, alles andere als niedergeschlagen oder depressiv.

»Sie waren …«

Sie sagte ihm, dass sie sich ihretwegen nicht siezen müssten.

»Du warst eine der Letzten, die mit ihm gesprochen haben. Ich würde gern wissen, ob du irgendetwas an ihm bemerkt hast, was darauf hindeuten könnte, dass …?«

»Nein, überhaupt nicht. Ganz im Gegenteil. Aber es ist doch auch gar nicht sicher, dass er sich das selbst angetan hat. Das ist sogar eher unwahrscheinlich. Hieß es nicht, es sei ein Unfall gewesen?«

»Doch, gewiss. Das bestreite ich auch nicht. Aber ich

möchte einfach mehr wissen. Über seine letzten Tage. Was er getan hat. Was er gedacht hat. Das mag für dich vielleicht komisch klingen, aber …«

»Nein, ich weiß, was du meinst«, sagte sie und versuchte, aufmunternd zu klingen. »Aber du darfst dich nicht zu sehr damit herumquälen. Manchmal gibt es einfach keine Antwort, und man muss sich damit abfinden.«

»Darf ich fragen, worüber ihr geredet habt?«

An das meiste erinnerte sie sich noch, und sie erzählte ihm, wie einfühlsam sein Bruder gewesen war, als sie über Ósvaldur sprachen, und wie er sie trösten wollte. Wie er ihr das Wenige geschildert hatte, was er über Ósvaldurs Verhaftung wusste, wie er ihr immer wieder versichert hatte, dass alles gut ausgehen würde.

»Er fand es unnötig, in jener Nacht eine Rettungsweste zu tragen«, sagte sie nach einer Weile. »Die meisten anderen, wenn nicht sogar alle, zogen eine Weste über, als das Schiff auf offenem Meer trieb. Wir wähnten uns in großer Gefahr. Doch er war ganz ruhig. Als hätte er vor nichts Angst. Es herrschte so eine Ruhe um ihn, daran muss ich oft denken. Eine Gelassenheit, um die ich ihn beneidet habe.«

»Trug man diese Westen immer?«

»Nein, nur in jener Nacht. Wir rechneten mit einem U-Boot-Angriff. Er hatte keine Angst. Deshalb war es so gut, bei ihm zu sein. Man vergaß die Gefahr.«

»Dann trug er wohl auch keine Weste, als er über Bord ging?«

»Nein, sicher nicht.«

»Fällt dir noch irgendetwas ein?«

Sie dachte nach, und auf einmal kam ihr Manfreð in den Sinn und all das, was sie nach ihrer Heimkehr weit von sich geschoben hatte. Seit ihrem Zusammentreffen im Kajütengang an Bord der Esja, bei dem er so wütend geworden war und ihr Schlimmes gewünscht hatte, war sie ihm nicht mehr begegnet. Er hatte keinen Kontakt mehr zu ihr aufgenommen, seit sie an Land waren, was auch nicht zu erwarten gewesen war, so wie er sich aufgeführt hatte. Es war ihr gelungen, ihn endgültig loszuwerden. Sie hatte beinahe vergessen, was Ingimar über Manfreð gesagt hatte. Über seine Familie.

Kristmann merkte, dass in ihr etwas arbeitete.

»Was ist?«, fragte er.

Immer noch zögerte sie. Sie wollte nicht über Manfreð reden. Wollte nicht über diese Beziehung sprechen und darüber, wie sie geendet hatte, nicht über ihre Gewissensbisse gegenüber Ósvaldur. Wollte sich nicht daran erinnern, was sich im Verborgenen zwischen ihnen abgespielt hatte. Andererseits wollte sie Kristmann gern weiterhelfen.

»Es war ein Mann an Bord«, sagte sie, »der Manfreð hieß. Hast du auch mit ihm gesprochen?«

»Nein«, sagte Kristmann nachdenklich. »Manfreð? Wer ist das?«

»Dein Bruder wusste irgendetwas über ihn und wollte mir etwas von seiner Familie erzählen. Mütterlicherseits, wenn ich mich recht entsinne. Sie ist aus Hafnarfjörður. Ihr seid doch auch von dort, oder?«

»Ja, wir sind dort aufgewachsen.«

»Es ging um den Bruder seiner Mutter. Aber dann haben wir doch nicht mehr darüber gesprochen.«

»Ach ja? Welcher Manfreð ist das?«

»Er kam in Norwegen an Bord«, sagte sie. »Wir waren … wir kannten uns aus Kopenhagen.«

Sie erklärte das nicht weiter, aber merkte zu ihrem Leidwesen, dass Kristmann gern mehr über ihre Beziehung zu diesem Mann wissen wollte. Er wollte gerade etwas sagen, als es klopfte. Sie stand auf und öffnete die Tür. Ein Mann mittleren Alters stand auf der Eingangstreppe. Sie erkannte ihn sofort. Er war ein Mitarbeiter aus dem Ministerium, der mit dem Fall Ósvaldur befasst war.

»Guten Abend. Entschuldigen Sie die späte Störung, aber ich dachte, sie wollten es sicher sofort wissen«, sagte er mit betrübtem Blick.

»Was … was wissen, ist etwas passiert?«

»Dürfte ich vielleicht lieber hereinkommen, so dass …«

»Natürlich, entschuldigen Sie, bitte sehr.«

In diesem Moment kam Kristmann aus der Küche, wünschte einen guten Abend und sagte, dass er sie schon viel zu lange aufgehalten habe. Leicht konfus stand sie vor diesen beiden Männern, die sie im Grunde gar nicht kannte. Sie hatte das Gefühl, erklären zu müssen, wer der späte Besucher war, und stellte ihn dem Mann vom Ministerium vor, sagte, sein Bruder sei auf der Petsamo-Fahrt gestorben. Der Mann nickte, als wüsste er Bescheid. Sie gaben sich die Hand und Kristmann setzte seinen Hut auf und lief mit den Worten die Treppe hinunter, dass er sich vielleicht noch einmal bei ihr melden werde.

Der Mann fragte, ob sie allein zu Hause sei, und sie erklärte ihm, dass ihre Tante ihren Bridge-Abend habe. Sie war immer noch völlig verwirrt und verstand selbst nicht, warum sie sich über die Bridge-Abende ihrer Tante unterhielten. Erst als er fragte, ob sie lieber jemanden bei sich hätte, er habe keine guten Nachrichten zu überbringen, dämmerte es ihr. Er fragte, ob sie sich setzen könnten.

»Was?«, sagte sie. »Was ist passiert? Welche Nachrichten gibt es?«

»Vor einer Stunde haben wir ein Telegramm aus Kopenhagen erhalten«, sagte er. »Ich wollte es Ihnen persönlich sagen. Wollte damit nicht warten. Leider hat es sich in die schlimmste Richtung entwickelt.«

»Geht es um Ósvaldur? Stimmt etwas nicht?«

»Ich weiß nicht, wie ich das am besten ... In so einer Situation bin ich noch nie gewesen.«

»In was für einer Situation?«

»Leider muss ich Ihnen mitteilen, dass Ósvaldur tot ist.«

»Tot?! Nein ...«

»Es tut mir leid.«

»Woher wissen Sie ... was ...?«

»Die Deutschen haben die Botschaft darüber informiert, dass Ósvaldur tot ist. In der kurzen Meldung hieß es, er sei an Herzversagen gestorben, in Dachau bei München, wo er inhaftiert war. Seine Leiche wird uns nicht übergeben. Er wurde schon mit anderen Gefangenen begraben, die am selben Tag gestorben sind. Sie sagen, jegliche Nachforschungen seien zwecklos und ...«

Sie bekam nur vage mit, was er noch sagte.

»... in ein Massengrab ...«

»... jemanden, der heute Abend bei Ihnen sein kann ...«

»... wenn Sie möchten ...«

»... einen Pfarrer rufen ...«

Ihr wurde schwarz vor Augen, und es rauschte in ihren Ohren, als sie zu Boden sank. Sie verbarg ihr Gesicht in den Händen und wurde von einem heftigen Weinen geschüttelt, einem durchdringenden Wehklagen aus den tiefsten Winkeln der Furcht.

Neunundzwanzig

Thorson erwartete seinen Freund im Hótel Ísland. Sie hatten sich zur Kaffeezeit dort verabredet, und es war wenig los. Vereinzelte Hotelgäste waren im Foyer. Isländer vom Lande, so schien es ihm. Aus der Abgeschiedenheit in die große Stadt gereist, laut, als hätten sie sich schon betrunken. Im Speisesaal saßen ein paar Frauen. Zwei Offiziere der amerikanischen Streitkräfte unterhielten sich in einer Ecke. Abends ging es hier nicht so beschaulich zu. Dann wurde Tanzmusik gespielt, und das Haus füllte sich mit Soldaten, es wurde getrunken, und hin und wieder kam es zu Schlägereien.

Er blickte auf die Uhr. Sein Freund war zu spät, aber das war nichts Neues. Das Wort Pünktlichkeit kannte Edgar nicht. Sie waren gemeinsam nach Island gekommen, als die Insel im Mai vor drei Jahren besetzt worden war. Hatten sich zur selben Zeit als Freiwillige bei der kanadischen Armee gemeldet und waren kurz nach Kriegsausbruch nach Großbritannien gekommen. Sie gehörten beide der Königlichen Britischen Marineinfanterie an, einer der ersten Einheiten, die in Reykjavík an Land gegangen waren und die wichtigsten Regierungsgebäude besetzt hatten. Das Ganze war bis ins Detail durchgeplant gewesen. Ein Trupp war sofort in die Túngata marschiert, um den deutschen Konsul zu verhaften, der damit beschäftigt war, Dokumente in der Badewanne seiner Residenz zu verbrennen. Die Einwohner Reykjavíks waren aus allen Wolken gefallen, die Invasion hatte sie völlig überrascht. Aber wirklich Angst machte ihnen das alles nicht. »Besser ihr als die Nazis«, hatten sie zu Thorson gesagt.

Er beschloss, nicht länger zu warten, und war gerade dabei, ein paar Kronen für den Kaffee abzuzählen, als Edgar doch noch auftauchte, schlank und dynamisch, mit einer Zigarette zwischen den Fingern. Er rauchte ununterbrochen. Er entschuldigte sich sehr, sagte, er habe sich nicht eher loseisen können. Nachdem er sich die neue Zigarette an einem fast aufgerauchten Stummel angezündet hatte, kam er direkt zur Sache.

»Warum willst du, dass ich mir diesen Stewart ansehe?«, fragte er mit vom Rauchen heiserer Stimme. »Hat er etwas verbrochen?«

»Nicht, dass ich wüsste – noch nicht«, sagte Thorson. »Hast du etwas herausfinden können?«

»Ich habe versucht, dich da rauszuhalten, aber sie wissen, dass wir Freunde sind«, sagte Edgar. »Beide aus Kanada und so weiter, so dass …«

»Mich wo raushalten?«

»Ich bin zur Personaldienststelle gegangen, dort kenne ich jemanden, und habe versucht, das geschickt einzufädeln, indem ich sagte, wir bräuchten Stewarts Akte wegen einer Unstimmigkeit, über die wir im Oberkommando gestolpert seien. Nannte irgendeinen Unsinn, den ich mir spontan ausgedacht hatte. Ich dachte, das wäre keine große Sache. Ich ging gerade die Akte durch, als auf einmal der neue Chef dort auftauchte, dieser Riese aus Cleveland, dessen Name mir gerade nicht einfällt. Als er sah, dass ich Stewarts Akte in der Hand hielt, fuhr er mich an, was ich da machen würde und wer mir die Akte rausgegeben habe. Er riss sie mir aus der Hand und wollte wissen, in wessen Auftrag ich dort wäre, hat sich tierisch aufgeregt. Ich stotterte irgendetwas von einer Unstimmigkeit bei der Angabe, wer im Fall seines Todes informiert werden soll, und dass ich gedacht hätte, dort fündig zu werden, ohne ihn stören zu müssen. Ich habe in einem fort gelogen. Er sagte, dass ich warten solle, er wolle Unteroffizier Stewart herrufen, an diese Dokumente dürfe niemand ran und so weiter.«

Edgar drückte den Zigarettenstummel aus und fischte eine Lucky-Strike-Packung aus der Brusttasche.

»Und dann?«

»Bei Stewart ging keiner ran, und ich glaube, es ist mir gelungen, den Clevelander zu bequatschen. Ich konnte jedenfalls abhauen, bevor er Stewart erreichte. Wenn er es denn überhaupt weiter versucht hat. Dass er so heftig auf diese Lappalie reagiert hat ... Ich musste mir schon häufiger Akten dort ansehen, und das war nie ein Problem. Aber diesmal wurde ich wie ein Hochverräter behandelt. Was ist da los, Thorson? Kannst du mir das sagen?«

»Ist dieser Typ aus Cleveland nicht einfach nur ein Idiot, der zeigen will, wer das Sagen hat? Du hättest dir egal welche Akte ansehen können, er hätte sicher genauso reagiert. So hat er jedenfalls auf mich gewirkt, als ich ihm begegnet bin.«

»Ich weiß nicht. Worum geht es denn da eigentlich?«

Thorson erzählte ihm vom Piccadilly und dem jungen Mann, der dort angegriffen und auf bestialische

Weise getötet worden war. Er sagte, dass Stewart früher an jenem Abend dort gewesen und mit einer Frau weggefahren sei. Der Mann verweigere jegliche Zusammenarbeit, daher wolle er sich den Unteroffizier einmal genauer ansehen.

»Glaubst du, es gibt eine Verbindung zwischen Stewart und diesem Jungen?«, fragte Edgar.

»Ich habe nichts in der Hand«, sagte Thorson, »aber ich möchte Kontakt zu der Frau aufnehmen, die bei ihm war. Ich habe das Gefühl, er weiß genau, wer sie ist, will es mir aber nicht sagen.«

»Du hast Stewart verhört. Jetzt wird er erfahren, dass ich mir seine Akte angesehen habe. Er zählt zwei und zwei zusammen. Wenn er will, kann er einen Heidenzirkus machen.«

»Irgendwie habe ich das Gefühl, dass er das nicht tun wird«, sagte Thorson. »Wenn er denn überhaupt erfährt, dass du in meinem Auftrag dort gewesen bist. Die Leute geben nicht gern zu, dass sie im Piccadilly gewesen sind. Kennst du eigentlich eine Militärbasis im Hvalfjörður, die Falcon Point heißt? Ein paar der Männer, die das Piccadilly besuchen, kamen von dort, und es kann sein, dass der Junge sie gekannt hat. Möglicherweise hat auch Stewart mit ihnen zu tun.«

»Falcon Point? Gehört diese Basis nicht zur Marine? Kurz vor Hvítanes? Waren das Matrosen?«

»Ja, ich meine schon, zumindest einige von ihnen.«

»Was weißt du über diesen Mord?«

»Die isländische Polizei weiß noch nicht, wer das Opfer ist, aber das wird sich bald klären. Aller Wahrscheinlichkeit nach ist er ein Einheimischer. Hier kennt jeder jeden, daher wird sich das schnell herumsprechen.

Er war wie ein Soldat gekleidet, und es gibt Hinweise darauf, dass er mit einem Mann geschlafen hat.«

»Mit einem Mann?!«

»Das ist bei der Obduktion herausgekommen. Kurz vor dem Angriff. Nichts deutet auf eine Vergewaltigung hin, daher ...«

»Also war er schwul?«

»Davon gehen wir aus.«

»Denkst du an ein Hassverbrechen? Oder Eifersucht?«

»Wir wissen es nicht. Der Angriff war brutal und blutig. Ich sage dir das im Vertrauen, Edgar. Du darfst mit niemandem darüber reden.«

»Mit wem war er zusammen? Hatte er eine Beziehung? Einen festen Freund?«

»Das wissen wir nicht«, sagte Thorson. »Wahrscheinlich hatte er kurz vor dem Angriff Geschlechtsverkehr. Die isländische Polizei befasst sich natürlich mit diesem Fall, aber es kann gut sein, dass auch Truppenmitglieder darin verwickelt sind.«

»Ich habe gelesen, dass Stewart aus Großbritannien gekommen ist«, sagte Edgar. »Er war in Yorkshire stationiert und wurde ohne Ankündigung oder Erklärungen hierher geschickt. Ich könnte unauffällig eine Anfrage dorthin senden, falls dir das irgendwie weiterhilft.«

»Ja, gerne«, sagte Thorson. »Ich bin für jede Information dankbar. Aber sei vorsichtig. Ich habe keine Ahnung, was genau sich hinter alldem verbirgt.«

Edgar steckte sich die nächste Zigarette an, und Thorson wollte ihn schon auf das viele Rauchen ansprechen, als ihm einfiel, dass er das schon einmal getan und sich eine klare Abfuhr eingehandelt hatte. Sein Freund ließ sich nichts vorschreiben und ertrug es nicht, wenn jemand moralisierte oder sich in seine Dinge einmischte.

»Sei du auch vorsichtig«, sagte Edgar und stand auf.

»Ich versuche es«, sagte Thorson.

Dreißig

Thorson brach nicht sofort auf, nachdem Edgar in einer blauen Rauchwolke verschwunden war, sondern überlegte, was er als Nächstes tun sollte. Am besten blieb er an der Sache dran und knöpfte sich noch einmal Unteroffizier Stewart vor. Also fuhr er zu dessen Büro, um dort jedoch zu erfahren, dass Stewart auf der Halbinsel Seltjarnarnes westlich von Reykjavík beschäftigt war.

Als Thorson dort ankam, wurden gerade Schießübungen mit amerikanischen Flakgeschützen abgehalten, die die älteren Waffen der britischen Einheiten abgelöst hatten. Die Geschütze standen ganz oben auf der Anhöhe Valhúsahæð, wo man einst Falken in speziellen Häusern untergebracht hatte, ehe sie als kostbare Geschenke an den König geschickt wurden. Die amerikanischen Waffen waren deutlich fortschrittlicher als die britischen, hatten eine größere Reichweite und waren mit Radar ausgestattet, so dass der Feind deutlich früher lokalisiert werden konnte, und auch das Visier war besser. Die Geschütze waren nach Nordwesten ausgerichtet. Von hier konnte man die gesamte Faxaflói-Bucht überblicken, sah den Berg Akrafjall und in den Hvalfjörður hinein.

Die Kanonen dröhnten über die ganze Halbinsel bis nach Reykjavík. Einige höhere Dienstgrade standen zusammen und verfolgten die Übung mit zugehaltenen Ohren, darunter auch Unteroffizier Stewart. Als er Thorson etwas abseits an seinem Jeep die Übung beobachten sah, verfinsterte sich seine Miene und er stapfte energisch auf ihn zu.

»Was wollen Sie hier?«, herrschte er ihn an, sobald er in Rufweite war.

In diesem Moment donnerte es aus einer Flakkanone, und alles bebte.

»Ich möchte gerne mit Ihnen sprech...«

Selbst als sich der Lärm gelegt hatte, konnte Thorson nicht ausreden.

»Mit mir sprechen – was soll das heißen?«, fauchte Stewart. »Verfolgen Sie mich? Lassen Sie mich gar nicht mehr in Frieden? Wer ist Ihr Vorgesetzter? Mit Halbstarken wie Ihnen muss ich mich nicht abgeben.«

»Ich will es kurz halten, wenn Sie so freundlich wären«, sagte Thorson höflich. »Sind Sie je an einem kleinen Flottenstützpunkt namens Falcon Point gewesen?«

»Falcon Point?«

»Der ist im Hvalfjörður.«

»Das geht Sie einen Dreck an!«

»Man hat Sie im Piccadilly gesehen, wie Sie mit einigen Matrosen von dort gesprochen haben«, sagte Thorson und versuchte, sich von der Wut des Unteroffiziers nicht aus dem Konzept bringen zu lassen.

»Mit Matrosen gesprochen ... Was soll dieses Herumgeschnüffel? Lassen Sie mich in Ruhe!«

»Auch der junge Mann, der ermordet wurde, kannte diese Männer«, sagte Thorson. »Ich wollte Sie fragen, ob Sie ihn in ihrer Gesellschaft gesehen haben?«

»Nein, und ich beantworte Ihre dämlichen Fragen

auch nicht länger«, sagte Stewart. »Ich habe mit dieser Sache nichts zu tun. Begreifen Sie das endlich! Begreifen Sie das ein für alle Mal!«

»Kennen Sie jemanden von Falcon Point?«

»Verschwinden Sie, Junge, und lassen Sie mich in Ruhe! Verschwinden Sie!«

Damit marschierte Stewart zurück zu den Kanonen, deren Gedröhne schon wieder die ganze Gegend erzittern ließ.

Thorson verbrachte den restlichen Tag im Büro der Militärpolizei, bis er sich um kurz nach fünf auf den Heimweg machte, mit einem Zwischenstopp in einem Kolonialwarenladen an der Hverfisgata. Der Laden wurde von einem freundlichen Kaufmann und seiner Frau geführt, die ihn immer freudig begrüßten und die er inzwischen auch ein wenig kannte. Sie interessierten sich für seine Familie in Kanada, weil auch sie west-isländische Verwandtschaft hatten, die allerdings noch weiter gen Westen gezogen war als Thorsons Eltern – bis zum Pazifik. Sie hatten von einem Leben im Überfluss und dem wunderbaren kalifornischen Wetter gehört, was aber trotzdem kein anderes Familienmitglied dazu bewegen konnte, dem isländischen Südwestwind den Rücken zu kehren und in die Fußstapfen der West-Reisenden zu treten.

Thorson hatte nicht viel für das Kantinenessen übrig, daher kaufte er hin und wieder bei einem Fleischhändler namens Klein auf der Baldursgata ein. Der verkaufte Aufschnitt und seine eigenen Würste, und mittwochs bekam man ausgezeichneten Leberkäse. Nicht weit von dort gab es einen netten Milchladen. Thorson hatte sich angewöhnt, isländischen Skyr zu essen, besonders gern mit Sahne und Blaubeeren, die er im letzten Herbst in der Heiðmörk gesammelt hatte, einem Waldgebiet südöstlich der Stadt. Er hatte versucht, auch seine Kameraden auf den Geschmack zu bringen – mit wenig Erfolg. Und das galt nicht nur für Skyr. Er hatte auch versucht, sie für anderes isländisches Essen zu interessieren, leider vergebens. Das meiste schmeckte ihnen nicht. Und Speisen wie gesengter Lammkopf oder getrockneter Fisch kamen bei ihnen überhaupt nicht an. Am ehesten noch der frische Fisch, obwohl sie Fisch generell nicht so gern mochten. Sie aßen lieber amerikanische Steaks, alle möglichen Kantinen-Eintopfgerichte und Spaghetti mit Fleischsauce – was die Isländer gar nicht kannten. Dieses Widerstreben, etwas Neues aus dem Ausland zu probieren, gab es offensichtlich auf beiden Seiten: Wenn Flóvent aus beruflichen Gründen zu ihm in die Baracke kam, was nicht häufig passierte, versuchte Thorson, ihm italienisches Essen anzubieten, was Flóvent dankend ablehnte, weil es ihm angeblich nicht schmeckte.

Thorson teilte sich mit vier Kollegen von der Militärpolizei eine Baracke. Sie befand sich in der kleinen Barackensiedlung Camp Sheridan, die nach einem der siegreichen Generäle des Amerikanischen Bürgerkriegs benannt war. Das Camp lag westlich der Stadt auf der Landenge Eiðsgrandi, und Thorson und seine Mitbewohner hatten sich in ihrer Unterkunft eine gute Kochstelle eingerichtet. Die Baracke hatte einen Betonboden, war im Vergleich zu den insgesamt notdürftigeren britischen Baracken, die kaum Wind und Wasser abhielten, recht dicht und mit einem guten Kohleofen ausgestattet.

Thorsons Kameraden hatten Dienst, und er genoss das Alleinsein, rührte sich einen Skyr mit frischer Sahne an und las mal wieder in *Schöne Welt* von Tómas Guðmundsson. Thorson war ein regelmäßiger Besucher der Stadtbibliothek und hatte den Dichter dort einmal in Bücher vertieft angetroffen. Auch den Schriftsteller Þórbergur Þórðarson kannte er vom Sehen, und einmal hatte er in einem Friseursalon im Stadtzentrum gesessen, als Halldór Laxness hereinkam und sich die Haare schneiden ließ. Thorson wusste, dass die Isländer seit jeher eine Büchernation waren, auch wenn er in Kanada kaum mit isländischer Literatur in Berührung gekommen war. Dieses Versäumnis wollte er jetzt nachholen, und so lieh er sich laufend Bücher aus. Eine besondere Vorliebe hatte er für isländische Gedichte, deren klare Sprache er sehr mochte und deren Botschaften ihm zusagten.

Am späten Abend war er auf einem Stuhl im Sitzen eingeschlafen, als ihn plötzlich Geräusche aufschrecken ließen: Schritte, dann ein Rumpeln, als wäre jemand an einen Tisch gestoßen. Aus dem Augenwinkel sah er noch einen Sack heranfliegen, der ihm im selben Moment schon über den Kopf gezogen wurde. Er sah nichts mehr, und dann prasselten Schläge auf ihn ein, gegen den Kopf und den Körper. Er versuchte, um Hilfe zu schreien und sich zu wehren, doch darauf wurde nur umso heftiger auf ihn eingeschlagen und -getreten, bis sie ihn niedergerungen hatten. Dann zerrten die Angreifer ihn unter den freien Himmel. Er hörte Motorengeräusche und wurde gegen irgendetwas geschleudert, vermutlich gegen das Fahrzeug. Ein heftiger Schlag in den Bauch, er stöhnte vor Schmerzen auf und sackte in sich zusammen. Dann blieb er ausgestreckt liegen, hörte Türen knallen und merkte, dass das Gefährt losraste, mit ihm und den Angreifern, die keinen Laut von sich gegeben und die er nicht gesehen hatte. Er hatte kein Ahnung, wer sie sein konnten.

Einunddreißig

Flóvent ging am Friedhof in der Suðurgata vorbei, wie er das manchmal nach langen Arbeitstagen tat. Er suchte die Stille, die allen Friedhöfen eigen war. Die Stille der Toten. Über schmale Wege lief er zwischen Gräbern und Grabsteinen hindurch, unter Bäumen, die im Laufe der Jahre zu stattlicher Größe, herangewachsen waren, bis er zu dem Sammelgrab kam, in dem seine Mutter und seine Schwester gemeinsam mit anderen Opfern der Spanischen Grippe ruhten. Es gab zwei dieser Gräber für insgesamt zwanzig Leichen, die man ausgehoben hatte, als sich die Todesfälle in der Stadt derart häuften, dass die Bestatter nicht mehr hinterherkamen, es aber wichtig war, die Verstorbenen schnell unter die Erde zu bringen. Flóvent hatte schreckliche Erinnerungen an diese Zeit, war selbst schwer krank gewesen und so entkräftet, dass er bei der Beerdigung seiner Mutter und Schwester nicht hatte dabei sein können.

Obwohl er nicht sehr gläubig war und nie in die Kirche ging, bat er um Gottes Segen für die beiden und die anderen, die bei ihnen lagen, und machte ein Kreuzzeichen über dem Grab. Es war ein Vierteljahrhundert her, dass die Krankheit in der Stadt grassierte. Aber Flóvent sah noch vieles aus dieser Zeit genau vor sich, und diese Bilder verfolgten ihn überallhin. Eine der schlimmsten

Erinnerungen war das Wehklagen der Mutter, als seine leblose Schwester weggebracht wurde. Keinen Tag später folgte sie ihr.

Flóvent lag lange im Delirium, als die Krankheit am heftigsten in ihm wütete, und erinnerte sich vage an Schattenwesen um ihn herum, von denen er nicht wusste, ob sie noch zu dieser Welt gehörten oder schon zu einer anderen. Männer mit schweren Schritten und umsorgende Frauen, deren Gesichter er vor lauter Tüchern und Masken nicht sehen konnte. »Ist er tot?«, hörte er sie fragen, und er wollte rufen und schreien, aber er konnte es nicht, so schwach und hilflos war er.

Die Erinnerung daran, wie sein Vater das Rasiermesser schärfte, kurz nachdem die Mutter für tot erklärt worden war. Für den Fall, dass sie vor ihm aus dem Leben scheiden würde, hatte sie ihrem Mann das Versprechen abgerungen, sich zu vergewissern, ob sie wirklich das Diesseits verlassen hatte, ehe sie ins Grab gelegt würde. Aus Flóvent nicht bekannten Gründen hatte sie zeitlebens unter Klaustrophobie gelitten und vor nichts mehr Angst gehabt, als in einem Sarg die Augen aufzuschlagen. Er lag in seinem Bett und wollte wegsehen, doch er schaffte es nicht und erinnerte sich noch heute daran, wie die Klinge aufblitzte und er wie in Trance beobachtete, wie sein Vater ihr Handgelenk nahm und das Versprechen erfüllte.

Flóvent blieb eine Weile vor der Grabstätte stehen und dachte an die Spanische Grippe, das Rasiermesser und die Todesgewissheit. An den unausgesprochenen Horror, den seine Mutter fürchtete und verhindern wollte. Wie lange es auch her sein mochte, dass man die Sammelgräber ausgehoben hatte – ihm wurde immer schwer ums Herz, wenn er an diese furchtbare Pest dachte, die seine Nächsten das Leben gekostet hatte. Sein Vater war damals nicht erkrankt und hatte ihn gesundgepflegt. Seitdem hatten sie eine tiefe Verbindung zueinander und wohnten immer noch zusammen in dem alten Haus.

Es sah ganz so aus, als bräuchte Flóvent keine andere Gesellschaft. Seinem Vater bereitete das Sorgen, er ermunterte ihn immer wieder, sich umzusehen, und fragte vorsichtig nach, wie er darüber dachte. Bei einem seiner wenigen ernsthaften Versuche hatte Flóvent eine Frau kennengelernt, die in einem Geschäft auf dem Skólavörðustígur arbeitete. Sie war nicht so schüchtern wie Flóvent, der es langsam angehen lassen wollte. Und nach einem Jahr der guten Bekanntschaft verkündete sie auf einmal zu Flóvents großem Erstaunen, dass sie die Beziehung beenden wolle. Als er nach dem Grund fragte, druckste sie zunächst herum, bis sie schließlich zugab, sich in einen anderen Mann verliebt und ihn bereits ein paarmal getroffen zu haben.

»Tut mir leid«, hatte sie gesagt. »Aber ich will mich nicht zwischen euch drängen.«

»Zwischen wen?«

»Zwischen dich und deinen Vater.«

Der Abend brach herein, es war ein schönes, mildes Aprilwetter, und er wollte nicht gleich nach Hause gehen, daher beschloss er, bei Marta in der Hafnarstræti zu essen. Er ging die Suðurgata in Richtung Zentrum und kam am Hótel Ísland vorbei, vor dem einige Soldaten standen und rauchten. Es war einiges los bei Marta, wie jeden Abend, doch in einer Ecke fand er noch einen

Platz und genoss in aller Ruhe seine Fischbällchen mit Roggenbrot und Kartoffeln. Es war ihm noch nicht gelungen, Baldur zu erreichen, der ihm am Abend eine Nachricht zu der Substanz im Körper der Nauthólsvík-Leiche hatte zukommen lassen. Gleich am nächsten Morgen wollte er ihn kontaktieren. Er dachte an Agneta und die mögliche Untreue ihres Mannes, an den jungen Mann am Piccadilly und die Soldaten von Falcon Point. Er dachte auch an Thorson, mit dem er seit zwei Jahren immer wieder zusammengearbeitet hatte. Er mochte ihn gut leiden, auch wenn er verschlossen war und nicht viel über sich preisgab. Diese Eigenschaft passte Flóvent gut, denn in dieser Hinsicht war er Thorson nicht unähnlich, auch er ging mit seinen Gefühlen nicht hausieren.

Eines der Mädchen, das bei Marta bediente, lachte über einen jungen Soldaten, der bei ihr am Tresen saß und aus einem Heftchen vorlas, in dem einfache englische Sätze ins Isländische übertragen waren. Flóvent kannte dieses Heft, das die Kommunikation zwischen den Truppen und den Einheimischen verbessern sollte. Das Mädchen amüsierte sich über die Aussprache des Soldaten. Der Satz, der ihr eine solche Freude bereitete, war mehr als simpel: Darf ich Sie ins Kino einladen – Má ég bjóða yður í bíó? Der Soldat versuchte es mehrmals und erntete jedes Mal schallendes Gelächter.

Nach dem Essen rief Flóvent Marta einen Abschiedsgruß zu und lief hinunter zum Hafen. Er blickte aufs Meer, auf die Kriegsschiffe, und sah die Esja am Kai liegen. Er selbst war noch nie mit dem Passagierschiff gereist, doch er hatte in der Zeitung von ihrer Fahrt vor zweieinhalb Jahren gelesen, vom nördlichsten Rand

Finnlands hierher, mit Isländern an Bord, die sich in den nordischen Ländern aufgehalten und die Erlaubnis erhalten hatten, nach Hause zurückzukehren. Heutzutage würde niemand mehr eine solche Erlaubnis bekommen, dachte er bei sich, wo der Krieg tobte und sich die Fronten täglich weiter verhärteten.

In der Nähe des Hafens gab es verschiedene Cafés und Restaurants, und er beobachtete einige Soldaten, manche mit Frauen am Arm, denen sie ganz weltmännisch Türen aufhielten, Zigarren anzündeten und Gläser füllten. Lebhafte Tanzmusik klang von irgendwo in den Frühlingsabend, und in einer Gasse sah er zwei Soldaten, die sich prügelten, doch er hatte keine Lust, sich einzumischen. Vielleicht schlugen sie sich wegen einer Frau. Vielleicht wegen irgendetwas anderem. Er wollte es nicht wissen. Er ging an den Häuschen vorbei, die zum Wasserlassen am Hafen aufgestellt worden waren, und sah, wie aus einem der Häuschen ein junger Mann heraustrat. Er erinnerte sich, denselben Mann in der Pólarnir-Siedlung aus Tóbías' Wohnung stürmen gesehen zu haben. Kurz darauf verließ ein amerikanischer Sergeant dasselbe Häuschen, richtete seinen Gürtel und entfernte sich, ohne nach rechts oder links zu blicken. Der junge Mann sah ihm nach, fuhr sich mit den Händen durchs Haar, spuckte auf die Straße und wollte ihm in einigem Abstand folgen, als Flóvent sich ihm in den Weg stellte.

»Guten Abend, erinnerst du dich noch an mich?«, sagte er.

Der Mann erschrak und nuschelte irgendetwas vor sich hin, das Flóvent nicht verstand. Er wollte weitergehen, doch Flóvent hielt ihn auf.

»Was hast du da drinnen mit dem Soldaten gemacht?«

»Nichts. Gepinkelt. Was geht dich das an?«

»Kennt ihr euch?«

»Nein … ja, ich …«

Flóvent verstand nicht, was er vor sich hin murmelte. Er war betrunken, zog amerikanische Zigaretten aus seiner Tasche und dabei segelten zwei Dollarscheine auf die Straße. Flóvent hob sie auf und gab sie ihm.

»Danke«, sagte der Mann. »Bist du vielleicht …?«

»Was?«

»Bist du auf der Suche nach …?«, sagte der junge Mann und machte eine Kopfbewegung in Richtung der Häuschen.

»Nein«, sagte Flóvent. »Ich bin nicht auf der Suche. Und du? Wonach suchst du?«

Da schien dem Mann aufzugehen, dass er die Situation falsch interpretiert hatte und Flóvent ihm möglicherweise doch nicht ganz unbekannt war.

»Was … wer bist du?«

»Erinnerst du dich nicht an mich?«

Der Mann schüttelte den Kopf, ganz matt vom Alkohol.

»Wir sind uns schon mal begegnet«, sagte Flóvent. »Als ich zu deinem Freund Tóbías in der Pólarnir-Siedlung wollte. Bist du nicht sein Freund? Hab ich dich nicht aus seiner Wohnung kommen sehen, als ich auf dem Weg dorthin war?«

Der Mann starrte Flóvent an, bis er sich endlich wieder erinnerte, an den Mann auf der Treppe, der ihn nach seinem Freund gefragt hatte.

»Ich erinnere mich an dich«, sagte er. »Tóbías hat mir gesagt, dass du Polizist bist.«

»Dann hast du seitdem noch mal mit ihm gesprochen?«, fragte Flóvent. »Ist zwischen euch wieder alles gut? Ich hatte den Eindruck, ihr habt euch gestritten.«

»Ja, wir haben gestritten«, sagte der Mann. Mit einer Zigarette zwischen den Lippen suchte er seine Taschen nach Streichhölzern ab, doch er fand keine. Flóvent hatte eine Schachtel dabei und zündete ihm die Zigarette an. »Wir streiten uns ständig.«

»Worüber?«

»Über alles. Frag ihn danach. Frag ihn nach dem Jungen auf dem Klambratún.«

»Das habe ich. Tóbías kannte ihn nicht.«

»Ja, genau. Kannte ihn nicht. Sicher! Die sind doch verrückt. Er und diese Alte, bei der er wohnt. Sie ist vergiftet.«

»Meinst du Klemensína?«

»Ja ... Klemensína ... dieses Miststück. Ich sage ihm immer, dass ... ich sage ihm immer, er soll zusehen, dass er von dort wegkommt ...«

Der junge Mann spuckte die Worte nur so aus. Er war noch betrunkener, als Flóvent zunächst gedacht hatte, und es regte ihn sichtlich auf, über Klemensína und Tóbías zu sprechen.

»Woher kannte Tóbías den Jungen auf dem Klambratún? Weißt du das? Warum glaubst du, dass sie sich gekannt haben?«

»Sprich mit ihm! Lass es dir von ihm erzählen. Hör dir an, was die da machen.«

»Weißt du, wer dieser Junge war?«, fragte Flóvent.

Der junge Mann schüttelte den Kopf und spuckte

wieder, zog ein letztes Mal an der Zigarette und warf sie auf die Straße.

»Frag du ihn nach all diesem Scheiß.«

»Und Falcon Point?«, sagte Flóvent.

»Ich habe genug geschwatzt«, sagte der Mann, der mit einem Mal vor Flóvent zurückwich und dann losrannte, in Richtung Stadtzentrum. Flóvent lief hinterher, gab es aber auf, als ihm klar wurde, dass er ihn nicht einholen würde. Er blieb stehen, blickte ihm nach und beschloss, Tóbías bei nächster Gelegenheit einen Besuch abzustatten.

Zweiunddreißig

Thorson hatte keine Ahnung, wie lange sie gefahren waren. Er sah nichts durch den Sack, den sie ihm über den Kopf gezogen hatten. Er lag bäuchlings auf dem Fahrzeugboden und konnte sich nicht rühren, da die Männer ihm die Arme hinter dem Rücken gefesselt hatten. Sie waren schweigend gefahren, und je weiter sie kamen, desto holpriger wurde der Weg. Daher ahnte Thorson, dass sie die Stadt verlassen hatten. Obwohl auch die Straßen in der Stadt nur geschottert waren, sahen sie doch deutlich besser aus als die Wege jenseits der Stadtgrenzen. Thorson merkte deutlich, wie der Weg immer schlechter wurde. Der Wagen machte Schlenker, um Schlaglöchern auszuweichen, es schaukelte heftig, und zweimal knallte etwas unter den Fahrzeugboden, Gesteinsbrocken oder Geröll. Der Wagen fuhr ziemlich schnell. Steinchen flogen gegen die Kotflügel, und zwischendurch gab es extrem kurvige Strecken, auf denen der hilflose Thorson auf dem Boden hin und her geschleudert wurde.

Er war sich nicht im Klaren darüber, mit wie vielen Angreifern er es zu tun hatte. Mindestens drei, aber nicht mehr als fünf, schloss er, als er den Ablauf rekonstruierte. Er versuchte, seine Angst zu unterdrücken. Versuchte, sich nicht von seinen Gefühlen übermannen zu lassen. Logisch zu denken und die Ruhe zu bewahren, zu analysieren und zu verstehen, was gerade geschah. Er ging davon aus, dass die Männer Amerikaner waren, doch sicher wusste er es nicht. Es konnten auch Isländer sein, irgendwer, den er durch seine Arbeit verärgert hatte. Doch er erinnerte sich an keine Situation im Zusammenhang mit Isländern, die eine solche Reaktion hätte provozieren können, daher tendierte er zu der wahrscheinlicheren Variante: Amerikanische Soldaten hatten ihn aus seiner Baracke entführt, geschlagen, in dieses Fahrzeug befördert und aus der Stadt gebracht. In welcher Absicht, wusste er nicht, doch er befürchtete das Schlimmste.

Das Ganze schien recht gut geplant zu sein. Sie mussten gewusst haben, dass er an diesem Abend allein in der Baracke war, dass seine Kameraden Dienst hatten. Sie hatten ihn angegriffen, um ihn zu verschleppen, und sie schienen zu wissen, wohin sie fuhren. In Bezug auf Letzteres kamen Thorson jedoch irgendwann Zweifel, je länger die Fahrt dauerte und je schlechter die Wege wurden. Es schien beinahe, als fänden sie ihr Ziel nicht, als hätten sie sich verfahren. Möglicherweise war er in akuter Lebensgefahr. Es konnte durchaus sein, dass man ihn mit dieser Aktion nur einschüchtern wollte, doch es war nicht auszuschließen, dass sie ihn aus der Stadt brachten, um ihm etwas anzutun. Es musste mit seiner Arbeit zusammenhängen. Der einzige Fall, mit dem er sich gerade befasste und der eine solche Reaktion provozieren konnte, war der Mord auf dem Klambratún. Auf einmal wurde das Fahrzeug langsamer.

»Wer seid ihr?«, fragte er und bekam zur Antwort einen Tritt gegen den Kopf.

Der Wagen hielt. Er versuchte, sich zu wehren, als er an den Armen gepackt und aus dem Fahrzeug gezogen wurde. Dann prallte er auf die Erde. Dabei rutschte der Sack etwas hoch, und sein Gesicht berührte etwas Weiches. Kühles. Frisches. Das musste Moos sein. Unwillkürlich sah er die Moosteppiche vor sich, die die Lavalandschaft von Reykjanesskagi bedeckten.

Wieder wurde er an den Armen gepackt, ein Stück weitergeschleift und fallen gelassen. Er lag auf dem Bauch, jetzt nicht mehr auf weichem Moos, sondern auf hartem, schürfendem Gestein. Der Sack wurde ihm vom Kopf gerissen, und im grellen Licht der Autoscheinwerfer blickte er in eine tiefe Lavaspalte. Irgendwer hielt seine Beine fest, und auf einmal wurde ihm bewusst, dass sein Oberkörper über den Rand der Spalte ragte. Wenn der Mann ihn losließ, stürzte er in die Tiefe. Thorsons Arme waren immer noch hinter seinem Rücken gefesselt, sodass er sich bei einem Sturz in keiner Weise abfangen konnte. Voller Furcht blickte er in die schroffe, aufgerissene Lava. Der Boden der dunklen Spalte war nicht zu erkennen. Er wagte nicht, sich zu bewegen.

»Na, wie gefällt dir die Aussicht?«, sagte jemand auf Englisch hinter ihm. Er versuchte, sich auf den Akzent zu konzentrieren. New Yorker Gegend. Klang nach Brooklyn. Thorson wollte sich zu dem Mann umdrehen, bekam aber einen heftigen Tritt in die rechte Seite.

»Versuch nicht, dich umzublicken!«

»Was hast du vor?«, rief Thorson. »Warum tust du das?«

Wieder erntete er einen festen Tritt und musste sich zusammennehmen, um nicht vor Schmerzen zu schreien. Diesen Gefallen wollte er ihnen nicht tun. Stöhnend biss er die Zähne zusammen.

»Nicht so neugierig«, hörte er jemanden hinter sich sagen.

Thorson starrte in die Tiefe. Er hatte Schwierigkeiten, den Oberkörper länger gerade zu halten, und sank langsam gegen die Wand, deren raue Lavaspitzen sich in sein Gesicht bohrten. Trotz des späten Abends war es noch nicht ganz dunkel. Die Tage wurden immer länger – bald würde es rund um die Uhr hell bleiben. Thorson kannte nichts Schöneres als isländische Frühlingsabende.

»Du bist zu neugierig«, hörte er den Mann sagen. »Das musst du dir abgewöhnen. Kapierst du, was ich meine? Wir kriegen dich, wann immer wir wollen. Machen eine kleine Spritztour mit dir, wann immer wir wollen. Werfen dich in eine dieser Spalten, wann immer wir wollen. Hüte dich vor deiner Neugierde. Verstanden?«

Thorson schüttelte den Kopf.

»Ich bin Polizist, und wenn ihr …«

Ein stechender Schmerz durchzuckte ihn, als er erneut getreten wurde.

»Es interessiert niemanden, wer du bist und was du tust«, schrie der Mann. »Du bist eine Niete! Hast du gehört?! Eine Niete und ein Schlappschwanz, du mischst dich in Dinge ein, die dich nichts angehen!«

»Was … was soll das? Warum tut ihr das?«

Ein weiterer Tritt in die Seite.

»Hatte ich nicht gesagt, du sollst die Schnauze halten?«

»Sag, was du von mir willst!«, rief Thorson.

»Ich will, dass du stirbst«, schrie der Mann zurück. »Ich will, dass du stirbst, damit es eine verdammte Niete weniger auf dieser Welt gibt. Kapierst du das?!«

Thorson antwortete nicht. Er hörte die Männer miteinander flüstern, ohne den Wortlaut zu verstehen. Sie schienen sich zu streiten. Als herrschte Uneinigkeit in der Gruppe. Er spitzte die Ohren, jedoch vergeblich. Immer noch hielt jemand seine Beine fest. Mit Grauen dachte Thorson daran, was passieren würde, wenn der Mann losließ und er in die Dunkelheit stürzte. Der Streit wurde lauter, und auf einmal meinte er, das Wort Piccadilly herauszuhören.

»Wer seid ihr?«, rief er. »Warum macht ihr das?«

Wieder wurde er mit aller Kraft getreten. Er wand sich vor Schmerzen und rechnete mit noch mehr Tritten, doch nichts geschah. Die Männer diskutierten weiter im Flüsterton, ohne dass Thorson etwas verstehen konnte.

»Ist Stewart hier?«, fragte er.

Die Männer verstummten.

»Ist Stewart hier?«, wiederholte Thorson.

»Habe ich nicht gesagt, du sollst die Schnauze halten?!«, brüllte wieder derselbe Mann.

»Bist du da, Stewart?!«, schrie Thorson, der hilflos über dem Abgrund hing. »Ist das auf deinem Mist gewachsen?!«

Er hatte kaum zu Ende gesprochen, als es wieder in seiner Seite schmerzte. Bestimmt hatten all die Tritte ihm schon einige Rippen gebrochen. Er hörte ein Fluchen, dann schnitt jemand die Fesseln um seine Hände durch. Im selben Moment wurden seine Füße losgelassen, und er stürzte mit dem Kopf voran in die Spalte. Er prallte an die Wände, verfing sich im Gesträuch, das aus der Lava wuchs, knallte auf einen Vorsprung und schlug kurz darauf auf den Boden auf. Alles wurde schwarz.

Dreiunddreißig

Sie wusste nicht mehr, wie die Tage nach dem Besuch aus dem Ministerium vergangen waren, einer zäher als der andere. Sie wollte sich nicht mehr daran erinnern. Wollte die Trauer nicht noch einmal durchleben müssen. Ihre Gewissensbisse gegenüber Ósvaldur. Die Tränen, die nie versiegen wollten und beim geringsten Anlass hervorquollen. Sie bekam keine weiteren Auskünfte über sein Schicksal. Die deutschen Besatzer in Dänemark beantworteten keine weiteren Fragen des Ministeriums, und alle anderen Versuche, an Informationen heranzukommen, hatten sich als vergeblich erwiesen. Ósvaldur schien kurz nach seiner Verhaftung in Kopenhagen nach Deutschland gebracht worden zu sein, ins Konzentrationslager Dachau. Von diesem Lager hatte sie noch nie gehört. Das Ministerium bemühte sich nach Kräften, Informationen über das Lager zu erhalten, und fand heraus, dass dort politische Gefangene inhaftiert waren, Juden und Menschen aus den von den Nazis besetzten Ländern, samt anderen Gefangenen aus Deutschland und Österreich. Die dort Inhaftierten wurden sehr schlecht behandelt, auch für Ósvaldur war es dort zweifelsohne hart gewesen. Auf ihren Wunsch hin hatte das Ministerium auch nach Christian gefragt, Ósvaldurs Kameraden, doch es hieß, weder die Familie des Dänen noch die dänischen Behörden hätten etwas über sein Schicksal erfahren.

So vergingen Tage, Wochen, Monate. So lange lebte sie schon mit der Angst und der Trauer und dem Verlust, dass sie kaum noch wusste, wie sich ein normaler Alltag anfühlte, und wie es war, morgens ohne dieses schlechte Gefühl im Bauch aufzuwachen. Sie versuchte, die Arbeit im Laden gut zu erledigen, blieb den Kunden gegenüber jedoch reserviert. Während ihrer Zeit in Dänemark hatte sie sich nicht bemüht, die Kontakte zu ihren Freundinnen aufrechtzuerhalten, die meisten waren mehr oder weniger abgebrochen, und sie hatte nicht die Kraft, sie jetzt wieder zu erneuern. Sie war also ohnehin schon eher einsam gewesen, und jetzt isolierte sie sich noch mehr. Außer ihrer Tante gab es kaum jemanden, mit dem sie sich die Zeit vertreiben konnte. Abends hörten sie Radio und verfolgten das Kriegsgeschehen, lasen viel und spielten Karten. Die Tante brachte ihr Bridge bei und ermutigte sie, zu den Bridge-Abenden mitzukommen, doch sie empfand solche Veranstaltungen als sinnlos und deprimierend.

Über Ósvaldurs Verhaftung war in den isländischen Zeitungen berichtet worden, genauso wie über die Bemühungen der isländischen Behörden, etwas über sein Schicksal in Erfahrung zu bringen. Auch sein Tod im Gefangenenlager war vermeldet worden und dass die Leiche nicht den Isländern übergeben werden würde, was einmal mehr zeige, welch unmenschliche Methoden die Nazis gegenüber den freiheitlichen Kräften in Europa anwandten. Etwa zur selben Zeit stieß sie in der Zeitung auf einen Artikel über deutsche Gefangenenlager, die insbesondere in Osteuropa aus dem Boden gestampft wurden und vor allem für die Juden bestimmt waren, die schon lange von den Nazis verfolgt wurden.

Sie schrieb Christians Eltern einen Brief. Wollte wissen, ob sie mehr über Ósvaldurs und Christians Schicksal erfahren hatten. Ob sie wussten, wie es den Freunden ergangen war. Die Botschaft verschaffte ihr die Adresse, doch die Zeit verging, und es kam keine Antwort.

Etwa ein Jahr nach der Nachricht von Ósvaldurs Tod klopfte es an die Tür. Kristmann stand auf der Treppe. Es war schon spät am Abend. Wie so oft hatte sie mit ihrer Tante Radio gehört und wollte gerade schlafen gehen. Sie erkannte Kristmann sofort. Er entschuldigte sich für den späten Besuch und fragte, ob er hereinkommen und kurz mit ihr reden dürfe. »Selbstverständlich«, sagte sie, nahm ihm seinen Mantel ab und hängte ihn in den Garderobenschrank. Ihre Tante kam in die Diele, und sie stellte die beiden einander vor, und nach kurzem Geplauder über dies und das, vor allem übers Wetter, zog sich die Tante zurück und ließ die beiden allein.

Sie hatte häufiger an Kristmann gedacht, seit er sie besucht und ihr von seinem Bruder erzählt hatte, der auf der Esja über Bord gefallen war. Mit warmem Herzen erinnerte sie sich an die lange Nacht mit Ingimar zurück, als das Schiff im Meer trieb, und sie fand den Gedanken schrecklich, dass er kurz darauf sein Leben gelassen hatte. Obwohl das alles bereits eine ganze Weile zurücklag, verging kein Tag, an dem sie nicht an Ósvaldur und sein trauriges Schicksal dachte, an die Heimreise mit der Esja und an Ingimar. Das alles berührte sie immer noch zutiefst, und sie versuchte mit aller Kraft, sich davon nicht erdrücken zu lassen. Es war ein Kampf, den sie jeden Tag aufs Neue austrug.

Sie erzählte Kristmann, was sie über Ósvaldurs Schicksal wusste, und es stellte sich heraus, dass auch er seit ihrem letzten Treffen nicht untätig gewesen war. Zu ihrem Erstaunen wusste er einiges über die deutschen Gefangenenlager, unter anderem über Dachau, doch er schien nicht ins Detail gehen zu wollen, bis sie ihn gezielt ausfragte, wobei sie den Zeitungsartikel im Hinterkopf hatte.

»Was hat man dir als Todesursache genannt?«

»Herzversagen.«

»Hatte er eine Herzschwäche?«

»Nein. Nie. Ósvaldurs Herz war in Ordnung.«

»Glaubst du, sie lügen?«

»Ich weiß es nicht. Ósvaldur war ein junger, gesunder Mann. Das ist das Einzige, was ich weiß. Was ... was weißt du sonst noch über diesen Ort, über dieses Lager?«

»Ich weiß nicht, ob ...«

Kristmann schwieg.

»Was?«

»Ich habe gehört ..., es soll dort alles andere als angenehm sein«, sagte Kristmann. »Wie auch in den anderen Lagern der Nazis. Es muss ganz furchtbar sein.«

»Wie das?«

»Die Gefangenen werden nicht gut behandelt. Wenn es stimmt, was in den amerikanischen Zeitungen steht. Die Sterberate ist extrem hoch. Es ist von Mord und Folter die Rede, und sogar ...«

»Was?«

»Ich bin mir nicht sicher, ob du das hören willst.«

»Du musst mich nicht schonen«, sagte sie gegen ihren Willen.

»Es heißt, sie machen Versuche mit den Gefangenen.«

»Versuche? Was für Versuche?«

»Verschiedene. Es gibt nur wenig, was ihnen nicht in den Sinn kommt. Sie testen zum Beispiel, wie lange Gefangene Unterkühlung aushalten. Und noch Weiteres in dieser Richtung. Sie testen die Belastungsgrenzen der Menschen aus. Das sind Versuche, die tödlich ausgehen.«

»Mein Gott … Dürfen sie das? Dürfen sie so etwas tun? Gibt es kein … gibt es da keine Regeln …?«

Kristmann schüttelte den Kopf.

»Es gibt niemanden, der sie aufhält«, sagte er. »Die Nazis tun, was sie wollen.«

»Glaubst du also, dieses Herzversagen … dass sie …? Dass das Teil irgendeiner …?«

Kristmann zuckte mit den Schultern, als wäre es unmöglich, Mutmaßungen über Ósvaldurs Schicksal anzustellen.

»Was ist das … was ist das bloß für eine Barbarei?«

Sie hatte oft versucht, sich vorzustellen, unter welchen Umständen Ósvaldur in dem deutschen Gefangenenlager gelebt hatte, und sich das Schlimmste ausgemalt. Doch nichts davon war annähernd so furchtbar wie der Horror, den Kristmann da schilderte.

Sie saßen lange schweigend zusammen, bis er sich räusperte und fragte, ob sie Manfreð noch einmal gesehen oder mit ihm gesprochen habe. Geistesabwesend verneinte sie. Kristmann sagte, er habe seit ihrem Treffen mit so gut wie allen Passagieren der Esja gesprochen, unter anderem mit einer Frau, die beteuert habe, Ingimar am Abend vor seinem Verschwinden im Gespräch mit Manfreð gesehen zu haben. Nur von Weitem, daher wusste sie nicht, worüber die beiden gesprochen haben könnten, doch sie habe gestutzt, als Manfreð sich völlig unvermittelt abgewandt habe und gegangen sei. Sie habe niemandem davon erzählt, da sie es für irrelevant hielt, und es jetzt auch nur erwähnt, weil Kristmann sie so intensiv ausgefragt habe.

»Das stimmt natürlich auch«, sagte Kristmann, »aber du hast mir bei unserem letzten Treffen gesagt, Ingimar habe dich gefragt, ob du Manfreðs Familie kennst.«

»Ja.«

»Dass er den Bruder seiner Mutter erwähnt habe. Und dass Manfreð aus Norwegen gekommen sei und ihr euch in Kopenhagen kennengelernt habt.«

Sie nickte.

»Was für ein Mensch ist dieser Manfreð?«

Diese Frage überrumpelte sie. Darüber hatte sie noch nie so richtig nachgedacht, und sie wusste nicht, was sie antworten sollte. Er war einfühlsam, konnte aber auch leicht aufbrausend sein. War ein guter Liebhaber, was sie aber niemals laut sagen würde. Er konnte lustig sein, und in gleichem Maße aufdringlich und stur, und er verfügte über eine Mischung aus Selbstbewusstsein und Selbstzufriedenheit – eine seiner schlechteren Seiten. Nach einigem Nachdenken musste sie sich eingestehen, dass sie diese Frage nicht richtig beantworten konnte. Sie wusste nicht, was für ein Mensch Manfreð war, sie wusste überhaupt kaum etwas über ihn. Ihre Bekanntschaft war ziemlich oberflächlich gewesen.

»Wie meinst du das?«, fragte sie zurück.

»Ist er dem Nationalsozialismus zugetan?«

Sie war sich auch jetzt nicht sicher, was er meinte.

»Wie meinst du das?«, wiederholte sie.

»Ist er ein Anhänger des Nationalsozialismus? Wie steht er dazu? Kannst du das einschätzen?«

»Seine Ansichten ... darüber hat er nie mit mir gesprochen«, sagte sie, und das entsprach der Wahrheit. So verwunderlich das auch sein mochte in diesen bedrohlichen Zeiten, sie hatten nicht oft über das Weltgeschehen gesprochen, über den Krieg, die Nazis oder andere aktuelle Themen. Vielleicht hatten sie gerade versucht, dieser traurigen Realität zu entfliehen, sie zu vergessen, wenn sie sich heimlich trafen.

»Woher kennt ihr euch?«, fragte Kristmann.

Diese Frage hatte in der Luft gelegen, doch sie hatte keine Ahnung, wie sie darauf antworten sollte. Sie wollte Kristmann gern helfen, konnte aber nicht einschätzen, worauf seine Fragen hinausliefen. Also sagte sie einfach das Erste, was ihr einfiel.

»Na ... über die isländische Gesellschaft in Kopenhagen«, antwortete sie zögerlich.

»Und kannten er und Ósvaldur sich?«

»Nein, ich ... ich denke nicht, auf jeden Fall nicht gut.«

»Weißt du, weshalb Ósvaldur verhaftet wurde? Ich habe unterschiedliche Versionen gehört – vielleicht kannst du mir das erklären.«

Sie hatte den Behörden gesagt, dass Ósvaldur sich dem Widerstand in Dänemark anschließen wollte, und sah keinen Grund, Kristmann die Wahrheit vorzuenthalten. Es änderte nichts mehr, wenn sich herumsprach, was Ósvaldur getan hatte. Ihr Schweigen bot ihm keinen Schutz mehr.

»Ich glaube, er wollte mit anderen gegen die Nazis kämpfen. Er wollte seinen Teil beitragen.«

»Wusste Manfreð davon?«

Die Frage überraschte sie.

»Wie meinst du das? Warum fragst du?«

»Wusste er vom Widerstand?«

»Warum willst du das wissen?«

»Sagt dir der Name Vilmundur etwas? Hat Manfreð ihn je in deiner Gegenwart erwähnt?«

»Nicht, dass ich wüsste«, sagte sie.

»Das ist der Mann, von dem dir mein Bruder erzählen wollte. Er war ein bekannter Nazi. Das wird er heute nicht mehr von sich behaupten, wo nur noch wenige öffentlich zugeben, dass sie Nazis sind, aber er war einer derjenigen, die die nationalsozialistische Bewegung nach Island gebracht haben. Seinerzeit war er Mitglied in einer Vereinigung, die sich Thule-Gesellschaft nannte, nach irgendeiner mir unbekannten Nazi-Gruppierung in Deutschland.«

»Und ... der ist ...?«

»Ja, dieser Mann ist Manfreðs Onkel, und soweit ich weiß, sind sie sich immer sehr nahe gewesen.«

Vierunddreißig

Kristmann berichtete, womit er sich seit ihrer letzten Begegnung befasst hatte. Den Großteil seiner freien Zeit hatte er darauf verwendet, die Passagiere der Esja ausfindig zu machen, einen nach dem anderen, und sie nach Ingimar zu fragen. So hatte er herausgefunden, dass Manfreð und Ingimar kurz vor seinem Verschwinden miteinander gesprochen hatten. Er hatte auch die Nachrichten über Ósvaldur verfolgt, was sein Interesse an den genaueren Umständen der Verhaftung geweckt hatte. Er hatte sich über die Bedingungen in den deutschen Lagern informiert, unter anderem mit Hilfe des Informationsdienstes, den das amerikanische Militär in Reykjavík eingerichtet hatte. Die Mitarbeiter dort waren sehr hilfsbereit und holten diverse Informationen für ihn ein, zum Beispiel über das Lager Dachau.

Ebenfalls neugierig gemacht hatte ihn Manfreðs Onkel, den Ingimar so unvermittelt in dem Gespräch an Bord der Esja erwähnt hatte. Kristmann machte sich daran, Erkundigungen einzuholen, und musste nicht lange suchen, da Manfreð wie Kristmann selbst aus Hafnarfjörður kam. Kristmanns Eltern wussten von seiner Familie und konnten ihm Leute nennen, die sie besser kannten. Kristmann ging bedacht vor und erklärte nur vage, weshalb er sich für Manfreðs Familie interessierte. Wenn er gefragt wurde, gab er vor, sich mit der Geschichte Hafnarfjörðurs und den Menschen dort zu beschäftigen, er überlege, ein Buch darüber zu veröffentlichen. Unter diesem Vorwand fragte er auch nach Fotos vom Leben in dieser Gegend. Diese Notlüge fand er deutlich besser, als eine Familie in Verruf zu bringen, die das vielleicht gar nicht verdient hatte.

Bei seinen Recherchen fand er heraus, dass der Bruder von Manfreðs Mutter, ein Mann namens Vilmundur, den Jungen seit seinem zwölften Lebensjahr großgezogen hatte und wie ein Vater für ihn gewesen war. Manfreðs Eltern hatten sich getrennt, und der Vater war aufs Land gezogen. Die Mutter rang um ihre seelische Gesundheit und war nicht in der Lage, sich um den Jungen zu kümmern, ihr einziges Kind. Vilmundur betrieb einen Großhandel und hatte, bevor er sich des Jungen annahm, eine Zeit lang in Deutschland gelebt. Er war fasziniert von der Geschichte und Kultur dieses Landes, nicht zuletzt auch von den neuen Ideen, die dort unter dem Namen Nationalsozialismus florierten und einen starken Wortführer hatten. Zurück in Island, schrieb er Artikel über diese Bewegung und ihre führenden Köpfe und organisierte Informationsveranstaltungen zum deutschen Nationalismus. Schon nach kurzer Zeit hatte er eine kleine Gruppe um sich geschart und die erste Parade zu Ehren des Nationalsozialismus veranstaltet. Die Teilnehmer trugen rote Armbinden mit schwarzem Hakenkreuz, die er extra für diesen Anlass hatte anfertigen lassen. Zwei der Leute, mit denen Kristmann sprach, hatten Fotos von dieser Parade, auf denen er Vilmundur an der Spitze erkannte, in SA-Jacke, Braunhemd, kniehohen Lederstiefeln und brauner, weiter Hose, in der Hand eine Nazi-Fahne.

Kristmann unterbrach seinen Bericht. Sie hatte ihm mit wachsendem Interesse und zunehmender Verwunderung zugehört. Von diesen Dingen hatte sie noch nie zuvor gehört, und sie hatte sich auch nie Gedanken über Manfreðs Familie gemacht. Von diesem Vilmundur wusste sie nichts, auch nicht, dass er eine Art Vaterersatz für Manfreð gewesen war. Sie wusste, dass es vor dem Krieg isländische Nazis gegeben hatte, Leute, die dem deutschen Nationalsozialismus zugeneigt waren und nicht zuletzt ihren Anführer Adolf Hitler bewunderten, von dem es hieß, er habe Deutschland von der Schmach des Ersten Weltkriegs befreit. Sie selbst kannte keine erklärten Nazis.

»Hast du mit Manfreð gesprochen?«, fragte sie zögerlich, als wollte sie die Antwort eigentlich gar nicht hören.

Kristmann nickte.

»Ich habe mit ihm gesprochen. Es war … interessant, ihn zu treffen, gelinde gesagt.«

– – –

Manfreð empfing ihn zunächst freundlich, als sie sich zum Abend hin in seinem Büro in der Versicherungsgesellschaft trafen. Manfreð hatte das Pharmaziestudium aufgegeben und war, wie Kristmann herausgefunden hatte, über seinen Onkel an die Stelle bei der Versicherung gekommen. Manfreð war über Kristmann im Bilde, sie hatten bereits miteinander telefoniert. Obwohl Ingimars Tod schon eine Weile zurücklag, sprach er ihm jetzt, wo sie sich von Angesicht zu Angesicht sahen, sein Beileid aus. Manfreð war ruhig und besonnen und hatte Verständnis dafür, dass Kristmann mit den Passagieren der Esja sprechen wollte, um herauszufinden, was mit seinem Bruder passiert war. Aber Manfreð sagte ihm auch gleich, dass er nicht viel Zeit habe – eine Aufforderung an Kristmann, rasch zur Sache zu kommen.

»Sie kannten Ingimar, meinen Bruder?«, fragte Kristmann.

»Das kann ich nicht behaupten«, sagte Manfreð. »Im Grunde kannte ich ihn gar nicht. Er war einfach einer der Passagiere, ich wusste von ihm, mehr aber auch nicht.«

»Haben Sie sich je mit ihm an Bord unterhalten?«

»Nicht viel.«

»Aber ein bisschen?«

»Ja, vielleicht zwei-, dreimal. Wie mit anderen Passagieren auch. Es war eine gute Stimmung in der Gruppe. Wirklich nette Leute, die sich dort unter absurden Bedingungen begegnet sind und versucht haben, das Beste aus der Situation zu machen.«

»Erinnern Sie sich, worüber Sie gesprochen haben?«

»Nein, das weiß ich nicht mehr. Vermutlich über die Reise und solche Dinge. Nichts Besonderes, wir kannten uns ja gar nicht.«

»Haben Sie Ingimar kurz vor seinem Verschwinden gesehen?«

Manfreð dachte nach.

»Nein, ich glaube nicht, aber es weiß niemand, wann genau das passiert ist, also wann er über Bord gefallen ist. Es gab ja keine Zeugen, das wissen Sie ja sicher.«

»Erinnern Sie sich, wann Sie ihn zuletzt gesehen haben?«

»Leider … das ist jetzt schon eine ganze Weile her, und das Gedächtnis trügt einen manchmal.«

»Vielleicht haben Sie es vergessen. Aber vielleicht erinnern Sie sich wieder daran, wenn ich Ihnen sage, dass ein Passagier Sie spät am Abend vor seinem Verschwinden im Gespräch miteinander gesehen hat?«

»Ach ja?«, sagte Manfred und warf unauffällig einen Blick auf seine Armbanduhr.

»Kann das sein?«

»Ja, das … also das … das kann gut sein. Wie gesagt, ich erinnere mich nicht mehr so genau daran.«

»Sie erinnern sich also nicht mehr, worüber Sie gesprochen haben?«

»Nein, das … das ist wie weggeblasen, wenn ich ehrlich bin. Ich erinnere mich noch nicht einmal mehr daran, dass dieses Gespräch überhaupt stattgefunden hat.«

»Der Passagier, der Sie beide gesehen hat, sagt, dass Sie sich nicht gerade gut verstanden haben. Frischt das vielleicht Ihr Gedächtnis auf?«

»Ich kann mich nicht entsinnen«, sagte Manfred. »Wie gesagt, ich kannte diesen Mann … Ihren Bruder gar nicht, wir sind uns nur ein paarmal begegnet, haben uns weder gut noch schlecht verstanden. Er war einfach nur ein Passagier unter vielen, und ich interessiere mich nicht sonderlich für Mitreisende.«

»Ah ja. Ich habe mit sehr vielen Passagieren gesprochen. Sie erinnern sich also wirklich nicht an dieses Gespräch?«

»Nein, tut mir leid.«

»Ingimar kannte Sie nämlich durchaus, und ich dachte, dass er vielleicht darüber mit Ihnen gesprochen hat.«

»Wirklich? Das wusste ich nicht. Wie kommen Sie darauf, dass er mich gekannt hätte?«

»Das weiß ich, weil in einem Gespräch zwischen Ingimar und einem anderen Passagier Ihr Name fiel, oder vielmehr der Ihres Onkels ...«

»Der Name meines Onkels?«

»Ja, Vilmundur, so heißt er doch, oder?«

»Wie bitte ...? Vilmundur ...?«

»Er ist doch Ihr Onkel?«

»Warum interessieren Sie sich für ihn?«, fragte er gereizt.

»Könnten Sie ...?«

»Warum sollte ich Ihnen von ihm erzählen?«

»Weil mein Bruder von den Nazis nicht so viel hielt. Er hasste sie.«

Manfreð verzog keine Miene und starrte Kristmann lange an, der merkte, dass er einen sensiblen Punkt berührt hatte. Sie waren inzwischen die Letzten im Büro, und das Schweigen schob sich wie eine unsichtbare Mauer zwischen sie.

»Ihr Bruder hielt also nicht so viel von den Nazis, ja?«, sagte Manfreð schließlich.

»Nein, das tat er nicht.«

»Und? Welche Rolle spielt das? Worauf ... worauf wollen Sie eigentlich hinaus? Und was hat mein Onkel damit zu tun? Was ist hier eigentlich los?«

»Er war ein Nazi, habe ich recht? Und vielleicht ist er das immer noch?«

»Darum geht es also?«

»Worum?«

»Jetzt endlich rücken Sie mit der Sprache raus«, sagte Manfreð verärgert. »Ist das der Grund für Ihren Besuch? Es geht um meinen Onkel? Sind Sie etwa Journalist, oder was?«

»Nein, keineswegs, aber ich möchte wissen, ob Sie und mein Bruder über diese Dinge gesprochen haben. Über den Nationalsozialismus. Kann es sein, dass Sie darüber gestritten haben? Ich weiß, dass Ingimar ein überzeugter Gegner der Nazis war. Und wie ich Ihnen bereits sagte, hat ein anderer Passagier mir erzählt, dass Ingimar genau wusste, wer Ihr Onkel ist …«

»Welcher Passagier?«, fragte Manfreð und hatte Schwierigkeiten, die Fassung zu wahren. »Von welchem Passagier sprechen Sie die ganze Zeit? Dürfte ich wissen, um wen es sich handelt?«

»Das möchte ich Ihnen nicht sagen«, meinte Kristmann. »Ich habe mit nahezu allen Passagieren der Esja gesprochen, daher …«

»Ich habe nicht mit Ihrem Bruder gestritten«, sagte Manfreð. »Ich weiß nicht, woher Sie all diese Informationen haben. Wir kannten uns überhaupt nicht. Ich weiß, dass Sie verstehen wollen, was passiert ist, und es war eine Selbstverständlichkeit für mich, Sie zu treffen, aber ich kann Ihnen leider nicht helfen.«

»Darf ich Sie fragen, wie Sie zu den Nazis stehen? So wie Ihr Onkel – zumindest damals?«

»Ich denke nicht, dass Sie das etwas angeht«, sagte Manfreð. »Ich muss sagen, ich wundere mich über diesen Besuch, diese Fragen, Ihr Auftreten.«

»Sie vertreten also nicht dieselben Ansichten wie er?«

»Das geht Sie nichts an«, sagte Manfreð, der langsam die Geduld verlor. »Es geht Sie nichts an, welche Ansichten ich habe oder nicht habe. Was werfen Sie mir eigentlich vor? Dass ich ein Nazi bin? Nennen Sie mich einen Nazi?«

»Es war nicht meine Absicht, Sie zu verärgern«, sagte Kristmann. »Wirklich nicht.«

»Das haben Sie aber. Dieses Gespräch ist Ihnen gehörig entglitten!«, schnaubte Manfreð wütend. »Ich habe keine Zeit für so einen Unfug. Ich habe Sie in gutem Glauben empfangen, aber das hier ... das ist eine Unverschämtheit. Das ist ... Sie sollten jetzt gehen. Sehen Sie zu, dass Sie verschwinden. Raus mit Ihnen! Raus!«

Fünfunddreißig

Unruhig hatte sie Kristmann zugehört, bis sie nicht länger still sitzen konnte, aufstand und zum Wohnzimmerfenster ging. Stumm blickte sie in den Hinterhof hinaus, als Kristmann seinen Bericht beendete. Er sagte, Manfreð sei sehr wütend geworden und habe ihn mit den Worten hinausgeworfen, dass er ihn nie wieder sehen wolle. Kristmann wunderte sich über diesen Hass und meinte, diese Reaktion zeige, dass er einen wunden Punkt berührt habe.

»Du hast also meinen Namen nicht genannt, als du mit ihm über die Passagiere gesprochen hast?«, sagte sie und blickte weiter nach draußen.

»Nein, ich habe keine Namen genannt. Hätte ich das tun sollen? Hätte ich dich erwähnen sollen?«

»Nein, gut, dass du das nicht getan hast«, sagte sie erleichtert. »Aber ich würde auch gerne wissen, wonach du eigentlich suchst. Was willst du von ihm wissen? Dass Manfreð und dein Bruder gestritten haben? Dass sie sich überworfen haben und das für Ingimar so schlimm war, dass er … dass er getan hat, was er getan hat?«

»Ich weiß es selbst nicht«, gab Kristmann zu. »Aber ich kann einfach nicht glauben, dass Ingimar sich umgebracht hat.«

»Deutet dann nicht alles darauf hin, dass es ein furchtbarer Unfall war?«

»Doch, vielleicht. Aber das ist auch kein Trost. Es tut so weh zu wissen, dass er fort ist. Ich sollte diese Nachforschungen wohl besser einstellen. Dadurch bekomme ich ihn auch nicht wieder zurück.«

Kristmann sah erschöpft und niedergeschlagen aus, und sie hatte Mitleid mit ihm. Er hatte bei ihr nach Hilfe gesucht, nach Informationen und Unterstützung. Und sie wollte ihm eigentlich gern helfen, hatte aber bislang nur wenig für ihn tun können. Er war ehrlich zu ihr gewesen, und das wollte sie auch sein, wollte das Versteckspiel aufgeben. Doch sie zögerte, ihm zu sagen, was sie noch keinem gesagt hatte. Das auszusprechen, fiel ihr schwer, und sie hatte vor nichts mehr Angst, als dass jemand sie für untreu, sittenlos und verräterisch halten würde.

»Warum …«, setzte Kristmann wieder an, »entschuldige, aber warum war es gut, dass ich deinen Namen nicht genannt habe? Ich hatte das Gefühl, du warst …, ich weiß nicht, irgendwie froh, als ich sagte, dass ich das nicht getan habe. Entschuldige, dass ich so direkt bin, aber … darf ich fragen, ob du davor Angst hattest?«

Sie antwortete ihm nicht.

»Gibt es da etwas … ich will nicht neugierig sein, aber gibt es da etwas, das du mir nicht gesagt hast?«

Immer noch stand sie schweigend am Fenster.

»Entschuldige«, sagte er. »Ich wollte nicht …«

»Ich weiß es nicht«, flüsterte sie. »Ich weiß nicht, ob das eine Rolle spielt.«

»Darf ich noch einmal fragen, woher ihr euch kennt?«

»Aus Kopenhagen«, antwortete sie so leise, dass es kaum zu hören war. »Dort waren viele Isländer, die sich getroffen haben, und … daher kennen wir uns …«

»Ja, natürlich. Aber Ósvaldur kannte ihn nicht?«

Sie antwortete nicht.

»Kanntest du ihn, bevor du Ósvaldur begegnet bist?«

Sie drehte sich um.

»Nein, aber … das war … das war völlig bedeutungslos«, sagte sie. »Ich weiß nicht, was ich mir dabei gedacht habe. Wir haben uns einige Male getroffen, hier und dort, und zum Glück habe ich das beendet, als er …«

»Was?«

»Er wollte mehr. Er wollte mehr als das, aber ich sagte ihm, dass das nicht geht.«

»Wegen Ósvaldur?«

»Ja, natürlich.«

»Wusste Ósvaldur davon?«

»Nein«, flüsterte sie. »Er wusste nichts. Ich habe es ihm nie gesagt, und du kannst dir nicht vorstellen, wie sehr ich es bereue, ihm gegenüber nicht ehrlich gewesen zu sein. Du kannst dir nicht vorstellen, wie schlecht ich mich deswegen fühle. All die schlaflosen Nächte, die mir das bereitet hat. Und wenn ich an ihn denke, in der Gewalt dieser Leute … an das, was du über die Gefangenenlager gesagt hast …«

»Hast du niemandem davon erzählt?«

»Nein, niemandem.«

»So etwas passiert. Es war keine böse Absicht. Wie ich heraushöre, warst du Ósvaldur am Ende treu. So ein Seitensprung … du bist kaum die Erste, der so etwas passiert.«

»Ich habe tausende Male darüber nachgedacht«, sagte sie. »Aber das ändert nicht, was ich getan habe. Nichts, was du sagst, macht es für mich besser.«

»Und Manfreð?«

»Was soll mit ihm sein?«

»Ist das vorbei zwischen euch?«

»Ja, natürlich. Das habe ich ihm sehr deutlich auf der Heimreise von Petsamo gesagt.«

»Und wie hat er das aufgenommen?«

»Schlecht. Sehr schlecht. Er hat mich verflucht. Seitdem habe ich nichts mehr von ihm gehört oder gesehen.«

»Wollte er, dass du Ósvaldur verlässt?«, fragte Kristmann nach einiger Zeit.

»Ja, seinerzeit wollte er das. Hat mich dazu gedrängt.«

»Er war also verliebt in dich?«

»Ja.«

»Und du?«

»Ich habe ihm gesagt, dass ich Ósvaldur nie verlassen würde.«

Kristmann wollte noch etwas sagen, tat es dann aber doch nicht, sondern starrte nachdenklich auf den Boden. Sie drehte sich wieder zum Fenster, und so standen sie eine ganze Weile, jeder in seine Gedanken vertieft. Sie bereute es nicht, es ihm gesagt zu haben. Es war gar nicht so schwer gewesen, wie sie gedacht hatte, und sie fühlte sich erleichtert, nachdem sie darüber geredet hatten. Sie war ihm dankbar für sein Verständnis und dass er versuchte, sie zu stützen und ihr den Kummer zu nehmen. Sie wollte ihm gern helfen, denn sie spürte, dass er ein guter Mensch war.

»Aber du glaubst doch nicht, dass Manfreð deinem Bruder etwas angetan haben könnte?«, sagte sie schließlich. »Das willst du doch nicht sagen?«

Kristmann blickte aus seinen Gedanken auf und sah sie ernst an.

»Jetzt gerade denke ich nicht an ihn«, sagte er.

»Wie meinst du das?«

»Ich habe an das gedacht, was ich vorhin gefragt habe, ob Manfreð wusste, dass ... Aber das ist völlig aus der Luft gegriffen. Fällt dir jemand ein, der ihm von Ósvaldur und der Widerstandsgruppe erzählt haben könnte?«

»Jemand, der ... Nein, davon wusste niemand.«

»Bist du sicher?«

»Ja. Ich kann mir nicht vorstellen, wer das gewesen sein sollte.«

Kristmann zögerte.

»Mir kommen manchmal die absurdesten Gedanken«, sagte er.

»Was denn? Welche Gedanken?«

»Hast du Manfreð irgendwann mal erzählt, was Ósvaldur tat?«

»Vom Medizinstudium? Natürlich. Das wusste er.«

»Ich meine nicht das Studium«, sagte Kristmann vorsichtig.

»Was denn sonst?«

»Den Widerstand«, sagte Kristmann.

Es brauchte einige Zeit, bis sie verstand, was Kristmann damit andeuten wollte.

»Den Widerstand?«

»Kann es sein, dass er von Ósvaldur und der Opposition wusste? Dass Ósvaldur sich dem Widerstand gegen die Nazis anschließen wollte? Kannst du dir vorstellen, wie er davon erfahren haben könnte?«

»Du glaubst doch nicht, dass Manfreð …? Glaubst du, Manfreð hat ihn verraten?«

»Ich weiß es nicht. Hast du irgendwann einmal mit ihm über Ósvaldur gesprochen? Hast du ihm etwas anvertraut? Etwas über Ósvaldur und den Widerstand? Irgendeine Kleinigkeit, die du ihm gegenüber erwähnt hast?«

»Wie meinst du das?«, brach es aus ihr heraus. »Was willst du damit sagen?«

»Erinnerst du dich an irgendetwas in dieser Richtung?«

In Gedanken ging sie zurück zu Gesprächen, Sätzen, unbedachten Worten, und auf einmal befand sie sich in einem schmuddeligen Hotel in Vesterbro, an einem verregneten Nachmittag, es prasselte auf dänische Dachpfannen und strömte über Traufen, sie war bei Manfreð, zum zweiten Mal trafen sie sich in diesem Hotel, und sie lag in seinem Arm, sie hatten sich geliebt und waren erschöpft, sie schliefen fast, und er erwähnte Ósvaldur, über den sie sonst nie sprachen, weil sie das nicht wollte, und er fragte, ob er sie genauso befriedigen könne wie er, doch sie wollte nicht darüber reden und sagte stattdessen irgendetwas Blödes über Ósvaldur, das lustig sein sollte, aber irgendwie nicht so klang, dabei hatte sie das überhaupt nicht verletzend gemeint, und um es wiedergutzumachen, sagte sie, dass er der größere Held sei, weil er vorhabe, sich dem dänischen Widerstand anzuschließen, sein Kommilitone Christian wolle …

»Was? Was ist?«, fragte Kristmann, als er sah, wie ihr Blick ganz fern und kalt wurde.

»Ich war das«, flüsterte sie. »Ich habe ihm von Ósvaldur erzählt.«

Zwei Wochen später kam ein Brief. Darauf stand ihr Name, und darunter Reykjavík und Island. Jemand von der Post musste sich die Mühe gemacht haben, ihre Adresse herauszufinden, denn die war mit Bleistift in einer anderen Schrift darunter geschrieben. Es stand kein Absender auf dem Umschlag, und das Datum des Poststempels war nicht zu entziffern, daher war nicht auszumachen, wie lange der Brief unterwegs gewesen war. Der Briefmarke nach kam er aus Dänemark, und sie dachte an den Brief, den sie vor ewigen Zeiten Christians Eltern geschrieben hatte.

Vorsichtig öffnete sie den Umschlag mit einem Küchenmesser. Der Brief war in kräftiger Schrift auf Dänisch geschrieben, und als ihr klar wurde, was darin stand, ließ sie ihn wie vom Donner gerührt fallen.

Sechsunddreißig

Am Morgen nach seiner Begegnung mit Tóbías' Freund unten am Hafen erwischte Flóvent Baldur endlich. Der Arzt kam gerade aus dem Obduktionssaal und hatte es eilig, weil es schon längst Zeit für die Visite war. Flóvent hatte versucht, aus seiner Nachricht zur Nauthólsvík-Leiche schlau zu werden, das Ergebnis der Analyse des Stoffs zu verstehen, der sich in der Rückenmarksflüssigkeit gefunden hatte, obwohl er dort nicht hätte sein dürfen – ein Betäubungsmittel namens Perkain. Das hatte Flóvent sich in sein Notizbuch geschrieben.

»Du hast also meine Nachricht erhalten?«, sagte Baldur, als er Flóvent im Flur stehen sah. »Ich dachte schon, du hättest das Interesse daran verloren.«

»Es ist viel zu tun«, erklärte Flóvent entschuldigend. »Kannst du mir etwas mehr über den Wirkstoff sagen?«

Baldur war nicht sonderlich erfreut über eine Störung zu dieser Tageszeit. Er guckte auf seine Uhr, verzog das Gesicht und bat Flóvent, ihm in den Obduktionssaal zu folgen. Darin stand ein Obduktionstisch, auf dem die Leiche aus der Nauthólsvík unter einem blütenweißen Tuch lag. Baldur schlug es zurück, und der Rücken der Leiche kam zum Vorschein.

»Es ist nicht leicht, an Perkain heranzukommen«, sagte Baldur und fuhr mit der Hand über den Rücken des Toten. »Eigentlich gibt es das nur in medizinischen Einrichtungen. Bei uns hier im Klinikum, im Landakot-Spital, und sicher auch bei den amerikanischen Truppen, auch wenn wir darüber natürlich keine konkreten Informationen haben.«

Flóvent fiel ein roter Kreis auf, der an einer Stelle um die Wirbelsäule gezogen war.

»Sagtest du nicht, es sei ein Betäubungsmittel?«

»Ja, und zwar ein sehr starkes. Das gibt es nur in flüssiger Form und muss gespritzt werden. Daher verwenden nur Fachleute dieses Mittel. In den Händen von Laien oder Leuten, die nicht genau wissen, was sie tun, kann das schnell gefährlich werden. Nur weil wir rote Blutkörperchen in der Rückenmarksflüssigkeit gefunden haben, kam es mir überhaupt in den Sinn, nach der Einstichstelle zu suchen. Ich wusste, dass sie irgendwo an der Wirbelsäule sein musste. Perkain wird wie gesagt zur Spinalanästhesie verwendet, daher wusste ich, wo ich suchen musste, aber es hat verdammt lange gedauert.«

»Ist sie da?«, fragte Flóvent und zeigte auf den roten Kreis auf dem Rücken. Baldur nickte und hielt ihm eine Lupe hin. Flóvent beugte sich über die Leiche und inspizierte den Kreis, konnte tatsächlich ein winziges Loch in der Haut erkennen.

»Und ... was heißt das?«, fragte Flóvent.

»Das kommt von der Kanüle«, sagte Baldur. »Es ist wohl auszuschließen, dass er es selbst getan hat. Das Mittel wurde ihm kurz vor seinem Tod gespritzt, es hat ihn gelähmt. Wahrscheinlich ist er bei vollem Bewusstsein gewesen, aber er konnte sich nicht bewegen oder schützen.«

»Was bedeutet das?«

»Ohne Hilfe hätte er es nicht ins Meer geschafft«, sagte Baldur.

»Sprichst du von Mord?«

Baldur zuckte mit den Schultern, als hätte er alle anderen Möglichkeiten längst verworfen.

»Etwas anderes leuchtet mir einfach nicht ein, Flóvent. Ich habe lange darüber nachgedacht. Konnte heute Nacht kaum schlafen, weil das ganz schön hässlich ist, wenn man sich das konkret vorstellt. Mir scheint, das Mittel wurde verwendet, um die Polizei hinters Licht zu führen. Da wusste jemand genau, was er tat, und hat es gut geplant. So etwas macht keiner spontan.«

»Was genau?«

»Die Rückenmarksnerven betäuben«, sagte Baldur.

»Also ... wurde er nicht mit diesem Mittel getötet, sondern ...?«

»Nein, definitiv nicht. Nicht mit dem Mittel an sich. Das diente allein der Täuschung. Um die Polizei zu verwirren. Um dich zu täuschen. Und um leichter mit den Mann zurechtzukommen. Die Todesursache bleibt Ertrinken«, erklärte Baldur müde, als spräche er mit einem seiner Studenten.

»Der Mann wird betäubt, ist gelähmt und völlig hilflos, und wird dann ins Meer geworfen, wo er ertrinkt?«

»Ja, in etwa so. Du findest ihn am Strand, und er sieht wie jede andere Wasserleiche aus. Wir schneiden ihn auf und sehen das Salzwasser in seiner Lunge, er trägt alle Zeichen eines im Meer Ertrunkenen. Keine Spur von Gewalt. Wir sollen glauben, er ist ins Meer gegangen und hat sich umgebracht. So etwas kommt vor, da wird kein Kriminalfall draus gemacht. Das wird unter

›tragisches Einzelschicksal‹ verbucht. Aber wenn eine Spinalanästhesie dahintersteckt, ist das eine ganz andere Geschichte. Jemand wollte diesen Mann umbringen und hat das sehr sorgfältig geplant. Der Mann wird gespritzt, zum Wasser gebracht, wo er ertrinkt, weil er Arme und Beine nicht bewegen kann, und treibt ins Meer hinaus. Es war der reinste Zufall, dass wir die Einstichstelle gefunden haben. Einer meiner Studenten interessiert sich fürs Nervensystem, entnimmt Rückenmarksflüssigkeit und entdeckt Blut darin. Ansonsten hätte man das eindeutig als traurigen Selbstmord gedeutet.«

Baldur schaute wieder auf seine Armbanduhr, inzwischen war er mehr als spät dran.

»Die Injektion ist sehr professionell gemacht worden«, sagte er, »hat keine Spuren hinterlassen, wenn man nicht ganz genau hinsieht. So geht nur jemand mit der Nadel um, der das gelernt hat, und Perkain benutzt nur jemand, der genau weiß, was er tut.«

»Also ein Arzt wie du?«

»Oder eine Krankenschwester. Jemand aus dem Gesundheitssystem. Arbeitet seine Frau nicht im Landakot-Spital?«

»Agneta? Doch, die arbeitet dort. Willst du damit sagen …?«

»Nein, ich will gar nichts sagen. Das ist deine Sache, Flóvent. Ich sage nichts. Wir haben auch herausgefunden, dass dieser Mann Probleme mit seinen Bandscheiben hatte, was ihm sicher Schmerzen bereitet hat, aber das hat nichts mit dem Perkain zu tun.«

»Wie wirkt dieses Mittel? War der Mann bei vollem Bewusstsein, als er ertrunken ist?«

»Ja, wahrscheinlich. Kein schöner Tod, muss ich sagen.«

»Aber, wie ...?«

»Er sieht und hört alles und bekommt genau mit, was passiert«, sagte Baldur. »Wir müssen zur Bestätigung noch eine Probe ins Ausland schicken, aber das ist bis hierhin meine Vermutung. Für mich sieht das nach einer Spinalanästhesie aus. Das ist keine Narkose, sondern eine lokale Betäubung, die je nachdem, wie sie gesetzt und dosiert wird, unterschiedlich weit reicht. Wahrscheinlich waren bei ihm Arme und Beine gelähmt. So kam man am einfachsten mit ihm zurecht. Wenn meine Vermutung stimmen sollte. Ich weiß es natürlich nicht.«

»So etwas habe ich noch nie gehört«, sagte Flóvent.

»Nein, das ist ... ich kann gar nicht sagen, was das ist«, sagte Baldur.

»Warum wurde er nicht einfach narkotisiert, um besser mit ihm zurechtzukommen? Warum diese Spinalanästhesie?«

»Darüber habe ich lange nachgedacht«, sagte Baldur.

Flóvent starrte auf die Leiche, auf den roten Kreis um die Einstichstelle, und auf einmal ging ihm auf, was Baldur den Schlaf einer Nacht gekostet hatte.

»Es wäre durchaus möglich gewesen, ihn zu narkotisieren und dann ins Meer zu werfen, um die Tat zu vertuschen. Aber das war nicht genug. Derjenige, der das getan hat, wollte alle Spuren verwischen, und gleichzeitig war es ihm wichtig, dass der Mann alles mitbekommt und sich bewusst darüber ist, was passiert. Er sollte mitbekommen, dass er ertrinkt.«

»So scheint es«, sagte Baldur. »Für mich sieht es ganz danach aus.«

»Ist das nicht ganz schön ... ist das nicht ziemlich erbarmungslos?«

»Wie gesagt, das ist richtig hässlich.«

Siebenunddreißig

Morgenstille lag über den Häusern und dem Platz, als Flóvent kurz darauf zur Pólarnir-Siedlung kam. Kein Streit an der Wasserpumpe. Das einzig sichtbare Lebenszeichen war ein alter Mann, der aus einem der Toilettenhäuschen kam und sich die Hose zuknöpfte, sich bekreuzigte und anschließend o-beinig in Richtung Vatnsmýri bewegte. Flóvent stieg die Treppe zur Wohnung von Tóbías und Klemensína hinauf. Er musste mit den beiden sprechen, sie auf das ansprechen, was Tóbías' Freund ihm unten am Hafen gesagt hatte, über den Jungen auf dem Klambratún und dass Tóbías ihn gekannt habe. Außerdem musste er Klemensína nach der Frau fragen, die Guðmunda suchte, dieser Ellý, die den Ruf hatte, mit Soldaten und sogar Offizieren zu schlafen, und davon träumte, nach Amerika zu heiraten.

Klemensína hatte offenbar noch geschlafen, sie war schlecht gelaunt und machte keine Anstalten, ihn hereinzubitten. In einen dicken Morgenmantel gehüllt und mit einem Haarnetz auf dem Kopf funkelte sie ihn böse an und warf ihm vor, dass er sie geweckt habe. Sie verstehe nicht, was die Polizei von ihr wolle, Flóvent solle sie in Ruhe lassen. Sie wollte ihm schon die Tür vor der Nase zuschlagen, doch Flóvent blieb beharrlich, erklärte, dass er Informationen brauche und nicht gehen werde, aber wenn sie Zeit bräuchte, um sich ... – er wusste nicht, wie er das formulieren sollte – »... zurechtzumachen«, stammelte er, »kann ich warten.« Als sie merkte, dass sie ihn nicht loswerden würde, schnaubte sie irgendetwas und verschwand bei offener Tür.

Zögerlich machte Flóvent einen Schritt in die Wohnung und stand wie bestellt und nicht abgeholt in der Diele, während Klemensína sich vermutlich etwas anzog und das Netz aus den Haaren nahm. Es verging eine ganze, Weile. Er hörte sie in ihrem Zimmer herumhantieren und irgendwann kam sie endlich mit blassroten Wangen heraus. Ohne ihn eines Blickes zu würdigen oder etwas zu sagen, erhitzte sie Wasser aus einem Eimer und goss Kaffee auf.

»Na schön«, sagte sie plötzlich. Sie stand am Kohleherd und ließ ihn durch ihr gesamtes Verhalten spüren, dass sie über diesen Besuch alles andere als erfreut war. »Was willst du von mir?«

»Ich habe gehört, Sie sind ...«

»Ach komm schon, hör auf mich zu siezen«, fiel Klemensína ihm ins Wort. »Ich hab kein scheißblaues Blut in den Adern.«

»Ich habe gehört, du bist mit einer Frau namens Ellý bekannt, und ich wollte fragen, ob du weißt, wo sie in den letzten Tagen gewesen ist?«

»Ob ich weiß, wo Ellý gewesen ist? Warum?«

»Eine Freundin kam zu uns und meinte, sie schon eine Weile nicht mehr gesehen zu haben. Sie sorgt sich um sie und sagte, dass du eventuell wissen könntest, wo sie ist.«

»Nein, keine Ahnung«, antwortete Klemensína.

»Aber du kennst sie?«

»Ich weiß, wer sie ist. Sie hat sich manchmal hier in der Siedlung herumgetrieben. Ansonsten kenne ich sie nicht und weiß nichts über sie. War das alles? Dann verschwinde jetzt.«

»Ich habe gehört, sie hat viel Kontakt zu den Soldaten«, sagte Flóvent und tat, als hätte er ihre letzte Bemerkung nicht gehört.

»Ist das was Neues?«, schnaubte Klemensína. »Da ist sie nicht die Einzige.«

»Nein. Was ist mit dir? Hast du auch Kontakt zu Soldaten?«, fragte Flóvent.

Bisher hatte Klemensína so getan, als wäre er es gar nicht wert, dass sie ihm antwortete, doch jetzt fuhr sie herum, ihre Augen sprühten Funken.

»Was redest du da? Wer hat dir das gesagt? Nennst du mich etwa eine Scheißhure?!«

»Nein, keineswegs«, versuchte Flóvent sie zu beschwichtigen. »Ich erkundige mich nur nach einer Frau, die du kennst.«

»Wer erzählt dir solche Lügen? Du solltest nicht alles glauben, was man dir sagt. Hast du mit den Leuten hier aus der Siedlung geredet? Lass dir von denen keinen Unsinn erzählen.«

»Das tue ich nicht«, sagte Flóvent und erinnerte sich im selben Moment daran, dass er mit Karlotta über Klemensína gesprochen hatte, die aus irgendeinem Grund nicht gut auf sie zu sprechen gewesen war und sie ein altes Weib genannt hatte. »Ich habe nur mit Leuten aus Ellýs Umfeld gesprochen ...«

»Aus Ellýs Umfeld«, wieherte Klemensína. »Was für Leute sollen das bitte sein? Die hat doch niemanden! Ich hatte Mitleid mit der Armen, als sie irgendwann mal durch die Siedlung streifte, und hab sie bei mir schlafen lassen, und was? Jetzt macht mich das zu einer Ami-Nutte! Da tut man etwas Gutes und dann …«

Sie hantierte laut mit Töpfen auf dem Herd herum, war stinkwütend über Flóvents Worte, und murmelte irgendetwas Unverständliches vor sich hin, sicher Flüche, die ihm galten.

»Ist dann also etwas aus ihrem Besitz hier?«, fragte er und ließ den Blick durch die schäbige Wohnung streifen.

»Ihr Besitz? Welcher Besitz? Sie hat nichts. Also kann sie auch nichts hier vergessen haben.«

Flóvent befragte sie weiter zu Ellý und wollte wissen, ob Klemensína jemanden kenne, der Kontakt zu Ellý habe. Doch sie meinte nur, dass sie ihm nicht weiterhelfen könne. Flóvent hatte sie so aufgebracht, dass sie ihm noch nicht einmal einen Schluck Kaffee anbot. Ihren trank sie allein in der engen Kochnische und tat so, als wäre Flóvent gar nicht da. Ihm fiel auf, dass sie Export von O. Johnson & Kaaber unter das Kaffeepulver gemischt hatte. Dieser Kaffee-Ersatz war vor allem bei Frauen beliebt, nicht etwa, weil er den Kaffee besser machte, sondern weil die Frauen die rote Farbe auf der Verpackung als eine Art Rouge verwendeten – und zwar nicht nur die Bewohnerinnen der Armensiedlungen. Sicher hatte auch Klemensína ihre blassroten Wangen mit dem Export-Papier eingerieben. Es war ihm unmöglich, ihr Alter zu schätzen, aber er wollte auch gar nicht so viel über diese dreiste und unangenehme Frau nachdenken. Inzwischen bereute er es nicht mehr, seine Fragen wenig taktvoll gestellt zu haben.

Er fragte, ob sie manchmal ins Piccadilly gehe, und

sie antwortete, dass sie diesen Ort nicht so gut kenne, aber durchaus von ihm wisse. Und sie habe auch von dem Jungen gehört, den man dahinter zerschunden gefunden habe, irgendwo auf dem Feld.

»Weißt du, wer das ist?«, fragte Flóvent. »Der Mann, der dort angegriffen wurde?«

»Ich? Nein. Woher sollte ich das wissen? Ihr von der Polizei solltet das doch wohl wissen!«

»Er ist also nie hier gewesen?«

»Nein. Nicht dass ich wüsste.«

»Ich habe gehört, Ihr Neffe Tóbías kannte ihn?«

»Kann nicht sein. Das hat er nie erwähnt.«

»Würde Tóbías denn mit dir darüber sprechen?«, fragte Flóvent, und im selben Moment öffnete sich die Wohnungstür. Tóbías sah Klemensína und Flóvent abwechselnd an, dann spuckte er irgendeinen Fluch aus und verschwand, schneller als man gucken konnte, die Treppe hinunter.

Flóvent hechtete dem jungen Mann nach, der mit wenigen Sätzen die Treppe hinuntersprang und nach draußen stürmte. Flóvent versuchte, mit ihm Schritt zu halten, rannte über den Platz, an den Wasserpumpen und Plumpsklos vorbei in Richtung Nordermoor. Er rief ihm nach, dass er stehenbleiben solle – vergeblich. Der Junge rannte nur noch schneller, und Flóvent musste sich richtig ins Zeug legen, um nicht völlig abgehängt zu werden. Jetzt hatten sie das Nordermoor-Viertel erreicht, und Flóvent befürchtete schon, dass der Junge ihm entwischen würde, als er ihn auf einmal stürzen, oder vielmehr: im Boden verschwinden sah. Als Flóvent ihn kurz darauf erreichte, schob sich der Junge durch ein widerlich stinkendes Loch voll dickem

Schlamm, der ihm bis zu den Schultern reichte. In der Nacht hatte es gefroren, daher lag eine dünne Eisschicht über dem Loch, das man an dieser Stelle ins Moor gegraben hatte. Tóbías hatte eine Abkürzung nehmen wollen und gehofft, dass das Eis ihn noch trägt, was aber nicht der Fall gewesen war. Flóvent war noch ganz außer Atem und konnte sich nicht vorstellen, den Jungen anzufassen. Er holte ein Taschentuch heraus und hielt es sich vor Mund und Nase.

»War es das wirklich wert?!«, schnaufte Flóvent durch das Taschentuch.

Tóbías rappelte sich auf und würgte. Das Schlammbad hatte ihm allen Wind aus den Segeln genommen. Flóvent wusste, dass er keinen zweiten Fluchtversuch unternehmen würde.

»Ist alles in Ordnung?«, fragte Flóvent. »Warum rennst du wie ein Bekloppter vor mir weg?!«

Doch er konnte nicht richtig wütend auf Tóbías sein. Der Junge war in die Grube gefallen, in der die Exkremente aus den Plumpsklos der Pólarnir-Siedlung und anderer Häuser in der Gegend gesammelt wurden. Tóbías ekelte sich so sehr, dass er sich erbrach, als er wieder festen Boden unter den Füßen hatte. Er riss sich die Kleider vom Leib, bis er nur noch in Unterhemd und kurzer Unterhose im kalten Aprilwetter stand. Er schleuderte die Sachen in die Grube, konnte sich nicht vorstellen, sie je wieder zu tragen. Obwohl es ihm widerstrebte, gab Flóvent ihm seinen Mantel, damit der Junge in der Kälte nicht erfror. Dann machten sie sich auf den Weg zurück zur Siedlung, Flóvent in sicherem Abstand und mit dem Wind im Rücken.

Achtunddreißig

Klemensína mit ihren roten Kaffeeersatzwangen war auf und davon, als Flóvent und Tóbías in die Siedlung zurückkehrten. Letzterer schlotterte vor Kälte, als sie die Stufen zur Wohnung hinaufstiegen, denn es wehte ein kalter Wind vom Hochland und es lag feuchter Nebel in der Luft.

»Wirst du noch mal so einen Unfug machen, wenn ich dir helfe, dich wieder sauberzukriegen?«, fragte Flóvent, als sie vor der Wohnung standen.

Zähneklappernd schüttelte der junge Mann den Kopf. Flóvent vertraute ihm. Er holte Wassereimer, ging zur Pumpe und wartete schließlich geduldig, während Tóbías einen großen Zuber voll Wasser erwärmte und sich dann zurückzog, um sich den Dreck aus der Sammelgrube mit viel Seife vom Leib zu waschen. In frischer Kleidung und mit aus der Stirn gekämmten Haaren kam er schließlich wieder hervor. Flóvent saß in der Küche und blätterte in einem Buch, das auf dem Tisch gelegen hatte.

»Findest du ihn gut?«, fragte er und hielt den Band mit Gedichten von Davíð Stefánsson hoch.

»Einiges von ihm«, sagte Tóbías und legte den Kamm weg. »Anderes weniger.«

»Machst du das auch? Dichten?«

»Nein.«

»Wusstest du von der Grube?«, fragte Flóvent und legte das Buch zurück an seinen Platz.

Tóbías nickte.

»Als Kinder haben wir ein Spiel daraus gemacht, übers Eis zu laufen in der Hoffnung, dass es nicht bricht. Es war richtig spannend, wenn es unter einem knackte, denn man wollte nicht in der Scheiße landen. Inzwischen bin ich wohl zu groß und schwer dafür geworden. Ich dachte, ich würde es schaffen.«

»Es war sicher nicht schön, darin zu versinken.«

»Es war widerlich.«

»Was war los mit dir? Wovor bist du weggerannt?«

Tóbías antwortete nicht sofort. Es schauderte ihn immer noch, und in eine Decke gehüllt setzte er sich zu Flóvent an den Küchentisch. So saßen sie eine ganze Weile schweigend, bis Tóbías sich räusperte und fragte, was er wissen wolle.

»Weißt du, wer der Junge war, der beim Piccadilly angegriffen wurde?«, fragte Flóvent.

»Ich glaube, das war … er heißt … ich glaube, das war Jenni. Ich weiß nicht, ob er wirklich so heißt, aber so wurde er immer genannt.«

»Warum glaubst du, dass er es war? Warst du bei ihm? Hast du gesehen, was passiert ist?«

»Nein, ich war nicht bei ihm, und ich habe auch nicht gesehen, was passiert ist«, sagte Tóbías. »Ich … ich nehme einfach an, dass er es war. Die Beschreibung passt. Jenni war oft im Piccadilly, und ich wusste, dass er auch an jenem Abend dort sein wollte, und danach habe ich ihn nicht mehr gesehen.«

»Warum konntest du mir das neulich nicht sagen?«

»Ich wollte mich da nicht einmischen. Ich weiß nicht, was ihm zugestoßen ist, und ich wollte nicht ...«

»Was?«

»Nichts.«

»Wer war Jenni? Woher kanntet ihr euch?«

»Klemensína ...«

»Ja?«

»Hast du schon mit ihr geredet?«

»Nein«, sagte Flóvent. »Ja, doch, ich habe mit ihr gesprochen, aber sie gibt mir nur freche Antworten. Was ist mit ihr?«

Tóbías holte tief Luft, als überlegte er noch, was er sagen und was er lieber nicht sagen sollte. Flóvent kannte das von seiner jahrelangen Arbeit bei der Polizei. Eigentlich glaubte er nicht, dass Tóbías ihn belügen würde, doch er konnte sich nicht sicher sein.

»Dein Freund, den ich am Hafen getroffen habe, sagt, du solltest zusehen, dass du von hier wegkommst«, sagte Flóvent. »Von ihr wegkommst. Von Klemensína. Was könnte er damit gemeint haben?«

»Wer hat das gesagt?«

»Der Junge, der mir neulich hier auf der Treppe entgegenkam. Ich glaube, er macht sich Sorgen um dich und will dich zur Vernunft bringen. Ich hatte den Eindruck, ihr hattet euch gestritten, und er meinte, das wäre wegen deiner Tante gewesen und wegen irgendetwas, das ihr zusammen macht.«

»Ich mache nichts«, sagte Tóbías. »Ich halte mich von diesen Dingen fern. Klemensína ist ... Mir wäre es am liebsten, wenn du mit ihr reden würdest.«

»Dein Freund scheint das anders zu sehen.«

»Ja, aber das stimmt nicht, das wollte ich ihm klarmachen. Er kam her, als er das von Jenni gehört hatte, und dachte, dass … er hat mich niedergemacht, als wäre ich dafür verantwortlich, aber das stimmt einfach nicht.«

»Und was ist mit Klemensína, ist sie dafür verantwortlich, was mit Jenni passiert ist?«

»Ich weiß es nicht. Ich glaube nicht. Ich hoffe nicht.«

»Warum sollte sie etwas damit zu tun haben? Was ist mit ihr und Jenni?«

»Jenni wollte das«, sagte Tóbías. »Klemensína hat gewisse Kontakte, und Jenni wollte Soldaten kennenlernen und mit ihnen zusammen sein und sich ein bisschen Geld verdienen. Ich glaube, er wollte damit aufhören, und hatte das Klemensína auch gesagt, aber …«

»Was hat sie damit zu tun?«

»Kannst du nicht einfach mit ihr reden? Mir fällt es … mir fällt es schwer, darüber zu reden.«

»Das habe ich versucht, Tóbías. Ich brauche ein paar Antworten von dir. Es wird dir guttun, das loszuwerden. Du scheinst nicht damit einverstanden zu sein, was sie tut – was auch immer das sein mag. Es kann nur gut für dich sein, mit jemandem über das zu reden, was dir Kummer macht.«

Tóbías nahm den Gedichtband in die Hand und starrte eine Weile auf das Cover. Dann legte er ihn wieder hin. Das Buch hieß *Schwarze Federn.*

»Sie nimmt jedes Mal fünfzig Kronen«, sagte er. »Von Jenni, und auch von Ellý und vielleicht drei oder vier anderen Frauen. Sie will mir nicht sagen, wie viele es sind und wer genau. Sie macht diese Zuhälterei ganz allein, ich habe damit nichts zu tun. Ich verabscheue es, und das sage ich ihr auch immer, dass sie damit aufhören soll, aber sie hört nicht auf mich. Denn es bringt Geld. Sie hat noch nie in ihrem Leben Geld gehabt, und obwohl das noch nicht lange läuft, sieht sie schon jetzt bessere Zeiten und will so schnell wie möglich von hier weg. Ein Verwandter von ihr arbeitet für die Truppen und hat viel Kontakt zu den amerikanischen Soldaten. Die Soldaten schlagen Ort und Zeit vor, und sie leitet diese Informationen weiter.«

»Woher kennt sie Jenni?«

»Er … ich habe ihn mitgebracht«, sagte Tóbías. »Jungs wie wir lernen uns schnell kennen. Wir treffen uns zu Hause. Halten uns versteckt. Finden Zuflucht beieinander. Es ist mir scheißegal, was die Leute von mir denken. Scheißegal.«

»Und Jenni?«

»Klemensína hat sein Interesse bemerkt und ihn ermutigt. Ihn mit Soldaten in Kontakt gebracht. Ich kannte ihn nicht gut. Er kommt irgendwo aus dem Osten. Aus der Flóinn-Gegend oder so. Seine Mutter ist Magd auf einem Hof. Sie ist alleinstehend. Über seinen Vater weiß er nichts. Jenni kam nach Reykjavík, sobald sich ihm die Gelegenheit bot. Hat es auf dem Land nicht ausgehalten. Ich glaube, er hat keinen Kontakt zu seiner Mutter. Daher … und dann findet man ihn dort, und ich habe das Gefühl, irgendwie dafür verantwortlich zu sein. Oder meine Tante. Das ist …«

»Du weißt nicht, was passiert ist«, sagte Flóvent. »Das muss überhaupt nichts mit dir oder deiner Tante zu tun haben.«

»Nein, aber trotzdem … Jenni war einfach nur ein Junge vom Land, völlig ahnungslos, und Klem… meine Tante hat das ausgenutzt. Hat ihn ausgenutzt, die dumme Alte. Ich wollte vorhin nur meine Sachen holen und den Schlüssel abgeben. Ich will hier nicht mehr wohnen. Ich kann hier nicht mehr sein.«

»Wie alt war Jenni?«, fragte Flóvent. »Und wie kann ich seine Mutter erreichen, weißt du das?«

»Einundzwanzig, hat er mir gesagt. Seine Mutter kenne ich nicht. Ich weiß nicht, auf welchem Hof sie ist. Jenni hat so gut wie nie von ihr erzählt. Er sagte, er wollte immer nur weg von dort. Ich glaube, es ging ihm nicht gut auf dem Land. Das hatte ich so im Gefühl.«

»Dann sollte er alt genug gewesen sein, um zu wissen, was er tut.«

»Ja, aber du weißt nicht, wie er war. Ein völlig argloser Kerl. Er hat allen vertraut. Alles geglaubt, was ihm gesagt wurde. Klemensína ... sie hat das ausgenutzt.«

Tóbías schüttelte den Kopf.

»Weiß sie, was passiert ist?«, fragte Flóvent. »Wer ihn angegriffen hat?«

»Nein, sie sagt, sie weiß es nicht. Keine Ahnung, wie viel man darauf geben kann. Ich hatte Jenni schon eine ganze Weile nicht mehr gesehen, aber meine Tante meinte, er hätte irgendjemanden von den Truppen kennengelernt, und wollte nicht mehr tun, was er für sie gemacht hatte.«

»Weißt du, wo Jenni gewohnt hat?«

Tóbías schüttelte den Kopf.

»Weißt du, wen genau er von den Truppen getroffen hat? Wer seine Kunden waren?«

»Nein, ich habe ihn nie gefragt. Klemensína müsste das wissen.«

»Und die Frauen, die für sie arbeiten? Weißt du, wer sie sind?«

»Ich weiß nur von dieser Ellý, nach der du mich letztes Mal gefragt hast. Wer die anderen sind, weiß ich nicht. Die sind nie hier gewesen. Ellý hat eine Weile hier gewohnt. Schon eine seltsame Frau. Klemensína redet mit mir nicht über diese Dinge. Sie weiß, dass ich das verabscheue.«

»Was, meinst du, ist Jenni zugestoßen?«

»Ich weiß es nicht. Ich habe Klemensína gefragt, aber sie tut so, als wüsste sie nichts. Behauptet, seit zwei oder drei Wochen nichts mehr von ihm gehört zu haben. Das kann auch eiskalt gelogen sein. Ich glaube ihr kein Wort mehr. Jenni muss an irgendeinen … an einen Sadisten geraten sein, der ihn so zugerichtet hat.«

»Meinst du einen Soldaten?«

»Meinst du nicht? Ermittelt ihr nicht in diese Richtung? Dem solltet ihr nachgehen. Er war mit einem Soldaten zusammen. Fest zusammen. Den solltet ihr doch finden können.«

»Ich kann nicht sagen, ob Jenni von einem Soldaten so malträtiert worden ist. Hast du je mitbekommen, dass deine Tante einen Ort namens Falcon Point erwähnt hat?«

»Das ist der Ort.«

»Welcher Ort?«

»Von dem Ellý so begeistert war. Sie war mit einem dieser Soldaten zusammen, der sie heiraten wollte und den sie grenzenlos angehimmelt hat und mit dem sie nach Amerika wollte. Ich habe dir ja gesagt, dass sie ständig so einen Unsinn erzählt hat, die Arme. Das war … ich fand das … es war richtig unangenehm, mit ihr zu reden.«

»Warum?«

»Weil sie diese Hirngespinste wirklich geglaubt hat, obwohl völlig klar war, dass das alles nur Unsinn ist, der nie in Erfüllung gehen wird.«

Thorson kam langsam zu sich, es war dunkel, und sein ganzer Körper schmerzte. Er brauchte eine ganze Weile, bis ihm klar wurde, wo er war, bis er sich an den Angriff erinnerte, an die Fahrt, die Lavaspalte und den Sturz in die Tiefe, und wie das Gestrüpp den Aufprall abgemildert hatte.

Sein Kopf schmerzte, und seine Seite brannte von all den Tritten, doch er meinte, ohne größere Knochenbrüche davongekommen zu sein. Er lag auf der Seite an der Lavawand, konnte seine Beine bewegen, und auch alle Finger reagierten auf seinen Befehl. Doch er konnte nur ein Auge öffnen. Das andere war wie zugeklebt. Er fasste sich an den Kopf und fühlte eine Wunde, das Blut war über sein Auge gelaufen und dort getrocknet. Deshalb bekam er es nicht auf. Inzwischen hatte die Blutung aufgehört, und es gelang ihm, das getrocknete Blut etwas wegzureiben, sodass er das Auge einen Spalt öffnen konnte. Er wusste nicht, wie viel Zeit seit seinem Sturz in die Tiefe vergangen war. Es war niemand zu hören, und er glaubte, dass seine Angreifer fort waren.

Hoffte es zumindest.

Und während er dort so lag und darüber nachdachte, dass er in diesem Loch sterben würde, wanderten seine Gedanken zu Unteroffizier Stewart und der Frage, ob die Ermittlungen zu dem Jungen am Piccadilly ihn so in Bedrängnis gebracht hatten, dass er ihn auf diese Weise loswerden musste?

Neununddreißig

Tóbías hatte keine Ahnung, wie man Kontakt zu Jennis Mutter herstellen könnte, wusste noch nicht einmal ihren Namen. Flóvent wollte den Bezirksvorsteher von Selfoss bitten, der Sache nachzugehen. Wenn die Frau auf einem Bauernhof in der Flóinn-Gegend arbeitete, konnte es nicht so schwer sein, sie ausfindig zu machen.

Nur widerwillig folgte Tóbías Flóvent ins Leichenhaus, um den Toten zu identifizieren. Er tat sich schwer, sagte, dass er so etwas noch nie habe tun müssen, dass er noch nie eine Leiche gesehen habe. Flóvent antwortete, dass der Tote leider so schnell wie möglich identifiziert werden müsse, doch er könne die ganze Zeit bei ihm bleiben. Schließlich gelang es ihm, Tóbías zu überreden. Baldur hatte die Leiche soweit hergerichtet, dass man das Gesicht einigermaßen erkennen konnte, und erwartete sie im Obduktionssaal. Er hob das Tuch an, sodass Kopf und Oberkörper zu sehen waren. Tóbías erkannte seinen Freund sofort.

»Das ist er«, flüsterte er und war sichtlich erschüttert, obwohl er sich auf das Schlimmste gefasst gemacht hatte. »Das ist er. Ich wusste es. Das ist Jenni.«

Als er sich einigermaßen gefangen hatte, fuhr Flóvent ihn zurück zur Pólarnir-Siedlung und sagte, dass er sich bald noch einmal melden werde und er Klemensína ausrichten solle, dass er sie so schnell wie möglich sprechen müsse. Tóbías antwortete, dass er nicht wisse, wo sie sich aufhalte, er aber sein Bestes versuchen werde. Flóvent wollte sich auch bei Thorson melden und ihn bitten, mit ihm in den Hvalfjörður nach Falcon Point zu fahren, unweit des großen Flottenstützpunktes auf Hvítanes. Tóbías glaubte, dass Ellý einige Male für Klemensína dort gewesen war.

– – –

Agneta kam gerade nach Hause, als Flóvent auf der anderen Straßenseite hielt und den Motor abstellte. Sie war schwer bepackt, trug Milchprodukte und ein großes, in braunes Papier eingeschlagenes Paket, das mit einer dünnen Kordel verschnürt war. Flóvent ging schnell zu ihr und fragte, ob sie Hilfe brauche. Sie war sichtlich überrascht, als sie ihn über die Straße eilen sah und er ihr das Paket abnehmen wollte. Sie lehnte die Hilfe allerdings ab, fragte nach seinem Anliegen und war doch sehr erstaunt, als er erklärte, dass er mit ihr über ihren Mann sprechen müsse, da es neue Erkenntnisse von der Obduktion gebe.

Er fror im Nordwind und ärgerte sich, dass er seinen Mantel nach der Verfolgungsjagd mit Tóbías durchs Nordermoor-Viertel im Kofferraum lassen musste, bis er ihn zur Reinigung bringen konnte.

Agneta sah ihn verständnislos an und drückte das Paket fester an sich.

»Welche Erkenntnisse?«, fragte sie mit hochgezogenen Brauen.

»Das werde ich dir erläutern, aber am liebsten nicht hier draußen auf der Straße«, antwortete Flóvent.

Immer noch zögerte Agneta, doch dann gab sie Flóvent das Paket und suchte in ihrer Manteltasche nach dem Schlüssel. Sie öffnete die Tür und bat Flóvent herein, dann ging sie in die Küche und stellte ihre Einkäufe ab. Sie bat Flóvent, das Paket auf den Esstisch zu stellen, darin seien Gardinen, die sie von der Reinigung abgeholt habe. Anschließend fragte sie, ob er auch Kaffee wolle, sie werde gleich einen aufgießen. Er bedankte sich, wollte gern einen Kaffee trinken. Sofort musste er an Klemensínas Wangenfarbe denken, und er überlegte, ob er von nun an wohl immer ihre blassroten Wangen vor sich sehen würde, wenn es um Kaffee ging.

»Was hast du gesagt?«, fragte Agneta, als sie aus der Küche kam. »Habt ihr diesen Stoff, von dem du gesprochen hast, identifizieren können?«

»Sie haben eine gewisse Theorie«, sagte Flóvent.

»Und?«

»Ein Assistent des Arztes, oder vielmehr einer seiner Studenten, hat auf eigene Initiative die Rückenmarksflüssigkeit deines Mannes untersucht, weil er sich für Nervenorgane interessiert, oder wie auch immer die heißen.«

Agneta hatte angefangen, die Gardinen auszupacken. Auf einmal verharrte sie und starrte Flóvent an.

»Ja, und was hat er gefunden?«

»Sie glauben, dass es sich um ein Betäubungsmittel handeln könnte«, sagte Flóvent. »Ein ganz spezielles Mittel, das zur Spinalanästhesie verwendet wird. Zur lokalen Betäubung. Deinem Mann wurde dieses Mittel injiziert, um ihn wehrlos zu machen. Dann hat man ihn ins Meer geworfen, und als er gefunden wurde, sah alles nach Selbstmord aus. Mit dem Betäubungsmittel im Körper konnte er sich nicht wehren, aber …«

»Aber er hat alles mitbekommen, was um ihn herum passiert ist«, beendete Agneta den Satz und sank auf einen Stuhl.

Sie war schockiert von dieser Neuigkeit und sah Flóvent an, als wäre das, was er ihr sagte, völlig ausgeschlossen.

»Du kennst das«, sagte Flóvent nach einer Weile.

»Was?«

»Das Mittel?«

»Sprichst du von Perkain?«

Flóvent nickte.

»Wer sollte ihm Perkain verabreicht haben?«, fragte Agneta. »Wer sollte ihm das … so einen Horror angetan haben? Wer …?«

Flóvent ließ die Frage im Raum stehen, bis Agneta bewusst wurde, dass sie selbst in Frage kam.

»Ich?!«

»Du hast natürlich über deine Arbeit Zugang zu diesem Mittel. Du kannst mit Spritzen umgehen. Dein Mann hat dich betrogen.«

»Etwas Ähnliches hast du schon letztes Mal angedeutet«, sagte Agneta. »Jetzt glaubst du, du hast die Bestätigung dafür, oder was?«

»Ich weiß es nicht«, sagte Flóvent. »Hat er dich nicht betrogen?«

»Du verwendest alles gegen mich, was ich dir anvertraue. Ich weiß nicht, was ich dir in Zukunft noch sagen kann.«

»Wie wäre es mit der Wahrheit?«

»Das ist ja der Punkt. Ich sage dir die Wahrheit, aber du glaubst mir nicht. Ich habe mit seinem Tod nichts zu tun. Nicht das Geringste.«

»Hast du Zugang zu diesem Mittel?«

»Ja. Das habe ich.«

»Kannst du es anwenden?«

»Ich habe gesehen, wie es gemacht wird.«

»Ich habe gehört, das ist gar nicht so leicht und kann nur von Fachleuten durchgeführt werden?«

»Ja. Aber ... selbst wenn es mir gelungen wäre, ihn zu betäuben, hätte ich ihn auch noch zum Meer schaffen müssen. Dazu fehlt mir die Kraft.«

»Du könntest dir einen Komplizen gesucht haben.«

»Glaubst du wirklich, dass es so gewesen ist?«

Flóvent nickte.

»Das ist zumindest eine Möglichkeit, von dem ausgehend, was wir zur Zeit in den Händen haben.«

»Ich habe ihm das nicht angetan«, sagte Agneta. »Ich ... ich habe rausgefunden, dass er mir untreu war, und er hat es auch zugegeben, aber ich habe ihm nichts getan. Ich habe ihm das nicht angetan.«

»Weißt du, mit wem er dich betrogen hat?«

»Nein, das wollte er mir nicht sagen. Auch nicht, wie lange das schon lief, aber er meinte, dass er es beenden wollte. Ich bestand natürlich darauf, zu erfahren, welche Frau es war, aber er meinte, das spiele keine Rolle. Meinte, es bringe mir nichts, das zu wissen.«

»Du musst neugierig gewesen sein.«

»Das bin ich immer noch.«

»Und wütend.«

»Ich war sehr wütend«, sagte Agneta. »Verletzt und wütend. Das gebe ich zu.«

»Und du wolltest es ihm heimzahlen?«

»Nicht so, wie du denkst.«

»Sondern?«

»Darüber möchte ich wenn möglich nicht reden.«

Flóvent sah keinen Sinn darin, immer wieder nach denselben Dingen zu fragen. Er sagte, dass er sich bald wieder melden werde, und verabschiedete sich knapp. Er setzte sich in sein Auto und versuchte, das alles zu verstehen. Er wusste nicht, wie lange er dort schon saß, als er sah, wie ein amerikanischer Soldat näher kam. Er blieb in einiger Entfernung stehen und blickte sich um, als wollte er kontrollieren, ob jemand auf ihn aufmerksam geworden war. Doch es gab kaum Verkehr in der Straße, und um die Häuser war niemand zu sehen. Der Soldat setzte seinen Weg zu Agnetas Haus fort. Er klopfte an die Tür, musste dreimal klopfen, bis Agneta ihm aufmachte. Er schlüpfte zu ihr hinein, und sie schloss sorgfältig die Tür.

Weder Agneta noch der Soldat hatten Flóvent bemerkt, und er überlegte, ob er sie stören sollte. Schließlich entschied er sich dagegen, setzte das Auto in Gang und verließ die Straße, doch er nahm sich vor, Agneta beim nächsten Mal zu fragen, wer der Soldat gewesen war, der sich am helllichten Tage so verstohlen zu ihr geschlichen hatte.

Vierzig

Als Flóvent an diesem Abend nach Hause kam, schloss er die Tür und hatte gleich das Gefühl, nicht allein im Haus zu sein. Es war ein freistehendes Haus an der Südseite der Vesturgata, mit Aussicht gen Nordwesten, ein freundliches Holzhaus mit kleinem Garten. Seinen Vater erwartete Flóvent erst in einigen Tagen zurück. Leise tastete er sich von der Diele zum dunklen Wohnzimmer vor und sah die Umrisse eines Mannes, der sich langsam von einem Sessel erhob und dabei vor Schmerzen stöhnte.

»Entschuldige«, sagte der Mann, »ich wollte dich nicht erschrecken, ich muss eingenickt sein.«

Flóvent erkannte die Stimme sofort, machte das Licht an und sah seinen Kollegen übel zugerichtet im Wohnzimmer stehen. Seine Kleidung war zerfetzt, er hielt sich die eine Seite, und der Kopf war blutverschmiert, die Hände aufgeschürft und voller Schnittwunden, das Gesicht völlig zerschunden, wie nach einem schweren Sturz.

»Thorson?! Was ist passiert?«

»Entschuldige, Flóvent ...«

Mit schmerzverzerrtem Gesicht sank Thorson zurück auf den Sessel, er war völlig entkräftet.

»Ich habe hier hinten ein offenes Fenster gefunden

und mir erlaubt, hineinzukriechen ... ich will nicht in die Baracke ... vielleicht wird sie beobachtet ...«

Thorson wollte niemandem zur Last fallen, doch er sagte, dass er um sein Leben fürchte. Ins Krankenhaus zu gehen und dort seine Wunden versorgen zu lassen kam für ihn nicht in Frage. Flóvent versuchte, ihn zu überreden, doch Thorson blieb dabei, sodass Flóvent schließlich Baldur anrief, der gerade frei hatte, und ihn bat, sofort mit seinem Arztkoffer vorbeizukommen. Baldur merkte, dass es etwas Ernstes sein musste. Es schien Flóvent sehr wichtig zu sein, und er betonte, dass er ihn nicht stören würde, wenn keine Not wäre. Eine Viertelstunde später kam Baldur mit seiner schwarzen Arzttasche. Er kannte Thorson durch dessen Zusammenarbeit mit Flóvent und stellte keine Fragen, sondern konzentrierte sich darauf, die Wunden zu versorgen. Die Verletzung am Kopf musste mit einigen Stichen genäht und verbunden werden, die kleineren Stellen im Gesicht und an den Händen desinfizierte er und klebte Pflaster darauf. Auch beide Knie waren blutig, und Baldur glaubte, dass auf der rechten Seite drei Rippen gebrochen waren. Vorsichtig umwickelte er Thorsons Brustkorb mit Mullbinden, obwohl er nicht glaubte, dass das etwas nützte, wie er mit einem Augenzwinkern sagte, um die Stimmung ein kleines bisschen aufzulockern.

»Du kommst aus Manitoba, oder?«, fragte er, als er den Verband mit einer Nadel fixierte.

»Ja«, sagte Thorson. Es ging ihm etwas besser, nachdem er von Flóvent etwas zu essen und zu trinken und von Baldur ein Schmerzmittel bekommen hatte.

»Und du heißt ...?«

»Thorson.«

»Und dein Kollege, wie heißt der?«

»Flóvent.«

»Wie viele Finger siehst du?«, fragte Baldur und hielt vier Finger hoch.

»Vier«, antwortete Thorson.

»Und jetzt?«, fragte Baldur und hielt zwei Finger hoch.

»Zwei.«

»Wo in Kanada bist du geboren?«

»Manitoba. Das hatten wir bereits.«

»Ist dir übel gewesen? War dir schwindelig? Hattest du heftige Kopfschmerzen?«

»Ich glaube nicht, dass ich eine Gehirnerschütterung habe«, sagte Thorson. »Falls du das meinst.«

»Du wärst der Letzte, der das bemerken würde, mein Freund.«

»Muss er ins Krankenhaus?«, wollte Flóvent wissen.

»Ich kann nicht ins Krankenhaus«, sagte Thorson.

»Du scheinst mir bei vollem Bewusstsein zu sein«, sagte Baldur. »Die Reaktionen sind gut. Aber du hast einen schweren Schlag auf den Kopf bekommen und musst in der nächsten Zeit beobachtet werden«, fügte er hinzu. »Ich nehme an, du hast deine Gründe dafür, dass du dich nicht richtig verarzten lassen willst. Ich will sie gar nicht wissen, aber in den nächsten Tagen muss jemand ein Auge auf dich haben.«

»Er kann hierbleiben«, sagte Flóvent. »Ich kann nach ihm sehen.«

»Gut«, sagte Baldur, räumte seine Instrumente und das Verbandsmaterial in seine Tasche und ließ sie zuschnappen. »Morgen Abend komme ich wieder und schaue, wie es geht.«

Damit verabschiedete er sich, und Flóvent setzte sich zu Thorson, der ihm erzählte, wie man ihn im Camp Sheridan angegriffen und aus der Stadt gebracht hatte, nach Reykjanesskagi. Er hatte keine Ahnung, wer die Angreifer waren und warum sie ihn überwältigt und in die Lavaspalte geworfen hatten. Dort habe er bewusstlos gelegen, und als er wieder zu sich kam, sei es ihm irgendwie gelungen, sich aus der Spalte zu retten. Oben angekommen, habe er gesehen, dass er sich unweit des Berges Keilir befand. Er kannte die Gegend und wusste, dass er zum Suðurnesjavegur gelangte, wenn er in Richtung Meer lief. Der Mond schien hell, und er kam einigermaßen gut über die moosbewachsene Lava, und als er in der Morgendämmerung die Straße erreichte, hielt ein Mann auf einem Traktor und bot ihm an, ihn mit nach Reykjavík zu nehmen. Der Mann war ziemlich betrunken und wunderte sich überhaupt nicht darüber, wie der Soldat aussah, und nach kurzer Zeit übernahm Thorson das Steuer. Der Mann setzte sich auf den Kotflügel und schlief bald an Thorsons Schulter ein. So fuhren sie in die Stadt und hinunter ins Vatnsmýri-Gebiet, wo sich ihre Wege trennten. Von dort aus machte sich Thorson zu Flóvent auf, denn er wusste nicht, wohin er sonst gehen sollte.

»Ich frage mich, ob sie mich wirklich umbringen wollten«, sagte Thorson am Ende seines Berichts. »Ich glaube es fast. Sie hatten mir die Hände gefesselt, aber bevor sie mich in die Spalte fallen ließen, haben sie den Strick durchgeschnitten. Ich glaube, es sollte so aussehen, als wäre ich versehentlich dort hineingestürzt. Sie haben mir die Fesseln abgenommen, damit es wie ein Unfall aussieht. Falls man mich findet. Das hätten sie sich schenken können, denn dort draußen in der Lava hätte man mich nie gefunden. Nie im Leben. Ich bin so schnell wie möglich abgehauen, für den Fall, dass sie zurückkommen – aber selbst ich würde diese Spalte nicht wiederfinden.«

»Weißt du, warum sie dich auf diese Weise zum Schweigen bringen wollten?«, fragte Flóvent. »Was wollten sie damit erreichen?«

»Sie haben gesagt, ich sei zu neugierig und sie könnten mir jederzeit etwas antun. Das war das Einzige, was sie gesagt haben. Ich habe mir schon den Kopf darüber zerbrochen, aber die einzige wirklich heikle Sache, mit der ich mich gerade befasse, ist der Junge vom Piccadilly. Ich meine, gehört zu haben, dass einer von ihnen diesen Ort erwähnt hat, und ich meine, dass auch der Wirt dabei war, aber als ich danach fragte, bekam ich zur Antwort nur einen Tritt.«

»Und du hast keine Ahnung, wer die Leute waren?«

»Ich habe keinen von ihnen zu Gesicht bekommen. Darauf haben sie geachtet. Ich wollte wissen, ob Unteroffizier Stewart bei ihnen ist, aber diese Frage schien sie mehr als alles andere aufzuregen. Stewart war der Letzte, mit dem ich gesprochen hatte.«

Thorson erzählte von seinem Treffen mit Stewart während der Schießübung auf der Valhúsahæð, wie er ihn nach Falcon Point gefragt hatte, der Unteroffizier aber nicht mit ihm hatte reden wollen. Dass er sich sehr über Thorson aufgeregt und ihm vorgeworfen hatte, ihn zu verfolgen.

»Er ist jähzornig«, sagte Thorson, »und ich hatte gehofft, dass mir das nützen würde, dass er sich verplappert, denn er hat uns ganz sicher nicht alles gesagt, was er über die Männer von Falcon Point und den Jungen weiß, der bei ihnen war. Und auch über die Frau, mit der man ihn vom Piccadilly hat wegfahren sehen.«

»Da ist nur ein Haken an der Sache«, sagte Flóvent nach langem Schweigen. »Das waren Amerikaner, die dich überfallen haben, oder?«

»Jedenfalls der, der mit mir gesprochen hat. Keine Frage.«

»Was wissen die von den Lavaspalten auf Reykjanes?«, sagte Flóvent. »Wenn es amerikanische Soldaten waren. Woher wissen sie, wo sie dich in der Lava verschwinden lassen können? Jemand muss ihnen von den gefährlichen Spalten und Rissen erzählt haben. Vielleicht war er sogar dabei, als sie dich verschleppt haben, und hat ihnen einen passenden Ort gezeigt.«

»Mir ist kein Isländisch oder schlechtes Englisch aufgefallen, aber ich habe ja auch nur den einen richtig reden gehört. Aber ich meine, dass sie das Piccadilly erwähnt haben.«

»Sie müssen eine Wegbeschreibung von einem Einheimischen bekommen haben. Etwas anderes kann ich mir nicht vorstellen. Sie kennen sich in dieser Gegend überhaupt nicht aus.«

Thorson stöhnte erneut vor Schmerzen, als er sich in seinem Sessel aufrichtete.

»Wir wissen jetzt, wer der Junge ist, der am Piccadilly gefunden wurde, auch wenn wir seinen vollen Namen und die Adresse noch nicht kennen«, sagte Flóvent. »Er wurde identifiziert, und wir wissen, dass er Jenni hieß oder genannt wurde, aus dem Südosten vom Land kam und erst vor Kurzem nach Reykjavík gezogen ist. Tóbías, von dem ich dir erzählt habe, kennt ihn. Sie sind beide schwul, und Jenni steckte irgendwie mit Klemensína unter einer Decke, mit Tóbías' Tante. Mir scheint, sie hat mit dem Jungen und einigen Frauen Zuhälterei betrieben und einiges daran verdient. Ich habe seitdem noch nicht mit ihr gesprochen. Wie sein Freund sagt, hat dieser Jenni für die Soldaten geschwärmt, war sogar in einen von ihnen verliebt und wollte bei Klemensína aufhören. Tóbías glaubt, dass er an einen Sadisten geraten ist und der ihn so zugerichtet hat, er geht fest davon aus, dass es ein Soldat war. Eine von Klemensínas Frauen heißt Ellý und wird vermisst. Sie soll auch an diesem Ort gewesen sein, in Falcon Point. Möglicherweise auch Jenni, wenn er sich im Piccadilly an Soldaten rangemacht hat, die von dort kamen. Aber das wissen wir nicht.«

»Vielleicht wissen wir es doch.«

»Wie das?«

»Ich glaube, es ist kein Zufall, dass sie mich verschleppt haben, nachdem ich Stewart auf Falcon Point angesprochen habe.«

»Und?«

»Und ich musste immer wieder an das denken, was der arme Junge, dieser Jenni, mir sagen wollte, kurz bevor er im Militärkrankenhaus gestorben ist«, sagte Thorson. »Das Einzige, was ich verstanden habe, waren zwei Wörter – oder eigentlich nur Laute, die er mit Mühe über die Lippen bekam: Fa und Kon.«

»Was kann das sein? Fa ... kon?«

»Vielleicht Falcon.«

»Falcon Point?!«

»Ich glaube, der Junge wollte uns irgendetwas zu diesem Ort sagen«, meinte Thorson. »Er ist dort gewesen oder wusste etwas darüber, und das muss so wichtig gewesen sein, dass er die letzten Atemzüge seines Lebens dazu nutzen wollte, es uns zu sagen.«

Einundvierzig

Es dauerte eine Weile, bis Edgar ans Telefon kam. Im Hintergrund hörte Flóvent Jazzmusik und laute Männerstimmen. Es wurde schallend gelacht, und die Männer schienen sich kameradschaftlich zu necken. Den Wortlaut verstand Flóvent nicht. Flóvent nannte seinen Namen, sagte, dass er ein Freund von Thorson sei und Edgar so schnell wie möglich treffen müsse. Es sei dringend. Edgar konnte nicht richtig einordnen, wer sein Gesprächspartner war, bis Flóvent die Reykjavíker Kriminalpolizei nannte und von der Zusammenarbeit mit der Militärpolizei sprach. Da fiel Edgar ein, dass Thorson Flóvent irgendwann einmal erwähnt hatte, den isländischen Polizisten, mit dem er manchmal zusammenarbeitete.

»Wo ist Thorson?«, brüllte Edgar in den Hörer. »Ich habe versucht, ihn zu erreichen.«

Flóvent wollte ihm gerade antworten, als Edgar jemandem zurief, dass er seine Karten in Ruhe lassen und nicht ständig pfuschen solle, er solle ihm lieber nachschenken und die Finger vom Kartenstapel lassen.

»Ja, hallo?«, sagte er, als er sich wieder Flóvent zuwandte. »Sind Sie noch da? Was ist mit Thorson?«

»Ich habe keine Ahnung, wo er ist«, sagte Flóvent, »aber ich muss Sie so schnell wie möglich sehen. Am besten noch heute Abend. Jetzt gleich. Wenn Sie so freundlich wären.«

Edgar hatte keine große Lust auf ein Treffen und sagte, er habe keine Zeit, er spiele mit seinen Kameraden Poker und amüsiere sich und wisse ehrlich gesagt auch nicht, was zur Hölle Flóvent so spät am Abend von ihm wolle. Sie würden sich doch überhaupt nicht kennen, seien sich noch nie begegnet. Nach einiger Diskussion mit dem isländischen Polizisten wollte Edgar auflegen und schnell zum Pokertisch zurückkehren. Doch Flóvent wollte ihn nicht so leicht davonkommen lassen.

»Es geht um den Typen aus Cleveland«, sagte er.

»Cleveland?«

»Ja. Es ist dringend.«

Eine ganze Weile hörte Flóvent nur das fröhliche Gläsergeklimper im Hintergrund, doch schließlich war Edgar bereit, sich für einen Moment von seinen Kameraden zu trennen und den lästigen isländischen Wichtigtuer zu treffen. Flóvent war erleichtert und bot Edgar an, ihn abzuholen. Edgar schlug das Kino Trípólí als Treffpunkt vor, das unweit vom Camp lag. Zehn Minuten später war Flóvent am Kino. Er sah einen Mann, der Thorsons Beschreibung nach Edgar sein konnte, und hielt vor ihm an. Edgar öffnete die Tür und steckte den Kopf ins Auto.

»Flavint? Spreche ich das richtig aus?«

»Flóvent. Danke, dass Sie gekommen sind. Ich nehme an, Sie sind Edgar?«

Sie gaben sich die Hand, und Edgar setzte sich ins Auto. Flóvent fuhr los und erklärte ihm auf dem Weg, dass er wisse, wo Thorson sei. Er fasste zusammen, was

Thorson durchgemacht und dass er Zuflucht bei ihm gesucht hatte, nachdem er schwer verletzt von Reykjanesskagi nach Reykjavík zurückgekommen war.

Edgar konnte kaum glauben, was ihm der Isländer erzählte, und als er Flóvent mit Fragen nach Thorsons Zustand überschüttete, war schlagartig nichts mehr von all dem Alkohol zu merken, der an diesem Abend schon geflossen war. Als Flóvent schließlich vor seinem Haus hielt, sprang Edgar aus dem Auto und stürmte ins Haus.

»Ist das wahr?«, rief er, als er Thorson im matten Schein einer Tischlampe erschöpft und mehr schlafend als wach auf dem Sofa liegen sah.

»Danke, dass du gekommen bist, Edgar«, sagte Thorson. »Hat Flóvent dir erzählt, was passiert ist?«

»Welche Arschlöcher waren das?«, fragte Edgar. »Wer hat dich so zugerichtet? Weißt du, wer das gewesen ist?«

Thorson schüttelte den Kopf.

»Ich habe keine Ahnung«, sagte er. »Sie glauben, ich liege immer noch in der Spalte, in die sie mich geworfen haben, und das ist auch gut so. Wir sollten sie in diesem Glauben lassen. Konntest du noch etwas über Unteroffizier Stewart herausfinden?«

»War er das?«, fragte Edgar. »Ist er dafür verantwortlich?«

»Ich weiß es nicht. Was glaubst du? Kannst du dir das vorstellen?«, fragte Thorson. »Immerhin habe ich ihn zur Weißglut getrieben.«

»Er ist ein Bullenbeißer«, schnaubte Edgar. »Ich weiß, warum er England verlassen musste. Ich habe versucht, dich zu erreichen, aber du …«

»Ich war beschäftigt«, sagte Thorson und versuchte zu lächeln.

»Er wurde degradiert und nach Island geschickt, als eine Art Strafe«, sagte Edgar. »Die Versetzung passt ihm überhaupt nicht, er hat einen Groll auf das Oberkommando, meint, dass er näher am Schlachtfeld gebraucht wird, und wartet nur darauf, von hier wegzukommen. Er sagt, er sei verleumdet worden und habe viele Feinde innerhalb des Militärs. Alles Unsinn, soweit ich gehört habe.«

»Was ist passiert?«

»Vergewaltigung«, antwortete Edgar unumwunden. »Ein achtzehnjähriges Mädchen aus einem kleinen Dorf nahe der Militärbasis hat ihn der Vergewaltigung bezichtigt, woraufhin sie ihn sofort von dort entfernt haben. Das hat mir einer von Stewarts Untergebenen erzählt, gegen eine Flasche Whisky und eine Stange Zigaretten. Er hasst diesen Kerl. War mit ihm in Yorkshire und sagt, dass er einen Schaden hat, was Frauen angeht. Das Mädchen hatte er übel zugerichtet, und das soll nicht der einzige Fall gewesen sein. Aber sie war die Einzige, die die Stimme erhoben und ihn angezeigt hat. Das Kommando muss Wind davon bekommen haben, wie er tickt, denn sie haben nicht lange gefackelt, und ihn hier in den hohen Norden geschickt. Er scheint ein Schürzenjäger zu sein. Hatte eine Geliebte da draußen. Eine verheiratete Frau, wie ich gehört habe.«

»Er wurde ja auch mit einer Frau im Piccadilly gesehen«, sagte Thorson.

»Ich glaube sogar, das könnte ein Grund dafür sein, dass Stewart so gereizt auf deine Nachforschungen reagiert«, sagte Flóvent.

»Wie meinst du das?«

»Ich habe über die Frau im Piccadilly nachgedacht, habe mich gefragt, wer sie sein könnte. Was, wenn das eine heikle Sache für ihn ist, oder sogar für sie beide. Was, wenn sie verheiratet ist? Wir wissen es nicht. Darüber habe ich nachgedacht, als ich heute einen Soldaten in ein Haus hier in der Stadt schlüpfen sah, in dem eine Witwe wohnt, die mit einem anderen Fall zu tun hat, der mit jedem Tag abstruser wird. Zuerst dachten wir, es sei Selbstmord gewesen. Inzwischen wissen wir ziemlich sicher, dass es sich um Mord handelt.«

»Der Mann aus der Nauthólsvík?«

Flóvent nickte und erzählte ihnen von Agneta und wie die Obduktion der Leiche sie in eine unerwartete Richtung geführt hatte, dass ihr Ehemann nach aktuellen Erkenntnissen höchstwahrscheinlich ermordet worden sei, und man es so habe aussehen lassen, als sei er ins Meer gegangen.

»Der Arzt und seine Studenten sind auf etwas gestoßen, das darauf hindeutet, dass er auf sehr ... spezielle Weise getötet wurde. Agneta sagt, ihr Mann habe sie betrogen – aber was, wenn auch Agneta das getan hat? Was, wenn auch sie ihn betrogen hat?«

»Mit diesem Soldaten?«

»Warum sollte er sie sonst besuchen? In der kurzen Zeit seit dem Tod ihres Mannes haben sie wohl kaum Zeit gehabt, sich kennenzulernen. Sie muss also schon vorher mit ihm zusammen gewesen sein und ... vielleicht haben sie sogar gemeinsam beschlossen, ihn umzubringen.«

»Kannst du das beweisen?«

»Ich versuche nur, das alles irgendwie zusammenzubringen, was mir bisher nicht wirklich gelingen will, aber wie auch immer … in diesem Zusammenhang habe ich an Stewart gedacht. Vielleicht trifft er sich mit einer verheirateten Frau und will nicht, dass jemand davon erfährt. Vor allem, wenn ihm noch diese Sache aus England anhängt. Und isländische Frauen, die mit Soldaten zusammen sind, scheuen sich oft auch davor, mit ihnen gesehen zu werden. Sie tragen es jedenfalls nicht in die Öffentlichkeit, dass sie mit einem Soldaten zusammen sind.«

»Vor allem, wenn sie verheiratet sind«, ergänzte Thorson.

»Ja, richtig. Vor allem, wenn sie verheiratet sind.«

Zweiundvierzig

Nachdem sie sich vom größten Schock erholt hatte, nahm sie Kontakt zu Kristmann auf. Er kam noch am selben Abend, und sie zeigte ihm den Brief aus Dänemark und sagte, dass ihr ganz entfallen sei, dass sie Christians Familie vor langer Zeit einen Brief geschickt habe, um nach der Verhaftung zu fragen. Das sei ihr erst wieder eingefallen, als sie das Antwortschreiben in den Händen gehalten und es ihren schlimmsten Albtraum bestätigt habe.

Kristmann las den Brief und verstand sofort, warum sie so aufgewühlt war, ihn mit gebrochener Stimme empfangen hatte und unruhig hin und her lief, während er las. Als er fertig gelesen hatte, stand er auf und sagte, dass sie sich beruhigen solle. An sich stehe in dem Brief nichts Neues, sondern lediglich das, was sie ohnehin schon zu wissen geglaubt hatte, ohne es beweisen zu können. Mit diesem Brief kam nun ans Licht, was in Kopenhagen geschehen war, als Christian und Ósvaldur verhaftet worden waren.

»Hast du gelesen? Begreifst du, was da steht?«, fragte sie aufgeregt. »Du siehst, wer das war. Da steht es schwarz auf weiß.«

»Ja, ich habe es gelesen«, antwortete Kristmann. »Beruhige dich. Alles wird gut. Quäle dich nicht so sehr.

Das hilft dir nicht weiter. Das ist aus und vorbei, du kannst es nicht mehr ändern. Aber wir müssen darüber reden, wie es weitergehen soll. Das ist jetzt am wichtigsten.«

Sie atmete tief ein und versuchte, sich zu beruhigen, obwohl ihr eigentlich nach Schreien zumute war.

»Ich weiß nicht, was ich mit diesem Mann getan habe«, stöhnte sie. »Ich weiß nicht, was in mir vorging.«

»Mach dir keine Vorwürfe wegen …«

»Wem denn sonst? Sag es mir! Natürlich mache ich mir Vorwürfe. Wie sollte es anders sein?«

»Jetzt setz dich doch«, bat er. »Bitte. Wir müssen gut darüber nachdenken. Ich glaube, am wichtigsten ist zu überlegen, was wir mit dieser Information anfangen. Es gibt verschiedene Möglichkeiten, die wohlüberlegt sein wollen. Aber dazu musst du dich beruhigen.«

Bei diesen Worten wurde sie tatsächlich ein wenig ruhiger. Sie setzten sich, und Kristmann las den Brief noch einmal.

Er war von Christians Schwester verfasst und dem Datum nach vier Monate zuvor geschrieben worden. Sie bat um Entschuldigung für die späte Antwort, für die sie jedoch eine Erklärung habe: Der Brief aus Island sei erst vor Kurzem zwischen anderen Dokumenten in den Sachen ihres Vaters aufgetaucht, der vor wenigen Wochen nach längerer Krankheit gestorben sei. Der Umschlag des Briefes sei nicht mehr aufzufinden gewesen, daher habe die Adresse der Absenderin gefehlt, und so schicke sie ihre Antwort über Schweden nach Reykjavík in der Hoffnung, dass sie in die richtigen Hände gelange.

Die Mutter der Geschwister war bereits einige Zeit

vor Kriegsbeginn verstorben, daher waren jetzt nur noch Christians Schwestern in Kopenhagen. Ihr Vater hatte ein Antwortschreiben begonnen, dann aber einen Schlaganfall erlitten, woraufhin er bettlägerig geworden war und große Schwierigkeiten hatte, sich verständlich zu machen, bis er schließlich an einer Lungenentzündung im Rigshospitalet gestorben war.

Christians Schicksal hatte dem Vater schwer zugesetzt, nicht weniger als seinen beiden Schwestern – insbesondere die Ungewissheit, was aus ihm geworden war. Trotz beharrlichen Nachfragens hatten die Deutschen nichts zu Christians Schicksal sagen wollen, und die Schwestern wussten immer noch nicht, ob er noch am Leben oder bereits tot war. Einem Gerücht aus dem Vestre-Gefängnis zufolge hatte man ihn in ein Arbeitslager in Polen geschickt, aber dazu gab es keine offizielle Bestätigung. Über Ósvaldur wussten die Schwestern leider nichts, und sie stellten auch keine Mutmaßungen an.

Die einzigen Informationen über die Verhaftung der Freunde stammten von einem hohen dänischen Polizeibeamten, den Christians Vater noch am Tag der Verhaftung im Polizeihauptquartier in Kopenhagen aufgesucht hatte. Christians Vater verlangte, mit seinem Sohn zu sprechen, doch es hieß, er sei gar nicht mehr da, sondern bereits ins Hauptquartier der deutschen Sicherheitspolizei Gestapo gebracht worden. Der Polizist sagte, er habe kurz mit einem Isländer gesprochen, der auch inhaftiert worden sei, ebenfalls ein Medizinstudent. Die Nazis hätten ihn vor seinem Wohnhaus verhaftet, als er von der Uni kam. Kurz darauf sei der Isländer aus der Zelle geholt und von der Wache abtransportiert worden, in der es vor deutschen Soldaten und Gestapo-Leuten nur so gewimmelt habe. Christians Vater fragte immer wieder nach seinem Sohn und was es mit der Verhaftung auf sich habe, doch der dänische Polizist konnte ihm keine Antwort geben, da die Verhaftung in der alleinigen Verantwortung der Gestapo liege. Als wollte er den größten Schmerz etwas lindern, erwähnte er schließlich aber doch, dass er die Nazis über die Verhaftung zweier Medizinstudenten in der Stadt habe reden hören. Er habe aufgeschnappt, dass der Hinweis, der zu der Verhaftung geführt habe, nicht von einem Dänen, sondern aus Norwegen stamme, und dass er in erster Linie auch nicht auf den Dänen, sondern auf den Isländer abgezielt habe.

Der Vater der Geschwister versuchte immer wieder, Kontakt zur Gestapo aufzunehmen, doch er wurde jedes Mal abgewiesen und sogar bedroht. Schließlich wurde ihm mitgeteilt, dass Christian nicht mehr in Kopenhagen sei, jegliche weitere Nachfragen wären zwecklos.

Als Kristmann den Brief ein zweites Mal gelesen hatte, konnte sie nicht länger stillsitzen. Sie sprang von ihrem Stuhl auf und lief wieder hektisch durch den Raum.

»Die Schwestern wollen wissen, ob du ihnen die Worte des dänischen Polizisten erläutern kannst«, sagte Kristmann. »Sie suchen nach Antworten, genau wie wir.«

»Ja, ich kann ihnen sagen, dass ich mich in Norwegen recht gut auskenne«, antwortete sie spöttisch. »Das weißt du genauso gut wie ich. Manfreð ist seinerzeit nach Norwegen gegangen. Er kam in Trondheim an

Bord der Esja, nachdem er in Oslo gewesen war. Er wusste von Ósvaldur und Christian, weil ich ihm von den beiden erzählt hatte. Er ist der Informant. Das weiß ich. Er hat sie in den Tod geschickt.«

»Du weißt nich...«

»Es war meine Schuld. Ich wusste es«, sagte sie. »Es war meine Schuld.«

»Du weißt nichts. Manfreð kann auch anderswo vom Vorhaben der beiden erfahren haben. Wenn es überhaupt Manfreð war, der sie verraten hat. Das weißt du auch nicht. Wir wissen nichts. Der Hinweis aus Norwegen muss nicht unbedingt von Manfreð gekommen sein. Es gibt jede Menge Unterstützer der Nazis sowohl in Norwegen als auch in Dänemark, die von Christian und Ósvaldur und ihren Verbindungen gehört haben könnten. Mal nicht den Teufel an die Wand. Zumindest nicht, bis du es sicher weißt.«

»Das hilft mir nicht weiter, Kristmann«, schimpfte sie. »Wer in Norwegen soll sowohl von Ósvaldur als auch von Christian gewusst haben? Sag mir das! Gab es noch jemanden in Norwegen, der sie kannte? Kann es überhaupt jemand anderes als Manfreð gewesen sein?«

Darauf schien Kristmann keine Antwort zu haben.

»Du weißt es nicht mit Sicherheit. Mehr sage ich ja gar nicht«, murmelte er. »Du wirst es nie mit Sicherheit wissen.«

»Nein, vielleicht nicht«, seufzte sie.

Sie schwiegen.

»Und Ingimar?«, sagte er schließlich und faltete den Brief aus Dänemark zusammen.

»Ja, Ingimar...«

»Was, wenn er Manfreð damit provoziert hat? Ich

habe Manfreð bei unserem Treffen gefragt, ob er und Ingimar sich an Bord der Esja gestritten haben. Er hat es rundweg abgestritten, hat sich richtig angegriffen gefühlt und wollte danach nicht mehr mit mir reden.«

»Kann gut sein, dass dein Bruder das getan hat«, sagte sie. »Ihn zur Rede gestellt und Antworten verlangt hat und ... Ich weiß es nicht. Ingimar hatte vielleicht einen Verdacht ...«

»Dass Manfreð für die Verhaftungen in Kopenhagen verantwortlich war?«

Sie nickte matt.

»Warum sollte er seinen Landsmann verraten?«

»Weil er ein Nazi ist!«, fauchte sie. »Genau das tun die Nazis doch, dieser Abschaum: Menschen töten!«

»Ich weiß, dass Ingimar mit seiner Meinung nicht hinterm Berg gehalten hat«, sagte Kristmann. »Dass er den Stier bei den Hörnern gepackt hätte, wenn er Manfreð verdächtigt hätte, daran beteiligt gewesen zu sein.«

Er schwieg und sah sie an.

»Glaubst du, du könntest das herausfinden?«, fragte er.

»Was meinst du?«

»Nein, das würde nicht funktionieren ...«

»Was?«

»Glaubst du, du könntest Manfreð dazu bringen, über diese Dinge zu reden? Ihn dazu bringen, irgendetwas dazu zu sagen?«

»Das kann ich mir nicht vorstellen«, sagte sie. »Ich wüsste nicht, wie ich das anstellen sollte.«

»Nein, klar«, sagte Kristmann. »Vergiss es. Vergiss es einfach. Eine dumme Idee.«

Dreiundvierzig

Er kam ihr schlanker vor.

Manfreð hatte auf sich warten lassen, und sie dachte schon, er wollte sie sitzen lassen, als die Tür des Cafés aufschwang und ihre Blicke sich trafen. Die Heimreise schien eine Ewigkeit her zu sein, und sie empfand nichts, als sie ihn nun wiedersah. Er trug eine Tweed-Jacke, und die Bügelfalte in seiner Hose war scharf wie eine Messerklinge. Er nahm seinen Hut ab und ging zu ihr.

Kristmann hatte ihr gesagt, wo Manfreð arbeitete, und sie hatte ihn auf der Arbeit angerufen. Er war zweifellos überrascht, als er ans Telefon ging. Er habe nicht damit gerechnet, noch mal von ihr zu hören, sagte er. Sie antwortete, dass sie ihn treffen wolle. Er wollte wissen weshalb, und sie versuchte, gelassen zu reagieren, und fragte ihrerseits, ob er sie denn schon ganz vergessen habe, ihr Auseinandergehen sei nicht so glücklich gewesen, sie habe viel an dieses letzte Zusammentreffen denken müssen und wolle wissen, ob zwischen ihnen alles in Ordnung sei. Er nahm sich viel Zeit zum Nachdenken, und sie wagte nichts zu sagen. Als sie schon fürchtete, die Verbindung wäre abgebrochen, antwortete er schließlich, nahm ihr Ansinnen positiv auf und schlug ein Café vor, das er kürzlich besucht und als gemütlich empfunden habe.

Sie hatte lange mit sich gerungen, hatte ihn weder sehen noch mit ihm sprechen wollen. Am liebsten hätte sie überhaupt nie wieder von ihm gehört, aber dann war die Neugierde gepaart mit dem Schuldbewusstsein doch stärker geworden als ihr einstiger Schwur. Ihr war bewusst, dass dies eine gefährliche Mischung war, denn sie fürchtete sich vor dem, was er ihr sagen würde – falls sich ihr Verdacht bestätigen sollte.

»Hallo«, sagte Manfreð, setzte sich zu ihr und legte den Hut auf den Tisch, sonderbar fremd und doch so vertraut.

»Danke, dass du gekommen bist«, sagte sie. »Ich hätte mich schon viel früher bei dir melden sollen.«

Sie küssten sich weder, noch gaben sie sich die Hand. Es war wenig los. Das Café war am Rande der Stadt gelegen und neu. Sie war zum ersten Mal hier. Zwei weitere Tische waren besetzt, von drei betagten Freundinnen, wie ihr schien, und vier jungen Männern, die rauchten und Kaffee tranken.

»Ja. Ich war mir nicht sicher, ob ich dich treffen sollte«, sagte Manfreð. »Ich muss zugeben, dass dein Anruf mich ziemlich überrascht hat. Ich dachte, dieses Kapitel meines Lebens sei abgeschlossen.«

»Unser Kapitel.«

»Deutlicher als bei unserem letzten Gespräch hätte die Botschaft nicht sein können. Du warst mehr als deutlich.«

»Ich weiß.«

»Ich wollte dich nicht so wütend machen«, sagte Manfreð. »Ich hoffe, du verzeihst mir, wie ich mich aufgeführt habe. Ich weiß, dass es dir während der Reise nicht gut ging, ich hätte die Situation besser einschätzen müssen. Daher … ja, ich war schon ein wenig erstaunt, als du anriefst. Ich dachte, ich würde dich nie wiedersehen.«

»Ja, natürlich, das verstehe ich. Ich … es ging mir nicht gut, und die Heimreise war sehr schwierig für mich, doch inzwischen habe ich Zeit gehabt, mich zu fangen. Ich habe öfter an dich gedacht, und wie wir … Ich fand es furchtbar, daran zu denken, wie wir auseinandergegangen sind.«

»Wir hatten schöne Stunden miteinander«, sagte er und erlaubte sich ein Lächeln. »Aber ich habe mich ungeschickt und taktlos verhalten, ich hoffe, du kannst mir das verzeihen. Ich bin zu weit gegangen, das habe ich sofort bereut.«

»Ich hoffe trotzdem, dass du dir nicht zu viele Gedanken gemacht hast«, sagte sie.

»Ich gehe davon aus, du bist seit deiner Heimkehr keine neue Beziehung eingegangen? Nicht, dass mich das etwas angehen würde …«

»Nein … nein, bin ich nicht. Und du, bist du …?«

Es war ihr unangenehm, diese Frage zu stellen, auf die sie die Antwort natürlich kannte, und sie befürchtete, dass ihr das anzuhören war, denn Kristmann hatte natürlich längst herausgefunden, dass Manfreð verheiratet war. Doch Manfreð schien nichts zu bemerken.

»Ja, ich bin verheiratet. Du könntest sie sogar kennen. Sie heißt Agneta und ist Krankenschwester, genau wie du. Ich kann einfach nicht die Finger von euch lassen …«

Er lachte, und sie lachte mit, obwohl ihr alles andere als nach Lachen zumute war, aber die Stimmung zwischen ihnen wurde etwas lockerer.

»Sie wird vielleicht vier Jahre jünger sein als du«, sagte er. »In etwa. Sie arbeitet im Landakot-Spital. Ich habe ganz vergessen, sie zu fragen, ob sie dich kennt.«

»Ihr Name sagt mir nichts. Ich bin gleich nach der Ausbildung ins Ausland gegangen und habe seit der Rückkehr nicht mehr als Krankenschwester gearbeitet. Ich helfe meiner Tante, die nach meiner Heimkehr so gut zu mir gewesen ist wie kein anderer. Ich wollte ihr helfen. Aber in letzter Zeit habe ich tatsächlich manchmal daran gedacht, im Universitätsklinikum nachzufragen, ob sie noch Leute brauchen.«

Zwei amerikanische Soldaten betraten das Café und setzten sich an einen benachbarten Tisch. Sie unterhielten sich angeregt und nickten ihnen freundlich zu. Ihr fiel auf, dass Manfreð nicht zurückgrüßte.

»Was bin ich froh, wenn der Krieg vorbei ist und wir diese Leute wieder los sind«, sagte er.

»Magst du sie nicht?«

»Nein, ich will sie nicht hier haben. Sie haben hier nichts verloren.«

Sie wollte nicht mit ihm streiten und lenkte das Gespräch in eine andere Richtung. Sie unterhielten sich über dies und das, und sie merkte, wie er sich langsam entspannte, bis er das Treffen zuletzt sogar zu genießen schien. Sie hatte das Gefühl, er wollte sich von seiner besten Seite präsentieren. Zeigte sein schönes Lächeln, und sie erinnerte sich daran, weshalb sie ihm seinerzeit verfallen war. Er konnte sehr anziehend und unterhaltsam sein.

»Ja, diese Fahrt … war schon speziell«, sagte Manfreð nach einer Weile des Schweigens, und sie merkte, wie sein altes Selbstbewusstsein zurückkehrte. »Neulich hat mich ein Mann besucht, ich weiß nicht, ob er auch mit dir gesprochen hat. Er sagt, er heißt Kristinn – oder Kristmann? Es ging um diesen Mann, der über Bord gegangen ist. Er sagt, das sei sein Bruder gewesen.«

Über Kristmanns Besuch hatte sie auch mit ihm reden wollen, aber nicht gewusst, wie sie ihn darauf ansprechen sollte, ohne dass es verdächtig klang oder er das Gefühl bekam, sie wolle ihn ausspionieren. Daher war sie sowohl erstaunt als auch froh, dass er von selbst darauf zu sprechen kam.

»Ja, ich weiß. Er sagt, er hat mit nahezu allen Passagieren von damals gesprochen. Ich konnte ihm nur wenig helfen.«

»Ich weiß ja nicht«, sagte Manfreð, »aber ich muss sagen, ich fand ihn ziemlich unhöflich. Er hat angefangen, über Dinge zu sprechen, die überhaupt nichts zur Sache tun. Er hatte Informationen über mich – keine Ahnung woher.«

»Ach ja?«

»Ja«, sagte Manfreð, »ist ja auch egal. Seitdem habe ich nichts mehr von ihm gehört.«

»Erinnerst du dich an seinen Bruder?«, fragte sie. »An diesen Ingimar?«

»Nein, kaum, ich habe vielleicht zweimal mit ihm gesprochen, aber im Grunde kannte ich ihn gar nicht. Das habe ich diesem Mann auch gesagt, und da hat er auf einmal von etwas völlig anderem geredet.«

»Zu mir war er sehr freundlich«, sagte sie, einfach um etwas zu sagen.

»Ja, vielleicht ist er Frauen gegenüber etwas netter«, sagte Manfreð und warf einen Blick auf seine schicke

Armbanduhr, als hätte er noch etwas anderes, Wichtigeres zu tun.

»Dieser Ingimar, sein Bruder, war schon ein liebenswerter Kerl«, sagte sie. »Findest du nicht auch?«

»Hm, ja, weiß nicht. Ich habe ihn kaum kennengelernt«, antwortete Manfreð geistesabwesend. »Ich erinnere mich kaum noch an ihn.«

»In dieser schwierigen Nacht, als die Esja dahintrieb, habe ich viel mit ihm geredet. Er hatte wirklich einen beruhigenden Einfluss auf mich. Ich glaube, er war ein guter Mensch.«

»Das war er sicher. Worüber habt ihr euch unterhalten?«

»Über dies und das. Er war Medizinstudent und hat mir von der Sache mit Ósvaldur berichtet. Ich wollte wissen, ob er sonst noch irgendetwas über die Verhaftung wusste, aber er verstand das alles genauso wenig wie ich.«

»Ich habe in der Zeitung von Ósvaldur gelesen«, sagte Manfreð. »Dass er gestorben ist. Das muss sehr schwierig für dich gewesen sein.«

»Ja, das war wirklich schwierig. Vor allem, ihn in ihrem Gefangenenlager zu wissen. Das sind die reinsten Monster, diese Menschen, Manfreð. Die reinsten Monster.«

»Die Nazis? Die gehen hart vor.«

Manfreð schickte sich zum Aufbruch an, doch sie wollte ihn nicht gehen lassen, ohne ein weiteres Treffen ins Auge zu fassen.

»Es hat gutgetan, dich zu sehen«, sagte sie und merkte, dass ihr dieses Wiedersehen noch mehr abverlangt hatte, als sie sich vorgestellt hatte. Alle Gefühle, die sie einst für ihn gehegt hatte, waren verschwunden. Es war ihr geradezu unangenehm, ihm gegenüber zu sitzen und mit ihm zu sprechen, als wären sie Freunde, obwohl sie ihn am liebsten freiheraus gefragt hätte, ob wirklich er derjenige gewesen war, der Ósvaldur verraten hatte.

»Gleichfalls«, sagte er und streckte die Hand aus, um sich zu verabschieden.

»Ich würde mich freuen, wenn wir das irgendwann wiederholen könnten«, sagte sie. »Einmal ganz in Ruhe miteinander reden. Ich hoffe, ich habe dich nicht zu lange aufgehalten.«

»Das ist … das können wir machen«, sagte er relativ desinteressiert.

»Du hast gar nicht … es gibt also niemanden in deinem Leben, seit Ósvaldur …?«

Sie schüttelte den Kopf, wusste, dass er nicht ohne Grund danach fragte.

»Nein, niemanden«, sagte sie.

Vierundvierzig

Agneta desinfizierte gerade Kanülen im Schwesternzimmer im ersten Stock des Landakot-Spitals. Flóvent war vom Stadtzentrum aus den Hügel hinaufgelaufen, und man hatte ihm erklärt, wo Agneta zu finden war. Eine freundlich lächelnde französische Nonne der St.-Josef-Ordensgemeinschaft, der er am Eingang begegnet war, hatte ihm den Weg erklärt. Französische Nonnen hatten dieses Krankenhaus mithilfe von Spendengeldern errichtet und leisteten dort eine Wohltätigkeitsarbeit, die Flóvent schon immer bewundernswert gefunden hatte. Als er sich bei der Nonne für die Wegbeschreibung bedankte, galt sein Dank daher auch generell den Leistungen der Schwestern, und er lächelte aus vollem Herzen zurück.

Agneta hingegen lächelte nicht, als sie sah, dass der Kommissar sie an ihrem Arbeitsplatz aufsuchte. Sie erkundigte sich nach seinem Anliegen und fragte, ob das wirklich nicht warten könne. Sie ging zur Tür und blickte auf den Flur hinaus, als wollte sie sichergehen, dass niemand sie mit dem Polizisten sah, schloss die Tür und sagte, dass sie keine Zeit habe. Sie könne jetzt nicht mit ihm reden, das müsse warten. Flóvent antwortete, er wolle sie nicht in Unannehmlichkeiten bringen, doch sie müsse ihm einige Fragen zu ihrem

Mann beantworten, das ließe sich nicht aufschieben.

Noch immer versuchte sie, ihm zu entkommen, behauptete, sich um die Patienten kümmern zu müssen, er sei im schlechtesten Moment gekommen. Dabei tat sie nichts anderes, als die Nadeln zu desinfizieren, und schien es damit nicht gerade eilig zu haben. Flóvent sagte, dass er warten könne. Er könne solange durch die Klinik schlendern und sich ein wenig mit den Mitarbeitern und Patienten unterhalten, sagen, dass er von der Polizei sei und darauf warte, mit ihr sprechen zu können.

»In Gottes Namen!«, sagte sie gereizt. »Warum tust du das?«

»Bewahrt ihr hier die Medikamente auf?«, fragte Flóvent und öffnete einen Schrank mit Mullbinden, Pflastern und Flaschen mit Desinfektionsmittel.

»Manche.«

»Das Perkain?«

»Nein.«

»Ich dachte, der Tod deines Mannes würde dich ein bisschen mehr interessieren«, sagte Flóvent und schloss den Schrank. »Willst du gar nicht wissen, ob es neue Erkenntnisse gibt? Ob irgendwelche Beweismittel ein neues Licht auf den Fall werfen? Oder weißt du das alles schon?«

»Wie meinst du das? Ich weiß nichts.«

»Bist du dir sicher?«

»Natürlich bin ich mir sicher, was soll das heißen? Warum versuchst du, mir den Mord an meinem Mann anzuhängen? Was beabsichtigst du damit?«

»Ich glaube, du sagst nicht die ganze Wahrheit«, antwortete Flóvent. »Ich glaube, du zeigst mir nicht dein wahres Gesicht. Findest du nicht, es ist an der Zeit, dass du uns alles sagst, was du weißt?«

»Ich weiß nicht, was du von mir hören willst«, seufzte Agneta, die ihm inzwischen nicht mehr ganz so selbstsicher vorkam.

»Du wusstest, dass dein Mann eine Affäre hatte«, sagte Flóvent.

»Ja.«

»Aber du weißt nicht, mit wem?«

»Das wollte er mir nicht sagen. Er wollte das beenden. Darüber haben wir bereits gesprochen.«

»Wie bist du dahintergekommen? Hat er dir einfach eines Tages gestanden, dass er untreu war?«

»Nein, so war das nicht. Er war viel weniger zu Hause. Arbeitete viel. Unternahm kurze Reisen aus der Stadt. Verhielt sich mir gegenüber anders. Interessierte sich weniger für mich. Dafür, was ich zu sagen hatte. Ich merkte, dass er log, wenn er behauptete, an diesem Abend oder jenem Wochenende arbeiten zu müssen. Merkte, dass er auf einmal unsicher war und log. Daraufhin habe ich ihn genauer beobachtet. Habe ihm quasi nachspioniert … Musst du das wirklich so genau wissen?«

»Du musst mir alles sagen, was du weißt«, sagte Flóvent. »Und zwar je früher, desto besser.«

»Ich habe seine Kleidung durchsucht und eine Quittung von einem Gästehaus gefunden. Mit einem Abendessen für zwei Personen. Soweit ich wusste, war er immer allein auf seinen Geschäftsreisen, darüber hatte er sich mehrfach beklagt. Er fand es nicht schön, allein zu reisen. Er war nicht gerade vorsichtig, das wusste ich. Aber diese Quittung konnte durchaus auch mit irgendeiner geschäftlichen Sache zu tun haben. Kurz darauf habe ich mir seine Geldbörse angesehen und eine Rechnung von einem Restaurant gefunden. Wieder Essen für zwei, und hintendrauf roter Lippenstift. Wie wenn ein Fussel oder so an ihren Lippen geklebt und sie ihn dort abgeschmiert hätte. Sie dachte sicher, die Rechnung landet im Müll. Ich denke, er wollte die Quittungen bei seiner Firma einreichen und hat sie deshalb aufgehoben. Er war recht sparsam. Es gab natürlich noch mehr Rechnungen als die, die ich gefunden habe.«

»Und dann hast du ihn darauf angesprochen?«

»Zuerst hat er natürlich alles abgestritten, aber dann hat er es doch zugegeben und gestanden, eine Affäre mit einer alten Freundin zu haben. Ich fragte, ob er das beenden werde, fand seine Antwort aber nicht überzeugend. Wir … wir haben natürlich heftig gestritten. Er wollte mir nicht sagen, wer sie ist, und ich wurde furchtbar wütend und weinte und … ich weiß es nicht. Ich weiß nicht, was du noch wissen willst.«

»Du hast also nie erfahren, wer sie ist?«

»Nein. Ich habe ihn immer wieder danach gefragt. Manfred sagte, es sei eine Freundin aus seiner Kopenhagener Zeit. Mehr wollte er nicht sagen. Ich habe keine Ahnung, wer sie gewesen sein könnte.«

»Und wie hat das angefangen? Wie haben sie sich wiedergefunden?«

»Er meinte, sie hätten sich getroffen, um ihre Bekanntschaft zu erneuern«, sagte Agneta und zuckte mit den Schultern, als wüsste sie selbst auch nicht mehr als Flóvent. »Sie hat sich zuerst bei ihm gemeldet. Eins führte zum anderen. Die alte Liebe sei erwacht, hat er gemeint. Ich hatte das Gefühl, dass es etwas Ernstes war. Also …«

»Ja?«

»Nein, nichts.«

»Kam es dir denn gar nicht merkwürdig vor, dass er sich umgebracht haben sollte? Nachdem er seine alte Liebe wiedergefunden hatte?«

»Ich weiß es nicht«, sagte Agneta. »Vielleicht hatte er ja Liebeskummer«, fügte sie höhnisch hinzu. »Vielleicht wollte sie doch nicht mit ihm zusammen sein und das hat ihn so fertiggemacht. Ich weiß es nicht. Ich weiß nicht, warum er gestorben ist.«

»Ich glaube, du weißt mehr darüber, als du zugeben willst.«

Agneta sagte nichts.

»Du hast dich an ihm gerächt«, sagte Flóvent.

»Warum sagst du das?«

»Weil du das bei unserem letzten Treffen erwähnt hast. Ich habe dich so verstanden, dass du dich in irgendeiner Weise an ihm gerächt hast. Wie?«

»Ich trage keine Schuld an seinem Tod«, sagte Agneta.

»In Ordnung«, sagte Flóvent. »Aber was hast du getan?«

»Das spielt keine Rolle.«

»Das lass bitte mich entscheiden«, entgegnete Flóvent.

»Darüber möchte ich nicht reden«, sagte Agneta. »Wenn möglich.«

Er merkte, wie unwohl sie sich fühlte, mit ihm in diesem Zimmer eingepfercht. Sie wirkte beinahe verschämt, ganz anders als sonst. Er stand still da und wartete, bis sie es nicht länger ertrug.

»Ich weiß nicht, was da über mich gekommen ist, aber ...«

In diesem Moment klopfte es an der Tür, und eine Krankenschwester kam herein. Sie entschuldigte sich sofort, als spürte sie die drückende Stimmung. Agneta antwortete, das sei kein Problem, Flóvent habe einen Verwandten auf der Station und erkundige sich nach seinem Zustand. Die Krankenschwester suchte schnell Verband, Pflaster und Nadeln zusammen und ließ sie wieder allein. Agneta schloss hinter ihr die Tür. Sie fragte Flóvent, ob sie später weitersprechen könnten, doch er wollte nicht lockerlassen. Sie bat ihn darum, außerhalb des Krankenhauses miteinander zu reden, sie könnten sich an die Kirche setzen.

Darauf ließ sich Flóvent ein. Er überquerte die Túngata, lief in Richtung der katholischen Kirche, die so düster und trutzig dem Krankenhaus gegenüber auf dem Hügel thronte. Sie schien eher dafür gemacht, den schlimmsten Wettern auf Erden zu trotzen, als an die Herrlichkeit Gottes zu erinnern. Wahrscheinlich mochte Flóvent sie genau aus diesem Grund. Sie gab nichts vor. Es war erst um die fünfzehn Jahre her, dass sie von einem Gesandten des Papstes Pius geweiht worden war. Flóvent hatte in der Straße Wache gestanden. Das war sein erster Sommer bei der Polizei gewesen.

Die Bank stand an der Ostseite der Kirche, und Flóvent setzte sich. Von hier aus hatte man einen guten Blick über das Stadtgebiet, das Zentrum, das Þingholt-Viertel und die Vatnsmýri-Gegend, über den grünen Hügel Öskjuhlíð bis hin zum Sumpfgebiet

Kringlumýri und zur Háaleiti-Anhöhe. Etwas weiter unten in der Straße stand das verlassene Haus des deutschen Konsuls Werner Gerlach, den man in Handschellen aus dem Land gebracht hatte. Der Dacherker hatte ein rundes Fenster, wie ein allsehendes Auge. In diesem Haus hatte Flóvent die Reste des deutschen Nationalsozialismus auf dem Boden herumliegen sehen. Seitdem verabscheute er dieses Gebäude.

Es dauerte nicht lange, bis Agneta kam. Sie trug einen Mantel über der Krankenschwesterntracht und setzte sich zu ihm.

»Eine schöne Aussicht«, sagte Flóvent.

»Ja«, sagte sie. »Wenn das Wetter gut ist, kommen wir manchmal mittags hierher. Im Windschatten der Kirche kann man die Mittagspause gut verbringen.«

»Konntest du dich an deinem Mann rächen?«, fragte Flóvent.

»Ich habe etwas absolut Dummes getan«, sagte sie und wirkte nun deutlich kooperativer, als hätte sie beschlossen, sich nicht länger zu sträuben. »Ich wollte mich an ihm rächen. Ich war so wütend. Ich glaube, so wütend bin ich noch nie auf jemanden gewesen. Aber es war kindisch, zu glauben, dass …«

»Ja?«

»Er konnte die Soldaten nicht ausstehen. Er hasste sie. Manchmal glaube ich, er stand in diesem verdammten Krieg auf Seiten der Nazis.«

»Und …?«

»Ich bin losgezogen und habe einen Soldaten kennengelernt.«

Fünfundvierzig

Ein Priester im schwarzen Gewand lief mit einem leeren Weihrauchgefäß an ihnen vorbei und grüßte. Flóvent grüßte zurück und sah zu, wie er um die Ecke bog. Zwei Mädchen rannten lachend über die Straße und verschwanden irgendwo hinter dem Spital. Agneta saß schweigend auf der Bank und beobachtete einen alten Mann, der mit einem Kind an der Hand die Túngata hinunterlief.

»Wie angelt man sich einen Soldaten?«, fragte Flóvent schließlich.

»Du solltest doch wissen, wie leicht das ist«, antwortete Agneta. »Sie haben es uns erzählt, die Frauen, die danach mit allen möglichen Leiden zu uns kommen. Das hätte ich nicht für möglich gehalten …«

»Meinst du mit Geschlechtskrankheiten?«

»Ja.«

»Und du hast dir Rat bei ihnen geholt?«

»Nein«, sagte Agneta. »Ich habe mir keinen Rat bei ihnen geholt. Ich hatte ihre Geschichten gehört, von den Orten, die sie aufsuchen, und den Soldaten, die sie kennen. Einfache Soldaten und höhergestellte, sogar Offiziere. Britische. Amerikanische. Kanadische. Durch die Bank.«

»Hast du vom Piccadilly gehört?«

»Ja, Piccadilly. Ramóna. White Star. Diese Orte. Manche kannte ich natürlich. Wusste, was das für Läden sind. Sie sprachen auch vom Hótel Borg. Hótel Ísland. Ich … mein Mann war nicht in der Stadt, und da habe ich mich aufgemacht. Ins Hótel Ísland. Allein. Ich wollte nicht, dass jemand mit mir ging. Ich kann dir sagen, wie schwer es für eine verheiratete Frau ist, dort an einem Samstagabend hineinzugehen, wenn zum Tanz gespielt wird. Das war nicht leicht.«

»Aber du wolltest dich rächen?«

»Ich habe ein bisschen was getrunken, bevor ich aufgebrochen bin, nicht viel, nur ein Schlückchen für den Mut, wie es so schön heißt. Von der Krankenschwesternausbildung kann ich ein paar Brocken Englisch, denn wir wurden eine Weile von einer englischen Lehrerin unterrichtet. Es dauerte nicht lange, bis mir jemand ein Getränk ausgab, ein richtiger Gentleman, der sagte, er sei aus Minnesota. Dann war er plötzlich weg, und ein anderer fragte, ob ich mit ihm tanzen wolle, und ich hatte nichts dagegen. Ich war zu einem bestimmten Zweck hergekommen, aber auf einmal amüsierte ich mich richtig. Wie entfesselt. Vielleicht war das der Alkohol. Wir unterhielten uns. Dann war er weg. Das waren attraktive Männer. Freundlich. Viel zu jung. Ich wurde wieder zum Tanz aufgefordert, und danach spendierte er mir ein Getränk, und wir unterhielten uns lange. Der Saal war rappelvoll, die Band spielte beschwingte Lieder, und ich amüsierte mich prächtig. Es waren auch Isländer dort, aber ich kannte niemanden, oder zumindest sah ich niemanden, den ich kannte, aber das machte mir gar keine Sorgen mehr, als …«

Agneta seufzte, fühlte sich sichtlich unwohl, darüber reden zu müssen.

»Bist du sicher, dass du das wissen musst?«, fragte sie.

»Ja.«

»Mit dem dritten Mann, der mich zum Tanz aufgefordert hatte, ging ich nach Hause. Er war ein wenig älter als die anderen und schien etwas höhergestellt zu sein, und irgendwie schien er zu merken, dass er es mit einer verheirateten Frau zu tun hatte. Ich weiß nicht, woran er das gemerkt hat. Vielleicht sieht man das von Weitem. Wir tanzten zu einem langsamen Lied, und er beugte sich zu mir vor und fragte mich danach. Ich gab es zu. Doch das änderte nichts für ihn, spornte ihn höchstens noch mehr an. Er fragte, wo mein Mann sei. Nicht in der Stadt, antwortete ich.«

»Und das hat funktioniert?«, fragte Flóvent.

»Er wollte unbedingt zu mir nach Hause. Reden. Musik hören. Meinte, dass wir vielleicht noch ein Gläschen trinken könnten. So redete er, obwohl das nichts mit dem zu tun hatte, was wir eigentlich tun wollten, wir wussten das beide. Ich sagte, dass ich in fußläufiger Entfernung wohne, wir aber nicht zusammen gehen könnten. Er antwortete, dass er mir in sicherer Entfernung folgen und niemand es mitkriegen werde. Ich hatte das Gefühl, dass er das nicht zum ersten Mal tat. Ich ging nach Hause und sah die ganze Zeit nichts von ihm, aber schon zwei oder drei Minuten nach meiner Heimkehr klopfte es an die Hintertür.«

»Du wolltest nicht irgendwo anders mit ihm hin?«

»Ich wusste nicht wohin. Außerdem wollte ich Manfreð zeigen, dass auch ich dieses Spielchen spielen und dass ich noch schlimmer sein konnte als er, wenn mir danach war. Du siehst, wie weit es mit mir gekommen war. Wie weit ich bereit war, zu gehen, um mich an ihm zu rächen. Ich hatte alles in diese Ehe gesteckt. Ich … ich liebte ihn, was es umso bitterer machte, als ich dahinterkam. Ich war diese Ehe in vollster Aufrichtigkeit eingegangen. Er hat sie verraten.«

»Und du und der Soldat, ihr habt also …?«

»Das Einzige, was Manfreð noch mehr verachtet … verachtet hat als amerikanische Soldaten, waren die Frauen, die sich mit ihnen einlassen«, sagte Agneta.

»Die Rache ist dir also gelungen. Ging es dir danach besser?«

»Ich denke, ich habe dir alles gesagt, was für dich relevant sein könnte«, antwortete Agneta. »Er ist noch in der Nacht gegangen. Ich wollte es meinem Mann sagen, aber dann dachte ich mir, dass auch ich ein Geheimnis haben könnte, wenn er welche hat, und dann war es zu spät, war er verschwunden.«

»Aber diese Sache war damit nicht vorbei, oder?«, sagte Flóvent. »Du hast den Soldaten danach weiter getroffen?«

»Nein«, sagte sie. »Habe ich nicht. Nur dieses eine Mal …«

»Ich denke, ich habe diesen Mann gestern zu dir kommen sehen. Zumindest er scheint zu glauben, die Sache zwischen euch laufe noch. Ich glaube, du sagst mir nicht die ganze Wahrheit.«

»Du hast ihn gesehen?«, fragte sie verwundert. »Warum … warum spionierst du mir nach? Beschattest du mich etwa?«

Flóvent schüttelte den Kopf.

»Sag mir einfach die Wahrheit. Was hast du zu befürchten?«

»Das ist mir einfach unangenehm«, sagte Agneta. »Versteh das doch. Es fällt mir nicht leicht, darüber zu sprechen.«

»Ja, das glaube ich gerne«, sagte Flóvent. »Was ist das für eine Beziehung zwischen dir und diesem Soldaten? Was hat er gestern bei dir gewollt? Wie lange läuft das schon? Weiß er, was mit deinem Mann passiert ist?«

»Er … er weiß, was passiert ist, aber wir reden nicht über Manfreð. Wir reden nie über ihn.«

»Ihr trefft euch also immer noch. Er wirkte sehr auf der Hut, als er zu dir kam.«

»Auf der Hut?«

»Stand Manfreð euch im Wege?«

»Manfreð? Nein.«

»Hattet ihr beschlossen, ihn aus dem Weg zu schaffen?«

»Nein, das haben wir nicht.«

»Hast du deinem Mann das Perkain gespritzt?«

Agneta hatte genug von alldem. Sie stand auf und rauschte in Richtung Spital davon. Flóvent sah ihr nach und machte keine Anstalten, sie zu verfolgen oder aufzuhalten. Sie war schon halb über die Túngata gelaufen, als sie es sich anders überlegte und zurück zur Kirche gestürmt kam, wo er noch an derselben Stelle auf der Bank saß.

»Ich dachte, du hättest etwas mehr drauf«, fauchte sie.

»Tut mir leid, wenn ich dich enttäusche«, sagte Flóvent.

Ihre Augen sprühten Funken.

»Was genau willst du eigentlich von mir?«

»Du hast beschrieben, wie du den Soldaten verführt hast. Du hast beschrieben, wie weit du zu gehen bereit warst, um dich an deinem Mann zu rächen. Das zeigt mir, in welchem Gemütszustand du warst. Für mich ist ganz klar, dass du für deinen Mann eine Gefahr dargestellt hast. Du hast Zugang zu dem Medikament, das wir entdeckt haben. Du warst auf Rache aus, das hast du mir gerade ziemlich detailliert beschrieben.«

»Warum habe ich dir das bloß gesagt? Du glaubst mir sowieso kein Wort!«, fauchte Agneta. »Es hat keinen Zweck, mit dir zu reden. Nicht den geringsten!«

»Ich bin jederzeit bereit, dir zuzuhören«, entgegnete Flóvent, »sofern ich weiß, dass du keine Spielchen mit mir spielst. Sag mir, was du weißt. Sag mir die ganze Wahrheit.«

»Mit dir kann ich nicht reden«, sagte Agneta. »Es geht einfach nicht.«

Damit machte sie auf dem Absatz kehrt und ging schnellen Schrittes zum Spital, zögerte diesmal nicht, sondern verschwand im Gebäude. Flóvent blieb allein zurück, blickte an der düsteren Kirche empor und dachte an den Beichtstuhl dort drinnen, an die Vergebung und den Sündenerlass für alle, die gegen Gottes Gesetz verstoßen hatten. Dann machte er sich auf den Weg den Hügel hinunter in Richtung Stadtzentrum.

Sechsundvierzig

Sie trafen sich im selben Café. Sie hatte sich geschminkt, sich rote Farbe auf die Lippen gestrichen und sich die Wimpern getuscht. Er hatte mal gesagt, wie schön ihre Augen und wie lang ihre Wimpern seien, das versuchte sie nun zu betonen. Sie wusste, dass es ihm gefiel, wenn sie sich für ihn zurechtmachte. Und sie merkte, dass das immer noch seine Wirkung zeigte, auch wenn er versuchte, sich nichts anmerken zu lassen. Er sah sie anders an. Länger. Forschend. Dies war ihr zweites Treffen, und sie hatte keine Überredungskünste aufwenden müssen, als sie ihn angerufen und gefragt hatte, ob sie sich noch einmal treffen könnten. Er schien sofort Lust zu haben und gab zu verstehen, dass er sich freute.

Sie trafen sich außerhalb der Stoßzeiten, und es war ruhig in dem Café, das etwas abseits lag. Trotzdem blickte Manfreð immer wieder um sich und wirkte in den ersten Minuten unruhig, als befürchtete er, irgendein Bekannter könnte hereinkommen und er müsse eine Entschuldigung parat haben. Vielleicht würde er sagen, es sei ein geschäftliches Treffen, oder sie sei eine Verwandte. Am Telefon hatte er noch gescherzt, wie klein Island doch sei und wie schnell Gerüchte entstünden. Doch irgendwann entspannte er sich und schien es genießen zu können, mit ihr dort zu sitzen.

Sie gab ihr Bestes, damit er sich wohlfühlte. Lächelte ihn ermutigend an. Stimmte ihm bei allem zu. Merkte, dass die getuschten Wimpern Wirkung zeigten.

»Geht es dir denn inzwischen etwas besser?«

Sie nickte.

»Du siehst auch viel besser aus als neulich.«

»Es bringt ja nichts, in der Vergangenheit zu leben«, sagte sie. »Und das passt auch gar nicht zu mir.«

»Nein, das stimmt«, bestärkte er sie. »Die Zukunft ist das Entscheidende. Man sollte sich nicht zu sehr an die Vergangenheit klammern. Das tut keinem gut.«

So unterhielten sie sich, ohne Ósvaldur oder Ingimar zu erwähnen, ohne über die Heimreise mit der Esja zu sprechen oder ihre Beziehung in Kopenhagen. Es schien beinahe, als lernten sie sich gerade erst kennen, als wären sie sich nie zuvor begegnet und hätten keine gemeinsame Vergangenheit. Sie bemühte sich nach Kräften, den Eindruck zu erwecken, als sei sie endlich bereit, der Vergangenheit den Rücken zu kehren. Sie könne ohnehin nichts daran ändern und ihre Freundschaft habe trotz allem eine Bedeutung für sie. Ihre gemeinsame Vergangenheit sei ihr wertvoll, das sei ihr vor Kurzem erst richtig bewusst geworden.

So redete sie ganz offen über diese Dinge, und er hörte interessiert zu und sagte hin und wieder etwas, von dem er meinte, dass es ihr an diesem Wendepunkt in ihrem Leben helfen könnte. Ja, sie gab zu, manchmal einsam zu sein. Doch das sagte sie erst, als er sie direkt danach fragte. Bis dahin hatte sie das Gespräch so gelenkt, dass es geradezu unhöflich gewesen wäre, wenn er sie nicht darauf angesprochen hätte.

»Irgendwie habe ich den Kontakt zu meinem damaligen Bekanntenkreis verloren«, sagte sie. »Und meine Eltern und Verwandten leben alle im Osten des Landes, bis auf die Tante, bei der ich zur Miete wohne. Sie hat mir nach meiner Heimkehr sehr geholfen.«

»Bei mir ist es genau dasselbe«, sagte Manfreð und nickte zustimmend. »Ich habe mich auch nicht ausreichend darum bemüht, meine alten Bekanntschaften zu erneuern. Daher habe ich mich auch so gefreut, als du wieder angerufen hast. Als mir das bewusst geworden ist. Unsere Freundschaft war schon etwas Besonderes. Deshalb fand ich es auch so schade, als du ... wie sich das auf der Heimreise entwickelt hat, du weißt schon.«

»Ja, aber das haben wir jetzt hinter uns«, sagte sie. »Das gehört jetzt der Vergangenheit an. Lass uns das nicht wieder aufwärmen. Es gibt keinen Grund dazu, finde ich.«

Er konnte ein Lächeln nicht verbergen, als wäre alles, was sie sagte, in gewisser Weise genau das, was er selbst auch dachte.

»Kannst du mir verzeihen? Dass ich so ein Idiot gewesen bin?«

»Jetzt hör schon auf damit«, sagte sie. »Es gibt nichts zu verzeihen.«

Bereits eine Woche später trafen sie sich das nächste Mal, diesmal auf seine Initiative hin. Sie hatte insgeheim gehofft, dass es so kommen würde, und damit gewartet, ihn anzurufen. Diesmal trafen sie sich nicht im Café, sondern er schlug das Restaurant und Gästehaus Tryggvaskáli in Selfoss vor, dort hätten sie ihre Ruhe. Manfreð holte sie mit einem Dienstwagen ab, und sie verkniff es sich, ihn nach seiner Frau zu fragen und was er ihr erzählt hatte. Und sie musste auch gar nicht fragen. Irgendwie schien es ihm wichtig zu sein, ihr von seiner persönlichen Situation zu berichten, und er betonte, dass es in seiner Ehe gerade gewisse Schwierigkeiten gebe. Er habe behauptet, aus beruflichen Gründen aus der Stadt zu müssen. Es komme regelmäßig vor, dass er Klienten wegen Versicherungsangelegenheiten außerhalb der regulären Arbeitszeit treffen müsse, und wenn er geschäftlich unterwegs sei, übernachte er oft auch auswärts. Das kenne seine Frau, und sie habe keine Fragen gestellt, als er sie über die Reise informiert habe.

Auf der Fahrt begegneten ihnen Soldaten und Militärfahrzeuge, Jeeps und Transporter, die an Übungen teilnahmen, und er ließ sich wortreich über den militärischen Zirkus aus, der hier im hohen Norden veranstaltet werde. Sie stimmte ihm zu, ohne sich zu sehr zu ereifern, sprach vom Kontakt zwischen den Truppen und den Isländerinnen, der viele Einheimische so entrüstete. »Eine sittenlose Bande«, pflichtete er ihr bei, als hätte er das Recht, so zu reden – er, der verheiratete Mann, der mit ihr gen Osten fuhr. Ob er allerdings die Soldaten oder die Frauen meinte, wusste sie nicht, doch sie erinnerte sich daran, dass er schon damals die Eigenschaft hatte, schamlos über andere herzuziehen, ohne sich je selbst zu kritisieren oder an sich zu zweifeln. Das war die Eigenschaft, die sie am wenigsten an ihm mochte.

Sie hatte noch nicht mit sich ausgemacht, wie sie es am Abend mit ihm halten wollte. Seit seinem Anruf und der Einladung zu dieser kurzen Reise überlegte sie, was sie tun sollte, wenn er mit ihr schlafen wollte. Sie war nicht so naiv, zu glauben, dass es bei dieser Reise um irgendetwas anderes ginge, doch trotzdem fühlte sie sich überrumpelt. Er hingegen schien sich seiner Sache sicher zu sein, und als sie Selfoss erreichten, hatte sie auf einmal großen Respekt vor dem, was ihr bevorstand. Sie konnte zwar jederzeit eine plötzliche Erkrankung vortäuschen, doch sie wusste, dass ihm das nicht gefallen und vielleicht sogar Misstrauen bei ihm wecken würde. Sie hatte sich dazu bereit erklärt. Allein die Tatsache, dass sie sich auf diese Reise eingelassen hatte, und damit auch darauf, eine Nacht mit ihm im selben Zimmer zu verbringen, war für ihn gleichbedeutend mit einer von ihr unterschriebenen und notariell beurkundeten Willenserklärung.

Manfreð hatte ein Zimmer für sie im Gästehaus reserviert, mit einem schönen Blick auf den Fluss Ölfúsá. Er musste kurz etwas Geschäftliches erledigen, kam aber schnell zurück. Es waren nur wenige Gäste im Speisesaal, Handelsreisende und zwei Offiziere, wie es ihr schien, mit Frauen am Arm, die untereinander auf Isländisch tuschelten. Es war mitten unter der Woche, und niemand schenkte ihr und Manfreð besondere Beachtung.

»Hat es dir in Norwegen eigentlich gefallen?«, fragte sie, nachdem sie sich eine Weile über dies und das unterhalten hatten, und sie die Zeit für gekommen hielt, sich zu anderen Themen vorzutasten. »Dort war es sicher ganz anders als in Dänemark, oder?«

»Ja, das war etwas völlig anderes«, sagte er. »Es ist alles viel …, wie soll ich sagen, viel primitiver in Norwegen. Viel provinzieller. Kopenhagen ist schon eine tolle Stadt. Wie fandst du es in Schweden? Das sind ja wirklich drei völlig verschiedene Länder.«

»Ich habe Kopenhagen immer vermisst«, sagte sie.

»Diese Stadt ist einfach so nett, und sie ist auch ein Teil unserer Geschichte. Der isländischen, meine ich. Ich vermisse sie immer noch.«

»Kannst du dir vorstellen, nach dem Krieg dorthin zurückzugehen? Wenn er denn irgendwann einmal vorbei sein sollte?«

»Das könnte ich mir schon vorstellen«, sagte sie. »Ich könnte mir gut vorstellen, dort zu leben. Abgesehen von …«

»Was?«

»Die Erinnerungen sind … meine Erinnerungen haben sich verändert. Es wird ganz anders sein, wenn ich jetzt dorthin zurückkomme.«

»Ja, natürlich«, sagte er. »Das kann ich gut verstehen. Ich kannte Ósvaldur nicht, bin ihm nie begegnet, wie du weißt, aber ich kann mir vorstellen, wie schwer das alles für dich war. Aber wie du neulich schon gesagt hast: Es ist sicher nicht gut, zu lange an der Vergangenheit festzuhalten.«

»Ich weiß auch nicht, was ihn dazu getrieben hat«, seufzte sie.

»Wozu?«

»Ich glaube, dieser Christian hat ihm das in den Kopf gesetzt. Sein Freund aus dem Medizinstudium. Ich glaube, er hatte irgendwelche abstrusen Ideen, wollte etwas gegen die Nazis unternehmen, und diese Ideen hat Ósvaldur aufgegriffen und zu seinen eigenen gemacht. Ich war dagegen. Das habe ich ihm auch gesagt. Dass es unvernünftig ist, gegen die Nazis zu kämpfen. Dass sie … dass sie sicher auch viel Gutes hervorbrächten. Vor allem den Kampf gegen den Kommunismus, denke ich mir.«

Sie bemühte sich, ihre Worte so klingen zu lassen, als glaubte sie selbst daran, und befürchtete schon, zu weit gegangen zu sein. Doch er schien nichts zu bemerken.

»Hitler hat natürlich Unglaubliches in Deutschland geleistet«, sagte er. »Er hat das Land nach der Demütigung von Versailles wieder aufgebaut.«

»Ja, das wird oft vergessen, finde ich. Was er geschafft hat. Auch wenn er dann diesen Krieg losgetreten hat.«

»Ich glaube, du hast Recht, es ist wirklich ein Kampf gegen den Kommunismus. Gegen Stalin und das ganze Pack.«

»Ich weiß noch, wie Ósvaldur und ich darüber diskutiert haben«, sagte sie. »Was das anging, waren wir überhaupt nicht einer Meinung. Ich befürchte, dass er nicht wusste, was er da tat. Leider. So war er – ja, ich habe das Gefühl, dass er, was das anging, ziemlich naiv gewesen ist. Das habe ich gemerkt, wenn wir darüber geredet haben. Er sah diesen Kampf, den Widerstand, in einem romantischen Licht. Sah das Heldenhafte. Aber nicht die Realität, wenn du verstehst, was ich meine …«

Manfreð nickte, und sie befürchtete, dass er sie längst durchschaut hatte und sie einfach weiterreden ließ, bis sie sich in die Ecke argumentiert hatte. Dass er geduldig abwartete und irgendwann über sie herfallen würde, schutzlos und angreifbar wie sie war, und sie vor den anderen Gästen als Lügnerin und Verräterin beschimpfen würde, weil sie das alles nur gesagt hatte, um sich sein Vertrauen zu erschleichen. Doch nichts dergleichen geschah. Manfreð nickte bedeutungsvoll, gewappnet mit seinem unerschütterlichen Selbstbewusstsein, als hätte er sich bereits ähnliche Gedanken darüber gemacht.

»Du weißt das natürlich besser als ich«, sagte er. »Aber durch eine solche Abenteuerlust zieht man die Gefahr doch förmlich an.«

»Ja, wahrscheinlich«, sagte sie, und ihre Blicke trafen sich.

Manfred lächelte. Der Abend war bereits fortgeschritten. Sie hatten das Essen beendet. Der Moment, in dem sie über die Fortsetzung dieses Abends entscheiden musste, rückte immer näher.

»Sollen wir einen Spaziergang machen?«, schlug er vor.

»Gern«, sagte sie und stand auf.

Er wollte aufspringen und ihren Stuhl zurückziehen, doch plötzlich stöhnte er vor Schmerzen auf und fasste sich an den Rücken. Er konnte sich kaum aufrichten, sein Gesicht war schmerzverzerrt.

»Mist«, stöhnte Manfred.

»Was ist?«

»Mein Rücken«, sagte er. »Das hatte ich schon mal.«

»Eine Zerrung, oder …?«

»Eher ein Bandscheibenvorfall, denke ich«, sagte Manfred und schleppte sich mit ihr aus dem Speisesaal, in Richtung des Flurs, an dem die Zimmer lagen. Er stützte sich auf sie und legte sich im Zimmer sofort ausgestreckt aufs Bett. Er konnte sich kaum noch rühren. Die Matratze war relativ hart, was er aber als angenehm empfand. Sie sah zu, wie er sich eine möglichst wenig schmerzhafte Position suchte.

»Soll ich mich erkundigen, ob sie Schmerztabletten haben?«, fragte sie.

Er nickte, und sie sah ihm an, wie sehr er litt.

Der Gastwirt gab ihr vier Aspirin-Tabletten, von denen Manfreð zwei schluckte. Er entschuldigte sich, damit habe er nicht gerechnet. Sein Rücken mache ihm immer wieder mal Beschwerden, seit ihm im letzten Jahr beim Verrücken schwerer Möbel in seinem Büro der Schmerz in den Rücken gefahren sei. Seitdem habe er leichte Rückenschmerzen, die manchmal schlimmer würden und sich bis ins Bein hinunterzögen, das sich dann leicht taub anfühle.

»Das hört sich wirklich nach einem Bandscheibenvorfall an«, sagte sie. »Hast du das mal einem Arzt gezeigt?«

»Nein, noch nicht«, sagte Manfreð. »Aber ich will es schon seit Langem tun.«

Sie half ihm beim Ausziehen. Nach dieser qualvollen Prozedur sank er mit leidendem Blick zurück auf die harte Matratze. Das Medikament wirkte schnell. Es schien den Schmerz zu lindern, und schon bald war Manfreð eingeschlafen.

Siebenundvierzig

Die Verfolgungsjagd war kurz und nicht gerade spektakulär, sondern vielmehr bedauernswert anzusehen. Als der Wirt Thorson erblickte, floh er durch die Hintertür des Piccadilly, stieß die amerikanische Grilltonne um und rannte auf die Wiese. Dort rutschte er im nassen Gras aus, stürzte und brauchte so lange, bis er sich wieder aufgerappelt hatte, dass Flóvent ihn einholte und wieder zu Boden werfen konnte. Über kurz oder lang hätte Flóvent ihn ohnehin gestellt, da der Wirt ganz schön betrunken und schon von dem kurzen Sprint völlig außer Atem war. Und so wehrte er sich auch kaum, als Flóvent ihn packte.

Thorson beobachtete die Szene vom Piccadilly aus. Seine Wunden heilten gut, und er wurde mit jedem Tag kräftiger, doch er war noch nicht ganz wiederhergestellt. Er trug einen Verband um den Kopf, der unter seiner Schirmmütze hervorschaute, und hatte Kratzer im Gesicht. Sein Rumpf schmerzte immer noch, und er hinkte leicht, lief an einem Gehstock, den Flóvent ihm beschafft hatte.

Die Reaktion des Wirtes sagte Thorson alles. Er wusste von dem Überfall und hatte zweifellos nicht damit gerechnet, Thorson noch einmal lebend wiederzusehen. Thorson und Flóvent waren sich einig, dass die Informationen über die geografischen Gegebenheiten auf Reykjanes von einem Einheimischen stammen mussten. Und jetzt, als sie Bensi fragen wollten, ob er von der Sache wusste, hatten sie nichts als seine Schuhsohlen zu sehen bekommen. Wenn er verbergen wollte, dass er etwas damit zu tun hatte, war ihm das gründlich misslungen. Als Flóvent ihn zurück ins Piccadilly bugsiert hatte, sank Bensi auf einen Hocker an der Bar und wagte es kaum, in Thorsons Richtung zu blicken. Er war extrem nervös, gestand sofort seine Beteiligung und zeigte sich äußerst kooperativ.

»Ich dachte, ich würde dich nie wiedersehen«, nuschelte er von seinem Barhocker aus.

»Das glaube ich gern«, sagte Thorson.

»Sie haben mich dazu gezwungen«, stammelte der Wirt verschämt. »Ich habe ihnen gesagt, dass mich das nichts angeht, aber sie haben mich bedroht. Haben gedroht, den Laden anzuzünden und mich umzubringen. Das haben sie mir unmissverständlich klargemacht, und ich weiß, dass sie es auch tun würden. Die sind gestört. Völlig gestört.«

»Warst du mit ihnen in der Lava?«, fragte Thorson.

Bensi nickte.

»Und ich war auch dabei, als sie in der Baracke über dich hergefallen sind«, sagte er. »Ich saß draußen im Wagen. Ich habe ihnen den Weg aufgezeichnet, aber sie meinten, dass sie das nicht kapieren würden, und verlangten, dass ich mitkomme. Sie wollten wissen, wo das Gebiet mit den tiefen Rissen und Spalten in der Lava ist. Ich hatte keine Ahnung, was sie vorhatten. Ihr müsst mir helfen, Jungs. Sie werden über mich herfallen, wenn sie erfahren, dass ich mit euch geredet habe.«

»Wir werden sehen«, sagte Flóvent.

»Wir werden sehen!? Ich wusste nicht, was sie vorhatten, das schwöre ich«, protestierte der Wirt. »Ich hatte keine Ahnung. Ihr müsst mir glauben – du musst mir glauben«, sagte er und blickte Thorson an. »Ich wusste nicht, dass sie dich so fertigmachen wollten. Ich dachte, sie wollten dir nur einen Schrecken einjagen. Mehr nicht. Ich wusste nicht, dass sie dich umbringen wollten. Das ist außer Kontrolle geraten. Das sollte keine so ernste Sache werden. Dann hätten sie mich wohl kaum mitgenommen. Sie hatten mir gesagt, dass sie dich nur erschrecken wollten, aber dann hat es sich anders entwickelt. So etwas habe ich … so etwas habe ich noch nie erlebt. Die haben dich einfach fallen lassen …«

»Warum haben sie sich an dich gewandt?«, fragte Flóvent.

»Keine Ahnung. Ich habe hin und wieder mal von den Schluchten im Süden von Reykjanes erzählt, dass man darin nichts wiederfindet. Aber da habe ich von Schmuggel, Schwarzmarkt und so weiter gesprochen. Nicht davon, dass man dort jemanden umbringt. Und dann kamen diese Männer und sagten, dass sie dich erschrecken wollen, und ich sollte ihnen dabei helfen. Sie meinten, sie wollen einen kleinen Schabernack mit dir treiben. Nichts weiter. Dich da draußen zurücklassen. Dass das so enden würde, wusste ich nicht. Ich dachte, du wärst tot. Als ich dich da runterstürzen sah … ich weiß nicht, wie du das überleben konntest.«

»Warum haben sie Thorson überfallen?«, fragte Flóvent.

»Das haben sie mir nicht gesagt. Ich sollte ihnen nur

den Weg zeigen. Ich wusste von einer alten Piste, nicht weit vom Berg Keilir. Dort haben wir früher Selbstgebrannten versteckt. Sie meinten, sie bringen mich um, wenn ich auch nur einen Mucks darüber sage. Daher … ich weiß nicht, was ich tun soll. Ich habe eine Heidenangst vor diesen Kerlen. Eine Heidenangst.«

»Ihr scheint euch aber doch ganz gut zu kennen, wenn sie damit zu dir gekommen sind«, sagte Thorson.

»Es sind einfach nur Gäste«, sagte der Wirt.

»Sind es die Männer von Falcon Point?«

Bensi nickte.

»Die, bei denen sich auch Jenni herumgetrieben hat?«

»Jenni?«

»Der Junge, der hier draußen auf dem Klambratún angegriffen wurde.«

»Was … was hat der damit zu tun?«

»Kannte er diese Männer?«, fragte Flóvent. »Du hast gesagt, der Junge habe bei ihnen herumgehangen.«

»Ach ja, habe ich das? Ich kann mich nicht erinnern. Ich … mein Gedächtnis ist dieser Tage nicht das beste.«

»Du sagtest neulich, sie seien keine Stammgäste, aber für mich hört sich das doch so an«, sagte Flóvent, der merkte, dass der Wirt ihm auszuweichen versuchte. »Sonst hätten sie dich wohl kaum um Hilfe gebeten.«

»Möglicherweise stimmt das nicht ganz, dass sie vorher noch nie hier gewesen sind«, gab Bensi zögernd zu. »Sie waren schon ein paarmal hier und … und wir … wir sind miteinander bekannt. Wenn ich ehrlich bin, haben sie mir einiges von dem Zeug beschafft, das ihr an der Bar gesehen habt. In diesem Zusammenhang habe ich auch von den Verstecken in der Lava erzählt. Diese Schieberei mit Alkohol und Tabak ist …«

Auf einmal verstummte Bensi, als wäre ihm bewusst geworden, dass er sich auf sehr dünnem Eis befand und sein Gerede von Schmuggel und Schieberei die Situation für ihn nicht gerade verbesserte.

»Kannst du uns sagen, wie sie heißen?«, fragte Thorson.

»Nein, nein, das weiß ich nicht. Nicht wirklich. Einer wird Joe genannt, das ist ihr Anführer. Er war es, der dich in die Schlucht hat fallen lassen. Ein anderer heißt Tony. So wird er jedenfalls genannt. Ich habe keine Ahnung, wie sie in Wirklichkeit heißen, zu welcher Einheit sie gehören, welchen Rang sie haben und so weiter. Darüber weiß ich nichts. Ich rede mit allen gleich. Und dann war da noch einer, den ich noch nie gesehen hatte, von dem ich auch nicht weiß, wie er heißt. Er hat die ganze Zeit nichts gesagt. Er muss ein Freund von ihnen sein.«

»Und diese Männer sind alle von Falcon Point?«

Der Wirt nickte. Sie befragten ihn noch weiter zu den Männern, doch Bensi konnte dem nichts Wesentliches mehr hinzufügen. Nach Jahren der Trinkerei schien es mit ihm nicht weit her zu sein. Immerhin erholte er sich langsam von dem Schrecken, den der wiederauferstandene Thorson ihm eingejagt hatte. Flóvent konnte sich nicht entsinnen, je einen Menschen gesehen zu haben, dem die Angst dermaßen ins Gesicht geschrieben stand.

»Wir haben dich bereits nach einem Unteroffizier namens Stewart gefragt«, sagte er. »Du meintest, dass er mit diesen Leuten befreundet ist. Hast ihn an dem Abend, an dem Jenni angegriffen wurde, mit Männern von Falcon Point reden sehen. Waren das dieselben Männer?«

Bensi nahm sich viel Zeit, ehe er antwortete.

»Stewart …?«, sagte er nachdenklich, als sagte der Name ihm nicht wirklich etwas.

»Glaubst du, Stewart steckt hinter dieser Sache?«, fragte Thorson.

»Ich habe keine Ahnung«, sagte Bensi nach einigem Zögern. »Wie gesagt: Ich weiß nicht, was sie sich dabei gedacht haben.«

»Was haben sie auf dem Rückweg im Wagen gesagt? Worüber haben sie gesprochen?«

»Nichts. Sie waren sehr schweigsam. Sie haben mich hier abgesetzt, und seitdem habe ich sie nicht mehr gesehen. So war das. Und ich will sie hier auch gar nicht mehr sehen«, fügte er hinzu, als wollte er unterstreichen, dass er auf Thorsons Seite stand.

»Du weißt, dass du mitkommen musst«, sagte Flóvent. »Du bist an einer Entführung und einem Mordversuch beteiligt gewesen. Du musst mit mir runter auf die Wache in der Pósthússtræti kommen. Du bist unser Zeuge. Du musst noch offiziell aussagen und die Leute identifizieren. Ich denke, es wird zu deinem Vorteil sein, wenn du kooperativ bist.«

»Ich finde mich ziemlich kooperativ«, murrte Bensi. »Ist das denn wirklich nötig? Muss ich in eine Zelle?«

»Das könnte dir guttun«, sagte Flóvent.

»Das bezweifle ich.«

»Das ist doch sicher besser, als hier auf deine Freunde zu warten«, sagte Thorson und humpelte aus dem Piccadilly. »Die werden sich bestimmt nicht freuen, wenn sie hören, dass du alles der Polizei gepetzt hast.«

Achtundvierzig

Zum Abend hin saß Flóvent in seinem Büro am Fríkirkjuvegur und arbeitete an dem Bericht zur Verhaftung des Wirts vom Piccadilly, als das Telefon klingelte. Er erkannte Agnetas Stimme sofort. Er hatte ihr seine Nummer gegeben, als die Suche nach ihrem Mann in vollem Gange war, sowohl die dienstliche als auch seine private, und hatte gesagt, dass sie ihn Tag und Nacht anrufen könne.

»Er lässt mich einfach nicht in Frieden«, sagte sie ohne lange Vorrede, als er ranging. »Du wolltest doch die ganze Wahrheit hören …«

»Agneta?«

»Ich hatte gehofft, das nicht erzählen zu müssen – ich habe mich schon zur Genüge gedemütigt –, aber dem ist leider nicht so. Ich dachte, er würde das Interesse verlieren, aber es wird immer schlimmer.«

»Geht es um den Soldaten? Ist er gerade in der Nähe deines Hauses?«

»Nein, er ist jetzt weg. Zum Glück. Er hat vorhin angeklopft, und ich konnte nicht anders, als ihn hereinzulassen. Er war derb und … Gott, in was habe ich mich da bloß verstrickt? Du denkst sicher, das habe ich verdient.«

»Das tue ich nicht«, widersprach Flóvent. »Hat er dich bedroht?«

»Er ist … er ist sehr aufdringlich«, sagte sie. »Es ist furchtbar. Einmal ist er sogar ins Spital gekommen. Du kannst dir nicht vorstellen, wie unangenehm das für mich war. Die Blicke der anderen. Das Getuschel. Bei unserer ersten Begegnung hatte er mich gefragt, wo ich arbeite, und ich bin so dumm gewesen, es ihm zu sagen. Heute Nacht hat er an die Hintertür geklopft. Ich habe mich versteckt und hätte die Polizei gerufen, wenn mir das nicht so schrecklich unangenehm wäre. Denk bitte nicht, ich würde mit ihm unter einer Decke stecken. So ist es nicht. Es ist, als begreife er nicht, dass ich nichts mehr mit ihm zu tun haben will. Dass das ein Fehler war. Er belästigt mich immer weiter.«

»Was will er von dir?«

»Ich weiß nicht, ob es sein Stolz ist. Er sagt, das Ganze sei doch von mir ausgegangen und ich habe ihn dazu ermutigt. Er dachte, es sei mir ernst gewesen. Dabei habe ich ihm immer wieder gesagt, dass ich kein Interesse an weiteren Treffen mit ihm habe. Er begreift das einfach nicht. Will es nicht begreifen.«

»Aber du lässt ihn trotzdem zu dir herein.«

»Was soll ich denn tun? Ich will nicht, dass er die ganze Straße aufweckt.«

»Und was nun?«, sagte Flóvent. »Willst du, dass ich mit ihm rede?«

»Ich wollte dir einfach nur sagen, wie das alles sich verhält«, sagte Agneta. »Ich habe einen Fehler begangen. Einen dummen Fehler. Ich war so furchtbar wütend und wollte es Manfreð heimzahlen, ihm zeigen, dass ich genauso skrupellos sein kann wie er … Das ist gehörig nach hinten losgegangen. Wir sind keine Freunde, ich und dieser Mann. Ganz im Gegenteil.«

Flóvent ließ das so stehen. Er wusste nicht, ob Agneta ihm ihre Angst nur vorspielte. Ob sie versuchte, ihre Beziehung zu dem amerikanischen Soldaten so darzustellen, dass Flóvent die Idee, sie hätten gemeinsam beschlossen, Manfreð loszuwerden, abwegig vorkommen musste. Ihre Abneigung gegen den Soldaten klang zwar echt, doch Flóvent hatte immer noch das Gefühl, dass sie ihm gegenüber nicht ganz ehrlich war.

»Wo du Manfreð erwähnst«, sagte er. »Bist du sicher, dass du mir nichts zu der Frau sagen kannst, die er getroffen hat?«

»Er kannte sie aus Kopenhagen. Mehr weiß ich nicht. Vor dem Krieg war er in Dänemark und Kopenhagen. Aber darüber hat er nie geredet. Ich habe ihn manchmal danach gefragt, weil er dort war, als der Krieg anfing, aber daran wollte er nicht erinnert werden. Er ist mit der Esja zurückgekommen. Hat diese berühmte Fahrt mitgemacht ... wie hieß sie noch gleich?«

»Die Petsamo-Fahrt?«

»Ja, genau. Aber er hat nie davon erzählt. Einmal ist er sogar richtig wütend geworden, als ich ihn zum Erzählen drängen wollte. Ich fand das spannend, aber er meinte, das sei nichts Besonderes gewesen. Einfach eine ganz normale Überfahrt.«

»Kann es sein, dass sie auch an Bord der Esja war?«

»Das weiß ich nicht. Zu dieser Frau habe ich nichts aus ihm herausbekommen. Über diese Zeit wollte er nie reden. Über die Besetzung Dänemarks und diese Dinge.«

»Du weißt also nicht, wie ich sie ausfindig machen kann?«

»Nein, keine Ahnung. Ich weiß nicht, wer sie ist.«

Darauf folgte ein langes Schweigen.

»Ich glaube …«

»Ja?«

»Ich habe das Gefühl, er ist auch mit ihr hier gewesen«, sagte Agneta. »Ich weiß es natürlich nicht sicher, aber als ich einmal kurz in die Stadt musste, kam es mir so vor, als hätte jemand die Bilder von Manfreð und mir verrückt. Es sind drei, und das Foto von unserem Hochzeitstag fand ich in einer Schublade.«

»Und das bedeutet …?«

»Ich bezweifle, dass er nur Staub gewischt hat.«

Neunundvierzig

Nach dem Ausflug nach Selfoss war Manfreð derjenige, der sich bei ihr meldete. Für gewöhnlich rief er vom Büro aus an, und sie verabredeten sich. Manchmal trafen sie sich in einem Café, und er nahm unter dem Tisch ihre Hand und liebkoste sie, wenn keiner hinsah. Sie hingegen legte keine Eile an den Tag, ließ manchmal sogar durchblicken, dass es ihr zu viel wurde, wollte ihn nicht treffen, verkürzte ein Telefonat oder tat so, als interessierte sie sich nicht mehr für ihn. Das zeigte die gewünschte Wirkung: Sein Interesse wuchs umso mehr. Sie machte sich seinen Charakter zunutze. Seine Ungeduld. Sein überzogenes Selbstwertgefühl. Wie weit er bereit war zu gehen, um seine Interessen durchzusetzen. Und ganz allmählich bekam sie das Gefühl, ihn in der Hand und die Kontrolle über die verlogene Beziehung zu haben, die sie zu ihm aufgebaut hatte.

Immer wenn es sich anbot, deutete sie an, dass sie dem Nationalsozialismus nicht abgeneigt war. Das versuchte sie so unauffällig zu tun, dass er nicht argwöhnisch wurde. Das war das fast unsichtbare Seil, auf dem sie balancierte. Der kleinste Fehltritt konnte ihren Plan zunichtemachen, und sie würde die Gründe für Ósvaldurs Verhaftung und Ingimars Verschwinden von der Esja niemals herausfinden. Sie machte sich zwar keine großen Hoffnungen, dass er ihr gegenüber ein Geständnis ablegen würde, doch sie wollte ihm so nahe wie möglich kommen, seine Vertraute werden und so viele Informationen wie möglich über die Vorgänge in Kopenhagen und an Bord des Schiffs sammeln, so wie sie sich für ihn darstellten. Doch sie hatte keinen klaren Plan, wie sie das anstellen sollte, und tastete sich weitestgehend im Dunkeln voran. Zunächst schien Manfreð kein sonderliches Interesse an ihrer Meinung über Deutschland, Hitlers Nationalsozialismus oder das Vorgehen der deutschen Wehrmacht in diesem Krieg zu haben. Von sich aus kam er selten auf diese Themen zu sprechen, und wenn sie es schaffte, das Gespräch darauf zu lenken, brach er es schnell und scheinbar desinteressiert ab.

Schließlich rief er an und sagte, dass er einige Tage allein zu Hause sei und sie einen Abend bei ihm verbringen könnten, wenn sie wolle. Agneta arbeitete einige Tage im Monat in Akranes und war am Tag zuvor dorthin aufgebrochen.

Sie zögerte, suchte nach einer Ausrede, hatte kein gutes Gefühl dabei, das Haus zu betreten, in dem er mit seiner Frau wohnte. Er sprach hin und wieder von seiner Ehe und dass ihre Beziehung auf eine Krise zusteuere. Die Liebe sei erkaltet. Möglicherweise sagte er das, um ihr Gewissen zu beruhigen. Und auch wenn sie sich bemühte, sich nichts anmerken zu lassen, schien Manfreð ihre Vorsicht und ihre Zurückhaltung wahrzunehmen, die einerseits daher rührten, dass sie das Steuer in der Hand halten wollte, und andererseits von dem schweren Kampf, den sie in sich austrug. Denn trotz allem widerstrebte es ihr sehr, unter falscher Flagge zu segeln.

Ihr war bewusst, dass er mit seiner Rede von der erkalteten Liebe vielleicht auch den Weg in die Zukunft ebnen wollte. In eine gemeinsame Zukunft. Jedenfalls hatte er ihr in einem Gespräch anvertraut, dass es wahrscheinlich ein Fehler gewesen sei, so schnell nach seiner Heimkehr zu heiraten. Er sei nach der Rückkehr in einer sonderbaren Gemütsverfassung gewesen und habe geglaubt, Stabilität in seinem Leben zu brauchen, Ehe, Arbeit, Familienleben.

Nun wartete er am anderen Ende der Leitung auf eine Antwort. Erst als das Schweigen kaum noch auszuhalten war, sagte sie zu, ihn am Abend zu besuchen. Er sagte ihr, wann sie kommen sollte. Er wollte etwas zu trinken für sie im Haus haben und fragte sie nach besonderen Wünschen. Er wolle sie verwöhnen. Das habe sie verdient.

So redete er am Telefon, und sie erinnerte sich an ihre gemeinsamen Stunden in Kopenhagen, daran, wie charmant und angenehm er sein konnte, wenn er ihr gefallen wollte. Doch inzwischen war der Gedanke an Zärtlichkeiten abscheulich, und sie wusste nicht, ob sie dieses falsche Spiel noch länger durchhalten konnte. Es bedeutete einfach ein zu großes Opfer für sie, so weiterzumachen, bis sie sein volles Vertrauen gewonnen hatte. In Selfoss hatten ihm die Rückenschmerzen einen Strich durch die Rechnung gemacht. Sie hatte in jener Nacht, mit ihm im selben Zimmer, kein Auge zugetan. Eigentlich war sie keine Schnüfflerin, doch als er eingeschlafen war, hatte sie seine Mantel- und Jackettaschen und seine Geldbörse durchsucht, ohne jedoch etwas zu finden, das ihr weiterhalf. Er war am späten Morgen aufgewacht, und auf der Fahrt zurück in die Stadt, in strömendem Regen und durch graues Wetter, hatten sie Zweifel befallen. Konnte sie ihr Verhalten rechtfertigen? Konnte sie diese Beziehung rechtfertigen?

Dieselben Zweifel kamen ihr auch jetzt, nach dem Telefonat, und sie rang mit ihnen, während sie sich auf den Besuch vorbereitete, sich von ihrer Tante verabschiedete und sich auf den Weg zu Manfreð machte. Sie dachte daran, eine Erkrankung vorzuschieben. Überlegte, wie sie darum herumkommen konnte, ihn unter diesen Umständen zu treffen, während seine Frau nicht in der Stadt und er allein zu Hause war. Doch schließlich sprach sie sich Mut zu. Vertrieb alle Zweifel. Beschloss, weiterzumachen. Denn ganz gleich, wie lange sie sich den Kopf darüber zerbrach, kam sie doch immer zum selben Ergebnis: Sie musste eine Antwort auf die Frage bekommen, die ihr so sehr auf der Seele brannte, dass alles andere in den Hintergrund rückte. Es mochte zwar sein, dass ihr Urteilsvermögen zurzeit nicht wirklich verlässlich war, weil ihr das alles viel zu naheging, doch sie musste einfach herausfinden, ob Manfreð etwas mit Christians und Ósvaldurs Verhaftung zu tun hatte. Sie musste herausfinden, ob ihr Seitensprung und das unvorsichtige Bettgeflüster die beiden ins Verderben gestürzt hatten. Alles andere war nebensächlich.

Die Tür öffnete sich wie von Zauberhand, als sie sich dem Haus näherte, und sie trat ein. Manfreð schloss sie hinter ihr, hieß sie willkommen, küsste sie zart auf die Wange und sagte, er habe sie kommen sehen. Sie ging davon aus, dass er Gerede in der Nachbarschaft vermeiden wollte, über abendlichen Damenbesuch, während

Madam auswärts weilte, und dass er deshalb nach ihr Ausschau gehalten hatte. Er hatte Kerzen angezündet. Aus dem Wohnzimmer war Musik zu hören, und sie sah einen hübschen Eichenschrank mit eingebautem Grammophon. Er zeigte ihn ihr stolz und erzählte, dass er ihn zu einem guten Preis von Bekannten übernommen habe.

Er war redselig und selbstbewusst. Wenn normalerweise Bilder von ihm und seiner Frau in den Regalen und auf den Borden standen, hatte er sie verschwinden lassen. Sie sah kaum etwas, das daran erinnerte, dass er ein verheirateter Mann war. Er erzählte von seiner Arbeit. Von irgendwelchen Versicherungsfällen, die sie nicht verstand. Sie sagte ihm, dass sie sich tatsächlich am Universitätsklinikum beworben und eine Halbtagsstelle bekommen hatte, plus Nachtschichten nach Belieben. So redeten sie über Dinge, die keine Rolle spielten, während sich eine merkwürdige elektrische Spannung zwischen ihnen aufbaute, eine Spannung, die sie seit den Rendezvous in billigen Hotels in einem anderen Land nicht mehr empfunden hatte.

Er nahm sich alle Zeit der Welt, servierte in aller Ruhe Getränke und ließ sie das isländische Bier probieren, das für die Soldaten gebraut wurde und den Isländern verboten war. An den Kasten sei er über einen Arbeitskollegen gekommen, dessen Vater in der Brauerei am Rauðarárstígur arbeite. Es schmeckte ihr nicht, und er stimmte ihr zu, erklärte, dass er es im Grunde einzig aus dem Grund trinke, dass es in isländischen Haushalten strikt verboten sei. Sie trank lieber einen Drink mit amerikanischem Wodka und Ginger-Ale und spürte, wie er ihr half, die Ruhe zu bewahren.

»Hübsch hier«, sagte sie und ließ den Blick durchs Wohnzimmer schweifen.

»Das habe ich Agneta zu verdanken«, sagte er. »Sie hat alles von ihren Eltern geerbt, das Meiste hier gehört ihr. Das traf sich gut, als …«

»… du zurück nach Island kamst?«, beendete sie den Satz.

»Sie ist gut situiert«, sagte er. »Und eine wunderbare Frau. Wirklich bedauerlich, dass es mit uns nicht zu klappen scheint.«

Sie sprachen nicht weiter darüber, sondern unterhielten sich über lauter unwichtige Dinge, bis sie es wagte, einige persönliche Fragen einzustreuen, nach seiner Familie und seinen Verwandten und aus welcher Region genau er kam. Doch er zeigte nicht das geringste Interesse an diesem Thema, nannte weder den Namen seiner Mutter noch den seines Vaters, sondern lenkte das Gespräch in eine andere Richtung. Sie war kurz davor, ihn nach dem Bruder seiner Mutter zu fragen, hielt sich dann aber doch zurück. Wusste nicht, wie sie das anstellen sollte, ohne ihn misstrauisch zu machen.

Manfreð präsentierte sich von seiner besten Seite, und der Alkohol zeigte Wirkung. Der Mut wuchs, und die Sorgen schwanden dahin. Sie ließ zu, dass der Alkohol ihr die Befangenheit nahm, sie von der Zwangsjacke befreite und ihr half, sich in die Rolle zu fügen, die zu spielen sie so wild entschlossen war. Bald meinte sie, sich von außen zu sehen, als wäre sie eine Schauspielerin auf der Bühne oder eine Romanfigur, die über all ihre Eigenschaften, ihr Bewusstsein und ihre Persönlichkeit verfügte, aber doch nicht sie selbst war. Als säßen sie zu dritt in diesem Wohnzimmer.

Im Laufe des Abends wurde ihr Gespräch immer lockerer, und sie nutzte die Chance, es auf Dänemark zu lenken, als er von sich aus Kopenhagen erwähnte. Der Alkohol machte ihn gesprächig, und auf einmal redete er über ihre gemeinsame Vergangenheit. Er gab zu, oft an ihre heimlichen Treffen gedacht zu haben, und als dann auf einmal ihr Anruf kam, habe sein Herz einen Satz gemacht. Im wahrsten Sinne des Wortes. Eine solche Freude habe er seit damals nicht mehr verspürt.

Er nahm ihre Hand, als er das sagte, und sie sahen sich in die Augen, und dann beugte er sich zu ihr vor und küsste sie. Sie stimmte ihm zu, sagte, dass auch sie ihn nie vergessen habe, und als sie Ósvaldurs Tod einigermaßen verarbeitet hatte, sei es schön gewesen, einen alten Freund anrufen zu können. Er sah ihr tief in die Augen und bedankte sich dafür, dass sie an ihn gedacht habe. Das sei wirklich großmütig von ihr, so wie er sich auf der Heimreise ihr gegenüber verhalten habe. Er fragte, ob sie ihm jemals verzeihen könne, was er aus dem Affekt heraus zu ihr gesagt habe. Als sie antwortete, dass das schon längst der Fall sei, sah sie, wie erleichtert er war. Sie ließ sich ein zweites Mal küssen, und er strich ihr übers Haar und die Wange und flüsterte etwas über ihre schönen Augen, das sie aber nicht hörte, weil sie daneben saß und das Ganze wie eine Zuschauerin verfolgte, und als er sie ins Schlafzimmer führte, wartete sie draußen.

Mitten in der Nacht, als er tief und fest schlief, schlich sie sich hinaus, weil sie es nicht länger aushielt in diesem Zimmer, in diesem Haus, an diesem Ort. Sie hatte kein Auge zugetan, fühlte sich unwohl und war aufgewühlt, ängstlich und wütend auf sich selbst. Am liebsten wäre sie sofort geflohen, doch sie wusste, dass sie das nicht tun konnte. Und so hatte sie wach neben ihm gelegen und sich bemüht, nicht an sie beide zu denken. Versuchte, sich auf die offene Zimmertür zu konzentrieren, an der sie auf dem Weg zum Schlafzimmer vorbeigekommen waren. Manfreð hatte gesagt, es sei das Zimmer des Hausherren, in dem er sich viel aufhalte, wenn er zu Hause sei.

Nach einer gefühlten Ewigkeit stand sie leise auf, sammelte ihre Kleidung vom Boden, schlich sich in den Flur und zog sich an. Von der Straße fiel ein Lichtschimmer in den Flur, und sie tastete sich zu Manfreðs Zimmer vor, wartete eine Weile und lauschte, ob er sich rührte, dann schlüpfte sie hinein. Sie lehnte die Tür an, ging zu seinem Schreibtisch und schaltete eine Lampe ein.

Manfreð hatte sich dort bequem eingerichtet. An zwei Wänden standen Bücherregale und in einer Ecke ein Sessel und ein Rauchtisch. Auf dem Boden lag ein dicker Teppich. Auf dem Schreibtisch sah sie Papiere, Dokumente und ein paar andere Dinge, Manschettenknöpfe, eine Armbanduhr und zwei Schlüsselbunde. Sie nahm die Quittung von einem Fleischhändler in die Hand, eine andere von einem Großhändler und eine weitere von einem Herrenausstatter im Stadtzentrum. Tageszeitungen und Zeitschriften lagen überall im Zimmer verstreut, und auf einem weiteren kleinen Tisch stand eine Schreibmaschine mit einem angefangenen Brief. Sie las den Beginn und sah, dass er mit seiner Arbeit zu tun hatte. Es ging um einen Brandschaden an einem Hinterhaus in der Hverfisgata.

In den Schreibtischschubladen fand sie noch mehr Rechnungen und Briefe und Dokumente, die sie für Schadensberichte hielt. Zwei der Schubladen waren verschlossen. Sie nahm einen der Schlüsselbunde, steckte den kleinsten Schlüssel in eines der Schlösser, und die Schublade öffnete sich. Darin fand sie weitere Briefe und ganz unten ein kopiertes Heft oder eine Broschüre, vier Seiten in kleinem Format. Der Titel lautete: *Die Thule-Gesellschaft.* Weder der Herausgeber noch das Publikationsjahr wurden genannt. Das Heft enthielt einen einzigen Artikel, unter der Überschrift *Stärke des Geistes.* Nirgendwo stand, wer diesen Text verfasst hatte. Als sie das Heft aufschlug, sah sie, dass etwas mit Füller an den Rand geschrieben war. Sie hielt die Seite unter die Schreibtischlampe und las: *Reinhold dankt dir für den Erfolg in Dänemark. V.* Sie nahm an, dass die Unterschrift, dieses einsame V., für Vilmundur stand. Den Onkel. Den Ziehvater. Das Vorbild.

Sie erschrak, als sie ein Rascheln aus dem Flur hörte, und knipste schnell das Licht aus. Dann hockte sie sich unter den Schreibtisch und lauschte. Sie bemerkte einen Lichtstreifen auf dem Flur, eine Tür fiel zu, kurz darauf wurde eine Toilette gespült, der Lichtstreifen tauchte wieder auf und verschwand, dann war es wieder ruhig. Manfreð war auf der Toilette gewesen und zurück ins Schlafzimmer gegangen. Sie wartete noch eine ganze Weile, dann legte sie das Heft zurück an seinen Platz und schloss die Schublade zu.

Aus dem Schlafzimmer war nichts zu hören, und sie eilte in die Diele, schnappte sich ihren Mantel und wollte gerade leise die Haustür öffnen, als auf dem Flur vor dem Schlafzimmer das Licht anging. Plötzlich stand Manfred hinter ihr. Er lehnte nackt am Türrahmen.

»Du warst nicht mehr im Bett. Willst du dich denn gar nicht verabschieden?«

»Ich … ich muss mich beeilen«, sagte sie und versuchte, seine Nacktheit zu ignorieren. »Ich wollte dich nicht wecken.«

»Ich freue mich darauf, dich wiederzusehen«, sagte er.

»Gleichfalls«, sagte sie und öffnete die Tür.

»Willst du mir keinen Abschiedskuss geben?«

Sie drehte sich um, ging zu ihm und rang sich einen Kuss ab.

»Sicher, dass du gehen musst?«, flüsterte er, blickte an sich herunter und versuchte, die Arme um sie zu schlingen, als wollte er sie an sich drücken und zurück ins Haus ziehen.

»Ich muss jetzt sofort gehen«, sagte sie und riss sich los. Sie versuchte, fröhlich zu klingen, damit er keinen Verdacht schöpfte, doch ihre Stimme brach, und sie hustete verlegen. »Muss morgen früh arbeiten …«

Und ehe er protestieren konnte, war sie nach draußen geschlüpft, hatte die Tür hinter sich geschlossen und war losgeeilt. Im Stillen verfluchte sie sich für all das Schreckliche, das sie in dieser furchtbaren Nacht getan hatte, und sie konnte es nicht erwarten, in eine heiße Wanne zu steigen und das Schlimmste abzuwaschen.

Fünfzig

Der Bibliothekar in der Nationalbibliothek blickte sie über den Rand seiner Brille hinweg an. Er hatte einen krummen Rücken vom Bücherschleppen und schien die ewige Stille gewohnt zu sein. Sie stand an dem Tresen im Lesesaal, an dem der Bibliothekar Bestellungen entgegennahm und Fragen beantwortete, und wollte wissen, ob ein Exemplar eines Heftes oder Flugblattes mit dem Titel *Die Thule-Gesellschaft* vorhanden sei. Der Bibliothekar antwortete so leise, dass sie ihn kaum verstand. Der Saal war gut besucht, von jungen Studenten und altmodischen Schnupftabakherren. Die grünen Tischlampen warfen ein warmes Licht auf alte Annalen, Briefsammlungen und vergilbte Nachrichtenblätter. Die Vergangenheit strömte einen ganz speziellen, schweren Geruch aus, und über dem Lesesaal lag der Hauch vergangener Zeiten. Hier drinnen wurde ein ewiger Krieg gegen das Vergessen geführt.

»Thule-Gesellschaft? Haben wir nicht«, flüsterte der Bibliothekar entschieden, als hätte er den gesamten Bibliotheksbestand im Kopf.

»Könnten Sie bitte für mich nachsehen?«, bat sie freundlich, obwohl der Bibliothekar das überhaupt nicht war, sondern so kurz angebunden und unwirsch wie jemand, den man zu Hause gestört hatte.

»Das muss ich nicht. Von so einem Blatt habe ich noch nie gehört. War sonst noch was?«

»Könnten Sie denn etwas über diese Gesellschaft für mich herausfinden?«, fragte sie. »Ich habe gehört, ihr Ursprung liegt in Deutschland.«

Der Bibliothekar sah sie lange an, beinahe schien es, als hätte er Mitleid mit ihr, bis er schließlich die Zeitung hinlegte, die er gerade las, aufstand und durch eine Tür hinter dem Tresen verschwand, wo alle Geheimnisse des Hauses bewahrt wurden. Sie blieb ruhig stehen und wartete, merkte, dass sie die einzige Frau im Saal war.

Sie hatte Kristmann von dem Heft erzählt, das in Manfreðs Schreibtischschublade eingeschlossen war und in dem sie die Bemerkung zu Reinhold gefunden hatte. Sie hatte gemerkt, wie Kristmann sich zurückgehalten hatte, nach dem Abend mit ihrem alten Liebhaber zu fragen. Sie sagte generell nicht viel zu dem, was zwischen ihr und Manfreð vorging, doch Kristmann wusste, dass sie alles daransetzte, hinter die Wahrheit zu kommen.

Sie waren sich einig gewesen, dass der Buchstabe unter der Bemerkung für Vilmundur stehen musste, den Bruder von Manfreðs Mutter, und dass er in irgendeiner Beziehung zu einem Mann namens Reinhold stand, möglicherweise einem Deutschen, der seine Dankbarkeit Manfreð gegenüber zum Ausdruck bringen wollte. Der Erfolg in Dänemark konnte auf vieles bezogen sein, doch sie war sich sicher, dass es mit Ósvaldur und seiner Verhaftung zu tun hatte.

Es dauerte lange, bis der Bibliothekar mit einer Zeitungsmappe unterm Arm zurückkam und ihr zuflüsterte, dass er Recht gehabt habe: Es sei keine Zeitschrift und kein Flugblatt mit dem Titel *Die Thule-Gesellschaft* im Bestand. Doch sein Kollege habe sich an einen Artikel in der Kommunistenzeitung Þjóðviljinn erinnert, in dem es um ein Phänomen in Deutschland ging, das diesen Namen trug. Der Artikel müsse in einem der Jahrgänge erschienen sein, die er mitgebracht habe, in welchem genau, wisse sein Kollege aber nicht. Falls sie den Artikel nicht finde, müsse sie vielleicht eine zweite Mappe durchsehen, die er ihr dann holen werde. Der Bibliothekar reichte ihr die Sammlung, und sie fand einen freien Platz in der hintersten Ecke des Lesesaals. Sie begann, sich durch die Zeitungen zu blättern. Die Mappe umfasste zwei Jahrgänge, 1939 und 1940, die wie erwartet viele Nachrichten zum Kriegsgeschehen und Artikel über den deutschen Nationalsozialismus enthielten, über Bombenangriffe auf Warschau, den Fall von Paris und die Standhaftigkeit der Briten mit Churchill an der Spitze. Das Papier knisterte beim Umblättern, doch es dauerte nicht lange, bis sie auf eine kurze Nachricht zu einem deutschen Geheimbund stieß, der in München gegründet worden war, sich Thule-Gesellschaft nannte und viele spätere Begründer der nationalsozialistischen Partei beeinflusst hatte.

Sie vertiefte sich in den Artikel, in dem es hieß, diese Gesellschaft sei nach einem sagenhaften Land im hohen Norden benannt, das von den Griechen als Thule bezeichnet worden war, und bei dem es sich womöglich um Island handelte. Die Mitglieder hegten Hass gegen das Judentum und waren gegen die Vermischung der weißen Rasse mit anderen Völkern. Abgesehen von mystischen Theorien zum Erbe der Deutschen lag ihr Hauptinteresse in der Erforschung der Ursprünge des Ariergeschlechts, der reinen Rasse. Die Mitglieder mussten einen Eid darauf ablegen, dass kein jüdisches Blut in ihren Adern floss und es auch nicht durch das Blut anderer, minderwertiger Rassen verunreinigt war. Unter den Mitgliedern waren Rudolf Hess und Alfred Rosenberg, und auch ein Mann namens Dietrich Eckart hatte Verbindungen zu der Gesellschaft, der in den Anfängen großen Einfluss auf Adolf Hitler ausgeübt hatte und dessen enger Mitarbeiter gewesen war. So eng, dass Hitler ihm einen Teil seines Werks *Mein Kampf* gewidmet hatte. Einige extremistische Mitglieder der Thule-Gesellschaft waren auch Mitbegründer der Deutschen Arbeiterpartei, der auch Adolf Hitler beitrat und die eine Art Vorläufer der Nazipartei wurde, mit der sie später vereint wurde.

Sie blickte von der Zeitung auf. Es wurde nichts von isländischen Verbindungen zu jener Gesellschaft erwähnt, nur dass manche glaubten, dass es sich bei Thule womöglich um Island handeln könnte. Der Autor des Artikels erwähnte kein isländisches Flugblatt, das nach dieser Gesellschaft benannt und von isländischen Nazis herausgegeben worden war. Und sie hatte auch keinerlei Anhaltspunkt, wann das Blatt gedruckt worden war. Das konnte auch lange vor dem Krieg gewesen sein. Kristmann hatte ihr gesagt, dass die meisten isländischen Nazis mit Kriegsausbruch den Glauben an diese Ideologie verloren hätten.

Sie und Kristmann hatten lang und breit über den handschriftlichen Satz diskutiert, den sie in dem Heft gefunden hatte. Sie hatte keine Zeit gehabt, den Artikel zu lesen, doch Kristmann meinte, dass es sicher kein Zufall war, dass Vilmundur seinem Neffen einen

Aufsatz zum Thema Geistesstärke gegeben hatte. Vielleicht war er als Motivation gedacht, die Manfreð in den Augen seines Onkels nach seiner Heimkehr wohl gebraucht hatte.

»Aber kann es nicht auch sein, dass das schon älter ist?«, hatte sie eingewandt. »Aus der Zeit bevor Manfreð ins Ausland ging?«

»Warum sollte ihm dann jemand für den Erfolg in Dänemark danken?«, sagte Kristmann. »Das muss nach seiner Rückkehr gewesen sein. Davon bin ich überzeugt. Er hat irgendetwas in Dänemark getan, wofür ihm dieser Reinhold dankbar ist.«

»Also hat er mit den Nazis zusammengearbeitet?«

»Gibt es eine andere Erklärung?«

»Nein, wohl nicht. Ósvaldur wird natürlich nicht erwähnt«, sagte sie, »aber es kann gut sein, dass dieser Gruß trotzdem etwas mit ihm zu tun hat. Ich habe das Gefühl, dass ... Was soll es sonst gewesen sein?«

»Davon müssen wir ausgehen, zumindest solange wir nichts Gegenteiliges herausfinden«, sagte Kristmann.

»Es wäre interessant zu erfahren, wer dieser Reinhold ist«, sagte sie. »Auch wenn ich nicht weiß, wie wir das anstellen sollen.«

»Wahrscheinlich war er in Dänemark, oder zumindest kannte er sich dort gut aus«, hatte Kristmann schließlich gesagt. »Vielleicht lässt sich das irgendwie herausfinden.«

Sie klappte die Mappe zu und gab sie dem Bibliothekar zurück, verließ den Lesesaal und die Stille. Ihre Schuhe machten einen ohrenbetäubenden Lärm, als sie die Marmortreppe der Bibliothek hinunterlief.

Einige Zeit später wachte sie davon auf, dass es zart ans Kellerfenster klopfte. Es war schon fast zwei Uhr in der Nacht. Sie lag still in ihrem Bett und dachte, dass sie sich vielleicht verhört hatte. Doch als sie es wieder klopfen hörte, diesmal etwas lauter, stand sie auf und erkannte Kristmanns Gesicht in der nächtlichen Dunkelheit. Sie befürchtete, dass die Geräusche ihre Tante wecken könnten, die oben im Haus schlief, und schlich sich schnell die Treppe hinauf und öffnete die Tür. Kristmann stand auf der Eingangstreppe. Er war sichtlich aufgewühlt.

»Entschuldige«, beeilte er sich zu sagen und spähte die Straße hinauf, als befürchtete er, jemand könnte sie beobachten. »Ich ... ich muss mit dir reden.«

»Stimmt etwas nicht? Was ist los?«

»Darf ich reinkommen? Ich bleibe auch nicht lange.«

»Kristmann, was ... was ist los? Komm rein.«

Sie öffnete die Tür etwas weiter, und Kristmann kam schnell herein. Auch sie spähte in die Nacht hinaus, um sich zu vergewissern, dass niemand sie beobachtete.

Sie schloss die Tür und schlich sich mit ihm die Treppe hinunter in ihr Zimmer, bat ihn, leise zu sein.

»Ich bin bei ihm eingebrochen«, sagte Kristmann, als sie in ihrem Zimmer waren. »Ich ...«

»Eingebrochen? Wo?«

»Ich glaube, er wird es nicht bemerken. Ich habe ein Fenster gefunden, das einen Spalt offen stand, und kam an die ... an die Türverriegelung heran. Ansonsten hätte ich es nicht getan. Ich hätte nichts aufgebrochen. Ich war vor Ort und habe das Haus beobachtet, und da er nicht zu Hause war, habe ich beschlossen, es zu versuchen. Eines führte zum anderen und ...«

»Wer wird es nicht bemerken? Wovon redest du?«

Kristmann blickte in ihrem Zimmer umher, und es lag eine merkwürdige Spannung in seinem Gesicht, eine Rastlosigkeit in seinen Bewegungen.

Sie hatte ihm am Telefon berichtet, was sie in der Nationalbibliothek herausgefunden hatte. Dass das Flugblatt, das sie bei Manfreð gefunden hatte, nach einer seltsamen Vereinigung benannt war, einer Art Geheimbund, der möglicherweise Einfluss auf die nationalsozialistische Ideologie gehabt hatte. Als Kristmann sich am Telefon verabschiedet hatte, meinte er, dass er Informationen über diesen Reinhold beschaffen wolle.

»So etwas habe ich noch nie getan«, sagte er, als würde seine Tat ihn selbst am meisten erschrecken. »Ich bin noch nie irgendwo eingebrochen. Ich habe noch nie …«

»Was hast du …? Wo bist du eingebrochen? Doch wohl nicht bei Manfreð? Sag mir, dass du nicht bei ihm eingebrochen bist.«

»Nein … nein«, sagte Kristmann. »Nicht bei Manfreð. Ich bin bei seinem Onkel gewesen.«

»Bei Vilmundur?«

»Ich weiß jetzt, wer dieser Reinhold ist«, sagte Kristmann. »Ich weiß, wer er ist und wo er ist und was er macht und woher Vilmundur und er sich kennen. Und ich weiß …«

Kristmann schwieg.

»Was?«

»Ich glaube, ich weiß, was an Bord der Esja geschehen ist«, sagte Kristmann. »Was mit meinem Bruder Ingimar passiert ist …«

Einundfünfzig

Der Direktor der Versicherungsgesellschaft, der Flóvent empfing, verwendete die Vokabel »vortrefflich«, als er Manfreð beschrieb, und sagte, sein Tod sei ihnen allen ein Rätsel. Niemandem im Unternehmen wäre es in den Sinn gekommen, dass sie ihn so schnell verlieren würden, und schon gar nicht auf diese Weise. Er sei ein strebsamer Mitarbeiter gewesen und habe gute Arbeit geleistet, und obwohl er nicht lange für die Gesellschaft gearbeitet hatte, habe er sie entscheidend mitgeprägt und werde schmerzlich vermisst.

Flóvent und der Direktor kannten sich. Die Versicherungsgesellschaft kommunizierte wegen diverser Versicherungsfälle – Brände, Unfälle und manchmal auch bei Verdacht auf Versicherungsbetrug – mit der Polizei, und hin und wieder landeten diese Fälle auch auf Flóvents Schreibtisch. Flóvent mochte den Direktor, sie waren fast gleich alt und verstanden sich gut.

Den Versicherungsmann schien Flóvents Besuch neugierig zu machen. »Ich denke nicht, dass du allein anstandshalber hier bist«, sagte er im Anschluss an die Lobeshymne auf den Verstorbenen.

»Nein«, sagte Flóvent. »Ich möchte herausfinden, wie die Tage und Wochen, vielleicht sogar Monate vor seinem Verschwinden verlaufen sind. Ich habe gehört, er ist viel geschäftlich gereist und hat Rechnungen und Quittungen zu Verpflegung und Übernachtungen eingereicht. Wenn es möglich ist, würde ich mir die gern ansehen.«

»Er ist sehr viel gereist, war ein guter Verkäufer. Die Leute haben ihm vertraut, und er hat sich für die Geschädigten eingesetzt, wenn er das Gefühl hatte, dass sie geprellt wurden. Manchmal hat er es damit ein wenig übertrieben. Aber so war er. Ich würde sage, das zählte zu seinen guten Eigenschaften.«

»Ich würde mir gerne seine Unterlagen ansehen. Woran er gearbeitet hat. Und die Rechnungen, die er eingereicht hat.«

»Darf ich fragen, weshalb?«

»Ich versuche, herauszubekommen, womit er sich in der Zeit vor seinem Selbstmord befasst hat«, sagte Flóvent und achtete darauf, nichts Wichtiges preiszugeben. »Weißt du, ob er in seinem Privatleben glücklich war? So ganz unter uns.«

»Ich wüsste nichts Gegenteiliges«, antwortete der Direktor. »War er das etwa nicht?«

Flóvents Antwort ließ auf sich warten.

»Er war natürlich ein äußerst attraktiver Mann«, sagte der Direktor. »War er ... gab es da irgendwelche Frauengeschichten? Soll ich mich da mal umhören? War es jemand von uns? Von unseren Leuten?«

»Ich weiß von nichts dergleichen«, sagte Flóvent. »Aber falls dir etwas zu Ohren kommen sollte, kannst du dich gerne mit mir in Verbindung setzen.«

Das versprach der Direktor und führte ihn dann zu dem Mitarbeiter des Unternehmens, der die meisten Aufgaben von Manfreð übernommen hatte. Er bat ihn,

Flóvent behilflich zu sein und ihn anschließend zur Finanzabteilung zu begleiten. Ohne Fragen zu stellen, erläuterte der Mitarbeiter Flóvent, womit Manfreð sich in den letzten Wochen vor seinem Tod befasst hatte. Er schilderte alles ganz genau, zeigte ihm alle Notizen, die Manfreð sich nach diversen Treffen gemacht hatte, Anmerkungen, die er zu Schäden festgehalten hatte, Anträge zur Genehmigung von Zahlungen in Schadensfällen, unterschriebene Versicherungsverträge. Nichts von alldem erschien Flóvent interessant, sodass der Mitarbeiter ihn bald zur Finanzabteilung führte.

Die Buchhalterin, eine Frau um die fünfzig, erwartete ihn bereits. Sie hatte alle Quittungen und Rechnungen herausgesucht, die Manfreð im letzten halben Jahr eingereicht hatte, und gab Flóvent den Stapel mit den Worten, dass er ihn am besten in ihrem Büro durchsehen solle. Dagegen hatte Flóvent nichts einzuwenden. Er fragte nach, ob das im Vergleich zu anderen Mitarbeitern ungewöhnlich viele Rechnungen seien, und sie antwortete, dass Manfreð in letzter Zeit viel unterwegs gewesen sei. Sie konnte ihre Neugier kaum verbergen.

»Was suchen Sie denn?«, fragte sie. »Falls ich Ihnen irgendwie behilflich sein kann«, beeilte sie sich zu ergänzen.

»Nichts Besonderes«, sagte Flóvent. »Es wäre gut, Sie in Reichweite zu haben, falls irgendwelche Fragen auftauchen«, sagte er und wedelte mit dem Stapel. »Wenn ich das hier durchgesehen habe.«

Die Frau sah ihn lange an, bis ihr aufging, dass ihre Anwesenheit nicht länger erwünscht war. Langsam stand sie auf und verließ das Büro, ließ die Tür jedoch offen. Flóvent machte sich daran, die Rechnungen durchzusehen. Die Buchhalterin hatte sie chronologisch sortiert. Die ältesten waren gute sechs Monate alt, die jüngsten hatte Manfreð eine Woche vor seinem Verschwinden eingereicht. Es waren Tankquittungen und Belege über Essen und Trinken in Gaststätten, sowohl in Reykjavík als auch in der näheren Umgebung. Manchmal hatte er nur für sich gezahlt, manchmal auch für eine oder zwei weitere Personen. Das Meiste schienen Flóvent Mittagessen gewesen zu sein. Geschmierte Brote mit geräuchertem Lammfleisch und Kaffee. Auf manchen Quittungen hatte Manfreð sich Notizen gemacht, eine Telefonnummer notiert oder etwas ausgerechnet, eine Einkaufsliste erstellt. Und auf einer Quittung fand er den roten Lippenstift, von dem Agneta gesprochen hatte.

Der Stapel enthielt auch einige wenige Rechnungen für Übernachtungen. Die jüngste stammte vom Gästehaus Tryggvaskáli in Selfoss: ein Zimmer für eine Nacht und ein Abendessen für zwei Personen mit Vorspeise und Nachtisch. Wahrscheinlich auf Wusch der Buchhalterin hatte Manfreð jeweils die Namen der Personen notiert, die er getroffen und mit denen er gegessen hatte.

»Wissen Sie, ob seine Ehefrau manchmal mit ihm gereist ist?«, fragte Flóvent die Buchhalterin, nachdem er alle Rechnungen durchgesehen hatte.

»Nein«, antwortete die Buchhalterin, »nicht, dass ich wüsste. Ich glaube, er ist immer allein gereist.«

»Wissen Sie, wer dieser Mann ist?«, fragte Flóvent und hielt ihr die Rechnung zum Abendessen für zwei hin.

»Ja«, sagte die Buchhalterin, als sie den Namen gelesen hatte. »Wir versichern sein Unternehmen dort im Osten.«

»Könnten Sie ihn kurz für mich anrufen?«

»Ihn anrufen?«

»Wenn Sie so freundlich wären«, sagte Flóvent. »Und könnten Sie bitte diese beiden Telefonnummern prüfen«, fügte er hinzu und nannte ihr die Nummern, die Manfreð auf den Rechnungen notiert hatte.

Die Buchhalterin wollte protestieren, doch dann besann sie sich, wusste, dass es zwecklos war. Also suchte sie die Nummer des Kunden heraus und rief ihn an. Nachdem es ein paarmal geklingelt hatte, ging jemand ran, und sie gab Flóvent den Hörer. Er gab ihr ein Zeichen, dass er allein mit dem Mann sprechen wolle, und die Frau verschwand mit unzufriedener Miene aus dem Büro. Der Mann am Telefon glaubte zunächst, mit einem Mitarbeiter der Versicherungsgesellschaft zu sprechen. Er kannte Manfreð und bestätigte, dass sie sich vor einigen Wochen in Selfoss getroffen hatten. Manfreð habe ihm einige Zusatzversicherungen angedreht. Flóvent nannte das Datum, und der Mann bestätigte, dass sie sich an jenem Tag getroffen hatten.

»Und abends haben Sie den Vertragsabschluss besiegelt?«, fragte Flóvent.

»Besiegelt?«

»Hat er Sie nicht ins Gästehaus zum Essen eingeladen?«

»Mich? Nein. Das hat er nie gemacht. Warum meinen Sie das?«

»Ach ja? Dann muss das ein Missverständnis sein, entschuldigen Sie die Störung«, sagte Flóvent und verabschiedete sich rasch. Im selben Moment kam die

Buchhalterin zurück, die inzwischen die beiden Telefonnummern recherchiert hatte. Die eine war von einem Unternehmen aus Eyrarbakki, die andere von einem Geschäft auf dem Skólavörðustígur.

»Darf ich sonst noch etwas für Sie tun?«, fragte sie mit spöttischem Unterton.

»Nein danke«, antwortete Flóvent. »Ich bin soweit fertig.«

Von der Versicherungsgesellschaft war es nicht weit zum Sitz der Dampfschifffahrtsgesellschaft in der Tryggvagata, wo Flóvent um ein Gespräch mit dem Direktor bat und fragte, ob er die Passagierliste der Petsamo-Fahrt vor gut zwei Jahren einsehen dürfe. Der Direktor war hilfsbereit, wollte jedoch wissen, was die Polizei mit der Liste vorhabe. Flóvent erklärte, dass er Kontakt zu einer Frau aufnehmen müsse, die an Bord der Esja gewesen sei, deren Namen er jedoch nicht kenne. Die Frau sei wahrscheinlich um die dreißig, was die Anzahl der in Betracht kommenden Frauen etwas eingrenze. Mehr dürfe er leider nicht sagen, da es sich um aktuelle Ermittlungen handele.

»Eine Frau um die dreißig?«

»Ja. Meinen Sie, die Liste existiert noch?«, fragte Flóvent.

»Sicher«, sagte der Direktor. »Und sie ist sehr detailliert, denn diese Fahrt war schon etwas Besonderes. Einzigartig, könnte man sagen. Die Briten und Deutschen haben diese eine Fahrt genehmigt, damit die Isländer aus den nordischen Ländern nach Hause zurückkehren konnten. Eine solche Fahrt wäre heute nicht mehr möglich.«

Als Flóvent zum Fríkirkjuvegur zurückkehrte, erwartete ihn eine Nachricht von der Polizeiwache an der Pósthússtræti. Er rief dort an und erfuhr, dass in einer Zelle eine Frau namens Klemensína schlief, die man recht betrunken vorm Hótel Ísland aufgegriffen habe. Flóvent hatte den Kollegen auf der Station mitgeteilt, dass er eine Frau mit diesem Namen suche, und so bedankte er sich für die Information und sagte, dass sie nicht entlassen werden dürfe, ehe er mit ihr gesprochen habe. Anschließend rief er Thorson an und bat um ein Treffen in der Pósthússtræti.

Bevor Flóvent sich auf den Weg zu Klemensína machte, suchte er die Nummer des Gästehauses in Selfoss heraus und erreichte den Eigentümer. Der kannte Manfreð und sagte, dass er oft bei ihm übernachtet habe, wenn er in der Gegend unterwegs gewesen sei. Flóvent fragte, ob er sich an Manfreðs letzten Besuch erinnere. Das tat er, weil Manfreð schlimme Rückenschmerzen bekommen und seine Frau nach Schmerzmitteln gefragt hatte.

»Könnten Sie sie mir beschreiben?«, fragte Flóvent. »Seine Frau?«

»Beschreiben?«

»Wenn Sie so freundlich wären.«

»Ja … sie waren in ähnlichem Alter und schienen sich gernzuhaben … ich weiß nicht, was …«

»Dunkelhaarig? Blond?«

»Blond«, sagte der Mann. »Sehr freundlich. Eher klein.«

»Blond?«

»Ja.«

»Ihren Namen wissen Sie nicht?«

»Warten Sie kurz …«

Der Mann legte den Hörer hin. Flóvent ging davon aus, dass er im Gästebuch nachsah. Kurz darauf kam er wieder an den Apparat.

»Tut mir leid, ich finde nur seinen Namen.«

Der Mann senkte die Stimme.

»Warum fragen Sie?«, flüsterte er. »War das gar nicht seine Frau …?«

»Haben sie ein Zimmer geteilt?«

»Ja.«

Flóvent hielt es für richtig, das Telefonat an dieser Stelle zu beenden.

»Gut«, sagte er. »Entschuldigen Sie die Störung. Das war's auch schon.«

Er legte den Hörer auf und sah Agneta vor sich, wie sie sich manchmal mit den Fingern durch ihr dichtes, glänzendes schwarzes Haar fuhr, wenn sie von ihrem Ehemann sprach.

Zweiundfünfzig

Der junge Polizist, der Klemensína verhaftet hatte, sagte, dass sie sich den Gefängnisaufenthalt leicht hätte ersparen können, wenn sie nicht so auf ihn losgegangen wäre. Der Polizist, noch relativ jung und mit aufrichtigem Blick, hatte sie nur vom Eingang des Hótel Ísland verscheuchen wollen, weil sie wie eine Herumtreiberin aussah und einen ordentlichen Pegel gehabt hatte. Dabei wollte er es bewenden lassen, obwohl er sie den Vorschriften nach eigentlich aus dem Verkehr hätte ziehen müssen. Man hatte sie aus dem Hotel geworfen, und sie war überhaupt nicht einverstanden mit dieser Behandlung gewesen, saß auf der Eingangstreppe und schimpfte laut herum, als der Polizist kam. Er zog sie auf die Beine und wollte sie wegführen, doch sie ging auf ihn los und versuchte, ihn zu beißen und zu kratzen. Er hatte große Schwierigkeiten, sie zu bändigen, da sie trotz ihres Alters stark war und tobte, während sie ihm Schimpfwörter an den Kopf warf, die er nicht wiederholen wollte. Erst als ein weiterer Polizist dazukam, gelang es ihnen, sie unter Kontrolle zu bringen und das kurze Stück zur Pósthússtræti zu bugsieren. Das Ganze habe sich gegen Mittag abgespielt, seitdem schlafe sie in der Zelle und habe den ganzen Tag keinen Mucks von sich gegeben.

Der junge Polizist sah abwechselnd Flóvent und Thorson an. Die Auseinandersetzung hatte Spuren in seinem Gesicht hinterlassen: zwei rote Kratzer führten von einem Auge zum Ohr.

»Wissen Sie, was sie am Hotel wollte?«, fragte Flóvent.

»Nein, in ihrem Zustand war es unmöglich, mit ihr zu reden. Sie war außer sich und nicht wirklich ansprechbar. Ich glaube, sie hat mich mit einem Soldaten verwechselt.«

»Sie dachte, Sie wären ein Soldat?«

»Ja. Sie ist völlig ausgerastet, die Alte. Wollte mir die Uniform vom Leib reißen und hat mich als Dreckssoldat und dergleichen beschimpft. Ich habe kaum verstanden, was sie mir da alles an den Kopf geworfen hat.«

»Aber auf der Wache konnte sie ihren Namen nennen?«

»Nein, keineswegs. Der Kollege, der uns in Empfang genommen hat, kannte sie und hat sie eingetragen. Sie hat schon mal hier geschlafen. Ich bin noch recht neu hier«, fügte der Polizist hinzu und strich sich über den Kratzer unterm Auge.

Klemensína wurde gerade wach, als Flóvent sie holen und in das Zimmer bringen ließ, in dem die Insassen verhört wurden. Flóvent und Thorson, der inzwischen wieder ganz genesen war, warteten bereits dort. Flóvent hatte Thorson unterrichtet, was er über Jenni und Klemensína herausgefunden hatte, und über Ellý, die in Falcon Point gewesen war, wo sich wahrscheinlich auch die Unmenschen aufhielten, die Thorson überfallen hatten.

»Über kurz oder lang müssen wir dorthin«, sagte Flóvent.

»Wohin?«

»Falcon Point.«

»Ja, ich weiß.«

Sie hörten Schritte auf dem Flur, und Klemensína erschien im Türspalt, in Begleitung eines Polizisten. Sie sah ungepflegt aus, trug einen schmutzigen Mantel und ihr graumeliertes Haar war zerzaust, und es war auch keine rote Farbe auf ihren Wangen zu sehen. Sie wirkte, als hätte sie keinen blassen Schimmer, weshalb sie sich auf der Polizeiwache befand. Ihre großen, schmutzigen Hände zerknautschten eine Mütze, und ihre Augen huschten nervös zwischen Flóvent und Thorson hin und her, voller Misstrauen und Ablehnung. Keine Spur mehr von der rasenden Wut, der sie ihre Verhaftung verdankte und die die roten Spuren im Gesicht des jungen Polizisten hinterlassen hatten.

»Ach was, du?«, sagte sie zu Flóvent, hatte seinen Besuch in der Pólarnir-Siedlung offenbar noch nicht vergessen.

»Schön, dich wiederzusehen«, sagte Flóvent und stellte ihr Thorson vor, der an den Ermittlungen zum Tod des jungen Mannes hinterm Piccadilly beteiligt sei.

»Aha …«

»Thorson ist von der Militärpolizei«, sagte Flóvent. »Er interessiert sich sehr für diesen Fall.«

»Aha«, meinte Klemensína noch einmal. Sie blickte sich in dem kleinen Raum um und schien kein Interesse an dem zu haben, was Flóvent sagte.

»Wir wissen, dass du Jenni kanntest«, sagte er.

»Jenni?«

»Den Jungen vom Piccadilly.«

»Ich weiß nicht, wovon du sprichst«, sagte Klemensína mit heiserer Stimme und begann zu husten. Kurz darauf wand sie sich in einem heftigen Hustenanfall, röchelte hässlich und spuckte schließlich auf den Boden. Thorson wandte sich ab. »Wer … wer erzählt dir solche Lügen?«, schnaubte sie, als sie wieder Luft bekam.

»Das spielt im Moment keine Rolle«, sagte Flóvent. »Was kannst du mir über ihn sagen?«

»Nichts«, sagte Klemensína und bat um Wasser. »Ich dachte, das hätte ich dir schon gesagt. Wie heißt er noch mal?«

Flóvent füllte einen Becher mit Wasser aus einer Kanne, die auf dem Tisch stand, und reichte ihn ihr. Klemensína stürzte das Wasser hinunter und verlangte mehr. So leerte sie drei Becher.

»Wie lange muss ich hier noch bleiben?«, fragte sie, nachdem sie ihren Durst gestillt hatte.

»Er hieß Jenni«, nahm Flóvent den Faden wieder auf. »Der Junge, der hinterm Piccadilly gefunden wurde. Er kam aus der Flóinn-Gegend hierher in die Stadt. Seine Mutter arbeitet dort als Magd, wir versuchen gerade, sie ausfindig zu machen. Kannst du uns dabei behilflich sein?«

»Ich weiß nicht, wie du darauf kommst, dass ich diese Leute kenne«, sagte Klemensína.

»Wir wissen, dass du das tust«, sagte Flóvent, »und je eher du mit uns sprichst, umso eher kommst du nach Hause. Wir hoffen, dass du uns auch helfen kannst, deine Freundin Ellý zu finden …«

»Hast du den Jungen etwa erwischt?«, fiel Klemensína ihm ins Wort.

»Ob ich den Jungen erwischt habe?«

»Tobías. Hast du ihn erwischt? Ich habe noch nie jemanden so schnell die Treppe runterrennen sehen. Hast du mit ihm geredet? Ihr solltet nicht zu viel darauf geben, was Tobías sagt. Der ist nicht ganz richtig, der Arme. Lügt viel. Lügt mich an. Hat er euch auch was vorgelogen? Ihr solltet euch vor ihm in Acht nehmen. Es stimmt nicht alles, was er sagt.«

»Zum Beispiel?«

»Alles Mögliche«, sagte Klemensína und unterdrückte einen erneuten Hustenanfall. »Er ist ein furchtbarer Lügner. Habt ihr was anderes für mich zu trinken als Gänsewein?«

»Er sagt, er kennt Jenni. Er sagt, auch du hast ihn gekannt, und mehr als das. Wir haben gehört, du verdienst an Jenni, auf dieselbe Art, wie du an Ellý verdienst. Und an weiteren Frauen, die uns nicht bekannt sind.«

»Verdienen …?«

»Dass du fünfzig Kronen pro Kunde nimmst, den du ihnen vermittelst, und dass sie aus den Truppen stammen«, konkretisierte Flóvent. »Das soll der übliche Tarif sein.«

»Verdammte Lüge! Wenn jemand Jenni benutzt hat, dann war das dieser Schwachkopf von Tóbías!«

»Dann kennst du den Namen also doch?«

»Welchen Namen?«

»Jenni.«

Klemensína saß starrsinnig da und antwortete nicht.

»Was meinst du damit, dass Tóbías Jenni benutzt hat?«

»Damit meine ich, dass du aber auch nichts kapierst«,

sagte Klemensína. »Ich habe keine Zeit hierfür. Ich muss los.«

Sie stand auf, und Flóvent befahl ihr, sich wieder zu setzen, doch sie tat, als hörte sie ihn nicht, und öffnete die Tür zum Flur. Flóvent und Thorson blickten sich kopfschüttelnd an, dann stand Flóvent auf, fasste Klemensína am Arm und führte sie zurück zu ihrem Stuhl. Sie versuchte nicht, sich zu wehren, murmelte etwas Unverständliches vor sich hin und blieb ruhig sitzen.

»Was wolltest du vorm Hótel Ísland?«, fragte Thorson.

»Nichts. Sie haben mich rausgeworfen. Ich war denen nicht fein genug.«

»Bist du öfter dort?«

»Was zur Hölle geht dich das an? Ich kann sooft dort sein, wie ich will.«

»Warst du auf der Suche nach Ellý?«, fragte Thorson.

Klemensína antwortete nicht. Sie saß mit gesenktem Blick da, in ihren zerschlissenen Sachen, und fummelte mit ihren dicken Fingern an einem Knopf herum, der sich von ihrem schmutzigen Mantel löste. Sie trug einen löchrigen Schal um den Hals, zog die Nase hoch und hustete immer wieder. Wenn sie Geld damit verdiente, Soldaten Frauen zu beschaffen, merkte man ihr das weder an ihrer Kleidung noch an ihrem Verhalten an.

»Wo ist Ellý? Kannst du uns das verraten?«

Klemensína schüttelte den Kopf.

»Sorgst du dich denn gar nicht um sie?«

»Sie kommt schon klar«, brummte Klemensína.

»Vermisst du sie?«

»Das geht dich einen Dreck an.«

»Wann hast du sie zuletzt gesehen?«

»Alles Unsinn …«

»Klemensína, wir wollen sie finden«, sagte Flóvent und versuchte, einen Schritt auf sie zuzugehen. Thorsons Fragen schienen ihren Widerstand ein wenig geschwächt zu haben. »Erzähl uns von Ellý.«

»Da gibt es nichts … zu erzählen«, murmelte Klemensína.

»Vielleicht können wir dir helfen«, sagte Thorson.

»Das war …«

»Was wolltest du vor dem Hotel?«

»Nichts …«

Es verging eine ganze Weile, in der sie Klemensína mit ihren Fragen in Ruhe ließen. Der Raum war fensterlos, und durch die dicken Wände der Polizeiwache drangen keine Straßengeräusche zu ihnen hinein. Sie wussten nicht, was in ihrem Kopf vorging, als sie dort in sich zusammengesackt auf dem Stuhl saß und an dem Knopf herumfummelte, der nur noch an einem Fädchen hing. Auf einmal riss der Faden, und Klemensína hatte den Knopf in der Hand. Sie starrte ihn an, als wäre etwas völlig Unverständliches passiert.

»Ich … ich habe ihn dort reingehen sehen«, sagte sie so leise, dass es kaum zu hören war. »Ich wollte … wollte mit ihm reden … aber sie haben mich nicht reingelassen.«

»Mit wem?«

»Mit dem, den sie im Piccadilly getroffen hat.«

»Wer war das?«

»Ellý ist in seinen Jeep gestiegen und … das war das Letzte, was ich von ihr gesehen habe.«

»Warst du mit ihr im Piccadilly, als sie diesen Mann getroffen hat?«

Klemensína nickte und spielte an dem Knopf herum.

»Ich wollte ihn fragen, was er mit ihr gemacht hat, weil ich sie seitdem nicht mehr gesehen habe, aber die Leute vom Hotel sagen, dass ich dort nicht reindarf und … an viel mehr kann ich mich nicht erinnern.«

»Weißt du, wie er heißt?«, fragte Thorson.

»Wer?«

»Der, der sie vom Piccadilly mitgenommen hat?«

»Ellý hat gesagt, er ist ein Unteroffizier, irgendein wichtiger Mann, der ihr das Blaue vom Himmel versprochen hat. Das Blaue vom Himmel, und sie hat das alles geglaubt, das Dummchen.«

Dreiundfünfzig

Klemensínas Erzählung nahm viele Umwege, doch sie blieben geduldig, weil sie merkten, dass sie sagen wollte, was sie wusste, und sie ließen sie das auf ihre Art tun, mit all den Abschweifungen und langen Pausen. Sie versuchten, sie nicht zu stören – nur wenn sie zu tief in ihre eigene Welt abtauchte, mussten sie sie zurückrufen. Dann schreckte sie auf und erzählte weiter von dem Unteroffizier und dem Abend im Piccadilly, an dem Ellý sich in seinen Jeep gesetzt hatte und mit ihm weggefahren war.

Klemensína ging hin und wieder ins Piccadilly. Der Laden war nicht weit von der Siedlung entfernt, und es kamen Leute wie sie dorthin, normale Leute, das Volk, und die untersten Ränge aus dem Militär, einfache Soldaten, die sich unter die Isländer mischten und fröhlich waren und ab und zu auch mal eine Runde Schnaps spendierten. Man musste nicht fließend Englisch sprechen, irgendwie verstand man sich in Spelunken wie dem Piccadilly auch so.

Und Ellý zog zwischen diesen Orten umher. Manchmal ging sie ins Ramóna oder ins White Star und kam später noch ins Piccadilly. Ellý kam gut mit den Soldaten aus, schnorrte Drinks und tanzte mit ihnen, und manchmal ging sie mit ihnen hinter die Kneipe, und wenn sie zurückkamen, hatten die Männer ein bisschen rötere Wangen und Ellý ein paar Kronen im Geldbeutel.

Sie hatte Klemensína von dem Unteroffizier erzählt, von ihren vorhergehenden Begegnungen, bevor sie sich im Piccadilly trafen und sie in seinen Jeep stieg. Zum ersten Mal waren sie sich im Ramóna begegnet. Der Laden war zum Bersten voll gewesen, und alle waren betrunken und laut. Der Unteroffizier hatte sich an sie rangemacht, an der Bar, und ihr einen Drink ausgegeben. Auch sie war natürlich nicht mehr nüchtern gewesen. Ellý hatte den Eindruck gehabt, dass er allein unterwegs war. Sie hatte ihn noch nie zuvor gesehen, und es war auch ungewöhnlich, dass ranghöhere Militärangehörige Kneipen wie das Ramóna betraten. Er trug keine Dienstabzeichen, doch er sagte, er sei Sergeant. Sie hatte ihn danach gefragt. Klemensína versuchte, ihr zu erklären, dass dieser Mann sich damit an die einfachen Leute anbiederte, dass es merkwürdig sei, wenn sich ein Mann von so hohem Rang mit einer Frau wie ihr abgebe. Mit ihm könne irgendetwas nicht stimmen. Doch davon wollte Ellý nichts hören. Er hatte sie um nichts Absonderliches gebeten, als sie das Ramóna verließen. Sie hätte ihn nur ein wenig mit dem Mund verwöhnen müssen, in seinem Jeep vor der Insel Grótta im Nordwesten von Reykjavík. Danach hatte er sie zurück ins Ramóna gebracht.

Beim zweiten Mal hatte er mit ihr die Stadt verlassen, sie zu einem Soldatenball in den Hvalfjörður mitgenommen. Dort waren Soldaten vom großen Flottenstützpunkt auf der Halbinsel Hvítanes und aus der näheren Umgebung zusammengekommen, ein großes

Orchester spielte zum Tanz auf, und manche Soldaten hatten Frauen an ihrer Seite. Nach dem Ball führten der Unteroffizier und ein paar andere Soldaten und Matrosen sie zu einem Ort etwas weiter draußen am Fjord, wo ein paar Baracken standen, die sie Falcon Point nannten. Dort ging das Vergnügen bis tief in die Nacht hinein weiter, bis der Unteroffizier sie mit seinem Jeep nach Reykjavík zurückbrachte.

Klemensína sagte, sie habe Ellý schon eine Weile nicht mehr gesehen, als sie sich im Piccadilly wieder begegnet waren. »Sie war allein und wartete auf ihren Unteroffizier, war ganz nervös und aufgedreht, das arme Ding«, erzählte Klemensína. Es habe nie viel gebraucht, um in ihr Hoffnungen und Sehnsüchte zu wecken, von anderen, besseren Zeiten. Sie werde schon noch sehen, wenn Ellý eine feine Frau in Amerika geworden sei und erster Klasse nach Island fahre und alle ihr Beachtung schenkten und sie sich nicht mehr in Spelunken wie dem Piccadilly herumtreiben würde.

»So hat sie oft dahergeredet«, hustete Klemensína. »Natürlich alles nur Blödsinn, das habe ich ihr auch zu verklickern versucht, aber das Mädchen war stur. Wollte an diesem Hirngespinst festhalten, an diesem Traum, ganz gleich, was die anderen sagten. Als sie schließlich ihren Unteroffizier reinkommen sah, sprang sie auf und stürmte zu ihm. Wahrscheinlich hielt sie sich schon jetzt für die feine Dame aus ihrem Traum.« Zum Abschied habe Ellý ihr zugelächelt – dann seien sie aus dem Piccadilly verschwunden.

»Das war das Letzte, was ich von Ellý gesehen habe«, sagte Klemensína im Vernehmungsraum, als hätte dieser Abschied für ihren Geschmack etwas denkwürdiger ausfallen können und als vermisste sie ihre Freundin.

»Heißt er Stewart, dieser Unteroffizier?«, fragte Thorson.

»Ja.«

»Warum hast du mir das nicht gesagt, als ich bei dir in der Siedlung war?«, fragte Flóvent. »Du machst dir offenbar Sorgen um Ellý. Dir ist es nicht gleichgültig, was aus ihr geworden ist. Du hättest nur um Hilfe bitten müssen.«

»Ich bin es nicht gewohnt, mit Polizisten umzugehen, die plötzlich vor meiner Tür stehen«, sagte Klemensína. »Und …«

»Ja?«

»Ich dachte, du hättest es auf mich abgesehen«, sagte sie. »Aber was soll's, dass ich ein paar Kronen verdiene. Muss ich deswegen ein schlechtes Gewissen haben? Es gibt doch wohl Schlimmeres als das.«

»Fünfzig Kronen pro Kunde?«

»Keine fünfzig Kronen. Manchmal auch gar nichts. Und soo viel sind fünfzig Mäuse ja auch nicht«, protestierte sie.

»Merkwürdig, dass du Falcon Point erwähnt hast«, sagte Thorson.

»Warum?«

»Was hat dir Ellý über diesen Ort erzählt?«, fragte Thorson.

»Nichts. Kalte Baracken. Überall das Gleiche.«

»Hat sie Jenni dort gesehen? Weißt du das?«

»Jenni?«, hustete Klemensína.

»Uns wurde gesagt, er sei auch für dich tätig gewesen«, sagte Flóvent, »wenn man das so nennen kann.

Wir glauben, dass er kurz vor seinem Tod in Falcon Point gewesen ist. Wir glauben, dass sein Tod in irgendeiner Weise mit diesem Ort zu tun hat. Vielleicht hat er etwas gesehen, das er nicht sehen durfte. Wir müssen die Wahrheit wissen. Du musst uns sagen, was du weißt, wenn wir Ellý finden sollen.«

Klemensína sah sie abwechselnd an.

»Weißt du, warum Jenni getötet wurde?«, fragte Flóvent.

Klemensína schüttelte den Kopf.

»Glaubst du, Ellý hat dasselbe Schicksal erfahren?«

Sie antwortete nicht.

»Was ist in Falcon Point passiert? Was hat Ellý dort gemacht? Was wollte Jenni dort?«

Klemensína bat erneut um Wasser, und Flóvent machte ihren Becher voll. Sie leerte ihn in einem Zug.

»Ich weiß nicht, wovon du sprichst«, sagte sie.

»Jetzt hör endlich auf damit«, sagte Flóvent. »Wir wollen dir helfen. Sag uns, was du weißt, dann kannst du nach Hause gehen.«

»Ich weiß nicht, was du von mir hören willst«, flüsterte Klemensína. »Was soll ich sagen? Und wer hört schon auf eine Trinkerin aus der Armensiedlung?«

»In Ordnung«, sagte Flóvent. »Dann müssen wir dich hierbehalten. Dann musst du heute Nacht hierbleiben, und morgen bringen wir dich ins Gefängnis auf dem Skólavörðustígur und verhören dich weiter.«

Klemensína saß stumm da und spielte immer noch an dem Knopf herum, der von ihrem Mantel abgerissen war.

»Das wäre nicht das Schlimmste«, sagte sie schließlich.

»Wir können Ellý helfen«, sagte Flóvent. »Wir können ihr helfen, falls du dich um sie sorgst. Wir können herausfinden, wo sie ist, und ...«

»Jenni hat sie getroffen ...«, murmelte Klemensína.

»Sie getroffen? Wo?«

»Und Ellý dachte, das wären solch tolle Männer. Richtige Gentlemen, der Unteroffizier und seine Freunde ... sie war immer auf der Suche nach ... nach Männern, die nett zu ihr sind, die sie gut behandeln und ...«

Klemensína schleuderte den Knopf auf den Boden.

»Dieses Pack!«

»Was ist passiert?«

»Es war nicht meine Schuld. Ich habe sie nicht dorthin geschickt. Ich nicht. Sie muss mit ihrem Unteroffizier dorthin gefahren sein.«

»Wohin?«

Klemensína zischte etwas, das sie nicht verstanden, als schimpfte sie mit sich selbst.

»Wo hat Jenni sie getroffen? In Falcon Point?«

»Er ... sie hat ihm gesagt ... sie hatte überall blaue Flecken und Prellungen und sagte ihm, dass ... dass sie ganz furchtbar mit ihr umgesprungen sind. Diese Barbaren. Sie waren zu zweit, der Unteroffizier und ein Mann, der Joe hieß. Sie haben sie vergewaltigt und geschlagen und dann wie ein Stück Dreck fallen lassen. Da! Da habt ihr es! Aber das war nicht meine Schuld. Ich habe nichts damit zu tun. Ich habe sie nicht dorthin geschickt! Das hat sie freiwillig getan. Ist mit dem Unteroffizier gegangen.«

»Und was hat Jenni gemacht?«

»Er ...«

Klemensína verstummte.

»Hat er ihr geholfen?«

»Sie wollte nicht mit ihm zurückkommen und ist geblieben. Er dachte, ich hätte sie dorthin geschickt. Er kam am Abend, wollte Tóbías sprechen und hat mir das alles in die Schuhe geschoben, der dumme Junge. Als wäre es meine Schuld, dass Ellý diese gestörten Männer kennengelernt hat. Tóbías war nicht zu Hause, und ich habe dem Jungen gesagt, dass ich mir diesen Unsinn nicht anhören will und er sich verziehen soll.«

»Aber was hat Jenni in Falcon Point gemacht?«

»Von ihm habe ich zum ersten Mal von diesem Ort gehört. Er hatte dort einen Freund. Einen amerikanischen Matrosen. Den er im Kino getroffen hat. Diese Jungs treffen sich im Kino. Gehen zusammen aufs Klo. Jenni hatte Ellý irgendwann mal bei mir zu Hause gesehen, als er bei Tóbías war, deshalb hat er sie wiedererkannt.«

»Wussten die Soldaten von ihm? Dass er mit Ellý gesprochen hat?«

»Das weiß ich nicht. Kata könnte das wissen. Ich habe sie gesucht, aber ... ich weiß nicht, wo sie ist.«

»Kata?«

»Die Kleine hat viel bei Ellý rumgehangen. Vielleicht weiß sie etwas.«

»War diese Kata auch irgendwann mal in Falcon Point?«

»Ich weiß nicht.«

»Warum ist Jenni nicht zur Polizei gegangen? Warum hat er sich nicht an uns gewandt?«

»Ellý wollte nichts dagegen unternehmen, und er war ...«

»In der Branche?«

Klemensína zuckte mit der Schulter.

»Das wurde mir so gesagt, und dass du fünfzig Kronen bekommst.«

»Nein, das ist eine dreiste Lüge. Ich habe nichts mit ihm zu tun. Aber Tóbías … ich weiß, dass ihm das mit Jenni und dem Matrosen nicht gefallen hat.«

»Inwiefern?«

»Naja, er war in Jenni verknallt, der Arme. Hat er dir das nicht gesagt?«

»Glaubst du, der Unteroffizier und dieser Joe haben von Jenni gewusst? Wussten sie, dass er mit Ellý gesprochen hat und ihr helfen wollte?«

»Das weiß ich nicht.«

»Und sonst weißt du nichts von Ellý?«

»Nein. Nichts.«

»Aber du wolltest den Unteroffizier nach ihr fragen, als du ihn ins Hótel Ísland gehen sahst?«

»Ich wollte ihn fragen, ob er sie wirklich so geschunden hat. Ich wollte fragen, wo sie ist. Was er mit ihr gemacht hat. Aber sie haben mich rausgeworfen. Haben gesagt, dass ich dort nichts zu suchen habe, und mich sofort rausgeschmissen.«

Vierundfünfzig

Irgendwie gelang es ihr, Kristmann zu beruhigen und ihn dazu zu bringen, sich zu setzen. So aufgewühlt hatte sie ihn noch nie erlebt. Der Einbruch in das Haus von Manfreðs Onkel Vilmundur machte ihm sichtlich zu schaffen. Als er sich endlich gefangen hatte, bat er um Wasser, und sie schlich sich in die Küche hinauf und achtete darauf, ihre Tante nicht zu wecken, die schon längst zu Bett gegangen war.

Als sie zurückkam, war Kristmann wieder so, wie sie ihn kannte, und er begann zu erzählen. Er habe lange gezaudert, als er dort vor dem halboffenen Fenster stand.

Zuvor war er durch die Gegend gestreift und hatte eine Weile in der nächsten Straße gestanden und das Haus beobachtet, jedoch keine Bewegung wahrgenommen. Vilmundur war offenbar nicht zu Hause. Er hatte keine Familie, und auch sonst war niemand an dieser Adresse gemeldet. Als die Abenddämmerung hereinbrach, wagte sich Kristmann näher an das Haus heran. Er fürchtete, gesehen zu werden, doch es war niemand auf der Straße. In dieser Gegend standen Einfamilienhäuser und Häuser mit zwei oder drei Stockwerken, deren Bewohner sich auf die Nachtruhe vorbereiteten. An Vilmundurs Eingangstür brannte Licht, ansonsten war das Haus aber dunkel.

Irgendwann schlich sich Kristmann in den Garten, kam an eine Hintertür und bemerkte das offene Fenster. Er war kein Einbrecher, hatte keine Ahnung, wie man so etwas anstellte. Ohne lange nachzudenken, begann er die Situation auszuloten, öffnete das Fenster noch ein Stück weiter. Dahinter war ein feinmaschiges Drahtnetz, das aber kein großes Hindernis darstellte, und als er den Arm hindurchstreckte und ganz lang machte, gelang es ihm, die Tür von innen zu entriegeln.

Auf einmal stand er in der Waschküche, und seine Augen gewöhnten sich an die Dunkelheit. Er hatte auf gut Glück eine Taschenlampe mitgenommen, die er nun in die Hand nahm, ohne sie jedoch einzuschalten. Eine Weile stand er regungslos und lauschte nach Geräuschen im Haus, doch es herrschte völlige Stille. Er ging in den Flur, und als sich seine Augen noch besser an die Dunkelheit gewöhnt hatten, sah er die Küche und eine mit Teppich ausgelegte Treppe, die in den ersten Stock führte. Der Hauseingang befand sich gegenüber der Treppe, und auch gegenüber der Küche war eine Tür, die öffnete er und stand in einer Kammer mit Kisten und Paketen, Töpfen und Kleidern. Alles war ordentlich sortiert. Neben der Kammer war ein Badezimmer.

Hinter der Treppe und gegenüber der Waschküche befand sich ein Schlafzimmer, vermutlich Vilmundurs. Ein gemachtes Einzelbett, daneben ein Nachttisch. Ein Kleiderschrank in der Ecke und ein aufgeräumter Schreibtisch an einer Wand. Vor dem Fenster hingen schwere Vorhänge, und schließlich wagte Kristmann es, die Taschenlampe einzuschalten. Zur Sicherheit richtete er sie auf den Boden und verdeckte mit den Fingern einen Teil der Strahlen. Er wusste nicht genau, wonach er suchte, doch er glaubte, es zu erkennen, wenn er darauf stieß. Er setzte sich an den Schreibtisch, an dem alles an seinem Platz war, Papier, zwei Füllfederhalter, ein Tintenfass und eine Löschwiege. In den beiden Schreibtischschubladen befanden sich weitere Papierbögen, ein paar Geldscheine, ein Feuerzeug, ein Zigarrenkästchen und eine Brillendose.

In der oberen Etage des Hauses waren zwei Bücherzimmer, und von einem der beiden ging ein Büro ab. Kristmann wusste nicht, wie viel Zeit er hatte, und wollte sich lieber im Erdgeschoss aufhalten, mit kurzem Fluchtweg durch die Waschküche, falls der Hausbesitzer zurückkam. Dementsprechend schnell sah er die obere Etage durch. Er achtete darauf, alles, was er anfasste, genauso zu hinterlassen, wie er es vorgefunden hatte. Als er sich den Schreibtisch im Büro vornahm, hatte er den Eindruck, dass Vilmundur kleinere geschäftliche Angelegenheiten von zu Hause aus erledigte. Verkaufsbelege und Bestellungen von diversen Textilwaren, Zwirnen, Decken, Stoffballen und so weiter lagen auf dem Tisch verteilt. Die Schreibtischschubladen waren nicht verschlossen und enthielten weitere Unterlagen, die mit Vilmundurs Großhandel zu tun haben mussten.

Nachdem er den Schreibtisch gründlich durchsucht hatte, stand Kristmann auf, wobei ihm die Taschenlampe auf den Boden fiel. Der Lichtstrahl beleuchtete einen großen Bücherschrank, und als er sich nach der Lampe bückte, bemerkte er, dass besagter Schrank nicht ganz an der Wand stand.

Kristmann schaltete die Taschenlampe aus, ging

zum Schrank und rückte ihn noch ein Stückchen weiter von der Wand ab. Das kostete einige Kraft, doch als sich der Schrank bewegte, fielen zwei braune Umschläge auf den Boden, und die Ecke eines dritten, der noch hinter dem Schrank klemmte, war zu sehen. Kristmann setzte sich und öffnete einen der Umschläge. Es kamen einige kopierte Hefte zum Vorschein, die den Titel *Die Thule-Gesellschaft* trugen. *Stärke des Geistes*, lautete das Thema eines der Hefte. Außerdem fand er kürzere Berichte mit Datum, der neueste erst eine Woche alt, in dem es um die neuen, weiterentwickelten Geschütze der Amerikaner auf der Valhúsahæð ging. An anderer Stelle wurden die wichtigsten Marineoffiziere der Alliierten in Island aufgelistet sowie die Standorte der Hauptquartiere von Heer und Flotte. Und zwischen den Seiten fand er zwei Fotos von den Flottenstützpunkten im Hvalfjörður. *Hvítanes* stand auf der Rückseite des einen Bildes, außerdem Informationen zur Truppenstärke, zur Funktion der Stützpunkte und ein paar Daten zum U-Boot-Abwehrzaun, den man quer durch den Fjord gelegt hatte.

Der zweite Umschlag enthielt hauptsächlich alte Fotos. Kristmann hatte Bilder von Vilmundur gesehen und meinte, ihn auf einigen der Aufnahmen zu erkennen. Manche waren im Ausland gemacht worden, und die Namen der meisten anderen Personen auf den Bildern waren mit zartem Bleistift auf die Rückseite geschrieben. Dort fand Kristmann auch den Namen Reinhold Friedrich. Er stand neben Vilmundur vor einer deutschen Kneipe, und sie grinsten breit in die Kamera. Unter Reinholds Namen stand: München 1919.

Im dritten Umschlag befanden sich Notizen, Tagebucheinträge und vereinzelte Stichpunkte, die sich auf die Aktivitäten der Besatzer im Lande bezogen, sowie Überlegungen im Protokollstil, manches auf Deutsch, manches auf Isländisch. Kristmanns Herz pochte. Er wusste, dass ihm nicht mehr viel Zeit blieb. Schnell steckte er alles zurück in die Umschläge, verstaute sie hinter dem Schrank und schob das schwere Möbelstück zurück an seinen Platz. Dann eilte er die Treppe hinunter, und genau in diesem Moment öffnete sich die Haustür. In der Diele ging das Licht an, und er sah Vilmundur hereinkommen. Er sagte irgendetwas, das Kristmann nicht verstand. Mit ihm kam ein zweiter Mann, den er nur sehr undeutlich sah. Kristmann wusste, dass er wehrlos war, und wagte es nicht, zur Waschküche zu laufen, aus Angst davor, dass sie ihn sehen könnten. Daher schlüpfte er in den Winkel unter der Treppe, genau in dem Moment, als das Flurlicht anging. Er war in dem Haus gefangen.

Die beiden Männer unterhielten sich noch eine Weile am Eingang, dann verstummte ihr Gespräch. Kristmann lauschte, ob jemand die Treppe hinaufgehen würde, hörte aber nichts. Daher nahm er an, dass sie in die Küche gegangen waren. Es dauerte lange, bis er daran zu denken wagte, sich in die Waschküche zu schleichen, von wo aus er das Haus auf demselben Weg verlassen konnte, wie er es betreten hatte. Er lauschte weiter und hörte die Männer tatsächlich in der Küche, Kaffeeduft zog in den Flur. Leise verließ er seinen Schlupfwinkel unter der Treppe und wollte sich gerade zur Waschküche vortasten, als er plötzlich meinte, die Männer streiten zu hören. Kristmann stand wie angewurzelt, während die Stimmen lauter wurden. Er wusste nicht, wen Vilmundur da mitgebracht hatte, und war unschlüssig, was er tun sollte, bis schließlich seine Neugier über die Vernunft siegte. Er schlich sich zur Küchentür.

»... das ist doch Unsinn, Vilmundur, jetzt hör schon auf! Sie werden hier nicht einmarschieren. Das müsste auch dir klar sein. Das ist längst entschieden.«

»Sie hätten das Land besser besetzen sollen, als sie ...«

Kristmann musste sich noch näher heranschleichen, um alles mitzukriegen, und hörte manches trotzdem nicht.

»... fataler Fehler, den Briten das durchgehen zu lassen«, sagte Vilmundur deutlich hörbar. »Stell dir mal vor, sie wären vor den Briten hier gewesen, dann würden sie den Norden jetzt komplett beherrschen. Darüber habe ich 1938 in Berlin auch mit Reinhold gesprochen – er war ganz meiner Meinung. Ihm war die Bedeutung Islands im Atlantik bewusst.«

»Hat er etwas in dieser Richtung in Kopenhagen auch zu Manfreð gesagt? Dass es ein großer Fehler war, Island nicht gleich zu Kriegsbeginn zu besetzen?«

»Sicher. Reinhold ist nicht auf den Kopf gefallen. Ich verstehe nicht, warum es für ihn in Berlin nicht weiterging. Er war nicht zufrieden mit seiner Versetzung nach Kopenhagen, obwohl er dort einen guten Posten bekam. Er meinte, in Berlin mehr bewirken zu können.«

»Hast du noch mal was von Manfreð gehört?«, fragte der Unbekannte in Vilmundurs Küche. Der Stimme nach musste er etwa in Vilmundurs Alter sein.

»In letzter Zeit nicht. Er sagt, er ist sehr beschäftigt.«

»Er hat natürlich viel zu tun. Hat ihn dieser Mann noch weiter belästigt, der in sein Büro gekommen ist?«

»Nein, ich glaube nicht.«

»Das hat ihn ganz schön aufgewühlt, all die Fragen nach dir und der isländischen Nazipartei und danach, was auf dem Schiff passiert ist.«

»Das war der Bruder des Mannes, der Manfreð an Bord der Esja so bedroht hat«, sagte Vilmundur. »Manfreð sagt, er spricht mit allen Passagieren von damals und konzentriert sich nicht unbedingt auf ihn. Es weiß ja auch niemand, was damals passiert ist. Es gab keine Zeugen. Manfreð glaubt, er ist den Mann losgeworden, ohne auch ihn ertränken zu müssen.«

»Das wollen wir für ihn hoffen. Manfreð musste sich damals einfach wehren.«

»Ja, sicher. Dieser … dieser Ingimar meinte zu wissen, dass er die Medizinstudenten verraten hatte, was natürlich nicht sein konnte. Nur Reinhold wusste davon. Er hat ihm angedroht, das an die große Glocke zu hängen, und daraufhin sind sie aufeinander losgegangen und irgendwie … irgendwie hat das so geendet …«

»Es musste ja so kommen.«

»Manfreð spricht nie darüber. Er will nicht darüber reden, und das verstehe ich gut. Und er will natürlich auch nicht, dass wir das tun, daher sollten wir …«

Plötzlich verstummte Vilmundur und lauschte.

»Hast du das gehört?«, fragte er.

»Was?«

»Dieses Geräusch?«

»Nein, ich habe nichts gehört.«

»Ist da wer?«, rief Vilmundur.

Er stand auf, und im selben Moment, als er in der

Küchentür stand, die Treppe hinaufspähte und in den dunklen Flur hinein, schloss sich ganz leise die Waschküchentür.

Fünfundfünfzig

Sie rechnete damit, dass Kristmann im Laufe seines Berichts in irgendeiner Weise Wut, Abneigung, vielleicht sogar Hass zum Ausdruck bringen würde, doch er zeigte keinerlei Gefühlsregung, sondern erläuterte ganz sachlich und gewissenhaft, was er herausgefunden hatte. Doch sie sah ihm an, dass es ihm beim Erzählen nicht gut ging, und sie spürte ihre eigene Wut und großen Schmerz, als sie von Manfreðs und Ingimars Schicksal erfuhr, obwohl damit im Grunde nur das bestätigt wurde, was sie ohnehin schon seit einiger Zeit vermutet hatten.

»Das alles überrascht mich eigentlich nicht«, gab Kristmann mit leiser Stimme zu, als er zu Ende erzählt hatte. »Irgendwie fühlt es sich an, als hätte ich es die ganze Zeit gewusst.«

»Dann hat Manfreð also seinem Onkel Vilmundur anvertraut, was auf dem Schiff geschehen ist?«

»Offenbar.«

»Und es war kein Unfall?«

»Nein, es war kein Unfall«, sagte Kristmann. »Manfreð wollte meinen Bruder zum Schweigen bringen. Wie ich Ingimar kenne, hat er nicht lockergelassen und hat eine Antwort von Manfreð verlangt, die Wahrheit eingefordert, ihm sogar angedroht, öffentlich zu machen, dass Manfreð ein Komplize der Nazis ist. Ich kann mir vorstellen, dass Manfreð das nicht gefallen hat, dass er auf ihn losgegangen ist, sodass es auf diese tragische Weise endete.«

»Und dieser Reinhold … wie heißt er noch mal weiter?«

»Reinhold Friedrich. Ich schätze, er und Vilmundur haben sich nach dem Ersten Weltkrieg in München kennengelernt«, sagte Kristmann. »Sie scheinen Kontakt gehalten zu haben und sind seitdem befreundet. Jedenfalls klang es so, als hätten sie sich kurz vor dem Krieg in Berlin getroffen. Bei dem Gespräch in der Küche meinte Vilmundur, dass Reinhold einen guten Posten bei den Besatzern in Dänemark habe, obwohl er lieber in Berlin geblieben wäre. Wie auch immer. Wahrscheinlich kannte Manfreð ihn über Vilmundur.«

»Und hat ihm von Ósvaldur und Christian erzählt?«

»Danach sieht es aus, ja. Nur Reinhold wusste davon, hat Vilmundur in seiner Küche gesagt. Das habe ich ganz deutlich gehört.«

»Also …«

»Also wissen wir jetzt zwei Dinge über Manfreð«, sagte Kristmann. »Er trägt die Schuld an Ingimars Tod und hat Ósvaldur und seinen Freund verraten.«

Diesen Worten folgte eine lange Stille.

»Was willst du jetzt tun?«, fragte sie schließlich. »Was machen wir mit diesen Informationen?«

Kristmann hatte ganz in Gedanken versunken auf den Boden gestarrt, doch jetzt blickte er auf, sah ihr direkt in die Augen, als könnte die Entscheidung nicht länger hinausgezögert werden, als bräuchte er sofort eine eindeutige Antwort von ihr.

»Wenn wir ihn verraten, wird er alles abstreiten. Es gibt keine Zeugen, niemand kann berichten, was wirklich geschehen ist. Ich denke, wir sind der Wahrheit sehr nahe. Wir müssen nicht befürchten, einen Fehler zu machen, falls dich das sorgt.«

»Man wird ihm nichts nachweisen können.«

»Nein, das wird nicht möglich sein. Aber ich finde, er darf damit nicht durchkommen.«

»Nein.«

»Also ...«

Sie ahnte bereits, was Kristmann dachte.

»Wenn wir wirklich den Weg gehen, den du wahrscheinlich im Sinn hast, dann ...«

»Dann müssen wir das nutzen, was wir haben.«

»Ja, das stimmt.«

»Und uns bleibt nicht viel Zeit zur Vorbereitung. Eure Beziehung könnte auffliegen. Wir wissen, dass seine Ehe nicht sonderlich stabil ist. Er könnte seine Frau jederzeit verlassen und sich offiziell zu dir bekennen. Irgendwelchen Bekannten gegenüber deinen Namen nennen. Er könnte Vilmundur von dir erzählen. Seinen Arbeitskollegen ...«

»Was sollen wir tun?«

»Im Moment haben wir einen Zugang zu ihm wie kein anderer«, sagte Kristmann. »Wir sollten ausnutzen, dass du ihn heimlich triffst und niemand von euch weiß.«

»Ja, aber wie du schon sagst, kann sich das jederzeit ändern.«

»Die Frage ist, wie weit wir bereit sind, zu gehen«, sagte er.

»Das musst du mich nicht fragen«, sagte sie.

»Bist du dir sicher?«

»Ja, ich glaube ... ich bin mir sicher.«

»Glauben reicht nicht. Bist du dir sicher?«, fragte er noch einmal.

»Ja«, antwortete sie. »Ich bin mir sicher.«

»Am folgerichtigsten wäre es, ihn ertrinken zu lassen«, sagte Kristmann, und zum ersten Mal spürte sie den eiskalten Hass gegenüber Manfreð, der sich seit Kristmanns Besuch bei Vilmundur in ihm aufgestaut hatte. »Dann spürt er, wie es meinem Bruder ergangen ist.«

»Aber wie ...?«

»Ich bin verschiedene Möglichkeiten durchgegangen.«

»Und?«

»Leute gehen ins Meer«, sagte Kristmann. »Bringen sich auf diese Weise um. Wir könnten es so aussehen lassen ...«

»... als wäre es ein Selbstmord?«, sagte sie. »Meinst du das?«

»Ich weiß nur noch nicht, wie wir das anstellen sollen«, sagte er. »Ich denke gerade laut. Man darf ihm nichts ansehen. Und wir müssen ihn zum Meer schaffen. Also ...«

»Reden wir gerade allen Ernstes darüber?«

»Du meintest, du bist dir sicher.«

»Ich weiß. Aber fragst du dich nicht, wie wir das schaffen sollen?«

»Nicht wirklich ...«, sagte er.

»Es ist nicht gut, so etwas aus der Wut heraus anzugehen. Sollten wir nicht lieber eine Nacht darüber schlafen? Und dann noch mal reden?«

»Du hast gesagt, du willst das auch.«

»Ich weiß, Kristmann, ... aber das ist eine schwerwiegende Entscheidung und wir ... wir sind doch nur normale Leute«, sagte sie und senkte die Stimme. »In Gottes Namen, Kristmann, wir sind normale Leute.«

»Und ...?«

»Und normale Leute tun so etwas nicht. Die machen so etwas einfach nicht. Es fällt mir schwer, uns als ... Mörder zu sehen. Das sehe ich nicht. Durchtrieben. Organisiert. Kaltherzig. So bin ich nicht ... das hoffe ich zumindest.«

»Waren diejenigen, die er umgebracht hat, nicht auch ganz normale Leute?«, sagte Kristmann.

Darauf wusste sie nichts zu antworten.

»Ihm ist das leichtgefallen. Er hat nicht gezögert, Ósvaldur und Christian in den Tod zu schicken. Meinen Bruder Ingimar. Jetzt wartet er darauf, dass die Nazis den Krieg gewinnen und er Orden und Ansehen für seine Treue bekommt und weiter nach Gutdünken ganz normale Leute töten kann. Vielleicht, um einen Ehemann oder Geliebten aus dem Weg zu schaffen. Vielleicht, weil jemand meint, die Wahrheit über ihn zu kennen.«

Kristmann sah sie an.

»Ich verstehe sehr gut, dass dir nicht wohl dabei ist«, sagte er. »Ganz klar: Ich verstehe das. Und wenn du es nicht tun willst, ist das vollkommen in Ordnung. Aber ich will ihn damit nicht durchkommen lassen. Damit könnte ich nicht leben. Niemals.«

Die Idee kam wie von selbst.

In Gedanken war sie noch bei ihrem Gespräch, als

sie tags darauf bei einer Operation assistierte, bei der der Patient mit einem Anästhetikum betäubt wurde, während des Eingriffs jedoch bei vollem Bewusstsein war. Sie kannte das Mittel und seine Wirkung, da sie in Schweden schon einmal bei einer ähnlichen Operation geholfen hatte, und musste sofort an Kristmann und sein Vorhaben denken. Sie wusste, dass Kristmann Nägel mit Köpfen machen und dass sie in gewisser Weise mitschuldig sein würde, da sie von seinem Plan wusste und nichts dagegen unternahm, ja sogar versprochen hatte zu helfen. Ob sie wirklich bereit dazu war, würde sich ohnehin erst zeigen, wenn sie vor Manfreð stand.

Als sie schließlich allein im Operationssaal war und aufräumte, blieb sie vor dem Spritzentablett stehen und starrte lange auf die Spritze, mit der der Patient betäubt worden war. Sie dachte daran, dass Manfreð regelmäßig über Rückenschmerzen klagte, und auf einmal war ihr klar, dass Kristmanns Vorhaben nur mit ihrer Hilfe umzusetzen war.

Und noch etwas wusste sie plötzlich: Sie wollte Manfreðs Reaktion erleben, wenn er erfuhr, dass Kristmann und sie die Wahrheit herausgefunden hatten und entschlossen waren, ihre Lieben zu rächen – koste es, was es wolle.

Sie wollte ihm ins Gesicht blicken, wenn herauskam, dass ihre Gefühle ihm gegenüber nur gespielt gewesen waren. Dass hinter ihrer vermeintlichen Verliebtheit nichts als kalte Berechnung steckte.

Dass sie Manfreð nur wieder getroffen und all das auf sich genommen hatte, um Informationen über Ósvaldurs Schicksal zu sammeln.

Dass sie ihn mehr verachtete als je einen Menschen zuvor.

Sie starrte auf die Nadel.

Sie war überzeugt davon, dass sie den Lauf der Dinge steuern und einen Rückzieher machen konnte, wenn es ihr doch zu brenzlig werden würde. Und auch Kristmann würde sie dann sicher noch davon abhalten können.

Später an diesem Tag nahm sie Kontakt zu ihm auf und erzählte ihm von jenem Mittel namens Perkain, das im Universitätsklinikum bei Operationen eingesetzt wurde, und schilderte ihm, wie es ihnen behilflich sein konnte.

Sechsundfünfzig

Zuerst fuhren sie zur Halbinsel Hvítanes, die ein Stück tiefer im Fjord lag als Falcon Point. Thorson wollte Flóvent zeigen, wie massiv die militärischen Anlagen dort in der letzten Zeit ausgebaut wurden. Es dämmerte bereits. Sie hielten auf der Straße oberhalb von Hvítanes und blickten auf den Flottenstützpunkt, einen der größten, den die Alliierten im Nordmeer errichtet hatten. Dort gab es Depots, eine Werkstatt, ein Kino und ein Krankenhaus sowie ein Geschäft für die Matrosen. Von der Straße aus wirkten die Baracken wie ein kleines Dorf am Meer, mit eigenem Verkehrsnetz und Straßenbeleuchtung.

Ein riesiges Schwimmdock lag an der inneren Seite der Halbinsel, und draußen auf dem Fjord kümmerten sich Instandsetzungsschiffe um die Flotte der Alliierten. Auf der anderen Seite des Fjords befanden sich die größten Ölvorräte der alliierten Streitkräfte im Atlantik. An der Halbinsel gab es zwei Anleger, einen aus Stahl und einen zweiten, deutlich kleineren aus Beton. Über den größeren führten Schienen für einen großen Dampfkran.

Zu den Aufgaben des Flottenstützpunkts gehörte die Instandhaltung des U-Boot-Abwehrzauns, der aus schweren Eisenseilen bestand und quer durch den

Fjord führte. Er reichte bis an die Wasseroberfläche und diente als Schutz gegen U-Boote und sonstige feindliche Schiffe. Ungefähr in der Mitte befand sich ein Tor, das alle Schiffe passieren mussten und das von einem Patrouillenboot bewacht wurde. Ein Minengürtel versperrte den gesamten Fjord. Die Sprengsätze konnten von Land aus gezündet werden, sollte der Feind sich blicken lassen. Mächtige Flakgeschütze waren an wichtigen Stellen im Fjord positioniert, um eine feindliche Invasion abzuwehren.

»Ist das der U-Boot-Abwehrzaun, den sie da aus dem Meer holen?«, fragte Flóvent, der eines der Instandsetzungsschiffe vor der Halbinsel beobachtete. Flutlicht war vom Schiff aus auf den rostigen Eisendraht gerichtet, der wie zu Maschen verwebt war, und sie sahen geschäftige Matrosen an Deck des Schiffes.

»Scheint so«, sagte Thorson nachdenklich. »Irgendetwas haben sie damit vor.«

»Ein ganz schön großes Teil«, sagte Flóvent.

Thorson legte den ersten Gang ein und fuhr zurück in Richtung Falcon Point. Die Straße führte an der Küste entlang, mit einem Berg auf der einen und dem steilen Abhang zum Meer auf der anderen Seite. Flóvent, der unter Höhenangst litt, saß auf dem Beifahrersitz und war froh, den Berg an seiner Seite zu haben. Zum Meer hinunterzublicken, vermied er. Thorson fuhr den Militärjeep, den er zur Verfügung hatte, und störte sich nicht weiter an dem schlechten Weg, der am Fjord entlangführte.

Sie waren schweigend aus Reykjavík hergefahren. Klemensína war zurück in ihrer Zelle und würde die Nacht in der Pósthússtræti verbringen. Sie hatten nichts weiter über den Unteroffizier und seiner Beziehung zu Ellý aus ihr herausbekommen. Und sie hatte auch nicht sagen können, was genau sich zwischen Jenni und Ellý abgespielt hatte, als sie ihm in Falcon Point begegnet und so übel zugerichtet gewesen war.

»Glaubst du, den wirst du brauchen?«, fragte Flóvent und zeigte auf den Revolver, der vorn im Jeep lag. »Wir hätten vielleicht Verstärkung anfordern sollen.«

»Ich hoffe nicht«, sagte Thorson. Er war den ganzen Abend ungewöhnlich schweigsam gewesen. »Ich brauche ihn nur selten.«

Der Jeep rollte im Abendlicht über die Straße.

»Du denkst sicher manchmal an die Zukunft, oder?«, sagte Flóvent und blickte auf den Revolver. »An den Krieg. Den Tod.«

»Ich versuche, das zu vermeiden«, antwortete Thorson. »Er kommt, wenn er kommt.«

»Das ist sicher keine schlechte Einstellung«, sagte Flóvent.

»Am besten wäre es, nichts von ihm zu wissen, bis er einem auf die Schulter klopft, aber das ist natürlich …«

Thorson sah seinen Kollegen an. Er dachte oft an Flóvent, und es hatte nichts mit ihrer Zusammenarbeit zu tun. Da war etwas, seine ruhige Art, sein milder Blick, das er vom ersten Moment an schön gefunden hatte und das anziehend auf ihn wirkte. Er wusste nicht genau, was es war, aber er fühlte sich in seiner Gegenwart wohl und spürte, dass er ihm vertrauen konnte, und er hätte sich in seiner Not an keinen anderen gewandt als an ihn. Nur dass er seine Herzensangelegenheiten nicht mit Flóvent besprechen konnte, bedauerte er, doch darüber sprach er mit niemandem.

Thorson wich einem Schlagloch aus, und sie wurden im Jeep heftig zur Seite geschleudert.

»Kann es sein, dass sie Jenni mundtot machen wollten?«, fragte Flóvent, der sich an seinem Sitz festkrallte. »Wenn er Ellý in diesem Zustand gesehen und sie ihm gesagt hatte, was passiert war?«

»Dann hätte Jenni diese Männer möglicherweise im Piccadilly wiedererkannt, sie vielleicht nach Ellý gefragt und Alarm geschlagen, sodass sie ihn aus dem Weg schaffen mussten.«

»Diese Möglichkeit sollten wir jedenfalls im Hinterkopf behalten, oder?«, sagte Flóvent.

»Wir wissen natürlich nicht, was mit Ellý ist.«

»Nein. Wir müssen sie finden.«

»Sie könnte auch schon zurück in Reykjavík sein, ohne es jemandem gesagt zu haben. Vielleicht ist sie auch nach ... woher kommt sie noch mal? Aus Akranes? Sie könnte dorthin gegangen sein.«

»Kann sein.«

»Wenn es stimmt, was Klemensína uns von Jenni erzählt hat, waren zwei Männer bei ihr, der Unteroffizier und einer, der Joe genannt wurde«, fasste Thorson zusammen.

»Glaubst du, das ist derselbe, der dich umbringen wollte?«

»Das würde mich nicht überraschen.«

Der Jeep rutschte auf der Schotterstraße weg und schlingerte bedrohlich nah an den Abhang zum Meer. Einige Steine brachen von der Kante ab, und Flóvent fand, dass Thorson nicht gerade vorsichtig fuhr. Er stützte sich am Armaturenbrett ab und bat ihn, nicht so waghalsig zu fahren. Thorson drosselte die Geschwindigkeit, und im selben Moment sahen sie vereinzelte Lichter auf einer kleinen Halbinsel unterhalb der Straße.

Im Vergleich zum Flottenstützpunkt auf Hvítanes war dieser hier an der Bucht Hvammsvík klein – und noch recht neu. Im vergangenen Jahr erst hatten amerikanische Matrosen hier einige Baracken errichtet. Zuerst hatte man einen kleinen Bootsanleger, zwei Baracken für Gefreite und zwei weitere für Unteroffiziere und Offiziere eingerichtet. Später war der Stützpunkt weiter ausgebaut und ein langer Steg, der ins Meer hinaus führte, installiert worden. Thorson hielt an und blickte auf das Gelände hinunter. Falcon Point. Er hatte keine Ahnung, woher dieser Name kam. Vielleicht hatten die Matrosen bei ihrem ersten Besuch Falken über die Landzunge fliegen sehen.

An dem Weg, der hinunter auf das Gelände führte, war ein Kontrollposten eingerichtet, der allerdings nicht besetzt zu sein schien. Thorson stellte die Scheinwerfer aus, als sie sich dem Posten näherten, und ließ den Jeep lautlos den Weg hinunterrollen. Vorsichtig zog er die Handbremse an, stellte den Motor aus und ging zu dem Häuschen. Es war aus Sperrholz gebaut, hatte eine scheibenlose Öffnung und ein schräges Wellblechdach. Thorson nahm an, dass es bloß der Form halber hier stand, denn in dieser Gegend war wirklich niemand unterwegs. Er betrat das Häuschen und guckte durch die Öffnung zu Flóvent hinaus, wobei er ratlos mit der Schulter zuckte.

»Wo ist die Wache?«, fragte Flóvent vom Beifahrersitz aus.

»Hier jedenfalls nicht«, antwortete Thorson.

Er kehrte zum Jeep zurück, und nach kurzem Überlegen entschieden sie, den Wagen stehenzulassen und zu Fuß zu den Baracken zu laufen. Mittlerweile war es ziemlich dunkel, nur die Lampen über den Eingängen der Gebäude warfen ein mattes Licht über das Gelände, das völlig menschenleer wirkte. Leise näherten sie sich den Baracken, ohne genau zu wissen, warum sie so schlichen. Thorson hatte sich den Revolver unter den Hosenbund geschoben und sah aus, als rechnete er mit nichts Gutem. Ein Militärjeep und ein Truck standen vor der größten Baracke. Thorson kletterte in den Truck und kam mit einem kopierten Zettel wieder heraus, den er Flóvent reichte.

»Ein zweitägiges Manöver.«

»Ach ja?«

»Sie sind auf Hvítanes«, flüsterte Thorson so leise, dass Flóvent ihn kaum verstand. »Heute ist niemand hier gewesen.«

Flóvent las den Zettel, auf dem angeordnet wurde, dass sich alle Soldaten dieses Stützpunkts zu einem gemeinsamen Manöver nach Hvítanes begeben sollten, das an diesem und dem folgenden Tag abgehalten wurde.

Flóvent faltete das Blatt zusammen und steckte es ein. Dann gingen sie zur großen Baracke, die jedoch verschlossen war, wie auch die beiden weiteren Baracken, die sie kontrollierten. Die vierte Baracke aber war offen, und sie gingen hinein. Als ihre Augen sich an die Dunkelheit gewöhnt hatten, sahen sie Feldbetten an den Längsseiten stehen, die bis auf zwei alle ordentlich gemacht waren. Die persönlichen Dinge der Soldaten lagen auf Tischen, Stiefel standen auf dem Boden, auf manchen Betten lagen sauber gefaltete Hosen und Hemden. An die gewölbte Decke waren Bilder von Filmstars geheftet.

Sie verließen die Baracke und gingen hinunter zum Wasser, zu dem sechzig Meter langen Steg ins Meer. Sie liefen etwa bis zur Mitte und sahen die Lichter von vereinzelten Bauernhöfen am Fjord und vom Flottenstützpunkt auf Hvítanes, der nicht weit entfernt war. Alles wirkte ruhig, und als sie umkehrten, dachte Flóvent daran, wie sehr der Weltkrieg diesen friedlichen isländischen Fjord bereits geprägt hatte.

Auf dem Weg zurück zum Jeep fiel ihnen eine fensterlose Baracke ein Stück abseits der anderen Gebäude auf, die sie auf dem Hinweg gar nicht bemerkt hatten. Sie war deutlich kleiner als die anderen Gebäude, und dort brannte kein Licht. Thorson ging davon aus, dass es sich um ein Lager handelte.

Auf einmal hörten sie von dort eine Art Maunzen, wie von einer Katze.

»Hast du das gehört?«, flüsterte Thorson.

»War das nicht nur eine Katze?«, sagte Flóvent.

»Ich sehe keine Katze«, sagte Thorson und spähte in die Dunkelheit.

Da hörten sie das Geräusch wieder, diesmal etwas deutlicher. Es stammte von keinem Tier, das sie kannten.

»Das ist keine Katze«, flüsterte Thorson und umfasste den Kolben seines Revolvers. »Das muss etwas anderes …«

In diesem Moment schwang die Tür der Baracke auf, ein Mann trat heraus und richtete seinen Hosenbund. Das schwache Licht einer Öllampe fiel durch den Türspalt, und sie erkannten die Umrisse des Mannes sofort.

Siebenundfünfzig

Die Erinnerung an jenen Abend erlebte sie wie eine Zuschauerin im Kino. Jedes Mal zogen andere Details an ihrem inneren Auge vorbei. Manchmal waren es nur einzelne kurze Szenen, und der Rest wirkte, als hätte sie ihn herausgeschnitten, weil sie sich nicht mehr an ihn erinnern wollte. Manchmal war es ein Teil eines Gesprächs. Manchmal wurde der ganze Film schwarz. Manchmal sah sie nur Manfreds Gesichtsausdruck vor sich und konnte diese Nahaufnahme kaum ertragen.

Manfred selbst hatte ihnen die Gelegenheit auf dem Silbertablett präsentiert. Er hatte sie im Krankenhaus angerufen und ihr geplantes Treffen für den Abend abgesagt. Sie könne nicht kommen, da er schlimme Rückenschmerzen habe. Sie antwortete, dass sie ein gutes Mittel dagegen kenne, und fragte, ob er Angst vor Spritzen habe.

»Vor Spritzen? Nein«, sagte er.

»Du wirst dich wie neugeboren fühlen«, versprach sie.

Sie hatte schon vor einiger Zeit eine Ampulle Perkain aus dem Medizinschrank der chirurgischen Abteilung des Universitätsklinikums mitgenommen, nur eine, weil sie befürchtete, dass es sonst auffallen könnte. Sie ging ohnehin davon aus, dass eine Dosis reichte.

Eine Spritze mitgehen zu lassen, war kein Problem gewesen, die gab es überall im Krankenhaus. Beides bewahrte sie bei sich zu Hause auf, um bei entsprechender Gelegenheit gerüstet zu sein.

Sie hatte einige Male mit Kristmann über ihre Idee gesprochen, an der er allerdings seine Zweifel hatte. Immer wieder fragte er sie nach der Wirkung des Mittels und wie sie es Manfreð mit seinem Einverständnis spritzen wolle, ohne dass er Verdacht schöpfte. Sie antwortete, dass sie geduldig sein müssten. Und sie sagte ihm nicht, dass sie noch gar nicht sicher war, ob sie es wirklich durchziehen würde. Das konnte nur die Zeit zeigen.

Nach dem Gespräch mit Manfreð rief sie Kristmann an, der ein Fahrzeug organisieren wollte. Dann bereitete sie sich auf den Abend vor, machte sich wie immer zurecht, trug Lidschatten auf und Rouge und suchte das beste Kleid heraus, zog ihren Mantel an und band sich ein Kopftuch um. Ihrer Tante sagte sie, sie wolle mit einer Kollegin vom Universitätsklinikum ins Kino gehen, und hoffte, dass sie nicht auf die Idee kam, sie begleiten zu wollen. Sie gingen manchmal zusammen ins Kino, wenn sie abends nichts anderes vorhatten. Clark Gable war ihr Mann.

»Was wollt ihr euch denn ansehen?«, fragte die Tante.

»Irgendwas im Neuen Kino«, antwortete sie möglichst desinteressiert. Die Tante wünschte ihr viel Spaß.

Zu Fuß lief sie auf das Haus zu, mit der Ampulle und der Spritze in der Tasche und diesem seltsamen Gefühl, das sie in den letzten Tagen begleitet hatte: dass sie eine Gräueltat begehen würde. Sie hatte versucht, diese

Gedanken wegzuschieben, weil sie bereit sein wollte, wenn es so weit war. Doch trotzdem brachen sie immer wieder hervor, und dann wollte sie diesen ganzen Plan am liebsten einfach aufgeben. Normale Leute taten so etwas nicht. Normale Leute wie sie und Kristmann.

Manfreð hatte seine Frau nicht erwähnt, daher ging sie davon aus, dass Agneta nicht in der Stadt war. Wie immer öffnete sich die Haustür wie von Zauberhand. Manfreð hatte schon den ganzen Tag über Schmerzmittel genommen, die jedoch nicht stark genug zu sein schienen. Er sagte etwas von einem Termin bei einem Arzt, jedoch erst in zwei Tagen.

»Hast du dieses Medikament mitgebracht?«, fragte er und ging schwerfällig ins Wohnzimmer. »Ich kann weder sitzen noch liegen. Stehen und in Bewegung bleiben ist das einzige halbwegs Erträgliche. Das ist teuflisch.«

Sie antwortete, dass sie alles in ihrer Handtasche habe, nahm Spritze und Ampulle heraus und zeigte sie ihm.

»Und wie … spritzt du das direkt in den Rücken?«, fragte er.

»Es wird nicht wehtun«, sagte sie.

»Und der Schmerz verschwindet?«

»Ja.«

In diesem Moment wurde ihr deutlicher denn je zuvor klar, wie erfolgreich sie sich in den vergangenen Monaten sein Vertrauen erarbeitet hatte. Doch das bereitete ihr eher Sorgen, als dass es sie freute.

»Ich mache das schon«, sagte sie unwillkürlich, als ihr Blick auf zwei benutzte Tassen auf dem Esstisch fiel und ihr Kaffeeduft in die Nase stieg. Manfreð musste einen oder mehrere Gäste gehabt haben. Vielleicht war seine Frau gerade erst aus dem Haus gegangen. Sie nahm die Kaffeetassen und brachte sie in die Küche, spülte sie ab und räumte sie in einen Küchenschrank. Spülte auch die Kaffeekanne aus. Sie wollte verhindern, dass jemand auf die Idee kam, er hätte an diesem Abend Besuch empfangen.

»Hattest du Gäste?«, fragte sie.

»Nein, nur mein Onkel war hier«, sagte er.

»Dein Onkel?«

»Ja, Vilmundur, du kennst ihn nicht. Er glaubt, dass vor ein paar Tagen bei ihm eingebrochen wurde, ist sich aber nicht ganz sicher. Er sagt, dass nichts gestohlen wurde, und hat auch keinen Einbrecher gesehen. Aber er meinte, jemanden gehört zu haben, und als er in die Waschküche kam, hatte er das Gefühl, dass sich jemand am Schloss der Hintertür zu schaffen gemacht hatte.«

»Hast du ihm von uns erzählt?«, fragte sie und bemühte sich, nicht besorgt zu klingen.

»Niemand weiß von uns«, sagte er mit einem Lächeln. »Noch nicht. Bald. Ich habe mit Agneta gesprochen und …«

»Du hast mit Agneta gesprochen?«

»Ja …«

»Hast du ihr von mir erzählt?«

»Nein, natürlich nicht, nicht direkt. Sie weiß, dass da irgendetwas ist, aber sie hat keine Ahnung, wer du bist, daher …«

»Das solltest du im Moment auch noch nicht tun«, sagte sie, um etwas zu sagen, und war erleichtert. »Wir müssen das klug angehen.«

»Wie … wo willst du es machen?«, fragte er ungeduldig darauf wartend, dass sie ihm die Schmerzen nahm. »Soll ich das Hemd ausziehen?«

»Nein«, sagte sie und folgte ihm ins Wohnzimmer. »Setz dich einfach hier aufs Sofa.«

Ihr Blick fiel in den Garten, und einen kurzen Moment lang sah sie Kristmann an der Hintertür, dann verschwand er wieder in der Dunkelheit.

Manfreð sah zu, wie sie Ampulle und Spritze aus der Tasche nahm. Sie brach die Spitze des Fläschchens ab und ließ sie in ihrer Tasche verschwinden, hielt die Nadel in die Flüssigkeit und zog die Spritze auf. Manfreð beobachtete, wie sie anschließend die Luft herausdrückte. Dann drehte er sich um und zog sich das Hemd über den Kopf. Sie tastete seinen Rücken ab, bis sie die richtige Stelle gefunden hatte. Ganz vorsichtig setzte sie die Nadel an und spritzte.

Anschließend half sie ihm, sich aufs Sofa zu setzen, und erklärte, dass sich seine Beine möglicherweise kraftlos anfühlen könnten, das gehe aber vorüber.

»Das wirkt ja schnell«, sagte er.

»Sind die Schmerzen schon weg?«, fragte sie.

»Ja, schlagartig«, sagte Manfreð. »Es geht mir deutlich besser. Meine Beine spüre ich kaum. Das ist ein Zaubermittel. Ich kann mich kaum noch bewegen. Wie lange wirkt das denn?«

»Etwa eine Stunde«, antwortete sie.

Selig schloss Manfreð die Augen, als die Schmerzen nachließen. Sie war davon ausgegangen, dass das Mittel sofort wirkte, und genauso war es. Nach einer Weile schlich sie sich zur Hintertür und ließ Kristmann herein. Als Manfreð die Augen öffnete, standen die beiden vor ihm.

»Was …?« Sprachlos blickte er von einem zum anderen und verstand nichts. »Sie … wer …? Wie sind Sie reingekommen?«

»Du erinnerst dich an Kristmann?«, sagte sie. »Du solltest dich an ihn erinnern. Und an seinen Bruder, Ingimar.«

»Was machen Sie hier?«, fragte Manfreð. Er wollte aufstehen, doch er hatte kein Gefühl mehr in den Beinen. Er blickte auf sie hinunter, verständnislos, dann wanderte sein Blick zu ihr und Kristmann hinauf.

»Wir wissen, dass du es warst«, sagte Kristmann. »Wir wissen von Reinhold Friedrich in Kopenhagen. Von Vilmundur. Und dass du Ósvaldur verraten hast. Meinen Bruder ertränkt hast.«

Manfreð sah sie an.

»Hast du das eingefädelt?«, fragte er sie.

»Wir suchen nach Antworten«, sagte sie.

Manfreð sah die beiden abwechselnd an und versuchte zu begreifen, was da vor sich ging.

»Warum hast du ihn verraten?«, fragte sie. »Das muss ich wissen, Manfreð. Ich muss wissen, warum du Ósvaldur verraten hast.«

»Ósvaldur … du …? Was … was ist mit uns?«, stöhnte er, und langsam begann ihm zu dämmern, wie sie mit ihm gespielt hatte. Sie sah, wie sich die Fassungslosigkeit in seinem Blick niederschlug, als er zurückdachte und ihm klar wurde, wie die Dinge standen.

»Ich muss es wissen, Manfreð«, wiederholte sie.

»Aber … wir? Was ist mit uns?«, fragte er. »Mit dir und mir? War … das alles … nur eine Lüge? Als du mich angerufen hast? Die Besuche im Café? Der Ausflug nach Selfoss? Die Küsse? Unsere Nacht hier ... in diesem Haus?«

Sie antwortete ihm nicht.

»Hast du deshalb ... hast du vorgegeben, verliebt zu sein ... war das alles nur gespielt ... alles nur ein Täuschungsmanöver? Hast du die ganze Zeit mit mir gespielt?«

»Wir wissen, dass du Kontakt zu Reinhold hattest«, sagte Kristmann. »Wir wissen, dass er ein alter Freund deines Onkels ist.«

»Du hast sie verhaften lassen, Manfreð«, sagte sie. »Kristmann hat deinen Onkel darüber reden hören. Er war es, der bei Vilmundur eingebrochen ist. Er hat deinen Onkel über diesen Reinhold reden hören, und über dich und was auf dem Schiff passiert ist. Es gibt keinen Zweifel mehr, Manfreð. Wir wissen, was du getan hast.«

»Wie konntest du ... wir haben miteinander geschlafen«, sagte Manfreð. »Hier in diesem Haus. Deinetwegen trenne ich mich von Agneta. Wir wollten ... du hast gesagt ... du hast ... war das alles gelogen?«

»Dass gerade du dich darüber aufregst«, sagte sie. »Sag du mir, was geschehen ist!«

Manfreð starrte auf die Spritze, die auf dem Tisch lag.

»Ist das Gift?«, fragte er. »Was hast du mir gespritzt? Was war in der Spritze?«

»Woher wusstest du von Ósvaldur und Christian?«

»Was war in der Spritze?«, schrie Manfreð. »Was hast du mir gespritzt?! Ich habe ein Recht, das zu erfahren! Werde ich sterben? Willst du mich umbringen?!«

»Sag mir die Wahrheit, Manfreð. Woher wusstest du von Ósvaldur?«

»War das alles eine Lüge?«, flüsterte Manfreð wie zu sich selbst. Es schien, als hätte er immer noch nicht ganz begriffen, wie sie ihn getäuscht hatte.

»Sag mir, was geschehen ist«, verlangte sie.

»Das kannst du mir nicht antun«, sagte er. »Das kannst du mir nicht …«

»Du brauchst sein Geständnis nicht«, schaltete sich Kristmann ein und sah sie an. »Wir wissen beide, was er getan hat. Ich nehme ihn jetzt mit. Wir haben oft genug darüber gesprochen.«

Kristmann hatte Manfreðs Jacke geholt. Sie wollten alles richtig machen.

»Mich mitnehmen? Wohin wollt ihr mich bringen? Was machst du mit meiner Jacke?«

»Sag mir die Wahrheit.«

»Wohin will er mich bringen? Zur Polizei?«

»Sag mir, was geschehen ist.«

»Und was ist, wenn ich dir die Wahrheit sage?«

Sie sah ihn lange an.

»Sag mir die Wahrheit«, wiederholte sie.

»Ich habe das für uns getan«, sagte Manfreð.

»Was soll das heißen?«

»Du willst wissen, was geschehen ist?«

»Ja.«

»Ist das wirklich der Grund, warum ihr das tut? Hast du deshalb Kontakt zu mir aufgenommen und wolltest mich treffen? Haben wir deshalb angefangen, uns wieder zu sehen? Hast du deshalb mit mir geschlafen? Weil du wissen willst, wie das mit Ósvaldur passiert ist?«

»Sag es mir. Sag mir, was geschehen ist.«

»Du bist unglaublich, weißt du das«, sagte Manfreð. »Dass du das fertigbringst. Das alles so einzufädeln und …«

»Sag mir, wie das mit Ósvaldur war.«

»… mich so zu täuschen. Ich habe dir geglaubt. Ist dir das klar? Ich habe dir geglaubt. Ich habe dir die ganze Zeit geglaubt.«

Sie antwortete ihm nicht.

»Und ich dachte … Ich war völlig überrascht, als du Kontakt zu mir aufgenommen hast, aber dann hatte ich das Gefühl, dass du milder geworden warst, und … ich begreife das einfach nicht. Du hasst mich. Du hasst mich bis auf den Tod und bist trotzdem bereit, mit mir zu schlafen. Warum?«

Sie schwieg. Kristmann sah sie ungeduldig an.

»Ist es das schlechte Gewissen?«

»Du musst dir das nicht anhören«, sagte Kristmann. »Wir müssen uns beeilen.«

»Ist es das schlechte Gewissen? Ist es das? Dass du ein furchtbar schlechtes Gewissen hast?«, fragte Manfreð. »Ist das der Grund? Dass du dich selber hasst? Sogar noch mehr als mich? Bringt jemand so etwas über sich, der kein schlechtes Gewissen hat?«

»Das müsstest du selbst doch am besten wissen«, antwortete sie und war sich ihrer Sache nicht mehr ganz so sicher.

Manfreð merkte, dass er einen wunden Punkt getroffen hatte.

»Du hasst mich«, sagte er, »aber dich selbst hasst du noch mehr. Weil du glaubst … weil du weißt, dass du Ósvaldurs Schicksal zu verantworten hast. Dein Verrat. Deine Zügellosigkeit. Deine Untreue. Das ist deine Schuld. Das ist alles deine Schuld!«

»Reicht das nicht langsam?«, sagte Kristmann.

»Du hast mit ihm geprahlt«, sagte Manfreð. »Im Hotel. Weißt du das nicht mehr? Du hast ihn mir ausgeliefert, mir einen Grund gegeben, ihn loszuwerden, sodass wir ...«

Manfreð lachte laut auf.

»Ich habe das für uns getan«, sagte er. »Das weißt du. Nicht, weil er bei irgendeiner lächerlichen dänischen Widerstandsgruppe mitmachen wollte, obwohl das natürlich ein guter Vorwand war. Ich habe das für uns getan. Unsertwegen. Deinetwegen. Ich hatte das Gefühl, du bittest mich beinahe darum. Deshalb war ich so glücklich, als du dich nach unserer Heimkehr wieder gemeldet hast. Deshalb bin ich dir so leicht in die Falle gegangen. Weil es so schien, als sei der Plan aufgegangen.«

Manfreð blickte sie unentwegt an. Sie hatte gewusst, dass er wütend werden würde, und die leise Hoffnung gehegt, dass die Schmach und die Verletzung den Weg zur Wahrheit öffnen würde.

»Und Ingimar?«, sagte sie.

»Er hat mich angegriffen«, sagte Manfreð. »Was hätte ich tun sollen? Es war ein Unfall. Er hat die wildesten Behauptungen über mich aufgestellt und ... wir sind aufeinander losgegangen und ... und ich ... er ist ... über Bord gefallen ...«

»Wenn es ein Unfall war ... warum hast du dann keine Hilfe geholt?«

Manfreð antwortete nicht.

»Du wolltest es nicht melden«, sagte Kristmann.

»Wenn du ihn nicht ohnehin mit Absicht über Bord geworfen hast. Du wolltest nicht, dass das Schiff anhält, wolltest nicht, dass sofort nach ihm gesucht wird. Nichts hast du gemacht, sondern dich weggeschlichen und so getan, als wäre nichts passiert. Hast dich versteckt. Kein Wort gesagt. Würde ein Unschuldiger sich so verhalten?«

»Was … was habt ihr vor?«, fragte Manfreð. »Was habt ihr mit mir vor? Ihr könnt nichts von alldem beweisen. Ihr habt nichts in den Händen. Ich streite das alles ab. Alles! Man wird darüber lachen. Man wird über euch lachen.«

»Reicht das jetzt?«, sagte Kristmann.

»Du bist krank«, sagte sie, »wenn du geglaubt hast, es gäbe eine gemeinsame Zukunft für uns, nachdem du Ósvaldur an die Deutschen ausgeliefert hast. Krank.«

Sie blickte Kristmann an.

»Es gibt keinen Grund, länger zu warten.«

Sie zog sich aus dem Wohnzimmer zurück und sah aus dem Augenwinkel, wie Kristmann den Jutesack nahm, den er mitgebracht hatte, und ein Tuch aus der Tasche zog. Er zögerte keine Sekunde, und sie versuchte wegzuhören, als Manfreð nach ihr schrie, bis sein Rufen im Taschentuch erstickt wurde.

Als es vorbei war, schloss sie die Hintertür. Mit schnellen Händen ließ sie Spritze und Ampulle in ihrer Handtasche verschwinden, wischte den Couchtisch ab und klopfte die beiden Sofakissen zurecht, auf denen Manfreð gelegen hatte. Dann zog sie ihren Mantel an, band sich das Kopftuch um, kontrollierte, ob alle Fenster geschlossen waren, und löschte alle Lichter im Haus. Die Tür fiel lautlos zu, und sie ging auf die Straße, war froh, dass sie niemandem begegnete. Unwillkürlich beschleunigte sie ihren Schritt.

Der Wind blies ihr entgegen, ihre Augen füllten sich mit Tränen, und sie versuchte, nicht an die entlegene Bucht in Álftanes zu denken, von der Kristmann gesagt hatte, sie sei der passende Ort und es führe ein alter Fischerpfad dorthin, den schon lange niemand mehr benutzt habe.

Achtundfünfzig

Der Mann an der Barackentür nahm eine Bewegung in der Nähe des Stegs wahr, sah jedoch nicht, wer dort war.

»Joe?«, rief er. »Bist du das? Ich habe doch gesagt, du sollst auf den Wachtposten!«

»Stewart«, zischte Thorson.

»Was zum Teufel hat der hier zu suchen?«, flüsterte Flóvent.

Unteroffizier Stewart blieb noch einen Moment an der Tür stehen. Er spähte in die Dunkelheit und zuckte zusammen, als er erkannte, um wen es sich handelte. Nur in Unterhemd, Hose und Soldatenstiefeln rannte er in Richtung der größeren Baracken. Thorson rief ihm zu, dass er stehenbleiben solle, und schoss einmal in die Luft, doch der Unteroffizier rannte unbeeindruckt weiter und verschwand zwischen den Baracken.

Im selben Moment hörten sie einen unterdrückten Schrei aus der fensterlosen Baracke. Thorson gab Flóvent ein Zeichen, dort nachzusehen, während er selbst Stewart mit dem nach unten gerichteten Revolver in der Hand verfolgte.

Flóvent eilte auf die Baracke zu und wurde schließlich langsamer, da er nicht wusste, was ihn erwarten würde. Dieser Joe, der eigentlich auf dem Wachtposten sein sollte, musste irgendwo auf dem Gelände sein.

Wahrscheinlich gab es in Falcon Point einige Männer, denen nicht an ihrem Besuch gelegen war.

Vorsichtig näherte er sich der Tür der Baracke. Im schwachen Schein der Öllampe sah er diverse Vorräte, Regale mit Eingemachtem und Fertiggerichten, Decken, Kleidung und Verbandskästen. Einige Behälter, Schaufeln, Hacken und Brecheisen standen neben der Tür.

Das Wimmern, das sie für Katzenlaute gehalten hatten, wurde immer deutlicher, je näher er der Baracke kam, und als er durch die Tür schlüpfte, sah er ein Mädchen, nicht viel älter als fünfzehn Jahre, das rücklings auf einem Tisch lag. Sie war splitternackt, an den Tisch gefesselt und mit einem schwarzen Gürtel geknebelt, der so um ihren Kopf geschlungen war, dass gerade noch die Augen zu sehen waren, die Flóvent entsetzt entgegenstarrten. Sie versuchte zu schreien und sich auf dem Tisch zu winden, konnte sich jedoch kaum bewegen. Schnell griff Flóvent nach einer Decke und warf sie über das Mädchen, dann machte er sich daran, den Gürtel um ihren Kopf zu lösen. Es dauerte eine ganze Weile, bis er ihn aufbekam, und währenddessen redete er beruhigend auf sie ein. Bat sie, ruhig zu sein, da er nicht wisse, wie viele Soldaten auf dem Gelände seien, bei ihm sei sie in Sicherheit, er werde auf sie aufpassen und dafür sorgen, dass alles in Ordnung komme. Endlich gelang es Flóvent, ihr den Knebel aus dem Mund zu nehmen, und das Mädchen schnappte nach Luft. Ihr Körper war von Schlägen gezeichnet, und der Gürtel hatte Wunden in ihrem Gesicht hinterlassen. Flóvent löste gerade die Fesseln an ihren Hand- und Fußgelenken, als das Mädchen etwas hinter ihm sah und panisch aufschrie.

Flóvent wirbelte herum. Ein unbekannter Mann stürmte mit einem merkwürdigen Grinsen im Gesicht auf ihn zu. Das Mädchen schrie aus Leibeskräften, und ehe Flóvent sich wehren konnte, verpasste ihm der Mann einen heftigen Schlag ins Gesicht und er sank zu Boden.

Thorson sah Stewart zwischen den Baracken verschwinden und rannte ihm nach. Kurz vor den Baracken drosselte er das Tempo und schlich sich leise zu dem Vorplatz weiter, auf dem der Militärjeep und der Truck standen. Dort war es deutlich heller, doch Thorson konnte nicht erkennen, in welche Richtung Stewart gelaufen war.

Er zögerte kurz, dann pirschte er sich in Richtung der größten Baracke vor, schlich sich an dem Truck vorbei, als Stewart plötzlich auf ihn lossprang und versuchte, ihm den Revolver aus der Hand zu reißen.

»Sie hätten dich gründlicher in der Lava entsorgen sollen«, zischte er und schleuderte Thorson gegen die Tür des Trucks. Thorson hielt den Revolver fest. Der Unteroffizier war stark, und es schmerzte höllisch, als er Thorson das Knie in den Schritt rammte. Er krümmte sich vor Schmerz und lockerte seinen Griff um den Revolver, sodass Stewart ihn wegdrehen konnte. Im selben Moment ertönten Schreie aus dem Lager.

Thorson hatte immer noch einen Finger am Abzug, ein Schuss löste sich, und die Kugel traf die Barackentür vor ihnen. Stewart griff erneut nach der Waffe, und ein weiterer Schuss verfehlte Thorsons Kopf nur knapp. Thorson stemmte sich gegen Stewart und schob ihn vor sich her, bis sie an den Jeep prallten. Thorsons Fuß rutschte weg, und ein dritter Schuss löste sich. Ein beißender Schmerz fuhr durch seinen Arm, als die Kugel sich ihren Weg durch das Fleisch fraß. Als Thorson wieder Halt fand, warf er sich in einem letzten Versuch, die Waffe wieder unter Kontrolle zu bekommen, auf Stewart. Der jedoch wich aus, und es gelang ihm, Thorson die Waffe aus der Hand zu schlagen, und im selben Moment verpasste er ihm einen heftigen Hieb vor den Kopf. Benommen sank Thorson zu Boden.

Der Revolver landete neben seinem Fuß. Schnell trat Thorson ihn unter den Truck. Stewart zögerte, überlegte, ob er hinterherkriechen oder die Flucht ergreifen sollte. Schließlich sprang er in den Jeep, startete den Motor und legte den Rückwärtsgang ein. Um ein Haar hätte er Thorson, der sich gerade wieder aufrappelte, angefahren. Der Jeep raste in Richtung Weg, Thorson brüllte Stewart hinterher, dass er anhalten solle, und versuchte, ihn zu verfolgen, doch der Jeep war zu schnell. Thorson gab die Verfolgung auf und musste zusehen, wie Stewart den Weg hinaufraste.

Blut tropfte aus seinem schmerzenden Arm, und er verzog das Gesicht, als er zurück zum Lager rannte. Die Schreie von dort waren inzwischen verstummt.

Als er in die Baracke stürmte, lag Flóvent regungslos am Boden. Auf ihm saß ein Koloss mit nacktem Oberkörper, der seine Pranken um Flóvents Hals legte. Dahinter sah er ein nacktes, blutverschmiertes Mädchen, das eine große Brechstange in die Luft riss und sie auf den Nacken des Angreifers sausen ließ, der sofort in sich zusammensackte. Das Mädchen wollte erneut ausholen, doch diesmal griff Thorson ein und hielt das Eisen fest.

Das Mädchen schrie los, als sie Thorsons Uniform sah, und stürzte sich kreischend und kratzend auf ihn, doch Thorson schlang die Arme um sie und drückte sie fest an sich, redete auf Isländisch auf sie ein und versuchte, sie zu beruhigen. Er sagte ihr, sie sei gerettet, er sei mit dem isländischen Polizisten gekommen, der sie befreit habe – um ihn müsse er sich jetzt kümmern, und sie dürfe nicht auf ihn losgehen. Nach einer Weile drang er zu ihr durch und schaffte es, sie zu besänftigen.

Thorsons Arm schmerzte heftig, als er den Mann von Flóvent herunterzog. Er kniete sich neben seinen Kollegen und suchte den Puls an seinem Hals, fühlte ihn schwach. Den Verletzungen im Gesicht nach zu urteilen, hatte der Angreifer, der bewusstlos auf dem Boden lag, sich mit äußerster Brutalität an ihm ausgelassen. Flóvent hatte schwere Schläge an den Kopf bekommen und das Bewusstsein verloren. Thorson wusste, dass er keine Zeit verlieren durfte.

Als Erstes suchte er einen Strick und fesselte dem Angreifer sorgfältig Hände und Füße, solange er noch außer Gefecht war. Der Mann öffnete die Augen, doch er schien noch nicht wieder ganz bei Sinnen zu sein. Dann rannte Thorson nach draußen, zu dem Militärtruck vor der großen Baracke. Der Schlüssel steckte, und er fuhr den Wagen hastig zum Lager. Mit großer Mühe schleppte er Flóvent zum Fahrzeug und zog ihn auf den Beifahrersitz. Das Mädchen stand immer noch regungslos an derselben Stelle. Thorson führte sie hinaus und setzte sie behutsam neben Flóvent.

Dann verließ er Falcon Point so schnell wie möglich, fuhr am Kontrollposten vorbei, auf die Landstraße, und dann mit vollem Tempo zum Flottenstützpunkt auf Hvítanes, wo es ein gutes Militärkrankenhaus gab.

Neunundfünfzig

Flóvent befand sich in ärztlicher Betreuung. Eine Krankenschwester versorgte die Schusswunde an Thorsons Arm und nähte sie anschließend mit einigen Stichen. Zwei weitere Schwestern kümmerten sich um das Mädchen, das sich nicht von Thorson hatte trennen wollen und das niemandem vertraute, das sich ihm näherte. Er hatte versucht, sie zu beruhigen, gesagt, dass sie in Sicherheit sei und versorgt werde. Die Männer, die ihr so übel mitgespielt hätten, würden ihr nie wieder etwas zuleide tun. Bei diesen Worten hatte sie sich endlich beruhigt, das Isländische übte offenbar eine besänftigende Wirkung auf sie aus, und sie weinte, als ihr bewusst wurde, dass sie außer Gefahr war. Dass der Albtraum ein Ende hatte. Als er nach ihrem Namen fragte, hatte sie »Kata« geflüstert.

Thorson ließ sie in Hvítanes zurück, als er mit drei Soldaten zurück nach Falcon Point fuhr, um Flóvents Angreifer abzuholen. Er saß auf dem Boden der Baracke, war wieder bei Bewusstsein und hatte sich fast von seinen Fesseln befreit, als sie hereinkamen. Auf der Marke, die er an einer Kette um den Hals trug, stand sein Name: Joseph Mcrady.

»Wirst du Joe genannt?«, fragte er den Hünen.

»Mhm …«

»Erinnerst du dich an mich?«

»Hab dich noch nie gesehen.«

»Bist du dir sicher?«

»Ganz sicher.«

»Ich kenne deine Stimme«, sagte Thorson. »Du hast es neulich nicht geschafft, mich umzubringen.«

»Ich habe dich noch nie in meinem Leben gesehen.«

»Und das Mädchen? Gefesselt. Wehrlos. Vergewaltigt.«

»Ich habe ihr nichts getan.«

»Du musst stolz auf dich sein.«

Der Mann spuckte in Thorsons Richtung.

Thorson ignorierte ihn, und als sie nach Hvítanes kamen, sprach Thorson mit einem der Befehlshaber vor Ort, der ihm schließlich zusagte, dass er den Mann nach Reykjavík ins Gefängnis am Kirkjusandur bringen lassen würde, solange unklar war, was genau sich in Falcon Point zugetragen hatte. Es gehe nicht nur um Vergewaltigung und den Widerstand gegen die Polizisten, sondern es bestehe der Verdacht, dass eine isländische Frau namens Ellý in den letzten Wochen von dort verschwunden sei. Außerdem nahm Thorson Kontakt zum Hauptquartier der Militärpolizei in Reykjavík auf und forderte einen Haftbefehl für Unteroffizier Stewart an.

Kata lag wach im Krankenbett, als Thorson sich später in dieser Nacht zu ihr hineinschlich und auf einen Stuhl an ihr Bett setzte. Er lächelte ihr aufmunternd zu und berichtete, was seit ihrer Befreiung aus den Fängen der Vergewaltiger geschehen war, dass einer der beiden in Falcon Point verhaftet worden sei und nach dem anderen gesucht werde. Er fragte, ob sie eine Frau namens

Ellý kenne, und sie nickte. Doch als er wissen wollte, ob sie etwas über ihr Schicksal sagen könne, schüttelte sie den Kopf. Nach einer Weile gab sie ihm kurze Antworten und sagte, dass sie noch nie zuvor in Falcon Point gewesen sei. Sie habe Joe im White Star getroffen und er habe sie zu jenem Stützpunkt im Hvalfjörður mitgenommen. Er hatte ihr Spaß versprochen und gesagt, dass noch andere Mädchen dort sein würden, doch als sie nach Falcon Point kamen, war dort niemand außer Joes Freund ...

»Sie haben mich in diese Baracke gebracht und auf einmal ... ich wusste nicht, was ... ich wusste nicht ...«

»Du musst uns nicht erzählen, was geschehen ist, bis du dich etwas erholt hast. Der andere Mann heißt Stewart und ist ein Unteroffizier«, sagte Thorson. »Es wird nach ihm gefahndet.«

Das Mädchen zeigte keine Reaktion.

»Ich weiß nicht, ob du Klemensína kennst, aus der Pólarnir-Siedlung ...«

Das Mädchen nickte.

»Sie sagt, ein Junge namens Jenni hat Ellý in Falcon Point gesehen, sie muss schlimm ausgesehen haben, aber wollte sich nicht helfen lassen. Weißt du etwas darüber?«

Kata schüttelte den Kopf.

»Weißt du, von welcher Ellý ich spreche?«

»Ja«, wisperte das Mädchen.

»Kann es sein, dass Jenni in Falcon Point zu viel gesehen hat und deshalb umgebracht wurde? Stewart kannte Ellý. Sie ist auf dem Stützpunkt gewesen. Möglicherweise haben Joe und Stewart sie ähnlich zugerichtet wie dich, und Jenni hat das mitbekommen.«

Darauf hatte Kata keine Antwort.

»Kanntest du Jenni?«

»Ja«, antwortete Kata in ihre Decke hinein.

»Weißt du von seinem Freund, einem Matrosen von Falcon Point?«

Das Mädchen nickte.

»Und Tobbi.«

»Tobbi?«

»Tóbías.«

»Was ist mit ihm?«

»Tobbi war eifersüchtig.«

Die Tür zum Krankenzimmer öffnete sich, und ein Arzt erschien.

»Ihr Kollege ist jetzt bei Bewusstsein«, sagte er.

Sechzig

Joseph Mcrady wurde noch in derselben Nacht in Handschellen von Hvítanes nach Reykjavík gebracht. Thorson blieb den ganzen nächsten Tag über am Hvalfjörður, und während er auf Neuigkeiten von Unteroffizier Stewart wartete, protokollierte er Katas Aussage und untersuchte den Tatort in Falcon Point. Er sprach mit den Matrosen vor Ort, von denen einige Stewart kannten, teilweise hatten sie mit ihm das Piccadilly besucht. Ihm sei bekannt gewesen, dass regelmäßig gemeinsame Manöver in Hvítanes abgehalten wurden, und auch wann. Dass er und Mcrady mit Frauen nach Falcon Point gekommen waren, wussten sie nicht, und auch nicht, was sich in dem Lager abgespielt hatte. Thorson stand in Kontakt zu seinen Vorgesetzten in Reykjavík, und auch Edgar war über die Lage im Bilde.

Am späten Abend war Thorson gerade bei Flóvent im Zimmer, als man ihm sagte, ihn erwarte ein Anruf aus Reykjavík. Ein Matrose begleitete ihn zur Fernmeldestation von Hvítanes, und auf dem Weg dorthin dachte Thorson, dass Unteroffizier Stewart sicher in Gewahrsam genommen worden war und jetzt die nächsten Schritte besprochen werden sollten. Dementsprechend überrascht war er, als sein Freund Edgar in der Leitung war.

»Ich habe etwas gehört, das dich nicht freuen wird«, begann er ohne Umschweife.

»Wie meinst du das?«

»Sie sind außer Landes gebracht worden«, antwortete Edgar.

»Außer Landes?«

»Unteroffizier Stewart und Mcrady.«

»Was sagst du da? Außer Landes? Was …?«

»Sie sind nicht mehr in Island«, wiederholte Edgar. »Heute Abend wurden sie an Bord eines Militärtransporters gebracht und mitgenommen. Wohin, weiß ich nicht. Ich habe gehört, dass das fürs Oberkommando wohl die beste Lösung ist: Sie wollten die Sache im Keim ersticken und erst gar kein Gerede aufkommen lassen, keine ewigen Debatten über den Kontakt zwischen den Einheimischen und dem Militär.«

»Das glaube ich nicht«, seufzte Thorson.

»Aber so ist es.«

»Was soll das … wie kann das sein?«

»Ich weiß, dass du dich nur schwer damit abfinden kannst, aber so ist es nun mal – ob es dir gefällt oder nicht.«

»Wer hat das entschieden?«

»Das weiß ich nicht. Ich habe gehört, die Anordnung kam von ganz oben.«

»Meinen Bericht werde ich trotzdem abliefern«, sagte Thorson.

»Natürlich, und sie werden sich bedanken und ihn verschwinden lassen«, sagte Edgar. »Du kannst so viel Lärm darum machen, wie du willst – die Sache ist erledigt.«

»Was wird aus ihnen?«

»Ich habe keine Ahnung.«

»Und was … wollen sie so tun, als wäre nichts gewesen?«

»Es scheint so, Thorson. Leider.«

Niedergeschlagen kehrte Thorson zu Flóvent ins Krankenhaus zurück und überbrachte ihm die Neuigkeit, dass weder Stewart noch Mcrady in Island zur Rechenschaft gezogen werden würden.

»Das Oberkommando will sich auf diese Weise des Problems entledigen. Sie glauben, dass die Sache alles vergiftet, wenn sie nicht sofort aus der Welt geschafft wird. Der dritte Soldat, Tony, hat gestanden, am Überfall auf mich beteiligt gewesen zu sein. Er sagt, er habe das als Freundschaftsdienst für Joe getan, aber Stewart habe dahintergesteckt. Edgar meint, es habe keinen Sinn, gegen solche vermeintlichen Späße vorzugehen. Tony sagt, er habe nicht gewusst, was Joe und Stewart in Falcon Point gemacht haben.«

»Ist die Sache damit gegessen?«, fragte Flóvent.

Thorson zuckte mit den Schultern.

»Und Jenni?«

»Das scheint mir andere Gründe gehabt zu haben«, sagte Thorson. »Wenn man etwas auf das geben kann, was Kata sagt. Sie hat mir sehr geholfen, das arme Mädchen.«

»Ich habe sie heute gesehen«, sagte Flóvent. »Sie braucht sicher eine Weile, um sich von alldem zu erholen.«

»Ja, und dabei hilft es ihr sicher nicht, diese Neuigkeiten über ihre Peiniger zu erfahren.«

»Nein, wohl nicht. Diese Schwachköpfe!«

Thorson wusste nicht, ob Flóvent damit die beiden

Männer oder das militärische Oberkommando meinte. Obwohl Flóvent nur wenig sagte, schien es, als überraschte ihn die Reaktion des Militärs nicht, und Thorson merkte ihm die Enttäuschung und die Wut über diesen Ausgang deutlich an.

»Sie kannte den Namen von Jennis Freund, wir suchen ihn gerade. Ich dachte, du willst vielleicht mit ihm reden?«

Einundsechzig

Die Polizisten, die Tóbías abholten, sagten, der junge Mann sei sehr erstaunt über ihren Besuch gewesen. Er wohnte noch in der Pólarnir-Siedlung und war ihnen widerstandslos gefolgt. Die übrigen Bewohner schienen davon völlig unbeeindruckt, was sicher daran lag, dass die Polizei häufiger in der Armensiedlung zu tun hatte.

Flóvent erwartete Tobías im Gefängnis am Skólavörðustígur, nahm ihn dort in Empfang und führte ihn ins Vernehmungszimmer.

»Was ist passiert?«, fragte Tóbías, als er die Verletzungen in Flóvents Gesicht sah.

»Ich war in Falcon Point«, sagte Flóvent. »Bin in eine Schlägerei geraten. Es war ein Mädchen dort, Kata, schlimm zugerichtet, aber inzwischen auf dem Wege der Besserung. Sie kannte Jenni, und kennt auch dich. Klemensína hat uns übrigens auch geholfen. Sie ist immer noch auf der Suche nach ihrer Freundin Ellý, und nachdem wir ihr von Kata erzählt haben, will sie alles dafür tun, dass Ellý gefunden wird.«

»Falcon Point?«

»Ja. Wo Jennis Freund herkommt. Du wusstest von ihm, richtig?«

»Deshalb hast du mich hergeholt?«, fragte Tóbías und blickte sich in dem engen Raum um.

»Wie ging es dir, als du von Jenni gehört hast? Dass er mit einem Soldaten zusammen war? Wie hast du das aufgenommen?«

»Es war mir egal, was er gemacht hat.«

»Deine Tante sagt da etwas anderes.«

»Klemensína ist eine Säuferin«, sagte Tóbías. »Sie redet Unsinn.«

»Sie sagt, du seist nicht darüber hinweggekommen. Seine Beziehung habe dich sehr aufgeregt. Kata sagt, sie habe am Abend seines Todes mit Jenni gesprochen. Er wollte dich im Piccadilly treffen und hatte Angst davor, weil er wusste, wie wütend du warst, und weil er befürchtete, du könntest ausrasten. Bist du ausgerastet? Hast du die Beherrschung verloren?«

Tóbías antwortete nicht.

»Wir haben auch Jennis Freund ausfindig gemacht«, sagte Flóvent. »Er hat sich sehr schwergetan, mit uns zu reden, weil Jungs wie er vielen Vorurteilen ausgesetzt sind, wie du weißt. Nicht zuletzt beim Militär. Meinem Kollegen Thorson ist es mit Beharrlichkeit schließlich doch gelungen. Er sagt, er habe Jenni eine Soldatenhose von sich und einige andere Kleinigkeiten gegeben, und dass Jenni mit ihm über deinen Jähzorn gesprochen hat. Dieser Junge hat ein Alibi.«

»Und?«

»Und wir glauben, dass du die Beherrschung verloren hast«, sagte Flóvent. »Du hast Jenni hinterm Piccadilly getroffen und bist auf ihn losgegangen. Vielleicht wolltest du das eigentlich gar nicht. Vielleicht wolltest du nicht so weit gehen. Auf einmal hattest du die kaputte Flasche in der Hand, bist damit auf ihn losgegangen und hast ihn in seinem Blut liegen lassen.«

»Ja, das ist aber nicht …«

»Klemensína sagt, du hast am Tag nach Jennis Tod den Müll in Brand gesteckt, in dem auch Kleidung von dir war. Das fand sie merkwürdig, weil du nur so wenige Sachen hast.«

»Sie lügt doch«, sagte Tóbías.

»Dann sag du mir, was passiert ist.«

»Ich weiß es nicht. Ich weiß nicht, was passiert ist. Diese Leute lügen dir was vor.«

»Alle lügen, außer dir?«

»Ja … das … ich habe Jenni nichts getan. Ich …«

»Seine Mutter ist auf dem Weg in die Stadt«, sagte Flóvent. »Sie hat einen schweren Schock erlitten, als sie die Nachricht erreichte – wie auch nicht anders zu erwarten war. Sie begreift nicht, warum ihrem Sohn so etwas widerfahren musste. Begreift die Gewalt hinter dieser Tat nicht. Findest du nicht, du schuldest ihr …«

»Ich schulde niemandem etwas.«

»Findest du nicht, sie hat das Recht, die Wahrheit zu erfahren?«

Tóbías verbarg das Gesicht in seinen Händen.

»Tóbías?«

»Ich habe ihm nichts getan …«

»Tóbías …«

»Lass mich. Lass mich in Frieden.«

»Ich glaube, es würde dir guttun, mit jemandem darüber zu reden. Es kann sehr schwierig sein, so etwas einzugestehen. Es sich selbst einzugestehen.«

»Ich habe ihm nichts getan!«

»In Ordnung«, sagte Flóvent. »Wie du willst. Aber ich kann dich im Moment leider nicht gehen lassen. Du musst die nächsten Tage hierbleiben, während du über alles nachdenkst.«

Tóbías antwortete nicht.

»Jennis Mutter hat darum gebeten, dich sehen zu dürfen«, sagte Flóvent. »Sie will mit dir über ihren Sohn sprechen. Sie möchte wissen, ob du ihr etwas über ihn sagen kannst.«

Tóbías schaute auf.

»Seine Mutter?«

»Ja.«

»Ich kann nicht ... ich kann sie nicht treffen. Ich muss nicht ... ich kann nicht mit ihr reden ... Was hat sie gesagt?«

»Sie hat nach dir gefragt. Jenni hat ihr geschrieben, dass ihr Freunde seid. Er hatte sicher nur Gutes über dich zu berichten.«

»Nein, nicht ... sag das nicht ... Ich kann sie nicht treffen.«

»Warum nicht?«

»Ich kann das nicht. Das ist ... ich ...«

»Was?«

»Ich ... ich ...«

»Ja?«

»Ich ... ich wollte nicht ... ich wollte nur mit ihm reden.«

»In Ordnung.«

»Ich wollte wissen, was er ... was er und der Soldat ... was sie ... was er sich dabei gedacht hat ...«

»Dir ging es schlecht?«

»Ja.«

»Und du warst wütend?«

»Ja.«

»Du fandst, dass er dich betrügt?«

Tóbías kämpfte mit den Tränen.

»Jenni kam gerade von diesem Soldaten. Ich wollte ihm nichts tun«, sagte er. »Ich weiß nicht, was da passiert ist. Ich weiß nicht ...«

»Habt ihr euch gestritten?«

»Ich wollte ihm sagen, dass er nicht einfach ... dass er nicht ... auf einmal lag er im Gras und das war ... die Flasche war wie ein Messer in meiner Hand. Überall war Blut und ich ... ich wollte doch nur mit ihm reden. Ich wollte ihm nichts ... ich wollte ihm nichts tun ...«

Zweiundsechzig

Sie war nicht gläubig und bedauerte das – glaubte, dass ihr das vielleicht hätte helfen können. Einmal hätte sie beinahe mit einem Pfarrer gesprochen, doch kurz vor der Kirche machte sie kehrt. Sie wollte verstehen, wie das funktionierte: Vergebung. Sie fühlte sich schlecht und dachte darüber nach, ob es sie von dieser unerträglichen Last befreien würde, wenn sie die Wahrheit sagte. Sie und Kristmann hatten beschlossen, sich in der nächsten Zeit weder zu treffen noch miteinander zu sprechen, doch sie konnte sich nicht vorstellen, dass es ihm besser ging als ihr.

Im Nachhinein fand sie es erstaunlich, wie entschlossen sie vorgegangen war, und dass die Angst erst hinterher kam, und noch später das tiefe Bedauern. Aus diesem Gefühl heraus hatte sie sich an das erinnert, was sie als Kind über die Vergebung gelernt hatte. Bis zu der schlaflosen Nacht nach der Rückkehr von Manfreðs Haus hatte sie – so verwunderlich das auch sein mochte – keinen Gedanken an die Konsequenzen dieser Tat verschwendet. Sie hatten natürlich alles dafür getan, ihre Spuren zu verwischen, doch vor sich selbst konnten sie nichts verbergen. Kurz bevor sie zur Tat schritten, hatte Kristmann noch gesagt, dass es ihm eigentlich auch nichts ausmache, wenn sie aufflögen.

Vielleicht wäre es sogar gut, wenn ans Tageslicht kommen würde, was Manfreð ihren Lieben angetan hatte. Er sprach auch davon, Vilmundur früher oder später anonym zu verraten und die Polizei auf die Beweismittel hinter seinem Schrank aufmerksam zu machen, denn er war überzeugt davon, dass sie die Sicherheit des Landes betrafen.

Eines Nachmittags, als sie sich nach der Arbeit hingelegt hatte und zu schlafen versuchte, was sie in der letzten Zeit viel zu wenig getan hatte, hörte sie oben die Türklingel. Kurz darauf kam ihre Tante die Treppe herunter und rief nach ihr, sagte, dass oben ein Herr stehe und nach ihr frage – ob sie ihn nach unten schicken solle? »Nein, ich komme«, rief sie und folgte ihrer Tante die Treppe hinauf. In der Tür stand ein Mann im Mantel und lächelte freundlich. Er hatte ein Pflaster über einem Auge, das von einem großen, abheilenden Bluterguss umrahmt war. Auch an der Unterlippe war eine Wunde. Sie hatte diesen Mann noch nie zuvor gesehen.

»Karólína?«, fragte er. »Sind Sie das?«

»Ja«, antwortete sie.

»Dürfte ich einen Augenblick stören?«, fragte der Mann. »Es sollte nicht lange dauern.«

»Natürlich«, antwortete sie, bat ihn in die Diele und schloss die Tür. Ihre Tante war aus der Küche zu hören.

»Entschuldigen Sie die Störung«, sagte der Mann. »Ich heiße Flóvent und arbeite für die Kriminalpolizei hier in Reykjavík. Ich habe bereits mit einigen Frauen in einem bestimmten Alter gesprochen, die vor – etwa zweieinhalb Jahre werden das jetzt sein –, also die damals die berühmte Petsamo-Fahrt auf der Esja mitgemacht haben. Liege ich richtig, dass auch Sie dabei waren?«

»Ja, das ist richtig«, sagte sie und versuchte, sich nicht anmerken zu lassen, wie erschrocken sie war, diesem Polizisten gegenüberzustehen. Auf einen solchen Besuch war sie trotz allem nicht vorbereitet. Es fühlte sich an, als geriete ihr Herz aus dem Takt. »Diese Fahrt habe ich mitgemacht«, hörte sie sich sagen.

»An Bord war ein Mann namens Manfreð, und ich möchte gern wissen, ob sie ihn kannten?«

»Ja«, sagte sie, brachte es nicht über sich, das abzustreiten. Sie hatte sich noch nicht überlegt, was sie antworten sollte, wenn sie je gefragt würde, ob sie Manfreð kannte. Jetzt versuchte sie, sich keinen Weg zu versperren. »Ich erinnere mich an ihn. Er kam in Norwegen an Bord, wenn ich mich recht entsinne.«

»Das passt«, sagte der Polizist mit dem Pflaster über dem Auge. Es sah aus, als hätte er einen schlimmen Unfall gehabt. Sie hielt sich zurück, ihn darauf anzusprechen, doch er spürte ihre Neugier und bat sie, sein Aussehen zu entschuldigen, er sei bei der Arbeit auf einem Flottenstützpunkt am Hvalfjörður in eine Schlägerei geraten.

»Meinen Sie Falcon Point?«, fragte sie.

»Ja.«

Davon hatte sie in den Nachrichten gehört. Einige Soldaten von jenem Stützpunkt wurden der Vergewaltigung verdächtigt. Es war sogar die Rede davon, dass eine unglückliche Frau aus Reykjavík an diesem Ort spurlos verschwunden sei. Das war eine sensible Angelegenheit, weil sie die Beziehungen zu den Truppen betraf. Die militärische Führung hatte versucht, die

Sache kleinzureden, was den Isländern gar nicht gefiel. Die isländischen Behörden nahmen die Angelegenheit sehr ernst und forderten, dass alle Beteiligten zur Verantwortung gezogen würden, und ganz allmählich kam tatsächlich Bewegung in die Sache, wenn es stimmte, was in den Nachrichten gesagt wurde. Der Nachrichtenfluss war zwar ziemlich eingeschränkt, da die Besatzer Zensur ausübten, doch es hieß, ein junges Mädchen sei mehr tot als lebendig von diesem Flottenstützpunkt gerettet worden.

»Jener Manfreð wurde vor Kurzem tot in der Nauthólsvík gefunden«, fuhr der Polizist fort. »Ich weiß nicht, ob Sie davon gehört haben. Er schien sich das Leben genommen zu haben, aber bei genauerer Betrachtung stellte sich heraus, dass es doch etwas komplizierter ist.«

»Ach ja?«, sagte sie, obwohl sie sehr wohl von der Leiche wusste, die in der Nauthólsvík gefunden worden war. Sie hatte gleich vermutet, dass es sich um Manfreð handelte. Hatte die Suche nach ihm verfolgt, die Meldungen im Radio gehört und ein Foto von ihm in einer der Tageszeitungen gesehen. Und ihr Verdacht hatte sich schließlich bestätigt, als der Name des Verstorbenen in den Zeitungen genannt wurde.

»Ja. Er hat eine Spritze bekommen, die ihm jegliche Bewegung unmöglich gemacht hat, und wurde wahrscheinlich gegen seinen Willen zum Meer gebracht. Sie sind ausgebildete Krankenschwester, ist das richtig?«, fragte der Polizist.

»Ja, das ist richtig«, antwortete sie.

»Alles deutet darauf hin, dass er ermordet wurde. Er hatte Kontakt zu einer Frau hier in Reykjavík, die möglicherweise seinerzeit mit ihm auf der Esja von Petsamo heimgekehrt ist. Wir gehen davon aus, dass es sich um eine Liebesbeziehung handelte.«

»Aha«, sagte sie, um etwas zu sagen.

Sie hatte keine Ahnung, dass Manfreðs Tod polizeilich untersucht wurde, und war dementsprechend erschrocken, auch wenn sie sich vor dem Polizisten nichts anmerken ließ. Wenn sie zurückdachte, fand sie den Gedanken am schlimmsten, wie kaltherzig und hasserfüllt sie gewesen waren. Was für einen schrecklichen Tod sie Manfreð bereitet hatten. Er hatte nichts Gutes verdient, davon war sie immer noch überzeugt. Und es war verständlich, dass sie und Kristmann ihre Lieben rächen wollten. Doch trotzdem konnte sie nicht an die letzten Atemzüge in Manfreðs Leben denken, ohne in Tränen auszubrechen.

»Wir gehen davon aus, dass die Frau einen Komplizen hatte«, fuhr der Polizist fort. »Wir denken, dass ein Mann ihn von seinem Haus oder von einem anderen Ort aus zum Meer gebracht hat. Wie sehen Sie das?«

»Ich?«

»Wir haben eine Beschreibung von Manfreðs Geliebten«, sagte der Polizist. »Sie wurden sehr wahrscheinlich zusammen in Selfoss gesehen. Er hat seiner Ehefrau gegenüber geäußert, dass die Frau zur selben Zeit wie er in Kopenhagen war. Wenn ich richtig informiert bin, waren Sie dort zur Ausbildung.«

»Das ist richtig«, sagte sie. »Haben Sie Informationen über mich eingeholt?«

»Darf ich fragen, ob Sie eine Liebesbeziehung zu ihm hatten?«

»Ich …?«, sagte sie fassungslos. »Nein.«

Sie wusste nicht, was sie sonst hätte sagen sollen. Der Polizist war ihr gegenüber sehr höflich, und er wirkte verständnisvoll und einfühlsam. Sie bezweifelte, dass sie seinem Verhör standhalten würde.

»Was uns hat aufmerken lassen, ist die ungewöhnliche Methode, mit der er ertränkt wurde«, sprach der Polizist weiter. »Das sollte natürlich jegliche Spuren verdecken, es wie einen Selbstmord aussehen lassen, aber er sollte auch leiden. Er sollte es mitbekommen. Es reichte nicht, ihn zu betäuben, sondern er sollte bei vollem Bewusstsein ertrinken. Wissen Sie, was ich meine?«

»Nein, ich …«

»Ich gehe davon aus, dass es einen Grund dafür gibt, dass er auf diese Weise getötet wurde«, sagte der Polizist, der zu spüren schien, wie sehr seine Fragen ihr zusetzten. »Das war kein gewöhnlicher Tod. Es sieht aus, als hätte er etwas wirklich Schlimmes getan. Diese Methode war einfach sehr … Entschuldigen Sie, möchten Sie sich vielleicht setzen?«, fragte er. »Ist alles in Ordnung?«

»Das ist … vielleicht eine gute Idee«, antwortete sie und bat ihn in die Küche. Die Tante hatte sich in ihr Zimmer zurückgezogen. Sie setzte sich auf einen Stuhl am Küchentisch, der Polizist blieb in der Tür stehen.

»Ganz offen gesagt, untersuchen wir unter anderem auch, ob und inwiefern die Ehefrau daran beteiligt gewesen ist. Aber bitte behalten Sie das für sich.«

»Die Ehefrau?«

»Vielleicht mit Hilfe von jemandem aus den Truppen. Wir wollen mit der Frau sprechen, die vermutlich eine Liebesbeziehung zu Manfreð hatte, um herauszufinden, ob sie Licht in die Sache bringen kann. Ob er irgendetwas gesagt hat, irgendetwas in diese Richtung hat durchblicken lassen. Uns sagen kann, wann sie ihn zuletzt gesehen hat. Was zwischen ihnen gewesen ist.«

Es brauchte eine ganze Weile, bis ihr klar wurde, was der Mann da sagte: dass Manfreðs Ehefrau verdächtigt wurde.

»Wir glauben, jene Frau ist in Manfreðs Begleitung in Selfoss gewesen«, sagte der Polizist. »Eine ehemalige Passagierin der Esja, ungefähr so groß wie Sie, blond, war so freundlich, mich zur Tryggvaskáli in Selfoss zu begleiten, wo Manfreð auf seinen Reisen übernachtet hat. Sie sagte, dass sie nie mit ihm zusammen gewesen sei, aber wir wollten jeglichen Zweifel ausräumen. Der Eigentümer des Gästehauses hatte sie noch nie gesehen. Sie war also nicht diejenige, die Manfreð dorthin begleitet hat. Ich möchte auch Sie fragen, ob Sie so freundlich wären, dasselbe für mich zu tun und mit mir nach Selfoss zu fahren? Vielleicht gleich morgen früh, wenn Ihnen das passt?«

Sie antwortete nicht.

»Karólína?«, sagte er. »Meinen Sie, Sie könnten uns da helfen? Damit wir das abhaken können? Können Sie mit mir nach Selfoss kommen?«

Sie schwieg.

»Es sei denn … waren Sie es? Hatten Sie eine Liebesbeziehung mit Manfreð?«

Immer noch saß sie schweigend in der Küche. Vor dem Fenster, draußen im Garten, hörte sie Vögel zwitschern, und sie blickte auf. Sie hatte noch gar nicht bemerkt, dass die Frühlingsboten nach und nach zurückkehrten. Schon in den letzten Tagen hatten sie versucht, sie mit ihrem Gesang zu erfreuen, doch erst in diesem Moment nahm sie ihn wahr. Sie war so niedergeschlagen und traurig und allein mit ihren Gedanken gewesen, dass sie die Vögel gar nicht gehört hatte. Jetzt lauschte sie dem reinen, hellen Gesang, und ihr Herz war leichter als in der ganzen letzten Zeit, und sie wusste, dass sie nicht länger verbergen konnte, was sie getan hatte.

»Karólína …?«

»Ja«, antwortete sie.

»Kannten Sie Manfreð?«, fragte der Polizist.

»Ja.«

»Und hatten Sie eine Beziehung?«

»Eine Beziehung?«, wiederholte sie geistesabwesend, während sie den Vögeln zuhörte. »Ich weiß nicht, wie ich es nennen soll.«

Sie schwieg eine lange Weile.

»Ich denke oft an Petsamo«, sagte sie schließlich, als sie die Ungeduld des Polizisten spürte. »Als ich dieses schreckliche Gefühl hatte, dass ich ihn vielleicht nie wiedersehen würde. Dass ich ihm nie die Wahrheit sagen und ihn um Verzeihung bitten könnte. So denke ich an Petsamo. Ich habe das Gefühl, diesen Ort nie verlassen zu haben. Hören Sie, Sie sollen wissen, dass … Ósvaldur war die einzige Liebe meines Lebens …«

Dreiundsechzig

Den Matrosen auf dem Instandsetzungsschiff draußen vor Hvítanes, die den U-Boot-Zaun zur Reparatur aus der Tiefe holen mussten, stand wieder einmal Arbeit bis tief in die Nacht hinein bevor. Der Zaun war mit Ankern am Meeresgrund fixiert und wurde von großen Schwimmkörpern an der Wasseroberfläche gehalten. Es war bereits dunkel, Flutlichter beleuchteten vom Schiffsrand aus die dicken Drähte. Auf einmal bemerkte ein Matrose, dass sich irgendetwas im Drahtnetz verfangen hatte, das wie ein Bündel Müll aussah.

Es verhedderte sich laufend etwas in dem Netz oder sammelte sich davor an, große Tangfetzen und Abfälle vom Flottenstützpunkt, alte Ölfässer und Fischernetzreste. Doch das hier sah anders aus, eher nach alter Kleidung. Als der Matrose sich über die Reling beugte und genauer hinsah, entdeckte er etwas, das aussah wie ein Haarbüschel.

Er rief nach Hilfe, griff einen Bootshaken, der an Deck lag, und schaffte es, das Ding aus dem Netz zu lösen. Nun trieb es frei an der Wasseroberfläche. Er angelte mit dem Haken nach dem Kleiderbündel und zog es an den Schiffsrumpf heran. Es war von Algen und Tang umwickelt, schwer und schlecht zu handhaben, doch nach ein paar Versuchen gelang es dem Matrosen, es an Bord zu ziehen und vom gröbsten Grünzeug zu befreien.

Und damit bestätigte sich der Verdacht: Die Leiche einer Frau hatte sich im U-Boot-Abwehrzaun verfangen. Sie steckte in einem völlig zerfetzten Kleid, und das Gesicht war entstellt, nachdem sie so lange im Wasser getrieben hatte. Doch nicht nur das Meer hatte der Frau zugesetzt, ihr Körper war von Wunden übersät. Um ein Handgelenk war ein Strick gewickelt. Einer der Matrosen wandte sich ab und erbrach sich über die Reling.

Sie starrten auf die Leiche, und außer dem Maschinendröhnen des Schiffs war nichts zu hören, bis jemand meinte, er erinnere sich an eine Nachricht über eine isländische Frau, die in Falcon Point verschwunden war und von der man seitdem nichts mehr gehört hatte.

Reykjavík in den 40er Jahren

Arnaldur Indriðason
DER REISENDE
Island Krimi
Aus dem Isländischen
von Anika Wolff
416 Seiten
ISBN 978-3-7857-2597-9

Ein Handelsreisender wird in einer Wohnung in der Innenstadt ermordet aufgefunden. Der gezielte Schuss in den Kopf, der ihn getötet hat, erinnert an eine Hinrichtung. Der Verdacht der Polizei fällt sofort auf die ausländischen Soldaten, die während der Kriegsjahre die Straßen Reykjavíks bevölkern. Thorson, kanadischer Soldat mit isländischen Wurzeln, und Flóvent von der Reykjavíker Polizei nehmen die Ermittlungen auf. Hat der Mord etwas mit Aktivitäten der Nationalsozialisten auf der Insel zu tun? Flóvent und Thorson müssen schnell Ergebnisse vorweisen, da das US Militär droht, ihnen den Fall zu entziehen ...
Platz 1 der isländischen Bestsellerliste

Bastei Lübbe

Der junge Kommissar Erlendur ermittelt – dort, wo sich heute die Blaue Lagune befindet …

Arnaldur Indriðason
TAGE DER SCHULD
Island Krimi
Aus dem Isländischen
von Coletta Bürling
448 Seiten
ISBN 978-3-404-17681-6

Island 1978. Ein Toter wird in einem Gewässer mitten in einem Lavafeld entdeckt. Kommissar Erlendur nimmt zusammen mit Marian Briem die Ermittlungen auf. Eine Spur führt zur nahe gelegenen US-Militärbasis. Dort scheint niemand mit der isländischen Polizei zusammenarbeiten zu wollen. Wurde dem Toten womöglich ein Militärgeheimnis zum Verhängnis? Erlendur beschäftigt zudem das mysteriöse Verschwinden eines jungen Mädchens vor mehr als zwanzig Jahren, und er ermittelt auf eigene Faust. Das Mädchen war damals auf dem Schulweg an dem berüchtigten Camp Knox vorbeigekommen …
"Einer der überzeugendsten Kriminalromane, die ich in den letzten Jahren gelesen habe." CRIME TIME

Bastei Lübbe

Ein 5-Sterne-Thriller vom isländischen Bestsellerautor

Arnaldur Indriðason
GLETSCHERGRAB
Island Thriller
Aus dem Isländischen
von Coletta Bürling,
Kerstin Bürling
368 Seiten
ISBN 978-3-404-17874-2

Die Eiskappe des Vatnajökull auf Island schmilzt. Die Streitkräfte der US-Basis Keflavík sind in Alarmbereitschaft, denn der Gletscher hütet ein Geheimnis: ein abgestürztes Flugzeug aus dem Zweiten Weltkrieg mit brisanter Fracht. Vor der grandiosen Kulisse des ewigen Eises gerät eine junge Isländerin in Lebensgefahr. Sie weiß nur wenig, aber das ist schon zu viel für die Drahtzieher der »Operation Napoleon« …

Schauplatz: Europas größter Gletscher

Bastei Lübbe